Tobias O. Meißner

Brücke der brennenden Blumen

SERIE PIPER

Zu diesem Buch

Eine neue Mission wartet auf das Mammut, den Geheimbund um Rodraeg, Bestar und das Schmetterlingsmädchen Naenn. Der Kreis erhält unheimliche Botschaften eines gesichtslosen Gegners, der den Verschwörern nach dem Leben trachtet. Sie brechen zum Thostwald auf und geraten an geheimnisumwitterte Orte, einen Niemalsbrunnen und magische Pilzkreise. Rasch wird der Auftrag zur gefährlichen Mission. Die Gefährten werden von dem Experimentator gefangen, der die Brücke der brennenden Blumen entdecken will. Welch grausamer Plan sich dahinter verbirgt, erfahren Bestar, Eljazokad und Tjarka am eigenen Leib. Der Experimentator ist auf der Suche nach der letzten Grenze des Schmerzes. Und hinter ihr verbirgt sich eine Welt, die einem Alptraum entsprungen scheint … Spannende Action in einer bizarren Welt der Monster und Magier.

*Tobias O. Meißner,* geboren 1967, studierte Kommunikations- und Theaterwissenschaften und lebt als freier Schriftsteller in Berlin. Seine Romane »Starfish Rules«, »Neverwake«, »Hiobs Spiel« und »Das Paradies der Schwerter« wurden von der Kritik hoch gelobt. Von seinem aufsehenerregenden Fantasy-Zyklus »Im Zeichen des Mammuts« liegen die Bände »Die dunkle Quelle«, »Die letzten Worte des Wolfs«, »Das vergessene Zepter« und »Brücke der brennenden Blumen« vor. Im Jahr 2006 wurde Tobias O. Meißner von der Zeitschrift »Bücher« als einer der »10 wichtigsten Autoren von morgen« ausgezeichnet.

Tobias O. Meißner

# Brücke der brennenden Blumen

IM ZEICHEN DES MAMMUTS 4

Piper München Zürich

Von Tobias O. Meißner liegen in der Serie Piper vor:
Das Paradies der Schwerter
Die dunkle Quelle. Im Zeichen des Mammuts 1
Die letzten Worte des Wolfs. Im Zeichen des Mammuts 2
Das vergessene Zepter. Im Zeichen des Mammuts 3
Brücke der brennenden Blumen. Im Zeichen des Mammuts 4

FSC
Mix
Produktgruppe aus vorbildlich bewirtschafteten Wäldern und anderen kontrollierten Herkünften
www.fsc.org Zert.-Nr. GFA-COC-1223
© 1996 Forest Stewardship Council

Originalausgabe
November 2007

Umschlagkonzeption: Büro Hamburg
Umschlaggestaltung: HildenDesign, München –
www.hildendesign.de
Umschlagabbildungen: Eigenarchiv HildenDesign
Karte: Erhard Ringer
Autorenfoto: Carsten Belz via Eichborn AG, Frankfurt
Satz: Satz für Satz. Barbara Reischmann, Leutkirch
Papier: Munken Print von Arctic Paper Munkedals AB, Schweden
Druck und Bindung: Clausen & Bosse, Leck
Printed in Germany ISBN 978-3-492-26638-3

www.piper.de

# Inhalt

# Der Kontinent

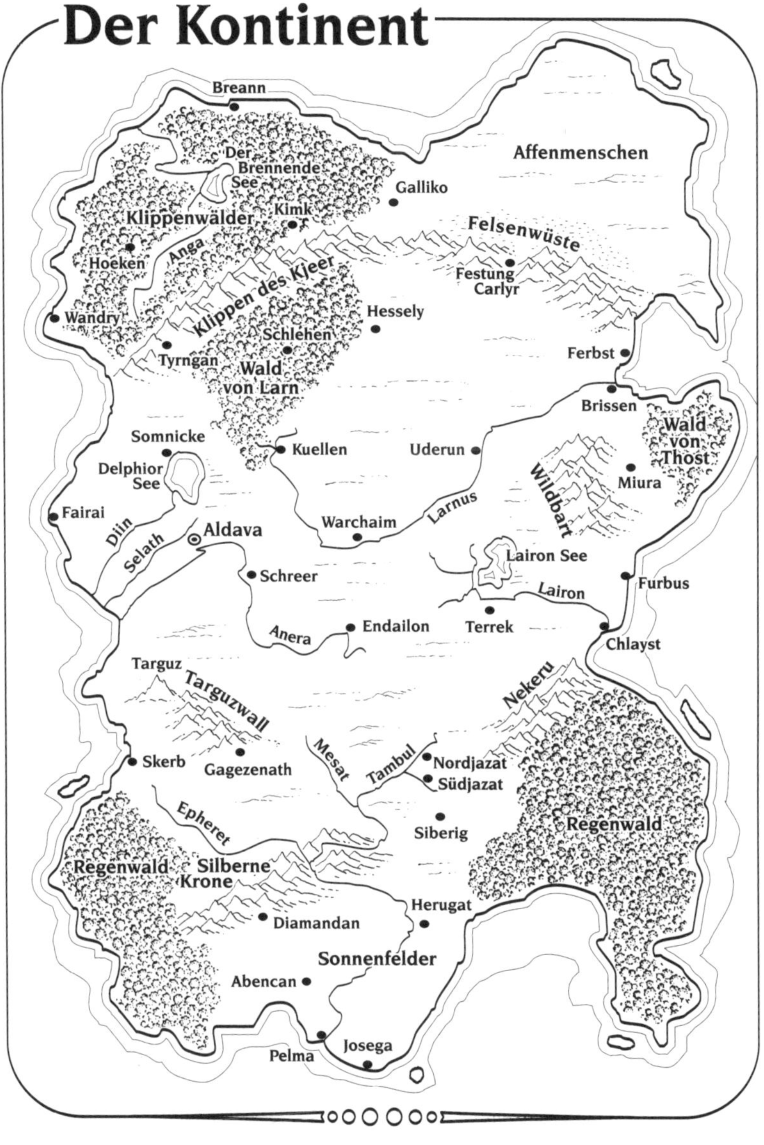

# Prolog

Rot barg der Schnee den schwarzen Wald.

Die junge Frau, die von ihren Eltern Tiraato genannt wurde, war auf dem Weg zur Weisen Zetaete. Tief im Summenden Wald hatten ihr die jungen Männer des Geweihwasserdorfes aus alten, unbeschriebenen Büchern eine Hütte errichtet. Tief reichten die schneebeschwerten Zweige zu Tiraato hinab, tief sanken ihre Schritte in den schneeverborgenen Weg. Auf ihrem Rücken trug sie, von zwei gewobenen Decken gehalten und gewärmt, ihr dreijähriges Töchterchen, das krank war und nicht schlucken konnte. Zetaete würde weiterwissen. Zetaete verstand sich auf Heilkunst.

Ein Rauschen umgab Tiraato, umkreiste sie näher, und sie beschleunigte ihre Schritte. Etwas war im Wind und im rötlichen Glitzern der Eiskristalle, etwas, das sich näherte und hechelte. Sie konnte niemanden sehen, aber die Bartvögel waren geflüchtet, der schwarze Wald lag still und schattig. Nur Tiraatos Stiefel knirschten und hinterließen eine Spur, die weit zu lesen war.

Mit einem Mal trat ihr das Tier in den Weg. Tiraato erschrak, vergaß aber nicht die Gesetze der Höflichkeit.

»Verzeiht, daß ich Euren Wald betrete«, sagte sie zu dem Tier. »Aber ich muß zur Weisen Zetaete. Das Töchterchen ist krank.«

»Die Weise ist tot«, sprach das Tier unumwunden. »Die Tiere des Waldes fanden im Schnee keine Nahrung. Die Kaninchen mußten die Weise fressen.«

»Das kann nicht sein!« widersprach Tiraato. »Die Kaninchen würden niemals einen Menschen angreifen. Ihr wart das, oder einer von eurer Art!«

»Es gibt keinen zweiten von meiner Art. Ich bin einsam, schönes Kind.«

Tiraato schaute zu Boden. Der Schnee war violett, wo der Schatten des Tieres auf ihn fiel. »Das Töchterchen ist krank«, wiederholte sie leise. »Was soll ich denn jetzt tun?«

»Gib mir das Kind. Ich kann es heilen.«

»Niemals! Ihr seid doch nur ein Tier!«

»Aber du weißt, daß es *meine* Tochter ist, nicht wahr, das weißt du doch?«

Tiraato blickte immer noch nicht auf. »Ihr wart sehr schön, im Traum, und ich sehr schwach. So weit würde es niemals noch einmal kommen.« Dann wandte sie sich um und rannte. Sie wußte, daß alles Rennen zwecklos war, doch sie wußte auch, daß Flüchten das war, was die Menschen des Geweihwasserdorfes von ihr erwarteten.

Das Tier war über ihr, kaum daß sie zehn Schritte zurückgelegt hatte. Es zerfetzte die gewobenen Decken mit seinen Klauen und riß ihr mit den Zähnen die Kleider vom Leib. Tiraato kämpfte und spürte Krallen in ihrem Fleisch.

Die Tochter rollte in den Schnee und begann zu weinen.

Der rote Schnee verriet nichts von dem Blut.

# 1 Ohnmacht

Es war nicht mehr zu verhindern gewesen: Fremde gingen ein und aus im *Haus des Mammuts.*

Es waren zwar lediglich zwei, aber Naenn, die nun hochschwanger war und in einem Mond niederkommen würde, kam das vor wie eine sorgfältige Abfolge von Einbrüchen. Zwei von außerhalb, die das unberechenbare Warchaim mit hineinschleppten in das einzige sichere Versteck, welches das *Mammut* auf dem Kontinent besaß.

Aber es ließ sich nicht vermeiden nach dem ersten Schrekken, zwei trügerischen Tagen der Hoffnung und der Hilflosigkeit, die daraus erwuchs.

Bestar – der jetzt wie ein Riese aussah, langhaarig, vollbärtig, mit einer Segmentrüstung bekleidet und ein schorfiges Erzschwert tragend – und Eljazokad – der seine Magie verloren hatte in der *Höhle des Alten Königs* und noch bleicher und zweifelnder wirkte als sonst ohnehin schon – waren mitsamt dem verwundeten Rodraeg mitten im Versammlungszimmer aufgetaucht. Cajin, der jugendliche Hüter dieses Hauses, hatte bezeugt, wie sich aus dem Nichts heraus wabernder Rauch und ein goldenes Leuchten bildeten, bis schließlich drei Gestalten wie durch tiefgründig loderndes Rauchglas traten. Sie folgten zuerst den Weisungen, die die Riesen ihnen gegeben hatten. Sie trugen Rodraeg nach oben und weckten Naenn, die sich in Rodraegs Kammer aufgehalten hatte, um, wie sie sagte, für ihrer aller sichere Rückkehr zu beten. Naenn wusch und salbte den Bewußtlosen, dann öffnete sie mit einem Lied aus siebzehn Strophen das von den Riesen zu einem Bernsteinball zusammengefügte Licht in Rodraegs Inneren, faltete es auseinander wie die zwei Flügel eines Schmetterlingsmenschen, und in dieses Licht, das ihr eigenes Gesicht enthielt gleich einem Spiegel aus Honig und Blattgold, hüllte sie Rodraeg wie in eine warm pulsierende Decke. In dieser vom Zepter der Riesen magisch gewobenen Decke wurde Rodraeg umstrahlt von seinen Erinnerungen an Naenn, wie sie die Kapuze zurückgestreift hatte in seiner Schreibstube in Kuellen, wie sie mit ihm unter der Wachsplane gesessen hatte auf dem Wagen des Händlers Hinnis im strömenden Regen, wie sie und er allein unter dem Sternenzelt geschlafen hatten auf dem Weg nach Aldava, in der letzten Nacht, in der sie noch unberührt gewesen war, wie sie ihm ihren Garten gezeigt hatte, verwirrt und gereizt von dem bevorstehenden Geständnis ihrer Schwangerschaft, und – ganz zuletzt – wie sie ihm im Badehaus, erhitzt und eigentümlich erregt, ihren Rücken entblößt hatte mit den viel zu kleinen Schwingen, rötlich mit hellblauen Rändern. Aus einem matten, todesähnlichen Zustand ging Rodraeg über in einen regelmäßig durchatmeten Schlaf, der tiefer war als ein gewöhnlicher. Aber ihnen allen war klar, daß die vielen Bewußtlosigkeiten, die erst die Schwarzwachsvergiftung und nun auch die Pfeilwunde Rodraegs Leib aufgenötigt hatten, auf Dauer nicht gut sein konnten für ihn. Deshalb schafften Bestar und Cajin eins der Betten aus dem noch nie benutzten Gästezimmer in Naenns hellen Wohnraum und legten Rodraeg dort hinein. Und nachdem zwei Tage lang keine Besserung und kein Erwachen eingetreten waren, und das Licht der Erinnerungen verloschen und vergangen war zu einem milden Nachhall von Wildrosenwärme, holte Cajin die beiden Fremden zu Hilfe.

Zuerst war da Hebezie, eine junge Heleleschwester aus dem Haus der Siechen. Sie war die naheliegendste Wahl, weil die Heleleschwestern sich mit Heilung auskannten und das Betreuen von Kranken tagtäglich mit Sorgfalt betrieben. Hebezie war eine noch junge Frau mit Haaren, die einen leicht silbernen Schimmer aufwiesen, genau wie ihr Gewand. Sie untersuchte Rodraeg von Kopf bis Fuß und stellte dann fest, daß Rodraegs Körper »ganz seltsam« sei, »wie der eines Neugeborenen so zart und unversehrt«. Bis auf die schreckliche Pfeilwunde natürlich. Naenn und Eljazokad drucksten herum, ja, mit Magie sei der Verwundete in letzter Zeit mehrmals in Berührung gekommen, und möglicherweise sei sein Körper dadurch verändert worden. Hebezie versuchte darauf zu drängen, daß Rodraeg in das Helelehaus im Nordosten der Stadt verbracht würde, weil man ihn dort besser umsorgen und beobachten könne. Doch Naenn, die schon beunruhigt genug war über das, was Rodraegs Leib über seine bisherigen Abenteuer beim *Mammut* verriet, entschied sich dagegen. Statt dessen sollte Hebezie zweimal täglich vorbeikommen und nach dem Rechten sehen.

Einen Tag ging das gut so. Hebezie schäkerte mit Eljazokad. Naenn hielt während der Untersuchungen Rodraegs Hand. Bestar und Cajin standen sich gegenseitig eifrig im Weg herum. Dann bestand Hebezie darauf, einen Spezialisten heranzuziehen, zu dessen Fähigkeiten die Heleleschwestern vollstes Vertrauen hatten: Samistien Breklaris. So kam der zweite Fremde ins *Haus des Mammuts*.

Samistien Breklaris, der unweit des Marktes einen Laden

für *Kräuter & Drogen* führte, erkannte Rodraeg sofort wieder. Vor wenigen Monden war Rodraeg bei ihm gewesen, um Pastillen gegen seinen schrecklichen Reizhusten zu erstehen. Schon damals war Rodraeg dem Kräuterfachmann etwas zerstreut und verrätselt vorgekommen. Nun lag er vor ihm, alle Anzeichen eines Hustens waren verschwunden, dafür hatte er einen Herzschuß erlitten, der für jeden normalen Menschen tödlich gewesen wäre, lebte aber weiter in der magischen Obhut eines hochschwangeren, menschenscheuen Schmetterlingsmädchens. Breklaris, ein hagerer, vollbärtiger Südländer mit mürrischem Gesichtsausdruck und einem federgeschmückten hohen Hut, empfahl Rodraegs geschwächtem Leib reichlich Flüssigkeitszufuhr, Schachtelhalmsuppe sowie Einreibungen mit einer Essenz aus Rosmarinnadeln, Minzeblättern und Lavendelblüten, welche die tiefreichende Ohnmacht langsam angehen und auflösen sollten. Dann sagte er aber: »Ansonsten habe ich den Eindruck, daß es in erster Linie unterschiedliche Formen von Magie waren, die den Körper dieses Mannes aufgeladen haben, bis er einen Pfeil anzog wie ein magnetischer Stein oder ein Licht in der Nacht einen verirrten Wanderer. Versucht doch einmal, die Dreimagier zu konsultieren. Sie können euch mehr sagen als ich und Heleles Schwestern gemeinsam. Ich kann ja nächste Woche noch mal vorbeischauen, ob die Einreibungen anschlagen.«

Die Dreimagier. Eljazokad, der immerhin bis vor kurzem ein Magier gewesen war und es in Bälde wieder zu sein hoffte, wenn erst seine magische Energie sich regeneriert hatte, wurde auserkoren, einen Kontakt zu den rätselhaften drei Gebrüdern Dulf herzustellen, die in der Nähe des Hafens in einer einsam stehenden Hütte hausten. Naenn, die dort schon einmal eine beunruhigende Ausstrahlung gespürt hatte, wollte nicht gehen, denn sie befürchtete einen Schaden für ihr ungeborenes Kind.

Also schlenderte Eljazokad in der Abenddämmerung los. Er durchmaß Warchaim in südlicher Richtung, vorüber an Rigurds Stall, am Ausrüstungshaus von Bep Immergrün und der gegenüberliegenden Kaschemme *Würfelbecher*, am Gasthaus *Der eherne Habicht* und der Ruine des Alten Tempels. Hinter dem Ruinenfeld bog er nach rechts ab, dann wieder nach links und geriet so auf eine zweite nach Süden führende Straße, die nicht nach Chlayst hinauswies aus der Stadt, sondern im östlichen Hafenbereich endete. Hier fand er die kleine, abseits stehende Hütte, die Cajin ihm so eindringlich beschrieben hatte. Mit erhobenen Händen – denn Cajin hatte ihm auch erzählt, daß die Dulfs mißtrauisch gegenüber Fremden waren – näherte er sich dem kleinen Gebäude, dessen Fenster alle mit Läden verschlossen waren. Dennoch schimmerte in Streifen zerlegtes Licht durch die hölzernen Läden.

Eljazokad wollte mit dem Knöchel seines rechten Zeigefingers an der Tür klopfen, doch sein Finger fuhr durch das Holz und zerriß es wie Spinnweben. Die ganze Tür flatterte wie feinster Stoff in sich zusammen und blieb in Teilen an Eljazokad kleben. Als er sich die Fetzen von Haut und Hosenbeinen klaubte, trat ein junger Mann in den Flur hinter der zerstörten Tür.

»Macht nichts … die Tür … ein albernes Spiel … Ihr seid auch … einer wie wir?«

»Ähmmm, ja, ein Magier, wenn Ihr das meint. Obwohl ich zur Zeit des Zauberns nicht mächtig bin.« Eljazokad versuchte, das Gesicht seines Gegenübers zu erkennen, aber der junge Mann stand in einem merkwürdigen Gegenlicht, so daß sein Kopf ganz verschwommen und mehrdeutig aussah.

»Ein Stab … golden Erz und alter Glanz«, sagte das Gegenüber langsam. »Ein Stab aus Steinblut … trank verdurstet Eure Kraft.«

Eljazokad hatte das deutliche Gefühl, daß er nicht hätte hierherkommen dürfen. Er hatte gehofft, durch Ehrlichkeit voranzugelangen, und nun wurden seine Erlebnisse wie eine Schriftrolle geöffnet und gelesen. Da die Handlungen des *Mammuts* geheimgehalten werden sollten vor Königin, Garde und Stadtrat, war dies alles andere als förderlich.

Andererseits: Je mehr die Dreimagier über das Geschehen in Erfahrung bringen konnten, um so eher konnten sie Rodraeg helfen.

Der junge Mann schien zu schwanken, aber das konnte auch ein Effekt der eigentümlich gleichmäßigen und dennoch sehr hellen Beleuchtung sein.

»Ich komme zu Euch mit einem Anliegen«, begann Eljazokad von vorne. »Oder besser noch: mit einer Frage. Wir haben einen Verwundeten bei uns zu Hause. Ein Pfeil traf ihn ins Herz. Er war tot, doch es gelang … magisch begabten Wesen, ein Licht in seinem Inneren zu erhalten. Dieses Licht wurde geöffnet. Er lebt, aber in einem tiefen Schlaf. Die Frage ist: Kennt Ihr Euch mit so etwas aus, könnt Ihr uns Rat erteilen oder vielleicht sogar Hilfe leisten? Wir wären bereit, Euch für Eure Dienste zu entlohnen.«

»Träumt er?«

»Hm?«

»Träumt er, der im Herzen Wunde?«

»Das weiß ich nicht. Da er schläft, kann er sich nicht äußern.«

»Findet dies heraus. Bis dahin kann ich … können wir Euch leider nicht behilflich sein. Wir haben selbst ein … mein Vater … mein Bruder ist erkrankt. Ergingverloreninden HeiligtümerneinerlängstvergangenenZeit. Wenn es Euch nichts ausmacht … zu sterben … dann sterbt. Doch was rede ich? Ich vergesse die Gesetze der Gastlichkeit. Ich habe sie vergessen. Was waren die Gesetze der Gastlichkeit und wer hat sie erlassen? Ein Licht, sagtet Ihr? Das ist doch Euer eigenes Feld, weshalb dann zu uns kommen? Ich sehe: Weil das Licht Euch floh. Dabei immerhin könnten meine Brüder Euch beraten. Doch nicht heute, nicht, nicht jetzt. Ein andermal. Ein andermal.«

»Verzeiht meine Aufdringlichkeit«, konnte Eljazokad noch verwirrt hervorstoßen, dann wucherte die Tür zu wie ein Dornengestrüpp und drängte ihn nach draußen, zerkratzt und mit angerissener Kleidung. Er fühlte sich vergiftet, wie vom Speichel der Spinnenbrut auf der Reise nach Tyrngan. Er stützte sich ab an der dunklen Wand der Hütte, die wie Watte war. Dann setzte er sich keuchend hin in schweres Wasser, verlor kurz das Bewußtsein, schlug nach zwei oder drei Sandstrichen die Augen wieder auf und wußte, warum die Warchaimer die Dreimagier mieden und weshalb Magier so oft den Ruf hatten, verschroben, willkürlich und gefährlich zu sein.

Er tastete sich durchs nächtliche Warchaim zurück zum *Haus des Mammuts*, und das Gelächter von Betrunkenen gellte in seinen Ohren wie der Hammer eines Schmiedes.

In dieser Nacht, als sie bei Landwein und Fladenbrot Ratschlag hielten über ihre Lage und wie Rodraeg am besten zu helfen war, fiel zum ersten Mal wieder der Name, den sie bislang vermieden hatten.

Hellas Borgondi.

*Mammut*deserteur.

Verräter.

Bestar und Eljazokad hatten keine Ahnung, was eigentlich genau vorgefallen war, aus welchem Grund Hellas, der ihnen allen ein treuer und wertvoller Kampfgefährte gewesen war in Terrek, in Wandry und auch auf der gesamten Zeptermission, Rodraeg mit einem tödlichen Pfeil niedergestreckt hatte. Keiner von ihnen war dabeigewesen. Bestar hatte nur Rodraeg am Boden liegen sehen mit dem Pfeil in der Brust. Eljazokad war erst dazugekommen, nachdem Hellas auch Bestar mit Pfeilen zu Fall gebracht hatte.

»Er hätte dich ebenfalls erschießen können«, verteidigte Eljazokad den Bogenschützen gegenüber dem immer noch aufgebrachten Klippenwälder. »Aber er hat es nicht getan. Irgend etwas muß vorgefallen sein zwischen ihm und Rodraeg. Etwas Schreckliches.«

»Unsinn!« schrie Bestar, der dem Wein schon kräftig zugesprochen hatte. »Als ob Rodraeg jemanden so reizen könnte, daß man ihn dafür erschießen muß! Wir reden hier über Rodraeg, Mann. Rodraeg!«

»Vielleicht war es die Kopfwunde«, versuchte Cajin zu vermitteln. »Ihr habt erzählt, daß Hellas vom Hieb eines Schemenreiters schwer am Kopf getroffen wurde. So etwas kann einen Menschen verändern.«

»Er war schon immer ein Arschloch«, grollte Bestar. »Die weißen Haare – unheimlich wie der leibhaftige Tod. Und nichts konnte ihn jemals rühren. Die Wale haben ihn kaltgelassen. Migals Weggehen. Naenns Schwangerschaft. Ins Theater ist er auch nicht mitgekommen. Immer für sich. Immer kalt.«

»Das stimmt nicht«, widersprach Eljazokad erneut. »Wir haben ihn toben gesehen. In der *Höhle des Alten Königs*, nachdem er mit seinen Erinnerungen konfrontiert worden war.«

»Schmerzen und Leid«, sagte Naenn. Sie trank mit Minze versetztes Wasser, wegen ihres Kindes. »Manche Menschen ... können ihr Leid nur mitteilen, indem sie es anderen zufügen. Vielleicht hätte Rodraeg sich gerne erschießen lassen, wenn er damit nur Hellas hätte helfen können.«

Später, in ihrem Bett neben seinem liegend, dachte Naenn wieder nach über Rodraeg. Sie wußte jetzt, daß er sie liebte. Sie wußte das besser, als es ihm selbst klar war, denn er hatte das Licht in seinem Inneren ja nie sehen können. Dieses Licht hatte Naenn gezeigt. Nicht seine Mutter oder seinen Vater, nicht Bestar oder Eljazokad, die Seite an Seite mit ihm gefochten hatten, nicht Hellas, der ihn ermordete, nicht eine andere Frau, die ihm einst viel bedeutete, Kiara aus Aldava zum Beispiel, die Naenn auch kurz kennengelernt hatte. Nein, das Licht hatte Naenn gezeigt.

Zwar sagte dies einiges darüber aus, wie einsam Rodraeg sein ganzes Leben lang gewesen war. Ein eigenbrötlerischer, nachdenklicher Mann, der auch in Kuellen keine engen Freunde fand, obwohl er über fünf Jahre dort gearbeitet hatte. Der der ersten Chance nachfolgte, die ihm geboten wurde, noch einmal von vorne mit etwas Großem zu beginnen. Naenn war diese Chance.

Aber da war noch mehr als die verzweifelte Hingabe von

einem, der zu lange Junggeselle geblieben war. Da war ein magischer Kontakt entstanden, gleich bei ihrer allerersten Begegnung. Auf der Suche nach ihm war sie in seinen Traum geraten und hatte ein Mammut sehen können, das es schon längst nicht mehr gab. Für einen kurzen Augenblick hatten sie beide einen Traum geteilt: von etwas Ausgestorbenem, das dennoch überdauert hatte, gejagt von Feinden und zu jung und schwach noch, um ohne Hilfe überleben zu können.

Vielleicht war Liebe immer dies: ein unbegreiflicher magischer Kontakt zwischen zwei Wesen, die sich eigentlich fremd sein müßten. Vielleicht erlebten alle glücklich Verliebten dieselbe seltsame Geschichte.

Vielleicht aber waren das Mammut, das Licht, ja selbst Naenns Hinfinden in Rodraegs Kuellener Abgeschiedenheit nur Zeugnisse eines größeren, übergeordneten Planes der Götter, in dem alle Menschen und Schmetterlingsmenschen nur vergängliche Wolken waren an einem bewegten frühherbstlichen Himmel.

## 2 Drohungen

Mitten in der Nacht raschelte es an der Tür. Cajin, der als einziger im Erdgeschoß schlief, bemerkte es, schlich sich hin und öffnete vorsichtig. Er erwartete halb, einen Wolf vorzufinden, und halb einen Fremden, der sich in Nebel hüllte, aber es war niemand zu sehen. Jedoch lag ein Brief auf der Türschwelle. Cajin nahm ihn auf und öffnete ihn mit einem Küchenmesser.

In einer merkwürdigen, sperrigen Handschrift stand dort zu lesen:

*Das Mammut wird fallen noch vorm Nebelmond,*
*und keiner, der's hegte, wird von mir verschont.*
*DMDNGW*

Die Episode mit den beiden Steinewerfern fiel Cajin wieder ein, aber die Anfangsbuchstaben der beiden jugendlichen Unruhestifter waren CB und VE, und keiner dieser Buchstaben tauchte in dieser Unterschrift auf.

Mit gerunzelter Stirn legte er sich wieder hin. Die anderen brauchten allen Schlaf, den sie bekommen konnten, deshalb beschloß er, ihnen erst am Morgen von dem Brief zu erzählen.

Er vermißte Rodraegs Gehuste, das auch in der Nacht immer für Zeichen des Lebens gesorgt hatte.

Beim Frühstück legte er Naenn, Eljazokad und Bestar das nächtliche Schreiben vor sowie auch bei dieser Gelegenheit noch Rodraegs Brief, den Naenn und er vor einer Woche durch einen fahrenden Besenbinder überbracht bekommen hatten:

*Meine jungen Mammuts!*

*Wir haben heute auf unserer Reise nach Osten Warchaim südlich der Stadt passiert. Bislang ist alles glattgegangen, ja mehr noch: Ich bin von meiner Krankheit vollständig genesen!*

*In spätestens zwei Wochen werden wir bei Euch eintreffen, dann können wir Euch alle Einzelheiten erzählen.*

*Paßt bis dahin gut auf Euch drei auf*

*R. T. D.*

Um hierher zurückzukehren, hatten die Reisenden zwar deutlich weniger Zeit gebraucht als vorgesehen, aber der in diesem Schreiben noch so zuversichtliche Rodraeg war nun kränker als vorher. Keiner, auch nicht Bestar, konnte sich einem gewissen Zurücksehnen nach dieser Zeit vor knapp einer Woche erwehren. Wie fern dies nun schien.

Der neue Brief jedoch war allen schleierhaft. Die Handschrift sagte niemandem etwas. Auch nicht das Pergament oder der Umschlag. Die Unterschrift schon gar nicht.

»*DMDNGW*. Was könnte das bedeuten?« fragte Eljazokad in die Runde. *Dem Mammut darf nichts Gutes widerfahren*?«

»Oder *Das Mammut darf nicht größer werden*«, variierte Cajin.

»Oder *Dem Mammut dürstet nach gefährlichem Wissen*«, ergänzte Naenn düster.

»Nein«, widersprach Bestar. »Das wäre doch keine richtige Unterschrift. Ich meine, wenn ich schreiben könnte, würde ich doch nicht mit dem Namen meines Gegners unterschreiben.

*Mammut.* Wer immer das geschrieben hat, will uns doch ans Leder.«

»Da hast du nicht unrecht«, pflichtete Eljazokad ihm bei. »Es könnte etwas ganz anderes bedeuten. DM: *Dämmerung*, zum Beispiel. Wir haben jetzt mit dieser geheimen Organisation zu tun bekommen und zwei ihrer Handlanger getötet. DM steht für Dämmerung. DN für Dunkelheit. GW für Gewalt.«

»Ja, die hätten immerhin ein Motiv.« Naenn nickte bedächtig. Im Laufe der letzten beiden Tage hatten Eljazokad und Bestar immer wieder von ihren Erlebnissen während der Zeptermission berichten müssen, so daß auch Naenn und Cajin nun über die Ritterin, die Fleischfliegen, die Könige der Riesen, die umhertorkelnden Toten, den Abschied der Schemenreiter und die beiden kindlichen Diebe der *Dämmerung* unterrichtet waren. »Ich denke, daß es mittlerweile schon eine ganze Menge Leute gibt, die ein Motiv hätten, das *Mammut* zu hassen. Die letzten überlebenden Kruhnskrieger zum Beispiel. Männer aus Wandry, die dem Stadtkapitän treu ergeben waren. Diese Bittsteller, die euch vor der *Höhle des Alten Königs* angegriffen haben. Der Händler, dessen Wagen ihr entwendet habt. Selbst die Königin höchstpersönlich, weil wir ihr Schwarzwachsschürfen in Terrek unterbunden haben.«

»Ich glaube aber«, sagte Bestar, »daß die Königin mit *Königin* unterschreiben würde und nicht mit so einem albernen Buchstabenmischmasch. Die *Dämmerung* genauso. Da würde *Dämmerung* drunterstehen, nicht DMGDwasweißich.«

»Das bringt so nichts«, versuchte Cajin alle lose hängenden Schnüre zusammenzuzurren. »Ich werde heute mal ein paar Stunden in der Bibliothek verbringen. Vielleicht ist dort etwas über diese Buchstabenkombination zu erfahren. Wir müssen nämlich erst einmal herausfinden, ob es sich bei diesem Brief um eine ernstzunehmende Bedrohung handelt oder lediglich um einen weiteren Dummenjungenstreich.«

»Ich würde dich gerne begleiten«, sagte Eljazokad.

»Naenn und ich passen auf Rodraeg auf«, griente Bestar. »Daß die knusprige Heleleschwester nicht irgendwas mit ihm anstellt, wo er sich doch überhaupt nicht wehren kann.«

Naenn und Bestar waren keine Stunde mit Rodraeg allein zu Hause, als es zaghaft an der Tür klopfte. Naenn kam herab und öffnete. Vor der Tür stand Mirilo von Heyden, der Patriarch der Stoffhändlerfamilie von Heyden, die sowohl ihr Geschäft als auch ihr Zuhause direkt gegenüber vom *Haus des Mammuts* hatten. Mirilo von Heyden war ein ausgemergelter, weißbärtiger Mann mit tiefen Furchen der Strenge im Gesicht, aber wie er jetzt vor Naenn stand und herumdruckste, wirkte er eher wie ein Bittsteller als wie ein befehlsgewohntes Sippenoberhaupt.

»Verzeiht bitte die Störung«, sagte er zaghaft. »Mich über das *Haus des Mammuts* kundig machend, sagte man mir, daß Ihr Naturereignisse erforscht und ausgestorbene Tierarten. Ich habe mich aber in den vergangenen Monden des Eindrucks nicht erwehren können, daß … nun ja, daß auch Krieger zu Eurem Hausstand gehören.«

»Das kann schon sein«, bestätigte Naenn abwartend.

»Der mit dem Vollbart und der Rüstung – ist der zu sprechen? Und der Weißhaarige mit dem Langbogen?«

»Der Bogenschütze ist zur Zeit nicht in Warchaim. Worum geht es denn?«

»Nun, geradeheraus: Ich werde bedroht, und ich habe mir gedacht, da Ihr genau gegenüber wohnt, könntet Ihr eine im wahrsten Sinne des Wortes naheliegendere Unterstützung darstellen als, sagen wir, die Stadtgarde. Selbstverständlich bin ich bereit und in der Lage, Euch für diese Unterstützung zu entlohnen.«

Naenn betrachtete ihn forschend. *DMDNGW* ging ihr durch den Kopf. Bedrohte *DMDNGW* etwa alle Häuser, die entlang dieser Straße lagen?

Finanziell stand das *Mammut* im Augenblick recht gut da. 200 Taler befanden sich selbst nach einer ersten großzügigen Spende an Helele in der Haushaltskasse, 100 Taler Strafe standen noch aus von den beiden Steinewerfern, und Eljazokad und Bestar hatten drei Bernsteine von den Riesen mitgebracht, die zusammengerechnet etwa 300 Taler wert waren. Das ergab ein Plus von 600 Talern, auch ohne weitere Unterstützung durch den *Kreis*. Das *Mammut* war also nicht darauf angewiesen, für von Heyden zu arbeiten. Aber dennoch wollte Naenn die Sache nicht so einfach abwiegeln.

»Könntet Ihr heute abend in der sechsten Stunde zu uns zum Essen kommen?« schlug sie vor. »Bis dahin sind auch unsere übrigen Mitbewohner wieder da, und wir können die Sachlage in aller Ruhe erörtern. Vorausgesetzt, Euer Problem hat bis heute abend Zeit?«

»Es hat Zeit, ja. Ich wollte nur … eine Gelegenheit abpassen, wo möglichst viele von Euch zu Hause sind. Es herrscht ja immer ein reges Kommen und Gehen im *Haus des Mammuts.*«

Naenn hatte noch nie so richtig darüber nachgedacht, wie das *Mammut* wohl auf die Nachbarn wirkte. Meistens war die

Einsatzgruppe ja gar nicht in der Stadt, und es war nur Cajin, der regelmäßig kam und ging. Aber irgend jemand lugte wohl immer hinter einem Fenstervorhang der Gutbürgerlichkeit nach draußen, und auffällige, kriegerische Gestalten wie Bestar, Migal oder auch der verstohlene Hellas machten doch mehr Eindruck auf unbescholtene und besitzanhäufende Bürger, als sie bislang angenommen hatten.

Sicherlich steckte aber auch noch etwas anderes dahinter. Von Heyden fühlte sich bedroht, und da in unmittelbarer Nachbarschaft merkwürdige bewaffnete Fremde ein und aus gingen, war das *Haus des Mammuts* ein Teil dieser Bedrohung. Lange mußte er darüber nachgedacht haben, diesen Vorstoß zu wagen. Ob es ein Zufall war, daß er ihn ausgerechnet an dem Tag wagte, an dem auch das *Mammut* einen Drohbrief erhalten hatte, galt es beim bevorstehenden Abendmahl herauszufinden.

Die beiden Bibliothekenforscher kamen in der vierten Stunde bereits zurück. Cajins Wangen glühten vor Eifer. »Wir haben eine ganze Menge herausgefunden. Kommt ins große Zimmer, wir machen Konferenz.«

Folgsam kamen Bestar und Naenn an. Zu viert setzten sie sich wieder um den großen Tisch.

»Also«, begann Cajin, »wir haben verschiedene historische Abhandlungen durchgeblättert, mehrere Schriften über Warchaim und selbstverständlich auch die *Encyclica.* Die ganze Zeit über hatte ich aber etwas im Hinterkopf, etwas aus dem jazatischen Raum oder aus Siberig, und tatsächlich: Vor etwa zweihundert Jahren gab es eine Frau, die aus Jazat stammte – vor dem Bürgerkrieg gab es ja noch kein Nord- und Südjazat –

und die in den Sonnenfeldern als Wasserfinderin arbeitete. Sie spürte Quellen auf, verborgene Brunnen, aber auch unterirdische Wasseradern, die einigen Leuten zufolge den nächtlichen Schlaf unheilvoll beeinflussen können. Der wirkliche Name dieser Frau ist nicht überliefert, aber sie nannte sich oder wurde genannt: *Die Mittlerin des niemals gefundenen Wassers* oder auch *Die Mutter des noch geheimen Weges* oder auch *Die Melodie des nicht getrunkenen Wissens.* Wahnsinn, oder? Alle drei Namen bestehen aus den Anfangsbuchstaben *DMDNGW*!«

»Nicht schlecht«, sagte Naenn anerkennend.

»Die Frage ist nur«, fuhr jetzt Eljazokad fort, »was hat das *Mammut* mit einer seit wahrscheinlich einhundertundfünfzig Jahren verstorbenen Wasserfinderin aus dem Süden zu schaffen?«

»Rodraeg stammt aus dem Süden, Cajin auch«, antwortete das Schmetterlingsmädchen. »Außerdem erinnert diese Wasserfinderin ein wenig an die Gezeitenfrau, die ihr in Wandry kennengelernt habt.«

»Ja, es scheint, als ob Frauen schon immer einen besonderen Zugang zur Magie des Elements Wasser besaßen«, nickte Eljazokad. »Dennoch war auch die Gezeitenfrau nicht zweihundert Jahre alt, obwohl sie so aussah. Sie war siebzig und nicht unsterblich. *Die Mutter des noch geheimen Weges* wird mit Sicherheit nicht mehr am Leben sein. Aber das bedeutet ja nicht, daß es nicht trotzdem Leute gibt, die ihren Namen auch heute noch in Ehren halten – zumal sie gleich drei Namen hatte, also ganz besonders verehrt wurde. Das ist aber nur eine Theorie von mir, und in der Bibliothek kamen wir damit nicht weiter. Ich würde gerne die Dreimagier dazu befragen, zumal sie mir ja ihre Hilfe angeboten haben, was meine zur Neige gegangene Magie betrifft.«

»Du willst wirklich nochmal dorthin gehen, nachdem du gestern abend schon beinahe aus den Latschen gekippt bist?« fragte Bestar wenig begeistert.

»Nun, sie sind sicherlich verstandessprengend, wenn nicht sogar rundheraus lebensgefährlich«, gab der Lichtmagier zu. »Aber sie scheinen mir eine gute Quelle für viele unterschiedliche Fragestellungen zu sein: meine Magie, das Erbe der Wasserfinderin, Warchaims magische Geschichte, vielleicht auch die *Dämmerung*, die *Zehn*, die Mammutjäger, was weiß ich was noch alles?«

»Geh morgen, geh in der vollen Mittagssonne«, schlug Naenn vor. »Dann sind die Schatten nicht so umfassend, die Worte nicht so trügerisch und die Türschwellen keine Fallstricke. Für heute abend haben wir eine anderweitige Verabredung.«

Hebezie kam und ging. Rodraeg rührte sich nicht. Eljazokad konnte von der Heleleschwester nicht erfahren, ob Rodraeg träumte. Es ging nicht vor und nicht zurück.

»Die Frage«, brachte Naenn es auf den Punkt, »ist nicht, ob Rodraeg überleben wird. Die Frage ist, ob er jemals wieder in der Lage sein wird, das *Mammut* anzuführen, und wenn ja, *wann.* Als ich ihn aus Kuellen herausholte, war er ein gesunder Mann von sechsunddreißig Jahren. In den seitdem vergangenen sieben Monden mußte er eine Gefangenschaft mit Zwangsarbeit, eine Schwarzwachsvergiftung, mehrere Kämpfe auf Leben und Tod und einen Herzschuß ertragen. Sag mir, daß ich nicht schuld bin an seinem Los, und ich werde dir nicht glauben können.«

Eljazokad lächelte. »Du hast die Strapazen in der *Höhle des Alten Königs* vergessen. Aber all dies ist gelöscht worden, Naenn. Die Höhle gab ihm einen neuen Körper, und der war gesunder, selbstbewußter und stärker noch als der von Kuellen. Auch das ist deiner Verantwortung zuzuschreiben. Was ihn dann erneut niedergestreckt hat, warst nicht du, das war Hellas. Was ihn am Leben hält, bist du.«

So ließ er sie wieder mit Rodraeg allein, und sie hielt Rodraegs Hand und summte ihm ein Kinderlied vor aus dem Schmetterlingshain.

Das *Mammut* bereitete ein Gastmahl: von Cajin hergestellter Nudelteig wurde von Eljazokad ausgerollt, ausgestochen und kunstvoll gefaltet, Naenn reichte gehackte grüne Kräuter in Öl dazu, und Bestar holte Hartkäse und ein Fäßchen Met vom Markt. Als die Glocke des Bachmutempels die sechste Andachtsstunde und den Beginn des Abends einläutete, klopfte Mirilo von Heyden erneut an der Haustür des *Mammuts.* Er war nicht übermäßig festlich, aber dennoch recht förmlich gekleidet und begrüßte jeden der Bewohner mit Handschlag. Als kleinen Beitrag zum Abendessen hatte er einen in der Stadt gekauften Südfruchtkuchen mitgebracht. Falls das *Haus des Mammuts* für ihn die Höhle des Löwen war, ließ er sich immerhin nichts anmerken und schlug sich tapfer.

Nach dem Essen, als Bestars Gesicht vom Met schon leicht gerötet war und sein Bart vor lauter Kuchenkrümel ganz gelb, erzählte der Stoffhändler seine Geschichte.

»Mit allen Details will ich Euch nicht langweilen.« Hauptsächlich sah er beim Reden weiterhin Naenn an, aber auch Eljazokad schien auf ihn einen sachlichen, kompetenten Eindruck zu machen. Cajin war zu jung und Bestar viel zu urtümlich. »Ich habe im Feuermond ein gutes Geschäft gemacht. Ein sehr gutes Geschäft. Mein Mitgestalter bei dieser Unternehmung war ein anderer Stoffhändler aus Endailon. Um es kurz zu machen: Wir haben unsere finanziellen Möglichkeiten zusammengelegt, um einen großen Posten vornehmer Stoffe zu erstehen, die für Chlayst gedacht waren, dort aber nicht benötigt werden, weil die südliche Ostküste sich im Aufruhr befindet. Das gesamte Kontingent der Stoffe konnten wir anschließend zu einem deutlich höheren Preis in Brissen verkaufen, wo aufgrund des Aufruhrs weiter südlich eine gewisse Lieferknappheit herrscht. Mein Geschäftsfreund und ich gelangten dadurch beide in Besitz einer selbst für unsere Verhältnisse ungewöhnlich hohen Summe Geldes. Und ... vor einer Woche wurde mein Geschäftsfreund in Endailon ermordet, und sein Gewinn wurde gestohlen. Das ist aber noch nicht alles. So traurig und entsetzlich dergleichen ist – in meinem Gewerbe muß man ja immer mit so etwas rechnen. Aber vor drei Tagen – vor drei Nächten, um genau zu sein – tauchte in meinem Geschäft ein Fremder auf, ein klippenwälder Krieger, der sich Cruath Airoc Arevaun nannte. Und dieser Mann drohte mir ziemlich unverhohlen dasselbe Schicksal an, das meinen Geschäftsfreund in Endailon ereilte.«

»Wie genau hat er das in Worte gefaßt?« fragte Eljazokad.

»Er sagte, er würde jetzt hier in Warchaim absteigen, und sobald seine beiden Kumpane hier einträfen, würden sie mir einen zweiten und endgültigen Besuch abstatten.«

»Mehr hat er nicht gesagt?« fragte Bestar.

»Das ist doch wohl deutlich genug«, blieb der Stoffhändler unbeirrt.

»Na, ich weiß nicht«, widersprach ihm Bestar. »Wenn das wirklich ein Klippenwälder war und er würde Euch töten und berauben wollen, würde er sagen: ›Ich werde Euch töten und berauben!‹, und nichts anderes. Vielleicht würde er den genauen Tag noch angeben. Nichts davon hat er getan.«

»Ich möchte ja auch nicht, daß Ihr ihn nur aufgrund meines Verdachtes hinter Gitter bringt oder etwas in der Art«, erläuterte von Heyden. »Ich habe herausfinden lassen, daß er hier um die Ecke in der Kaschemme *Leer das!* abgestiegen ist. Ein lauter, ungehobelter und unangenehmer Ort zum Nächtigen, wenn Ihr mich fragt, aber eben nicht weit von meinem Geschäft und Lager entfernt. Ich würde es begrüßen, wenn Ihr mit ihm reden und mehr über die Sache in Erfahrung bringen könntet. Von mir aus von Klippenwälder zu Klippenwälder. Ich möchte wissen, woran ich bin. Und ich möchte es wissen, bevor es zu spät ist.«

»Warum schaltet Ihr nicht einfach die Garde ein?« fragte Naenn.

»Das kann ich nicht. Ich … weiß nicht, wieviel dieser Barbar über das Chlayster Geschäft weiß und wie sehr er mich damit belasten könnte. Derartige Geschäfte sind nicht ungesetzlich, aber die Krone erwartet im allgemeinen, steuerlich beteiligt zu werden, wenn Ihr versteht, was ich meine. Ich habe meine Einnahmen für mich behalten und gedenke, das auch so zu lassen.«

»Aber Ihr habt Euer Geld schon in Sicherheit gebracht?« fragte Eljazokad.

»Nein. Eben aus dem Grund noch nicht, daß mein Haus möglicherweise von dem Barbaren beobachtet wird. Es kann gut sein, daß ein Transport des Geldes genau jene Zugriffsmöglichkeit darstellt, auf die der Klippenwälder und seine Kumpane warten.«

»Daß er Euch also absichtlich von seinem Vorhaben erzählt hat, um Euch zu einer Unvorsichtigkeit zu veranlassen. Scheint denkbar.« Eljazokad dachte nach und goß sich weiteren Met ein. »Ich sehe kein Problem darin, daß wir mit diesem Arevaun sprechen. Oder?« Er sah Naenn fragend an. Sie zuckte die Schultern. »Zumal wir im Moment keinen anderen Arbeitsauftrag haben. Es wäre aber von Vorteil, wenn wir von Euch den Namen Eures ermordeten Geschäftsfreundes erfahren würden. Nur so können wir in Erfahrung bringen, ob Arevaun etwas darüber weiß oder sogar daran beteiligt war.«

»Ich verstehe. Er hieß Hegiel Schimmens. Er wurde ... erstochen. Hinterrücks.«

»Und gibt es jemanden, den Ihr kennt und dem Ihr zutrauen würdet, bei der ganzen Sache die Fäden zu ziehen?«

»Das kann ich unmöglich beantworten. Erstens gibt es unter Händlern immer eine gewisse Konkurrenz, die natürlich auch mal über die Stränge schlagen kann, zweitens weiß ich aber nichts darüber, ob Hegiel Schimmens Feinde hatte oder wem er von dem Geschäft erzählt hat. Ich bin mir ziemlich sicher, daß die ganze Angelegenheit seinetwegen so in Schieflage geriet.«

»Ihr seid sicher, daß er tot ist und das nicht nur vortäuscht?« fragte Cajin argwöhnisch.

»Nun, ich habe seinen Leichnam nicht gesehen, wenn Ihr das meint. Aber ich habe mir einen offiziellen Bericht der Endailoner Garde verschafft. An der Identität des Toten kann kein Zweifel bestehen.«

»Gut«, sagte Eljazokad. »Wir werden uns der Sache annehmen, aber erst mal nur soweit, daß wir morgen mit Cruath Airoc Arevaun in Kontakt treten. Falls wir nichts herausfinden können, seid Ihr uns auch nichts schuldig.«

Nachdem der Händler gegangen war, nahm Naenn Eljazokad beiseite. »Versteh meine Frage bitte nicht falsch, aber hat Rodraeg dich zu seinem Stellvertreter ernannt?«

»Das hat er tatsächlich, in Wandry schon. Aber ich reiße mich nicht darum. Wenn du alle Entscheidungen selber treffen willst, nur zu.«

»Nein, es ist gut, wie es ist. Ich behalte mir lediglich vor, Entscheidungen mitzutreffen, die den *Kreis* und seine Aufträge angehen, aber mit so etwas wie dieser von-Heyden-Sache kenne ich mich überhaupt nicht aus. Ich bin dir dankbar, wenn du das übernimmst.«

»Ich habe nicht vor, aufs Ganze zu gehen, Naenn. Wir leisten etwas nachbarschaftliche Hilfe, um uns auch selbst gut zu stellen mit den Leuten hier. Sobald es aber gefährlich wird, sollten wir schnell zu einem weit entfernten Auftrag aufbrechen – oder zumindest so tun.«

»Ich verstehe. Halte mich und Cajin bitte auf dem laufenden.«

»Selbstverständlich.«

In der Nacht saß Eljazokad noch lange wach. Er mühte sich, einen schriftlichen Bericht von der Zeptermission anzufertigen, und da er Rodraegs Arbeitszimmer nicht entweihen wollte, tat er dies am offenen, von einer Öllampe beschienenen Fenster seiner Schlafkammer. Bislang hatte immer Rodraeg diese Aufgabe erledigt und die Berichte dann dem *Kreis* zugeschickt, aber Rodraeg war schließlich auch jahrelang Rathausschreiber gewesen. Eljazokad hatte keinerlei Erfahrung mit dergleichen. Am meisten schlug er sich mit den Gleichzeitigkeiten herum: Bestar war von den anderen getrennt worden und hatte gleichzeitig andere Abenteuer erlebt als sie. Das alles sinnvoll zusammenzufassen würde länger dauern als nur eine Nacht.

Kurz nachdem Eljazokad mit schmerzenden Augen und pochendem Kopf das Licht gelöscht und sich aufs Bett fallengelassen hatte, pirschte im Erdgeschoß Cajin zur Haustür und kauerte sich mit seiner Decke neben den Türrahmen. Falls es noch einmal raschelte, falls noch eine Drohbotschaft das *Mammut* erreichen sollte, wollte er diesmal schneller sein und den geheimnisvollen Zusteller auf frischer Tat ertappen.

Aber nichts geschah. Am Morgen wachte Cajin wie immer als erster auf, überzeugte sich, daß nichts vor der Tür lag, und bereitete das Frühstück für die anderen vor.

# 3 Zwischen den Gräbern

Man schrieb jetzt den 19. Rauchmond.

Eljazokad hatte eigentlich mitgehen wollen zum *Leer das!*, aber er saß immer noch über dem Bericht. Also schärfte er Bestar die Verhaltensregeln ein.

»Keine Rauferei. Kein Wettsaufen. Kein Kampf auf Leben und Tod. Einfach nur reden.«

»Ist klar.«

»Und merke dir den Namen des Ermordeten. Damit kannst du den Klippenwälder vielleicht aus der Reserve locken.«

»Welcher Ermordete?«

»Hegiel Schimmens aus Endailon. Von Heydens Geschäftsfreund.«

»Ach, der. Schon klar.«

»Vielleicht will Arevaun dich anheuern für die Sache, dann laß dich zum Schein drauf ein. Das hätten wir in Wandry auch schon so machen sollen.«

»Ja, klar. Sonst noch was?«

»Erwähne das *Mammut* nicht.«

»Das *Mammut* klebt draußen an unserer Tür, und jeder kann es sehen.«

»Auch wieder wahr. Komm zügig zurück und erstatte Bericht.«

»Ja, ja, ja. Warum schickst du nicht Cajin mit, damit der mich an einer kurzen Halsleine führen kann?«

»Keine schlechte Idee. Vielleicht wirklich keine schlechte Idee ...«

»Ich bin längst weg. Bis später!«

Bestar ging in vollem Ornat. Segmentrüstung, Wallehaare, gekämmter Bart, das unverkleidete, düster glänzende Erzschwert in einem improvisierten Gehenk, denn es gab keine passende Scheide für eine dermaßen ausgefranste und unregelmäßig gewachsene Klinge. Er wollte Eindruck machen auf sein Gegenüber. In den Klippenwäldern war dies die einfachste Form des Ärgervermeidens.

Das *Leer das!* war um diese Tageszeit nur ein fahles, verkatertes Gespenst seiner nächtlichen Ausschweifungen. Das Sonnenlicht ließ jeden Fleck, jeden Kratzer, jede Pfütze, jedes verschmierte Fenster und jede Staubschicht überdeutlich hervortreten und machte aus dieser Kaschemme so ziemlich den häßlichsten Ort auf dem Kontinent. Abgesehen von Taggaran, Bestars Heimatdorf.

»Ich suche jemanden«, erklärte Bestar dem speckigen Wirt, der momentan Aufsicht hatte über zwei dösende Dauergäste. »Ein Klippenwälder mit einem komplizierten Namen.«

»Cruath? Der ist oben, Zimmer zwei. Ich will aber keinen Ärger haben.« Zaghaft deutete der Speckige auf Bestars Schwert.

»Du wirst keinen Ärger haben«, grinste Bestar und ging die knarzende Stiege nach oben. Zimmer zwei. Es gab nur zwei. Bestar klopfte.

»Nur herein«, sagte eine Stimme von drinnen. Bestar schob langsam die Tür ganz auf. »Und wen haben wir hier?« fragte Cruath Airoc Arevaun. Er lag bei offenem Fenster angezogen auf seinem Bett und las ein Buch. Bestar konnte den Titel nicht erkennen, weil er des Lesens nicht mächtig war. Er konnte aber sofort spüren, daß er es hier mit dem besten und gefährlichsten Kämpfer zu tun hatte, dem er je in seinem Leben begegnet war. Kein Kruhnskrieger, kein Schemenreiter, kein blauhaariger Hüne, kein Riese, sondern ein einfacher Mann aus der Heimat.

Arevaun war etwa zehn Jahre älter als Bestar, also um die dreißig, einen halben Kopf kleiner, aber noch kräftiger und kantiger gebaut. Auch er trug einen Vollbart, in den nach Art der Klippenwälder kleine Zöpfe geflochten waren. Bestar zählte etwa ein Dutzend. Jeder stand für einen besiegten Gegner. Für einen Augenblick ärgerte sich Bestar darüber, daß er sich die Zöpfchen aus seinen Haaren bei den Riesen ausgekämmt hatte, denn nun mußte ihn Arevaun für jemanden halten, der noch nie einen Gegner bezwungen hatte, aber der Ärger verging rasch. Um wieviel wuchtiger war die hochaufragende Ehrenhaftigkeit der Riesen, verglichen mit den kleinen Zöpfchen der Klippenwälder.

»Ich bin Bestar Meckin aus Taggaran«, stellte Bestar sich vor und blieb in der Tür stehen. Das Schwert des Liegenden – es sah ganz gewöhnlich aus, war nicht überlang wie das von Rodraeg oder besonders wuchtig – lehnte neben dem Bett an der Wand. In Griffnähe der rechten Hand. Eine einzige falsche Bewegung Arevauns konnte für einen Unvorsichtigen oder Unerfahrenen ein rasches Ende bedeuten.

»Taggaran«, wiederholte Arevaun und legte sich lächelnd das Buch in den Schoß. »Ist das nicht diese kleine Pestgrube in der Nähe von Kimk? Dort wurde Silber gefunden, vor zwei Generationen?«

»Stimmt genau. Ist jetzt alle, das Silber. Woher kommst *du*?«

»Bicklors Tann.«

»Ah. So ein Schweinekoben in der Nähe von Hoeken.«

»Stimmt genau.«

»Hör zu. Ich will nicht lange um den heißen Brei herumquatschen.« Bestar machte einen Schritt in den Raum und schloß die Tür hinter sich, so daß sie beide ungestörter waren. »Ich und meine Freunde, wir wohnen gegenüber von dem Stoffhändler. Du weißt genau, wovon ich spreche. Wir wollen keinen Ärger, auch nicht in unserer Nähe. Keine herumschnüffelnden Gardisten. Keine aufgebrachten Bürgerchen, die uns verdächtigen oder uns um Hilfe anwinseln. Tu, was immer du mit deinen Kumpels abziehen willst, aber tu es nicht hier in Warchaim. Der Kontinent ist groß genug.«

Cruath Airoc Arevaun lachte. Seine Heiterkeit war beinahe ansteckend. »Leider ist das nicht ganz so einfach. Ich habe das nicht zu entscheiden. Mein bester Freund, der das alles leitet, ist noch nicht hier. Sobald er eintrifft, kann ich ihm gerne die aufregende Neuigkeit unterbreiten, daß der Kontinent groß genug ist. Ich fürchte nur, das wird ihn überhaupt nicht interessieren.«

»Vielleicht habe ich mich auch nicht klar genug ausgedrückt. Blast den Scheiß ab, und ihr bekommt keinen Ärger mit uns. Zieht es durch, und ihr legt euch mit uns an. Ich garantiere dir: Was immer ihr euch von eurem Beutezug versprecht – wenn wir dazukommen, wird es für euch ein Verlustgeschäft.«

»Oh. Das klingt, als wärt ihr ganz ausgesucht harte Burschen.«

»Du hast ja nicht die leiseste Ahnung.«

»Ich sehe schon. Beeindruckendes Schwert, das du da spazierenträgst. Sieht aber ein bißchen spröde aus, oder?«

»Niemandem wird es gelingen, es zu zerbrechen«, zitierte Bestar den Riesen Attanturik wortwörtlich.

»So, so. Na ja. Nur so aus Interesse: Hast du eigentlich eine Ahnung, was dein sauberer von Heyden, für den du dich so stark machst, auf dem Kerbholz hat?«

»Nein.«

»Die Stoffe, die er und sein Duzfreund aus Endailon so günstig erworben haben, waren eine königliche Hilfslieferung an die Siechen und Erkrankten von Chlayst. Herbstkleidung. Winterkleidung, die demnächst bitter vonnöten sein wird in den giftdurchwehten Gassen, in denen immer noch Menschen hausen. Von Heyden und Schimmens sind Katastrophengewinnler. Abschaum der scheußlichsten Art.«

»Das ist mir egal. Ich habe dir erklärt, daß wir keinen Ärger in unserer Nähe wollen. Dabei bleibt es. Töte von Heyden von mir aus in Endailon, wie den anderen. Laß Warchaim aus dem Spiel.«

Arevaun lächelte. »Schimmens wurde hinterrücks erdolcht. Sehe ich aus wie ein hinterlistiger Meuchelmörder?«

»Du vielleicht nicht, aber einer deiner Kumpane. Ich sagte schon: Es ist mir egal. Hauptsache, du und ich gehen uns aus dem Weg. Du weißt, wie wir Klippenwälder sind.«

»Ich weiß, wie Klippenwälder sind. Aber du bist keiner mehr, habe ich recht? Was ist mit dir passiert, Bestar Meckin aus Taggaran?«

Es lag Bestar auf der Zunge, stolz zu antworten: *»Ich wurde im Wildbart ausgebildet. Ich war ein Krieger der Riesen, Bezwinger von Schemenreitern.«* Doch das ging natürlich nicht. Er konnte nicht herumlaufen und mit seinen *Mammut*abenteuern prahlen. Das *Mammut* war ein Geheimbund.

»Ich? Ich bin erwachsen geworden, Handlanger aus Bicklors Tann.«

Den ganzen Weg die Stiege hinunter bis aus dem *Leer das!* hinaus feixte und gluckste Bestar über das Gelingen dieser Schlußbemerkung.

Eljazokad nahm die Neuigkeiten über von Heydens krumme Geschäfte mit einem überforderten Reiben seines Gesichtes auf. Er saß immer noch am offenen Fenster über dem Bericht. Auf der Seite, die Bestar einsehen konnte, fand sich ebensoviel Durchgestrichenes wie Schöngeschriebenes.

»Laßt uns den ganzen Mist abblasen«, sagte der Magier wenige Sandstriche später zu Naenn und Cajin. »Diese von-Heyden-Sache ist kein *Kreis*-Auftrag. Geld brauchen wir im Moment auch nicht dringend. Also was soll das? Wir wollen Ärger vermeiden, halsen uns aber nur Ärger auf. Wenn von Heyden wirklich die Königin hinters Licht geführt hat und wir für ihn arbeiten, dann bekommen wir wegen dieser Angelegenheit eines Tages viel mehr Ärger mit der Garde, als durch alles, was wir jemals als *Mammut* unternommen haben.«

»Es ist erschreckend, was in so einer Stadt geschieht«, sagte Naenn nur. »Wohin man auch mit einer Fackel leuchtet, es krabbeln Asseln hervor.«

»Das stimmt nicht«, beharrte Cajin. Eljazokad wurde klar, daß solche Diskussionen während der Abwesenheit der *Mammut*-Einsatzgruppe wohl täglich zwischen Naenn und Cajin geführt wurden. »In Warchaim wohnen überwiegend anständige Leute. In Siberig und Gagezenath ebenfalls. Wir wissen auch nicht mit Sicherheit, ob von Heydens Geschäft wirklich unehrenhaft war. Möglicherweise ist einer, der für die Königin Hilfslieferungen zusammenstellt, korrupt und hat von Heyden das Ganze als Restposten verkauft. Wir sollten nicht vorschnell urteilen.«

*Rodraeg würde nicht vorschnell urteilen,* stand unausgesprochen im Raum. Alle dachten dasselbe. *Rodraeg, wir geraten ins Schwimmen!*

»Jedenfalls hat Eljazokad recht: Wir sollten die Angelegenheiten des Herren von Heyden ihm selbst überlassen«, faßte Naenn zusammen. »Mit etwas Glück zieht das alles an uns vorbei wie ein Sommergewitter. Wir konzentrieren uns auf Rodraeg und auf den nächsten Auftrag, der jeden Tag eintreffen kann.«

»Und auf *DMDNGW*«, beharrte Cajin. »Ich habe diesbezüglich eine Idee, aber ich müßte vorher noch kurz Mirilo von Heyden befragen. Kann ich es übernehmen, ihm mitzuteilen, daß wir mit Arevaun gesprochen haben und versucht haben, ihn von dem Überfall abzubringen, daß wir es aber für besser halten, uns nicht weiter einzumischen?«

»Was für Gründe willst du nennen für unsere Zurückhaltung?« fragte Eljazokad.

Cajin dachte kurz nach. »Daß wir feste Kunden haben, denen gegenüber wir verantwortlich sind. Scherereien mit Banditen sind für niemanden gewinnbringend.«

»Sag ihm«, schlug Naenn vor, »daß Cruath Airoc Arevaun jedem, der sich mit ihm befaßt, ungebeten erzählt, was er über von Heyden und seine Geschäfte zu wissen glaubt, und daß wir an diesem Wissen nicht interessiert sind.«

»Das ist gut«, lachte Cajin und ging los.

Eine Drittelstunde später kehrte er wieder zurück. Er strahlte über das ganze Gesicht. Sein erster kleiner Außenauftrag für das *Mammut*, der nicht mit Einkaufen, Handwerksarbeiten, Mobiliarbeschaffung, Post, Mitfahrgelegenheiten oder dem Verkauf von Bernsteinen zu tun hatte. »Er war natürlich nicht begeistert, sah es dann aber ein, als ich Naenns Satz aufgesagt habe. Danach schien er beinahe erleichtert zu sein, daß wir uns nicht weiter mit der Angelegenheit befassen.«

Naenn nickte. »Er hat also doch einiges zu verbergen. Deshalb will er ja auch nicht zur Garde gehen.«

»Der eigentliche Grund aber, weshalb ich noch mal mit ihm reden wollte, war«, erzählte Cajin weiter, »daß ich ihn fragen konnte, woher er seine Informationen bezog. Ihr erinnert euch doch noch: Er hat gesagt, daß er herausgefunden hatte, wo Arevaun abgestiegen war, und daß er sich auch über uns ein wenig kundig gemacht hatte. Bei wem kundig gemacht? Nun, es gibt jemanden in Warchaim, der genau so etwas beruflich macht, und ich wollte wissen, ob meine Vermutung stimmt. Sie stimmte. Vetz Brendo, der sogenannte Landspurenführer, hat eine Art Schreibstube auf der Miurastraße, bearbeitet die Fragen seiner zahlenden Kundschaft und findet Sachen heraus, für die die Garde oft nicht zuständig ist.«

»Du meinst: Dieser Brendo weiß Genaueres über uns?« fragte Naenn mit banger Stimme.

»Woher denn?« fragte Cajin ruhig zurück. »Er kann nicht mehr über uns wissen, als was Rodraeg dem Bürgermeister angegeben hat und was du dem Gardehauptmann gesagt hast, und genau diese paar Halbwahrheiten wird Brendo zusammengetragen und an von Heyden weitergeleitet haben. Sonst wäre von Heyden mit seinem Anliegen auch nicht zu uns gekommen. Er wußte, daß wir einen Krieger beschäftigen und ein Schmetterlingsmädchen in der Gruppe haben, weil jeder das sehen kann. Mehr wußte er nicht.«

Naenn atmete auf.

»Spannender ist aber«, fuhr Cajin fort, der gar nicht mehr zu bremsen war, »ob Brendo auch für *uns* nützlich werden könnte. Er könnte zum Beispiel etwas über *DMDNGW* herausfinden.«

»Die Idee ist nicht schlecht«, bemerkte Eljazokad. »Sag ihm aber, daß wir in der Bibliothek schon waren.«

»Ich nenne ihm die Bücher, die wir überflogen haben, vielleicht kennt er ja noch bessere. Wieviel Geld kann ich ihm denn anbieten?«

Naenn schaute fragend in die Runde. »Ich weiß nicht. Zehn? Zwanzig Taler?«

»Fünfzig, wenn er uns zu *DMDNGW* führen kann«, brummte Bestar.

»Abgemacht?« fragte Cajin abschließend das Schmetterlingsmädchen.

»Abgemacht«, nickte sie. »Auf dem Weg kannst du ja gleich die drei Bernsteine verkaufen gehen, die Eljazokad und Bestar mitgebracht haben.«

Wieder sauste Cajin los.

Eljazokad schrieb weiter und verhedderte sich immer mehr.

Bestar ging in die Stadt, versprach Naenn aber vorher, sich von Arevaun fernzuhalten. Tatsächlich ging er in die andere Richtung, nach Süden, weil er hoffte, die schöne Dienerin Meldrid am Tor zum ummauerten Figelius-Anwesen oder irgendwo auf dem Markt wiedersehen zu können.

Hebezie schaute vorbei, wusch Rodraeg und spendete Naenn Zuspruch.

Eljazokad nutzte schließlich die Gelegenheit und versuchte,

in Hebezies Beisein etwas darüber herauszufinden, ob Rodraeg träumte oder nicht. Die Dreimagier hatten das zu wissen begehrt, also schien es von Bedeutung zu sein.

Eljazokad setzte sich neben Rodraegs Kopf und ließ sich auf ihn ein. Nichts. Er nahm eine Hand Rodraegs und versuchte, sich über diese Berührung in den Ohnmächtigen einzufinden. Nichts. Eljazokad legte seine Stirn gegen Rodraegs Stirn und schloß die Augen. Er wußte nicht, ob der Kopf der Sitz der Träume war. Bei Rodraeg konnte es genausogut das Herz sein. Immerhin hatte auch das *Mammut* seinen Namen von einem Traum Rodraegs erhalten.

Nichts.

Eljazokad konzentrierte sich sehr, versuchte sogar, die Leere, die durch die Abwesenheit magischer Energie in ihm selbst erzeugt worden war, zu einem Gefäß umzudeuten, mit dem man Strömungen eines anderen auffangen konnte. Nichts. Er war nicht die Art von Magier, die anderer Leute Träume sehen konnte. Er konnte nur Dinge zum Leuchten bringen. Und nicht mal das konnte er noch.

Aber Naenn war einmal in Rodraegs Traum gewesen. Also bat er sie, ihm zu helfen. »Er träumt«, sagte Naenn nach beinahe einer halben Stunde. »Aber ich kann nicht sehen, was er träumt. Er ist wie eine in sich geschlossene Kugel. Würde ich die Haut dieser Kugel durchstechen, um in sie hineinsehen zu können, würde ich ihm schon wieder eine Wunde zufügen.«

»Immerhin wissen wir nun, daß er träumt. Vielleicht reicht das den Dreimagiern schon, um uns einen Rat geben zu können.«

Während Naenn und Hebezie sich weiterhin um Rodraeg

kümmerten, ging Eljazokad diesmal im vollen Licht des Tages zur Behausung der Gebrüder Dulf.

Seltsamerweise wirkte die Hütte auch tagsüber unscheinbar und verschattet, als erzeugte sie fortwährend ihre eigene Dämmerstunde. *Als träumte sie*, kam es Eljazokad in den Sinn.

Die Eingangstür öffnete sich von selbst, bevor Eljazokad sie berühren konnte. Sie öffnete sich aber nicht, indem sie aufschwang wie eine gewöhnliche Tür. Sie brach in der Mitte auseinander und klaffte zackig auf wie das fauchende Maul eines Drachen.

Eljazokad überwand seine Furcht und trat vorsichtig einen Schritt durch die splitterigen Zahnreihen ins Innere. Sofort war er wieder von diesem unwirklich gleichmäßigen Licht umgeben, und wieder trat eine Gestalt vor ihn, älter zuerst als die gestrige, dann aber doch dieselbe.

»Du gehst jetzt öfters hier ein und aus. Das ist nicht ohne Gefahr«, sagte die Gestalt mit müder Stimme.

»Ich weiß. Aber ich habe immer noch das Gefühl, daß Ihr mir helfen könnt. Ihr wolltet wissen, ob der im Herzen Verwundete träumt. Das ist der Fall, ich weiß jedoch nichts über die Natur seiner Träume.«

»Du glaubst, nichts zu wissen. Du glaubst, ein Gefühl zu haben. Soll ich dir zeigen, was der Träumer sieht?«

»Ich verstehe nicht …«

»Du weißt alles, was du wissen willst. Du kannst dich nur an nichts erinnern. Was ist denn Magie anderes als ein Erinnern an etwas, das alle anderen vergessen haben? Sieh selbst.« Die Gestalt hob die Hand, die Handfläche aufwärts gekehrt, als würde sie etwas halten. Für einen Moment konnte Eljazokad sein Gegenüber genau erkennen: ein junger, blonder Mann mit ausgezehrten Zügen. Dann löschte die Hand alles aus. Eljazokad sah Schnee um sich herum treiben. Er sah ein Tier. Es war ganz mit zottigem Fell bedeckt, hatte große Ohren und einen Rüssel. Es war noch jung, noch ohne Stoßzähne. Es war allein und hungrig. Plötzlich brach die Schneedecke auf unter dem Tier. Eine Gestalt warf sich ins Freie, packte das erschrokken zur Seite trampelnde Jungtier und warf es um. Die Gestalt war in Felle gekleidet, selbst das Gesicht war maskiert, und hatte rückenlanges blaues Haar. Eine Klinge blitzte im Sonnenlicht und verharrte über der Beute. Doch die Klinge tauchte nie herab. Der Mann ließ das Tier los. Mühsam kämpfte es sich auf die Beine und trabte verängstigt davon. Der Mann erstach nur den blendenden Schnee. Dann brach er zusammen und weinte.

Die Hand schloß sich zur Faust, und Schnee, Tier und Mann waren fort. Wieder war Eljazokad schwindelig, wieder fühlte er sich wie vergiftet. Er rang nach Luft.

»Sagt dir das etwas?« fragte der eine Dreimagier.

»Der Blauhaarige«, ächzte Eljazokad. »Ich kenne ihn. Wir haben ihn besiegt, doch im Traum lebt er weiter.«

»Im Traum lebt jeder weiter. Selbst du. Aber wir sind es leid, dir Gefälligkeiten zu erweisen ohne Gegenleistung. Du willst wissen, wie du dein Licht wiederfinden kannst, so schnell als möglich? Dann mußt du etwas für uns tun.«

»Es gibt nicht vieles, was in meiner Macht steht ...«

»Wir wollen auch nicht vieles, nur eines: Gib uns den Schlüssel zur *Höhle des Alten Königs*!«

Eljazokad wich unwillkürlich einen Schritt zurück, bis er das wieder zusammengewachsene Holz der Tür im Rücken spürte, unnachgiebig, höchstwahrscheinlich sogar verriegelt.

»Wodurch wißt Ihr so viel über mich?«

»Du kommst hierher. Du übertrittst aus freiem Willen die Schwelle. Wir wissen alles, weil du es so wolltest.«

*Ich hätte nie hierherkommen dürfen*, gellte es in Eljazokad. *Aber ich habe so viele Fragen. Ich muß herausfinden, ob sie nur von meinen Fragen zehren, oder ob sie auch Antworten besitzen, die nicht von mir selbst stammen.*

»Ich kann Euch den Schlüssel nicht geben. Nicht ohne Erlaubnis der Riesen. Aber wenn Ihr davon wißt, dann wißt Ihr auch, daß die Höhle nun leer ist. Es gibt dort keine Schätze mehr zu finden. Was also sucht Ihr dort?«

»Daß außer euch niemand dort war seit sehr langer Zeit. Daß ihr dort neu geschaffen wurdet. Das könnte auch uns gefallen.«

»Aber die Magie, die das zuwege brachte, ist nicht mehr dort.«

»Aber die Erinnerung. Wir können Erinnerung lesen.«

»Das verstehe ich. Warum kennt Ihr dann den Schlüssel noch nicht? Ich trage ihn in mir als Erinnerung.«

»Ich sagte es schon: Aus freiem Willen mußt du die Schwelle übertreten. Der Schlüssel ist noch tiefer versteckt als nur in fremder Sprache. Wir können die Zeichen nicht lesen, in denen er geschrieben steht.«

Eljazokad atmete durch. »Ich habe drei Fragen an Euch. Wenn Ihr sie mir alle beantworten könnt, gebe ich Euch den Schlüssel. Wollen wir das so machen?«

Die Gestalt dreiteilte sich, faltete sich auseinander zu drei Männern, die hintereinanderstanden. Dann schoben sie sich wieder ineinander wie ein Kartentrick. »Wir kennen deine Fragen, und wir beantworten sie nun. Wir wissen, wer

*DMDNGW* ist, aber wir werden dir nichts über ihn verraten. Er tötet solche wie uns. Wir wissen, wie du den im Herzen Wunden heilen kannst. Er steht auf der Brücke der brennenden Blumen. Geleite ihn zum richtigen Ufer. Wir wissen, wie du deine Magie zurückerhalten kannst. Nicht nur der auf der Brücke, sondern ein jeder trägt ein Licht in sich. Es ist das Licht, das man auch *Leben* nennt. Du kannst die Energie dieses Lichtes nutzen, um deine Magie daraus hervorzuholen, aber vergiß nicht: Es ist nur logisch, daß dies dein Leben kostet. Sieh dich selbst!«

Erneut streckte die Gestalt die Hand vor. Erneut verlor Eljazokad den Raum unter seinen Füßen. Er sah sich selbst, in anderer, weitgeschnittener, aber immer noch schwarzer Kleidung. Er stand zwischen zwei frischen, fackelbeschienenen Grabhügeln und weinte einsam vor sich hin. Seine Freunde lagen unter diesen Grabhügeln, zwei von ihnen, aber er konnte nicht spüren, wer. So, wie es sich anfühlte, waren es alle, die ihm noch geblieben waren.

Mit einem Taumeln kehrte er in das Haus der Dreimagier zurück. Der Eindruck seiner eigenen Trauer war so übermächtig gewesen, daß ihm nun Tränen über das Gesicht liefen.

»Sieh dich selbst«, wiederholte die Gestalt vor ihm beschwörend. »Dies ist deine unmittelbare Zukunft, wenn du nicht vorher Fehler machst.«

»Wenn ich *nicht* vorher Fehler mache? Das sah doch eher so aus, als wäre alles schiefgelaufen!«

»Du stehst. Die anderen fallen. Zerspreng dir nicht dein Licht, sonst wird es genau andersherum kommen. Und jetzt den Schlüssel.«

Obwohl ihm die Dulfs in Rätseln geantwortet hatten, obwohl er die Rätsel nicht alle zu deuten wußte, hatte Eljazokad dennoch begriffen, daß sie ihm tatsächlich Antworten gegeben hatten auf seine Fragen und daß er deshalb nun in einer Schuld stand. Langsam und deutlich formulierte er den Schlüssel: »Levakirni Kru-untelgis Rulkineskar Rulkihelgis Uschrukoschun Kischri-grunik Urlut-raktis Urlut-lunik.« Mit jeder Silbe, die er aussprach, spürte er, wie diese Worte aus seiner Erinnerung gelöscht wurden, bis nur noch die Riesen des Wildbarts und die Dreimagier von Warchaim sie besaßen.

»Nun geh und kehre niemals wieder.«

So hart diese Worte auch klangen, Eljazokad hatte nicht den Eindruck, daß sie in Feindseligkeit geäußert wurden. Er verließ die Hütte durch einen Vorhang, der nach Heublumen roch und einfach beiseite geschoben werden konnte.

Draußen war es immer noch hell, aber, wie es ihm schien, nicht so hell wie in der Hütte der Magier.

Eljazokad ging nicht auf schnellstem Wege zum *Haus des Mammuts* zurück. Er schlenderte noch ein wenig am Hafen herum, sah den Flußschiffen beim Löschen ihrer Ladungen zu, bis er seine immer wieder aufwallende Trauer so weit im Griff hatte, daß er sich seinen grabesgeweihten Freunden stellen konnte.

Cajin hatte die Bernsteine verkauft – »Der Händler wollte mir nun nur noch achtzig Taler pro Stein geben, weil ich ihm in letzter Zeit zu viele von denen verkauft habe, aber was soll's, 240 sind immer noch ein Batzen Geld« – und sich mit dem Landspurenführer Vetz Brendo getroffen.

»Ein eigentümlicher Geselle«, berichtete Cajin abends bei

Kerzenschein. »Seine Schreibstube ist fast völlig verdunkelt, an den Wänden Karten und Diagramme, auf dem Boden türmen sich Pergamente mit Notizen, meistens umkreist oder mit Pfeilen zu komplexen Gebilden verbunden. Brendo selbst hat ein sehr kantiges Gesicht mit trotzigem Kinn und eine hohe Denkerstirn. Die Haare gehen ihm schon aus, ich würde ihn auf Mitte vierzig schätzen. Jedenfalls sagte er, er habe die Abkürzung *DMDNGW* schon mal gehört, das müsse aber über zehn Jahre her sein. Er könne sich nur deshalb daran erinnern, weil Abkürzungen aus sechs Buchstaben ziemlich selten seien. Ich bot ihm zehn Taler für Nachdenken und Nachforschen ohne Reisetätigkeit, er verlangte zwanzig, also trafen wir uns bei fünfzehn.«

»Hast du ihm erzählt, daß wir schon in der Bibliothek waren?« fragte Eljazokad.

»Ich weiß nicht, ich hatte das Gefühl, ich sollte es besser nicht erwähnen. Nachdem ich Brendos Skizzen und Systeme gesehen hatte … dachte ich einfach, er hat vielleicht mehr Ahnung von so etwas als wir. Er könnte etwas entdecken, das wir übersehen haben.«

»Du hast recht«, lobte Naenn den Jungen, der anschließend ein ganz männliches Gesicht machte.

»Nach dem, was die Dreimagier mir mitgeteilt haben«, setzte Eljazokad das Gespräch fort, »müßte *DMDNGW* ein Mann sein. *Er tötet solche wie uns. Magier* wahrscheinlich. Vielleicht aber auch *Sonderlinge.* Oder *Drillinge.* Jedenfalls paßt *er* nicht zu unserer sonnenfeldischen Wasserfinderin, die doch wohl ganz bestimmt eine Frau war.«

»Aber er könnte ein Nachfahre von ihr sein«, vermutete Naenn. »Ein Urenkel vielleicht.«

»Möglich. Was Rodraeg angeht, haben sie mir erzählt, daß er auf einer Brücke steht. Als ob er unentschlossen sei zwischen dem Leben und dem Tod. Als ob er … nicht weiß, welche Richtung er einschlagen soll.«

»Er wartet auf Hilfe. Auf Führung«, bestätigte Naenn. »Aber wie sollen wir ihm helfen? Wir müßten diese Brücke finden.«

»Ja.« Der Lichtmagier starrte in die ruhige Flamme einer Kerze. »Wo kann diese Brücke sein? Die Brücke der brennenden Blumen. Feuer. Licht. Rauch. Ein Geruch von verschmorten Blütenblättern. Eine Hängebrücke zwischen dem Leben und dem Tod. Wir sind zu lebendig, um dorthin zu gelangen.«

»Wollen wir ein Experiment wagen?« fragte Naenn mit traurigen Augen. »Ich wäre bereit mich zu opfern, um Rodraeg retten zu können.«

»Du? Das ist völlig ausgeschlossen«, widersprach Eljazokad ihr energisch. »Du trägst noch ein zweites Leben in dir, für das du verantwortlich bist. Ich oder Bestar könnten es wagen. Aber wir wissen nicht, wie. Ohne Anleitung ist es völlig aussichtslos. Wir würden uns nur selbst umbringen bei dem Versuch, dem Tod eine Richtung abzutrotzen.«

»Was ist, wenn wir Hellas brauchen?« knurrte Bestar.

»Wozu sollen wir ihn brauchen?« fragte Eljazokad.

Der Klippenwälder schlug die Augen nieder. »Um die Brücke zu finden. Hellas konnte alles treffen mit seinem Bogen. Vielleicht … könnte er einen Pfeil in diese Brücke schießen. Er könnte wissen, in welcher Richtung sie liegt.«

Lächelnd schüttelte Eljazokad den Kopf. »Hellas war vieles, aber ein Magier war er nicht. Ich bin zur Zeit leider auch keiner mehr. Die Dreimagier wollen uns nicht weiterhelfen. Naenn hat große Fähigkeiten, wird aber durch ihren eigenen mütterlichen Zustand auf sich selbst zurückgeworfen. Wir bräuchten Riban Leribin. Ich bin ihm ja noch nie persönlich begegnet. Wo ist er, wenn man ihn braucht?«

»Vielleicht immer noch in Terrek, vielleicht schon wieder in Aldava, vielleicht irgendwo, wo der Kontinent um Hilfe ruft und niemand auf dieses Schreien reagiert.« Naenn seufzte. Sie hatte etwas anfügen wollen wie: » … um uns durch einen neuerlichen Auftrag in Schmerz und Auflösung zu führen«, aber sie ließ es bleiben. Rodraeg hatte Riban zwar nie restlos vertraut, sich den Missionen aber mit ganzer Kraft überantwortet. Cajin zweifelte nie. Bestar war anfangs ein Wagnis gewesen, jetzt eine stützende Kraft. Und selbst Eljazokad, der alles verloren hatte, was ihn ausmachte, schien keinen Groll mit sich herumzutragen.

An diesem Abend nahm Naenn all ihre Zweifel und Verzweiflung mit ins Bett. Die Schwangerschaft, die sie als handlungsfähiges Gruppenmitglied lahmlegte, ängstigte sie. Sie war noch gar nicht darauf vorbereitet gewesen. Weder auf die stürmische Liebe eines Mannes, noch auf eigene Mutterschaft. Erst recht nicht auf Mutterschaft ohne einen Kindsvater.

Was war nur in sie gefahren? Weshalb hatte sie es so weit kommen lassen und auch noch die Waghalsigkeit besessen, das Liebemachen leidenschaftlich zu genießen? Das entsprach so gar nicht ihrem früheren Wesen.

War es das, was das *Mammut* ausmachte? Daß es sie alle umwandelte? Sie in eine sinnliche Frau und Mutter. Bestar in einen Riesen. Eljazokad in einen Nichtmagier. Cajin in einen Mann, der Entscheidungen fällte. Rodraeg in einen Sterbenskranken, dann kurz in einen Gesunden, dann wieder in einen, der auf der Brücke der Todes stand. Ihn nahm das *Mammut* am allermeisten mit.

*Je mehr einer das Mammut liebt*, dachte Naenn, *desto höher ist sein Tribut.*

Einer Eingebung folgend, entkleidete sie sich und legte sich zu Rodraeg ins Bett, der, weil es noch warm war im Rauchmond und es das Waschen erleichterte, ebenfalls nackt war. Behutsam berührte sie seinen reglosen Körper mit ihrem vorgewölbten Bauch. »Hier ist das Leben«, hauchte sie. »Kannst du es spüren? In dieser Richtung liegt das Leben.«

Es dauerte drei Stunden, bis Naenn in dieser Nähe einschlafen konnte, aber selbst in diesen drei Stunden, in denen sie aufmerksam jedes Härchen auf Rodraegs Körper betrachtete, verließ er die Brücke der brennenden Blumen nicht.

# 4 Der hängende Mann

Der folgende Tag, der 20. Rauchmond, brachte einen Brief vom *Kreis*.

Ein berittener Bote von *Carhard & Bernsten* lieferte ihn am frühen Nachmittag. Cajin nahm ihn begeistert in Empfang. Der Brief war diesmal nicht an *Rodraeg T. Delbane* adressiert wie damals der erste, sondern an *C. Cajumery*. Als ob der *Kreis* bereits wußte, daß Rodraeg ihn nicht entgegennehmen konnte. Oder als ob der *Kreis* noch nicht damit rechnete, daß Rodraeg und die anderen schon wieder von der Zeptermission zurück waren.

Naenn sah der Öffnung des Briefes im großen Zimmer mit sehr gemischten Gefühlen entgegen. Der letzte Auftrag hatte Rodraeg zwar in die Gesundung geführt, Eljazokad jedoch in die Leere und Hellas Borgondi sogar in den Wahnsinn. Dieser Wahnsinn wiederum hatte sich mit voller Wucht auf Rodraeg entladen. Es schien kein richtiges Vorwärts zu geben, sondern eher eine in sich gerichtete Kreisbewegung. Einen nicht ganz geschlossenen Kreis.

Cajin brach das Siegel, öffnete den Umschlag, zog das Pergament heraus und las laut vor. Naenn, Eljazokad und Bestar lauschten.

*An das Mammuthaus Warchaim*
*C. Cajumery*

*Ein gutes Leben allen Teilen des Kontinents!*
*Möglicherweise ist die Gruppe noch nicht von ihrem Einsatz*

*für die Riesen zurückgekehrt, aber vielleicht könnt Ihr, Cajin und Naenn, von Warchaim aus bereits erste Vorforschungen tätigen in Hinsicht eines sehr eigenartigen Problems, so daß die Gruppe dann nach ihrem Eintreffen unverzüglich in Aktion treten kann.*

*Im Thostwald ist die Kaninchenpopulation nahezu zu einhundert Prozent verschwunden.*

*Da, wie es bei einer Seuche der Fall wäre, auch keine Kadaver zu finden sind, scheint uns dies ein Fall für das Mammut zu sein. Welche weitreichenden Folgen für Nahrungskette und lebendiges Gleichgewicht eines Landstriches das Verschwinden einer gesamten, vormals sehr zahlreichen Spezies bedeutet, brauchen wir Euch wohl nicht weitschweifig zu erklären.*
*Von Estérons Freunden im Schmetterlingshain erfuhren wir auf Anfrage, daß sich im Larnwald nichts an der Kaninchenpopulation geändert hat. Um so unerklärlicher also das Phänomen im witterungsbedingt sehr ähnlichen Thostwald.*

*Wir haben in Erfahrung gebracht, daß es in dem Dorf Clellach eine Tagesreise östlich von Miura einen Waldführer namens Forker Munsen gibt, der Euch im Wald begleiten und zur Seite stehen kann. Ihr solltet Euch nicht ohne fachkundige Unterstützung dem Thost überantworten.*

*Viel Erfolg!*

Unterzeichnet war der Brief wie immer mit dem nicht ganz geschlossenen Kreis.

»Gut, daß Hellas nicht mehr hier ist«, brummte Bestar. »Er hat dauernd über die Wale gelästert, wie wäre das jetzt bei Kaninchen?«

»Das ist ja wirklich eine eigenartige Sache«, grübelte Naenn. »Was kann mit all den Kaninchen passiert sein?«

»Der Thostwald ist ja nicht allzu weit entfernt von den Unruhen, die in Chlayst und Furbus toben«, sagte Cajin. »Möglicherweise ernährt sich das Heer der aufrührerischen Heugabelmänner von Kaninchen und läßt massiv im Thost jagen?«

»Das wäre dann aber kein Rätsel, sondern ein von einem Waldkundigen wie diesem Forker Munsen sicherlich beobachtbarer Vorgang«, widersprach Eljazokad. »Nein, es muß etwas sein, was man nicht mitbekommt, wie eben eine Krankheit. Aber von einer, die auch die Kadaver zersetzt, habe ich auch noch nie gehört.«

»Oder es sind Dascos Wölfe«, vermutete Bestar. »Durch Dascos Tod herrenlos geworden, sind sie bis zum Thostwald gewandert und reißen nun die ganzen Kaninchen.«

»Auch das müßte ein Waldführer sich erklären können«, setzte Naenn entgegen. »Und der *Kreis* hat ja offensichtlich schon Kontakt mit Munsen gehabt und das Rätsel nicht gelöst.«

»Vielleicht ein Drache!« ließ Bestar nicht locker. »Hat Hellas in Terrek damals nicht einen Drachen gesehen? Terrek ist doch auch nicht weit weg vom Thost. Was, wenn der Drache die Kaninchen frißt?«

»Ich fürchte, das bringt alles nichts«, sagte Eljazokad. »Wir können noch so viele Ideen entwickeln, aber wir müssen vor Ort sein, um diese zu überprüfen. Also laßt uns hinfahren.«

»Wer denn?« fragte Naenn.

»Na, Bestar und ich.«

»Ihr beide nur zu zweit? Du bist doch nicht mal bewaffnet. Und auf deine Magie kannst du zur Zeit auch nicht mehr zählen.«

»Aber ich habe Bestar bei mir, und der ist der beste Leibwächter, den man sich wünschen kann. Der Forsthüter kommt auch noch mit. Es geht nur um Kaninchen, Naenn, das klingt nicht, als müßten wir um unser Leben kämpfen. Wir werden systematische Nachforschungen betreiben, und wenn wir an einer Stelle nicht mehr weiterkommen, weil uns Rodraeg und Hellas fehlen, werden wir einen Bericht an den *Kreis* schicken und den Rest ihm überlassen.«

»Vielleicht sollte ich diesmal mitkommen«, schlug Cajin vor. »Ich meine, bislang seid ihr immer zu viert aufgebrochen. Zu zweit kommt mir auch etwas waghalsig vor.«

»Aber wir sollten Naenn auch nicht alleine hier zurücklassen«, entgegnete Eljazokad. »Gut, der Thost ist von hier aus schnell zu erreichen, mit einem Schiff kann man larnusabwärts wahrscheinlich in drei bis vier Tagen in Brissen sein, aber wir können ja nicht wissen, wie lange unsere Nachforschungen im Wald dauern werden. In einem Mond wird Naenns Kind kommen, ob wir dann hier sind oder nicht, und da sollte jemand bei ihr sein.«

Naenn empfand sich schon wieder als Hindernis, als Weibchen, das mit seiner Schwachheit allen anderen nur im Wege war. »Vielleicht … sollte ich in den Schmetterlingshain gehen und Rodraeg mitnehmen. Dort wären wir sicher, vielleicht auch vor den Nachstellungen durch *DMDNGW*, und dann könnt ihr zu dritt …«

»Rodraeg wäre dagegen«, unterbrach Eljazokad sie bestimmt, und diese drei Worte durchschnitten die gesamte Diskussion wie ein Fallbeil. »Ich war nicht von Anfang an dabei und weiß nicht alles über die Gründung des *Mammuts*, aber was Rodraeg mir auf Reisen erzählt hat, ist, daß Cajin auf das Haus achtgeben und *jederzeit* hier ansprechbar sein soll und daß Naenn in Warchaim bleiben und sich darauf vorbereiten soll, eines Tages das *Mammut* oder sogar eine noch wichtigere Aufgabe in bezug auf die Götter zu übernehmen. Das Warchaimer Haus wurde nicht gegründet, um aufgegeben zu werden. Wir müssen dieses Haus halten, bewahren und noch stärker machen. Und das bedeutet, daß Cajin hierbleiben muß, daß Rodraeg hierbleiben muß und Naenn – so unangenehm das auch sein mag – ihr Kind hier in diesem Haus zur Welt bringen muß. Damit eines Tages diese Fensterscheiben stark genug sein werden, geworfene Steine einfach zurückprallen zu lassen.«

»So soll es sein!« bekräftigte Bestar.

»Dann brechen wir auf. Heute noch.«

»Heute?« Naenn sah Eljazokad beinahe flehentlich an. »Aber … in dem Brief war doch die Rede von … Vorforschungen. Ihr könnt euch doch nicht einfach so hineinstürzen in … in …«

Eljazokad ließ sich nicht von seinem Entschluß abbringen. »Hier in Warchaim können wir nichts erfahren über etwas, das sich *gerade jetzt* im Thostwald abspielt. Wir könnten in der *Encyclica* unter ›Kaninchen‹ nachschlagen, aber das wird uns auch nicht weiterhelfen, zumal wir ja mittlerweile herausgefunden haben, daß in der *Encyclica* ziemlich viel Unsinn steht. Nein. Je eher wir aufbrechen, desto eher werden wir wieder zurück sein. Und ich möchte zurück sein, bevor deine Schwangerschaft in die entscheidende Woche geht.«

»Außerdem haben wir hier sowieso nichts mehr zu tun«, unterstützte Bestar den Lichtmagier.

»Richtig.« Eljazokad versetzte Bestar einen freundschaftlichen Knuff gegen die Schulter. »Die Dreimagier haben mir unmißverständlich zu verstehen gegeben, daß sie auf meine fortgesetzte Fragerei keinen Wert legen. Der Landspurenführer Vetz Brendo wird erst mal eine Weile lang mit seinen Nachforschungen beschäftigt sein. Die von-Heyden-Angelegenheit bedeutet höchstens Scherereien für uns, da sollten wir uns lieber raushalten. *DMDNGW* will uns erst vorm Nebelmond ausmerzen. Gut, das könnte auch jetzt schon sein, aber dann wäre ›vor dem Blättermond‹ wohl eine treffendere Aussage gewesen. Wenn jemand schriftlich prahlt, dann wird er es auch ernst mit dem Wortlaut meinen. Ich denke, ihr beide seid hier sicher bis etwa Mitte des Blättermondes.«

»Bis zu meiner Niederkunft also«, sagte Naenn tonlos.

»Gut möglich.« Eljazokad schauderte leicht. *Das Mädchen Darf Nicht Geboren Werden*, fuhr es ihm durch den Geist. Er wußte selbst nicht, woher diese Idee stammte. »Hast du eigentlich … eine Ahnung, ob es ein Junge oder ein Mädchen wird?«

»Ein Junge«, sagte Naenn. »Ich bin mir ziemlich sicher.«

Eljazokad nickte. *Der MANN Darf Nicht Geboren Werden? Das MONSTRUM Darf Nicht Geboren Werden?* Das war doch alles Unsinn. Hirngespinste. Prahlereien. Der Vater von Naenns Kind war ein Strauchdieb, weder ein Monstrum noch ein mächtiger Magier. Das Kind sollte also eigentlich weniger Magie besitzen als seine Mutter, also weniger von Bedeutung sein für das *Mammut* und den Kontinent, also unmöglich Ziel eines großspurig vorher angekündigten Anschlags. »Jedenfalls: Das letzte, was hier ansonsten zu tun bleibt, ist die Pflege Rodraegs, und das kann sich erstens noch hinziehen, und zweitens ist er – denke ich – bei dir und Hebezie in besseren Händen als bei mir und Bestar.«

»Also«, ließ auch Cajin sich wieder vernehmen, »laufe ich am besten sofort los und mache eine Schiffspassage nach Brissen klar, für heute abend noch.«

»Ja. Das wäre großartig. Bestar und ich holen uns noch Proviant am Markt, und etwas Neues anzuziehen würde ich mir auch gerne kaufen. Das Dornengestrüpp, in das die Tür der Dreimagier sich neulich verwandelt hat, hat meinen ohnehin schon strapazierten Sachen den Rest gegeben.« Eljazokad zeigte seine erbärmlichen Reißmaschen vor.

»Gut«, stimmte Naenn nun endlich zu, »dann gebe ich euch zwanzig Taler mit für Proviant, dreißig für neue Kleidung, fünfzig als Reisegeld, zwanzig für die Schiffspassage hin und zurück. Brauchst du noch Ausrüstung, Bestar?«

»Ich habe alles, was ich brauche«, sagte der Klippenwälder, und klopfte gegen seine Segmentrüstung und das Erzschwert Skergatlu.

»Also hundertzwanzig Taler. Da bleibt uns immer noch eine Menge übrig.«

»Sparen wir's«, schlug Eljazokad vor. »Der *Kreis* hat uns diesmal kein Geld geschickt. Wer weiß, wann wieder etwas kommt.«

Cajin vereinbarte am Hafen eine Fahrt für zwei Personen auf der *Tennevere Taos* nach Brissen. Eljazokad ging unterdessen Kleidung kaufen. Er suchte nach etwas, das der schwarzen Gewandung seiner Dreimagier-Vision entsprach, etwas weiter Geschnittenes, Würdevolles, aber im Ausrüstungshaus von Bep Immergrün gab es ausschließlich Zweckmäßiges, und im etwas edler bestückten Bekleidungsgeschäft »Vierfaden« war die Farbe Schwarz nur bei weiblicher Unterwäsche zu bekommen. Von Heyden fiel ihm ein. Vielleicht waren von Heydens Chlayster Stoffhehlereien der eigentliche Inhalt dieser Vision gewesen. Bestar und womöglich auch Rodraeg tot im Grab, weil das *Mammut* sich mit Cruath Airoc Arevaun und seinen Spießgesellen angelegt hatte. Aber das war mit ziemlicher Sicherheit einfach zu weit hergeholt. Eljazokad entschied sich für eine lose fallende Stoffhose, ein stabil vernähtes Hemd und eine leichte Überjacke in kleidsamstem Mattschwarz bei Bep Immergrün, zahlte dafür sechsunddreißig Taler und warf sein altes und zerschlissenes Zeug gleich in einen bereitstehenden Altkleiderkorb. Danach kehrte er nach Hause zurück und arbeitete zusammen mit dem ebenfalls wieder heimgekehrten Cajin unter Zuhilfenahme der in Rodraegs Arbeitszimmer hängenden Kontinentalkarte einen Zeitplan für die bevorstehende Mission aus.

Naenns Niederkunft stand nach siebenmondiger Schwangerschaft am 23. Blättermond bevor, eine Woche vorher oder später waren aber ebenfalls möglich. Also sollten Eljazokad und Bestar spätestens am 13. Blättermond wieder zurück sein. Aufbruch war heute, am 20. Rauchmond. Vier Tage mit dem Schiff bis Brissen, vier Tage von dort aus als Mitfahrer auf einem Karren bis Miura, einen weiteren Tag bis nach Clellach, zurück bis Brissen wieder fünf Tage, sechs Tage flußaufwärts mit dem Schiff – das ergab eine Reisedauer von zwanzig Tagen und somit ein Zeitfenster von lediglich drei Tagen für Nachforschungen im Thostwald.

»Das ist nicht gerade üppig, aber mit Hilfe von Forker Munsen sollten wir doch irgend etwas herausfinden können«, faßte Eljazokad zusammen. »Letzten Endes war im Brief des *Kreises* von ›Vorforschungen‹ die Rede. Falls alle Stricke reißen, brechen wir eben ab und müssen hinterher zusammen mit Rodraeg nochmal in den Thost, um auf unseren Vorforschungen aufzubauen.«

»Nehmt euch ruhig mehr Zeit, wenn ihr sie braucht«, sagte Naenn, die, ihre Hände in den Rücken gestützt, in der Tür stand. »Ich glaube nicht, daß das Kind zu früh kommt. So etwas passiert höchstens auf der Flucht. Cajin macht es mir hier aber zu bequem. Das Kind wird eher zu spät kommen als zu früh.«

»Ich will keine Risiken eingehen«, lächelte Eljazokad. Er ließ die Buchstaben *DMDNGW* einfach unausgesprochen, sie standen ohnehin deutlich genug im Raum.

Eine halbe Stunde später brachen Eljazokad und Bestar auf. Eljazokad nahm nicht die gesamte Höhlenerforschungsausrüstung mit, die Rodraeg ihm in Tyrngan aufgenötigt hatte. Er ließ das Seil und die zwanzig Kletterhaken zurück, weil Bestar ohnehin ein Seil mitnahm. In Eljazokads Rucksack befanden sich somit nur noch ein Garnknäuel, ein kleines Schnurmesser – der waffenähnlichste Ausrüstungsgegenstand, zu dem Eljazokad sich je hatte überreden lassen –, ein Zunderkasten, zwei Zündsteine, das Reisegeld, ein Wasserschlauch und etwas Proviant. Den größten Teil des Proviants trug Bestar, damit der schmalschultrige Eljazokad nicht schon »zusammenbricht, bevor wir den Thost überhaupt erreichen«. Außer der Nahrung und seinem Trinkwasser, dem Erzschwert und der Rüstung schleppte der Klippenwälder noch ein zehn Meter langes Seil, seinen Wurfhaken, eine Schlafdecke, zwei Fackeln, ein Zündkästchen und den Bernstein der Riesen, den er niemals hergeben wollte. Münzen besaß Bestar seit seinem Mißverständnis in einem rollenden Freudenhäuschen überhaupt keine mehr.

Der Abschied von Cajin und Naenn fiel sachlich und kurz aus. Eljazokad versicherte zum wiederholten Male, daß sie »rechtzeitig« zurück sein würden und fragte Naenn, ob sie sich zutraue, anhand seiner wirren, aber vollständigen Notizen einen Bericht über die Zeptermission an den *Kreis* zusammenzustellen. »Dann habe ich endlich einmal etwas Sinnvolles zu tun«, bejahte sie. »Ich werde die von-Heyden-Sache auch noch hinzufügen. Und die Drohung durch *DMDNGW*, denn sie gilt allen, die das *Mammut* hegen, also auch dem *Kreis.*« Bestar sagte nur: »Grüßt Rodraeg von uns, wenn er zu sich kommt.« Dann gingen die zwei Mann, aus denen die *Mammut*-Einsatzgruppe zur Zeit noch bestand, winkend davon.

Die Fahrt nach Brissen kostete zwei Taler pro Person und Tag und dauerte vier Tage. Die Sonderpreise, die das *Mammut* auf seiner letzten Fahrt nach Uderun durch die Vermittlung Alins Haldemuels erhalten hatte, waren nun nicht mehr erstreitbar, so daß Naenn bei der Berechnung der Reisekosten deutlich zu wenig Geld veranschlagt und ausgehändigt hatte. Die Rückreise würde – wegen des Flußaufwärtsfahrens – noch teurer werden. Eljazokad war froh, daß Naenn ihm immerhin fünfzig Taler Reisegeld mitgegeben hatte, so daß es ihm möglich war, den ganzen Wucher überhaupt zu bezahlen. Persönlich zog er das kostenlose Mitfahren auf den Wagen anderer Reisender vor.

Sie passierten das trutzige Uderun am zweiten Tag und rauschten weiter flußabwärts zur Ostküste. In Brissen, wo noch nichts von den Unruhen südlich des Wildbarts zu spüren war, hatten sie das Glück, eine aus beladenen Maultieren und auf Maultieren reitenden Händlern bestehende Handelskarawane nach Miura zu finden, die sehr daran interessiert war, einen Schwertkämpfer mitzunehmen, der sich auf »Sprache und Art der Riesen« verstand. Geschickt pries Eljazokad Bestar in dieser Hinsicht an. Der zeigte sein Erzschwert vor, erntete dafür Staunen und Anerkennung und brummte sogar noch einen Gesang, den er von den Riesen gelernt hatte, um so zu tun, als verstünde er sogar die geheime Sprache dieses den Händlern nie ganz geheuer gewordenen Wildbartvolkes. Die Händler einigten sich mit Eljazokad darauf, Bestar pro Tag zwei Taler zu zahlen, und Eljazokad durfte umsonst mitkommen und wurde genau wie Bestar verpflegt.

Eljazokad war verblüfft festzustellen, daß Bestar überhaupt nicht reiten konnte. Der Klippenwälder liebte »Pferdchen« und Maultiere zwar sehr, hatte aber – vielleicht genau aus diesem Grund – noch nie das Bedürfnis verspürt, sich auf eines draufzusetzen. Nun waren die Maultiere der Karawane alle durch Seile miteinander verbunden, wurden von vorne geführt und gingen lediglich im Schritt, so daß Bestar eigentlich nur sitzen bleiben mußte, aber dennoch gab es im Laufe der nun folgenden Tage einige kuriose Verrenkungen, Kunststücke und Zwischenfälle, die in erster Linie darauf zurückzuführen waren, daß Bestar, wie er mehrfach deutlich mitteilte, »der Arsch weh tat«.

Da die Karawane nicht besonders schnell war, benötigten sie fünf Tage bis nach Miura, was sie gegenüber ihrem Zeitplan einen Tag zurückwarf und von Eljazokad mit Sorge betrachtet wurde. Aber immerhin hatte Bestar am Ende dieser fünf Tage durch Nichtstun, Nörgeln und Gesäßreiben zehn Taler verdient.

Miura war eine sauber und geräumig wirkende Stadt, deren herausragendes Merkmal darin bestand, das jedes zweite Haus aus Stein und jedes dazwischen aus Holz gebaut war. Die Stadt trug damit ihrer geographischen Lage Rechnung, zwischen dem aufragenden Wildbart und dem als ewig geltenden Thost, zwischen Holz und Stein, beides nutzend und aus beidem bestehend. Obwohl Eljazokad hier von mehreren begütert wirkenden Damen angelächelt wurde, verzichteten die beiden *Mammut*streiter auf einen Aufenthalt und zogen sofort weiter nach Osten.

Es war der vorletzte Abend des Rauchmondes, als der Lichtmagier und der klippenwälder Schwertkämpfer das komplett mit Rieddächern gedeckte Dorf Clellach, das sich in den Westrand des Thost schmiegte, zu Fuß erreichten.

Der Wald von Thost war bei weitem nicht so ausufernd wie der Larnwald. Während der Larn die Ausmaße einer Provinz besaß und im Norden in die noch gewaltigeren Klippenwälder überging, konnte man den Thost in nord-südlicher Richtung binnen sieben, und in west-östlicher Richtung sogar in fünf Tagen zu Fuß durchqueren. Dennoch stellte dies eine gewaltige labyrinthische Fläche dar, die gründlich zu durchkämmen wahrscheinlich Jahre in Anspruch nehmen würde. Ohne Führer ging man hier sicherlich schnell verloren.

Um so größer war Eljazokads und Bestars Erschrecken, als sie nach einigen Fragen im sich bereits zur Nachtruhe begebenden Dorf erfuhren, daß Forker Munsen nicht mehr am

Leben war. »Hat sich erhängt, der arme Kerl«, sagte ihnen eine alte Frau kopfschüttelnd. »Ist erst letzte Woche passiert.«

»Kommt so etwas hier häufiger vor?« fragte Eljazokad.

»Was?«

»Na, daß jemand sich aufhängt.«

»Beileibe nicht. Wir sind ja nur zweihundert Seelen, wo kämen wir denn da hin?«

»Und man kann ausschließen, daß es Mord war?«

»Mord? Wer sollte denn den armen Forker ermorden? Hört auf, eine alte Frau so auf den Arm zu nehmen. Gute Nacht!«

»Eine Frage noch«, hielt Bestar sie zurück. »Gibt es andere Waldläufer hier, die man mieten könnte?«

Die Frau dachte kurz nach. »Das sieht schlecht aus zur Zeit. Die *Unsteten* sind im Wald und haben einige Führer angeheuert, um nicht andauernd im Kreis zu fahren.« Sie lachte, winkte und verschwand in ihrer Haustür.

Die *Unsteten.* Eljazokad hatte schon gehört von dieser in zweistöckigen Wagen durch die Welt rollenden Sippe. Die *Unsteten* galten als friedfertig und in den Heilkünsten bewandert. Unwahrscheinlich, daß sie etwas mit dem Verschwinden der Kaninchen zu tun hatten. Aber vielleicht wußten sie etwas darüber.

Erstaunlicherweise gab es in Clellach kein Gasthaus, nichts, wo man als Reisender unterkommen konnte. Ein kauziger Alter namens Ljus schloß ihnen jedoch das Bürgerversammlungshaus auf, wo sie sich auf der Bühne ausstrecken und schlafen konnten.

Am folgenden Morgen bewirtete Ljus sie unaufgefordert mitten auf der Bühne mit ungesäuertem Brot, euterwarmer Kuhmilch und in Würfeln geschnittenem Kernschinken. Eljazokad gab ihm zwei Taler dafür, die Ljus pfeifend in seinem Jäckchen verschwinden ließ.

»Der Waldführer, der sich erhängt hat. Forker Munsen. Kannst du uns zeigen, wo er gewohnt hat?«

»Zur Untermiete bei Durssa. Ein Besen von einem Weib. Mir schleierhaft, wie man es dort länger als zwei Bissen aushalten kann. Ich kann euch hinbringen.«

»Weiß man im Dorf irgend etwas darüber, warum Munsen das getan hat? Hatte er Probleme? Schulden? Feinde?«

Ljus verzog sein Gesicht zu einer schiefen Angelegenheit. »War ein verschlossener Bursche, der Fork. Viel für sich. Still und tief wie der Niemalsbrunnen. Die meisten Waldläufer sind so. Erzählen nicht rum, was für Aufträge sie gerade haben. Gehört zum Geschäft, nehme ich an. Geheimhaltung.«

»War er ein ... junger Mann?«

»Älter als ihr beide, aber deutlich jünger als ich. Vierzig vielleicht.«

»Bei uns in Taggaran«, schmatzte Bestar, »kannte jeder jeden genau. Bei zweihundert Seelen kann das doch gar nicht anders sein. Aber hier in Clellach konnte man Geheimnisse für sich behalten? Und ein Selbstmörder werden, ohne daß einem jemand in den Arm fällt?«

»Wo liegt dieses Taggaran?« fragte Ljus zurück.

»In den Klippenwäldern.«

»Ahh, die Klippenwälder. Riesig, nicht wahr, und noch immer unerforscht in vielen Bereichen. Verteilung und Zerstreuung. Der Thost ist anders. Er ist wie eine geballte Faust. Hier fällt alles auf dich allein zurück. Wenn du nicht lernst, die Schnauze zu halten, gehst du im Thost kaputt.«

»Vielleicht hat Munsen nicht die Schnauze gehalten«, mutmaßte Eljazokad. »Vielleicht hat er etwas ausgeplaudert, was er besser für sich hätte behalten sollen?«

»Aber«, grinste Ljus mit lückenhaften Zähnen, »nun schweigt er ja, nicht wahr?«

Bestar und Eljazokad wechselten einen langen Blick. Dann fragte Bestar: »Weißt du etwas über Kaninchen? Ist irgend etwas seltsam in letzter Zeit mit den Kaninchen?«

»Die Schlingen bleiben leer. Unser Dorfhüter hat schon gesagt, es könnte eine neue Art von Räuber sein im Thost.«

»Wölfe? Ein Drache?«

»Möglich.«

»Was sagen die Waldläufer?«

Wieder grinste der Alte. »Sie halten die Schnauze und machen ihre Arbeit.«

Eljazokad war sich nicht sicher, ob Ljus reden würde wie ein Wasserfall, wenn man ihm nur zehn Taler in die Hand drückte, oder ob der Alte das ernst meinte mit dem Dichthalten. Er wollte ihn nicht beleidigen, deshalb unterließ er den Versuch einer Bestechung.

Eine letzte Frage hatte der Lichtmagier dennoch. »Was sind das denn im allgemeinen für Leute, die die Dienste der Waldläufer in Anspruch nehmen? Die *Unsteten*, soviel habe ich schon mitbekommen. Aber was ist mit Reisenden wie uns? Ihr habt nicht mal ein Gasthaus hier, also habt ihr wohl auch nicht viel Besuch von außerhalb?«

»Doch, haben wir schon. Aber der Besuch bleibt nicht in Clellach. Der Besuch will in den Thost. Ihr habt doch schon von Korengan gehört, oder?«

»Der Verfasser von *Das Schwert im Baum.*«

»Richtig. Der ist hier im Thost aufgewachsen, mitten drin, in Stoerig. Hat hier seine ersten Abenteuer erlebt. Kämpfe gegen Sackkehler, Baumspinnen, Flechtenwölfe und den Wurzelschrat Fojolom. Viele Abenteurer kommen in den Thost, um auf Korengans Spuren zu wandeln. Viele suchen den alten Fojolom und seine Schätze. Aber falls da jemals etwas zu finden war, ist es schon vor langer Zeit gefunden worden.«

Eljazokad ärgerte sich. *Das Schwert im Baum* war Rodraegs Lieblingsbuch und lag jetzt nutzlos im *Haus des Mammuts* entweder in Cajins Zimmer oder in Rodraegs Schreibtisch. Es war wirklich ein unglücklicher Zufall, daß Rodraeg ausgerechnet bei diesem Auftrag nicht bei ihnen war. Auf den Spuren Korengans zu wandeln hätte ihm gewiß Freude bereitet, und er hätte so manches über den Thostwald beizusteuern gewußt, von dem Eljazokad und Bestar keine Ahnung hatten.

Ljus brachte sie zum Haus von Durssa und machte sich dann aus dem Staub, bevor der »keifende Hausdrachen« seiner angesichtig werden konnte. Eljazokad war es, der behutsam klopfte.

Durssa hatte tatsächlich ein grimmiges Gesicht, von Runzeln durchfurcht und mit allen Spuren harter lebenslanger Arbeit. Aus zusammengekniffenen Augen starrte sie die Fremden an. »Habt euch wohl in der Tür geirrt, was?«

»Keineswegs.« Eljazokad legte sein charmantestes Lächeln auf. »Mein Name ist Eljazokad, und das hier ist Bestar Meckin. Wir sind …«

»Dein öliges Gegrinse kannst du dir sparen, Bürschlein«, fiel ihm die Alte grob ins Wort. »Siehst du schlecht, oder ist dir entgangen, daß ich zu viele Lenze auf dem Buckel habe, um deiner Schöntuerei auf den Leim zu gehen wie ein halbgares Hafendämchen?« Sie ließ Eljazokad links liegen und besah sich dafür den Klippenwälder genauer. »Du dagegen siehst mir wie ein ehrlicher Geselle aus. Was hat dich ausgerechnet nach Clellach verschlagen?«

»Wir sind« – versuchte Bestar den von Eljazokad begonnenen Satz zu Ende zu führen – »eigens aus Warchaim hierher gereist, um mit Forker Munsen zusammenzuarbeiten. Nun ist er tot, haben wir gehört. Wir würden gerne ... Genaueres wissen.«

»So, so, so. Zu Forker wolltet ihr also. Wer hat euch ihn denn empfohlen?«

»Äh, Leute aus der Hauptstadt.«

»Ist das wahr, Leute aus der Hauptstadt? Und haben diese Leute aus der Hauptstadt vielleicht auch Namen?«

»Ich weiß nicht genau, wer uns den Brief geschrieben hat.« Bestar sah Eljazokad hilfesuchend an.

»Ilde Hagelfels vermutlich«, half dieser aus.

»Ist das möglich? Die Hagelfels! Die kenne ich gut! Na, dann kommt mal herein, ihr zwei Warchaimer, aber macht mir nichts dreckig, ich habe gestern erst überall gewischt.«

Tatsächlich war innen alles akkurat und blank, aber auf eine beinahe zu riechende Weise auch ausdruckslos, starr und vergangenheitsverhaftet. Angewelkte Waldrandblumen standen in einer handbemalten Vase. Ein paar Sinnsprüche in Holzrahmen zierten die Wände. *Was der Waldt dir nicht giebt, sollthest niemals du haben.* Oder: *Noch im Schweigen vermag nur dein Herze zu reden.* Oder: *Gieb den Thieren des Himmels, so wirth der Himmel dir gern wiedergeben.*

»Munsen hat hier gewohnt?« fragte Bestar, der sich unwohl

fühlte, da er nicht wußte, ob es höflich gewesen wäre, das Schwert und die Rüstung abzulegen.

»Im Zimmer nebenan, aber dort ist nichts mehr von ihm zu finden. Ich habe seine paar Habseligkeiten verkauft, um einen guten Sarg für ihn zu bekommen. Die zehn Götter sollen ihn nicht in nackter Erde finden, obwohl das für ihn in Ordnung gewesen wäre. Aber es wäre nicht recht. Forker war ein guter Junge.«

»Was war er für ein Mensch?« fragte Eljazokad.

»Schweigsam. Ernsthaft. Hat sich nichts gemacht aus dem Weibsvolk. Viele von hier gehen nach Miura oder sogar Brissen, um ab und zu dem Hirschbock die Enden abzuschleifen, wie man hier sagt. Aber nicht Fork. Der hat sich lieber vergraben in Schriften und löchrigen Karten. Wirklich gelebt hat der nur im Thost. Kann ich euch einen Wacholderschnaps kredenzen?«

»Da sage ich nicht nein«, strahlte Bestar.

»Wenn es keine Umstände macht«, nickte auch Eljazokad, und fing sich für seine Höflichkeit schon wieder einen angewiderten Blick Durssas ein. Sie holte eine Karaffe aus einem Schrank und goß ihnen allen in kleine Zinnbecher ein. »Auf das Angedenken an Fork Munsen«, schlug Durssa als Trinkspruch vor. »Auf Forker Munsen«, fielen Eljazokad und Bestar mit ein und kippten den herbsüßen Schnaps. Weißglühende Wacholderbeeren rollten munter durch ihre Kehlen. Eljazokads Stimme wurde heiserer, Bestar gönnte sich noch einen.

»Träume hat er gehabt«, begann Durssa, nachdem sie sich alle hingesetzt hatten, zu erzählen. »Ehrgeizige Träume. Er wollte beweisen, daß Wahres an ihr ist. An der Legende vom Kaninchenfürsten.«

»Kaninchenfürst?« Eljazokad und Bestar waren ganz Ohr.

»Eine seltsame, unheimliche Legende. Ein schrecklich entstellter Mann mit einer Hasenscharte, der im Thost lebt und Kaninchen um sich schart wie der Anführer einer hoppelnden Armee. In Nächten, in denen es im Thost nach Löwenzahnhonig riecht, erscheint der Kaninchenfürst.«

»Ich weiß gar nicht, wie Löwenzahnhonig riecht. Ist das eine Clellacher Spezialität?« fragte Bestar.

»Das kann man wohl sagen!« Durssa erhob sich ächzend, schlurfte in die Küchenecke und holte ein Honigtöpfchen und einen Holzlöffel. »Probiert mal. Ein Imker namens Coni Terda stellt den her.«

Der Magier und der Schwertkämpfer schnupperten an dem Honig und probierten mit dem Löffel. Leichte, beinahe schwebende Süße. Wie man sich Pusteblumen vorstellte. Beide prägten sich den einzigartigen Geruch ein.

»Und was macht der Kaninchenfürst? Seit wann gibt es ihn?« hakte Eljazokad nach.

»Meine Eltern haben auch schon von ihm erzählt, meine Großeltern aber, glaube ich, noch nicht. Niemand weiß, was er tut. Er hat nie jemanden bedroht, aber auch nie jemandem geholfen. Genau das wollte Forker ja herausfinden. Jahrelang hat er kreuz und quer im Thost nach ihm gesucht. Zweimal hat er den Fürsten und sein wimmelndes Gefolge von Ferne gesehen, aber wenn er sich näherte, zerstob die Erscheinung wie ein Spuk.«

»Unheimlich«, stellte Bestar fest.

»Das kann man wohl sagen! Aber Forker wollte dranbleiben und das Geheimnis lösen. Viele Aufträge, die ihn in den Thost führten, verband er mit seiner Suche nach dem Fürsten.«

Eljazokad mußte an Dasco denken, der von Wölfen umwimmelt worden war wie der Kaninchenfürst von Kaninchen. Die Kaninchen waren nun verschwunden. Dasco war tot. Das eine hatte wohl nichts mit dem anderen zu tun, aber der Kontinent redete in Rätseln, und seine Sprache schien dabei manchmal ähnliche Strukturen aufzuweisen, wie bei einer tatsächlich existierenden Sprache.

»Habt Ihr eine Ahnung, für wen Forker Munsen gearbeitet hat in den letzten Wochen … bevor er …?«

Durssa blickte den Magier unwirsch an und goß ihnen allen Schnaps nach. »Forker ging immer zu den Leuten hin, die Leute kamen nie hierher. Man traf sich im Thost und wurde sich einig. Aber es muß etwas Schlimmes passiert sein. Fork war fahrig und bekümmert zuletzt. Knirschte im Schlaf mit den Zähnen. Schwitzte beim Essen wie ein geknechtetes Tier. Er redete nicht mit mir darüber. Es war ein wichtiger Teil unserer Hausgemeinschaft, daß wir kaum redeten. Er wollte seine Ruhe und daß ich mich um seine Wäsche und das Saubermachen seiner Stube kümmere und koche, wenn er zu Hause war. Dafür gab er mir Miete und Handgeld. Es war ein gutes Abkommen. Wir hatten nie Streit miteinander. Ich weiß gar nicht, was aus mir werden soll ohne einen Untermieter wie ihn.«

Je mehr Durssa dem Wacholderschnaps zusprach, desto trauriger wurde sie. Die beiden *Mammut*streiter brauchten bald nichts mehr zu fragen, sie schüttete ihnen von selbst ihr Herz aus.

»Am Morgen, als er … Schluß gemacht hat, habe ich ihm noch Frühstück gemacht. Er wollte nichts essen. Er nahm einen Strick und ging hinaus. Ich dachte, er nimmt den Strick mit, um eine Falle zu bauen oder einen Baumstand zu erklettern. Dann hat Tjarka ihn gefunden, drei Stunden später. An einem Baum, der vom Dorf aus sogar noch zu sehen ist. Er ist nicht mal weit reingegangen in den Thost. Er wollte es hinter sich haben.« Durssa trank ihr Schnapsglas leer. »Eigentlich ist es verrückt. Da lebt man mit jemandem zusammen … da lebt einer mitten unter uns … er grüßt uns einen Guten Morgen, und er nickt, wenn wir etwas erzählen, und lächelt … und die ganze Zeit trägt er die Sehnsucht nach dem Tod im Herzen. Wie tief sind doch Menschen. Wie der Niemalsbrunnen, so abgründig.«

»Kann denn wirklich kein Zweifel bestehen, daß er nicht doch … ermordet wurde?« wagte Eljazokad zu fragen.

»Oh, von Mord war tatsächlich die Rede. Aber am Ende war alles klar. Er hat Notizen hinterlassen, müßt ihr wissen. Wollt ihr sie sehen?«

»Aber sehr gerne.«

Durssa tappte hinüber in Forker Munsens Zimmer und kam nach wenigen Augenblicken mit einer Pergamentkladde wieder heraus. »Er hatte noch mehr solcher Mappen, aber nur diese hat etwas mit den letzten Wochen seines Lebens zu tun. Hier auf der Seite geht es los.«

Bestar konnte nicht lesen, also nahm Eljazokad die von Tauwasser marmorierte Kladde an sich und las das, was zwischen unbeträchtlichen Einträgen über das Wetter im Thost und die Beschaffenheit von Moosen und Pilzen an Interessantem zu finden war, laut vor:

*Er weiß, was ich will.*
*Dieser verrückte kleine Kerl weiß genau, was ich will.*
*Er hat mir einen Blick* von oben *auf den Thost versprochen,*

*einen Vogelblick,*
*ohne die Füße vom Boden zu lösen.*
*Wenn er das kann …*
*wenn er das wirklich für mich tun kann …*
*( … )*
*Heute habe ich mich wieder mit S. getroffen*
*und seine Helfer kennengelernt.*
*Ich sagte: »Drei?*
*Wie wollt Ihr* das *mit nur drei Mann durchziehen?«*
*Er sagte, sein Bruder arbeitet auch immer mit drei Mann.*
*Drei sei die Glückszahl seiner Familie.*
*Tellures lachte und sagte, auch wer sie stoppen will,*
*müßte zu dritt sein.*
*Überhaupt lacht Tellures andauernd. Der Mann ist total verrückt.*
*( … )*
*S. will nicht mehr mit mir zusammentreffen.*
*Er läßt jetzt alles durch seine Helfer erledigen.*
*Der Schmetterlingsmann, Scord, ist ja noch ganz in Ordnung,*
*aber der Rothaarige macht mir Gänsehaut.*
*Und Tellures tötet sie.*
*Es macht ihm Spaß, sie zu töten.*
*Er durchkreuzt damit S.'s Pläne,*
*aber er sagt, es gibt ja genug von ihnen,*
*und alles ist sowieso Wahnsinn.*
*Wenn es noch Götter gibt – wie können sie so etwas dulden?*
*( … )*
*Vergiß den Blick des Vogels, Fork.*
*Vergiß den Thost.*
*Vergiß*

*( … )*
*Ihr Götter*
*Ihr Götter*
*Ihr Götter !!!*
*( … )*
*Ich bin ausgestiegen, aber zu spät.*
*Sie haben alles von mir bekommen, was sie bekommen wollten.*
*Der Thost wird Blut werden.*
*( … )*
*Sie werden mich umbringen, natürlich.*
*Damit ich nichts verraten kann.*
*Tellures wird's tun, und er wird lachen dabei.*
*Oder der Thost tut's . Der Thost höchstselbst.*
*Um mich zu strafen für meine Schwäche.*
*Aber einen letzten Schlag kann ich noch gegen sie führen.*
*Ich werde es selbst tun,*
*und sie werden nie erfahren,*
*wieviel ich wußte und weitergab an*

In der allerletzten Zeile fehlte ein Name, den Forker noch hinschreiben wollte, aber dann hatte er wohl innegehalten. Dieses Innehalten war möglicherweise seine letzte Regung gewesen vor dem Selbstmord. Gleichbedeutend mit der Erkenntnis, daß er sich niemandem anvertrauen konnte, die Last seines Gewissens mit niemandem teilen konnte, ohne dessen Leben ebenfalls zu gefährden.

»Der Name, der hier fehlt, das wäre Eurer gewesen, Durssa?« fragte Eljazokad.

»Eher unwahrscheinlich. Fork hat mir nie viel anvertraut.

Zwischen uns herrschte Ruhe, und ich dachte immer, das wäre in Ordnung so, aber wahrscheinlich ist es doch nicht in Ordnung, wenn man so nebeneinander herlebt, daß man nicht merkt, wenn der andere sich umbringen will. Nein, ich denke, der fehlende Name muß *Tjarka* lauten. Tjarka hätte er sich vielleicht anvertraut. Mit ihr zog er oft zusammen durch den Thost.«

»Wo können wir diese Tjarka finden?«

»Tjaaaa, das wird nicht einfach sein. Sie ist im Thost, und wenn sie nicht gefunden werden will, wird man sie nicht finden.«

»Was ist sie für eine Person?«

»Eine rabaukige Göre, das ist sie.«

»Ein Kind?«

»Na ja. So sechzehn, siebzehn wird sie schon sein. Immer Hosen an. Kurze Haare. Keine, nach der ein Junge sich jemals umdrehen würde. Immer frech und miesepetrig. Läßt sich nichts sagen, im Guten nicht und nicht im Bösen.«

»Aber mit Forker hat sie sich gut verstanden.«

»Ich glaube, er hat ihr beigebracht, im Thost klarzukommen. Seitdem mußte sie sich nicht mehr im Dorf mit den Jungs prügeln und konnte sich im Wald als Führerin ein bißchen dazuverdienen.« Durssa bekam einen lautstarken Schluckauf. »Wenn da wirklich Leute dahinterstecken ... hinter Forks Selbstmord ... dann ist Tjarka vielleicht schon hinter ihnen her.«

»Möglicherweise ist auch *ihr* Leben in Gefahr, denn vielleicht weiß sie etwas über Forkers letzten Auftrag, auch ohne daß er ihr davon erzählt hat.« Der Lichtmagier sah Bestar an. Der konzentrierte sich mehr auf das systematische Umfüllen von möglichst viel Wacholderschnaps in seinen Mund. »Also, was wissen wir bisher? Munsen hat für vier Männer gearbeitet. Einen Anführer namens ›S‹, einen Rothaarigen, einen Schmetterlingsmann namens Scord – was allerdings ein ziemlich untypischer Name für einen Schmetterlingsmann ist – und einen lachenden Wahnsinnigen namens Tellures. ›S‹ ist möglicherweise ein Magier, weil er Munsen einen *Vogelblick* versprochen hat, vielleicht ist er aber auch nur ein Drogenhändler, Scharlatan oder dreister Lügner. Scord scheint noch recht normal zu wirken, aber der Rothaarige und Tellures rufen deutliches Unbehagen hervor. Kommt irgendeiner dieser vier seltsamen Kerle Euch geläufig vor, Durssa?«

»Nein. Keiner.«

»Wie hieß nochmal der Blauhaarige?« fragte Bestar dazwischen. »Die waren doch auch zu viert.«

»Der nannte sich Udin Ganija. Der hatte keinen Rothaarigen und keinen Schmetterlingsmann dabei, und außerdem sind die ja nicht mehr am Leben. Aber vielleicht ist er der Bruder von ›S‹, denn der Bruder von ›S‹ soll ja auch mit drei Mann zusammenarbeiten.«

»Die, die von Heyden überfallen wollen, sind auch zu dritt.«

»An die habe ich auch kurz gedacht. Aber Arevaun paßt nicht ganz ins Bild. Oder könnte man ihn rothaarig nennen?«

»Na ja. Braun, hätte ich gesagt. Aber mit einem leichten rötlichen Schimmer gegen das Licht.«

»So jemanden nennt man aber nicht den ›Rothaarigen‹. Das ist einfach zu vage. Überall laufen Leute zu viert herum. Das *Mammut* waren ja auch bis vor kurzem Rodraeg plus drei Mann.«

Bestar dachte einen Augenblick nach. Die *Höhle des Alten*

*Königs* hatte ihn einmal nach *Vier Brüdern* gefragt. Er hatte zwar einhundert Antworten gefunden, aber die richtige war nicht darunter gewesen. »Vielleicht ist ›S‹ Rodraegs Bruder. Hat Rodraeg einen Bruder?«

»Stell lieber den Schnaps weg«, drohte ihm Eljazokad. »Wir verzetteln uns hier nur. Ich möchte noch mit dem Dorfhüter und dem Imker sprechen. Habt Dank für alles, Durssa. Ach, noch etwas: Ihr sagtet, daß Ihr Forker Munsens Sachen verkauft. Kann ich diese letzte Notizenkladde erstehen mitsamt dem Wachsschreibstift – für zehn Taler?«

»Aber die Kladde ist fast leer. Nur die ersten sieben Seiten sind beschriftet.«

»Genau das will ich. Ich will eigene Notizen machen.« *Rodraeg hat das auch öfters getan. Und hätte Munsen niemals Notizen gemacht, würden wir jetzt vollkommen im Dunkeln tappen, wenn wir in den Wald gehen.*

»Also gut. Aber zehn Taler sind viel zuviel. Sagen wir – neun.«

Eljazokad lachte und bezahlte.

»Und grüßt mir die Hagelfels!« sagte Durssa zum Abschied.

»Machen wir gern. Woher kennt Ihr sie eigentlich?«

»Sie hat hier in der Gegend einen ihrer Kinderhöfe aufgemacht.«

»Kinderhöfe?«

Durssa seufzte über die Ahnungslosigkeit des jungen Mannes. »Ein Bauernhof mit vielen Tieren als Zuhause für Waisenkinder. Das war damals, während des Bürgerkriegs von Jazat, als es Hunderte von Kriegswaisen gab. Die Hagelfels hat vier oder fünf solcher Höfe gegründet und geleitet. Nach der großen Dürre in den Sonnenfeldern gingen die meisten dieser

Höfe pleite und mußten geschlossen werden. Die Kinder aber waren inzwischen erwachsen und selbständig und haben sich in alle Winde zerstreut. Forker Munsen war eins dieser Kinder.«

»Ich verstehe.« Eljazokad nickte. Daher hatte der *Kreis* Munsen gekannt und ihn dem *Mammut* empfohlen. »Was ist aus dem Hof geworden?«

»Das Dorf Clellach hat ihn gekauft, und heute wird er von einer eingewanderten Familie geführt, den Ruschenners.«

Nach einem letzten Winken schloß Durssa die Tür hinter ihnen. Eljazokad mußte sich kurz an Bestars Arm festhalten.

»Was ist denn mit dir los?« fragte der Klippenwälder.

»Der Schnaps. Mir ist ganz trieselig.«

»Du machst wohl Witze? Von den paar Fingerhüten voll? Außerdem hast du nicht mal halb soviel getrunken wie ich.«

»Wie kann man dieses selbstgebrannte Zeug nur freiwillig in sich hineinschütten? Das ist doch wie Schwertschlucken mit Mandelentzündung.«

Die restlichen Nachforschungen in Clellach waren binnen zweier Stunden erledigt.

Ljus tauchte wieder auf, beglückwünschte die beiden dazu, daß sie »den faselnden Bartendrachen überlebt« hätten, und führte sie zum Haus von Bohod, dem Dorfhüter.

Bohod war ein unglaublich langgewachsener Mann, der sehr langsam und bedächtig sprach und einfach Ruhe ausstrahlte, weshalb die Bewohner Clellachs ihn wohl auch gerne als Sprecher und Hüter behielten. Er bestätigte noch mal, daß alle Waldführer zur Zeit unterwegs seien und Forker Munsen ohnehin der fähigste von ihnen gewesen war. Von S. und seinen Schergen hatte Bohod keine Kenntnis. Was die Kaninchen anging, war ihm auch schon aufgefallen, daß die Fallensteller in den letzten Wochen keine mehr gefangen hatten, aber solange es noch Hasen, Rehe, Fasanvögel und Wildschweine gab, brauchte man sich um die Versorgung des Dorfes keine Sorgen zu machen. Möglicherweise trieb sich ein Raubtier im Thost herum, das es auf Kaninchen abgesehen hatte.

»Was ist eigentlich der genaue Unterschied zwischen Kaninchen und Hasen?« fragte Eljazokad, der bisher überwiegend in Städten gelebt hatte, ganz unbedarft.

Bohod und Bestar sahen sich an. »Hasen sind viel größer«, sagte Bohod langsam. »Wiegen sechs Festliter. Kaninchen nur drei.«

»Außerdem«, ergänzte Bestar, »graben Hasen keine Erdlöcher, Kaninchen schon.«

»Und«, vollendete Bohod, »Hasenkinder kommen sehend auf die Welt, Kaninchenkinder blind.«

»Hasen werden also zur Zeit noch gefangen im Thost, nur keine Kaninchen mehr?« hakte Eljazokad nach.

»Hasen werden noch gefangen«, bestätigte der Dorfhüter. »Erst vor zwei Tagen hatte ich selbst einen in der Schlinge.«

»Könnte ich den mal sehen?« erkundigte sich Eljazokad, einer plötzlichen Eingebung folgend.

»Schwerlich. Hat gut geschmeckt, der alte Rammler.«

»Na gut. Aber welches Raubtier jagt Kaninchen und verschont Hasen?«

»Keine Ahnung. Ein kleines, schmächtiges vielleicht? Eine Art Maulwurf, der nur unter der Erde kämpft?«

Bestar mußte grinsen. »Danke für die Auskunft, Dorfhüter«, beschloß Eljazokad formvollendet das Gespräch.

Unter Ljus' angesichts der Überschaubarkeit des Ortes nicht

unbedingt erforderlicher, aber nichtsdestotrotz wortreicher Führung suchten sie anschließend den Imker Coni Terda auf, aber der alte Mann in seinem aus Stroh geflochtenen Imkerkostüm hatte nichts zu erzählen. Immerhin konnten sie hier noch mal an frischem Löwenzahnhonig schnuppern und ein Stäbchen hineintauchen und abschlecken.

»Was wollten wir hier überhaupt?« fragte Bestar hinterher. »Ich finde, Wacholderschnaps ist viel leckerer als dieser klebrige Honig.«

»Ich weiß doch auch nicht. Ich versuche, jeder sich bietenden Spur ein wenig zusätzliche Informationen abzuringen. So wie Rodraeg das in Wandry gemacht hat. Anschließend alles zusammentragen, ordnen und dann die nächste Richtung einschlagen.«

»Aber es ist doch klar, daß wir in den Wald müssen, Eljaz. Wir müssen diese vier Schurken finden oder wenigstens einen von ihnen, dann kriegen wir alles andere ebenfalls raus.«

»Und wie sollen wir uns im Wald zurechtfinden ohne Führer?«

»Mann, der Thostwald ist ein Mückenfurz im Vergleich zu den Klippenwäldern! Glaubst du denn wirklich, ich verirre mich rettungslos in diesem … diesem *Gebüsch*?«

»Ihr solltet den Thost nicht unterschätzen«, mischte sich Ljus, der die ganze Zeit gemütlich nebenhertrottete, ein. »Der Thost ist anders. Er ist wie eine geballte Faust. Hier fällt alles auf dich allein zurück. Wenn du nicht lernst, die Schnauze zu halten, gehst du im Thost kaputt.«

Bestar runzelte die Stirn. »Hatten wir dasselbe Gespräch nicht vorhin schon mal?«

»Mag sein, mag sein«, grinste Ljus zahnlückig. »Aber mir

scheint, du hast es immer noch nicht begriffen, Klippenwaldmann.«

»Trotzdem hast du ja recht«, gab Eljazokad dem Klippenwälder nach. »Wir müssen in den Thost. Wir werden uns halt nicht allzuweit hineinbegeben. Vielleicht haben wir Glück und werden von dem Mädchen gefunden, das mit Munsen befreundet war. Jetzt holen wir uns noch Proviant vom Hof der Ruschenners.«

»Warum ausgerechnet da?«

»Weil das auch noch eine Fährte sein könnte. Munsen ist dort aufgewachsen. Vielleicht aber nicht nur er, sondern auch ›S‹ und seine Leute. Vielleicht kannten sie sich daher. Vielleicht können die Ruschenners ›S‹ genauer beschreiben, weil er dort zu Besuch war vor kurzer Zeit. Ich weiß es nicht, Bestar, ich weiß es einfach nicht! Aber ich will nichts außer acht lassen!« Wie machte Rodraeg das nur: ruhig bleiben angesichts von eintausend Fährten, die alle ins Nichts führten? Wandry war ein zwanzigmal so großes Labyrinth wie Clellach. Rodraeg hatte seine Agenten ausgeschickt – ihn, Bestar, sich selbst und Hellas –, alle Fäden verknüpft und am Ende die Stadt, die Wale und den gefangenen Regenwaldmagier aus ihren Schicksalsverstrickungen befreit.

Eljazokad konnte höchstens Bestar ausschicken, aber klüger war, ihn in der Nähe zu behalten, um im Wald überhaupt überleben zu können.

Die Gespräche auf dem Hof der Ruschenners waren von einsilbiger Natur. Ja, man kannte Munsen natürlich, aber er war niemals hier zu Besuch gewesen. Nein, auch sonst hatten in den letzten Jahren keine ehemaligen Zöglinge des Hagelfelsschen Kinderhofes hier nach dem Rechten gesehen. Nein, kein Trupp aus vier Männern war besonders aufgefallen. Ja, sie konnten hier immerhin einen riesigen, runden Laib Bauernbrot kaufen, der allein schon drei bis vier Tage satt machte, dazu noch eine selbstgeräucherte Ringwurst und ein wenig in Papier geschlagene Kuhbutter. Als Proviant für die laut Zeitplan nur noch zur Verfügung stehenden zwei Tage im Thost würde das mehr als genügen.

Zuletzt besichtigten Eljazokad und Bestar in Ljus' Beisein noch Forker Munsens Todesbaum, eine stattliche Buche mit mächtigen Querästen.

»Hier hing er«, deutete Ljus nach oben. »Er war noch gar nicht lange tot, deshalb hatten die Wespen und Raupen ihn noch nicht zerfressen.«

»Ziemlich hoch. Wie kommt man da alleine rauf?« fragte Eljazokad immer noch argwöhnisch.

»Waldführer können alle klettern wie die Eichhörnchen. Er konnte sich ja schlecht selbst hochziehen und strangulieren, also mußte er hoch genug klettern, um in einen sauberen Genickbruch reinspringen zu können.«

»Ist das ein … guter Tod für einen Waldmenschen?«

»Warum nicht? So am Baum hängend wie eine reife Frucht, die Füße über dem Ungeziefer.«

»Und den Kaninchen«, brummte Bestar.

»Warum sagst du das?« fragte ihn der Lichtmagier.

»Die können nicht hochgucken, glaube ich, deshalb werden sie von Eulen leicht geschnappt. Also konnten sie ihn auch nicht hängen sehen. Aber das konnten sie ja eh' nicht, weil es sie nicht mehr gibt.«

»Und ihr zwei geht jetzt hier rein, ohne Führer, ohne Karte?« fragte Ljus nach einer Weile.

»Gibt es denn Karten vom Thost?«

»Na ja. Führer können welche machen. Es gibt ja auch Ortschaften im Wald. Stoerig und Anfest. Aber die Wege verändern sich laufend, also auch die Karten.«

Eljazokad deutete auf einen Waldpfad, der von der Nähe der Selbstmordbuche aus tiefer in den Thost führte. »In zwei Tagen müssen wir ohnehin wieder zurück, also können wir nur einen Tag tief reingehen. Innerhalb dieser kurzen Zeitspanne werden sich die Wege wohl kaum komplett verlagern.«

»Und was hofft ihr da drinnen zu finden?«

»Das werden wir womöglich erst hinterher wissen.«

»Ihr seid aber nicht auf der Suche nach den Schätzen des alten Fojolom?«

»Ganz bestimmt nicht.«

»Da gibt es nämlich längst nichts mehr zu finden.«

»Das hast du uns schon klargemacht. Danke für alles, Ljus. Bis in zwei Tagen also.«

»Bis dann«, grinste Ljus und schaute den beiden winkend hinterher, bis der Thost sie vollständig aufgesogen hatte.

# 5 Thost

Aus Eljazokads Tagebuch:
*1. Blättermond*

*Unser erster Tag im Thost.*
*Ich schreibe »unser erster«, weil wir schon jetzt beschlossen haben, länger hierzubleiben. Der ursprüngliche Zeitplan, der vorsah, daß wir uns nach nur zwei Tagen schon wieder auf die Rückreise machen, war völliger Unsinn. Das hätte klappen können, wenn Clellachs kundigster Waldführer nicht tot gewesen wäre, sondern uns mit Rat und Tat zur Seite gestanden hätte. Aber wir waren ja nicht einmal imstande, gezielt nach Kaninchenlosung zu suchen. Wir fanden Kötelchen, aber ob sie von Hasen, Mardern, großen Mäusen oder Kaninchen stammten, vermag selbst Bestar nicht zu sagen, der bei »so was nie so gut aufgepaßt hat wie beim Kämpfenlernen«, sagt er.*

*Es ist seltsam, dies in ein Heft zu schreiben.*

*Bestar liegt neben mir und schnarcht schon in unserem selbstgestalteten, kümmerlichen Nachtlager. Ich versuche, unseren Tag im Thost zu Papier zu bringen. Das soll mir ersparen helfen, hinterher mühsam einen Bericht verfassen zu müssen. Ich schicke dem Kreis einfach diese Niederschrift, da stehen mehr Details drin, als wenn ich mich in zwei Wochen an alles zu erinnern versuche.*

*Wir drangen in den Thost ein.*

*Ich konnte das Besondere an diesem Wald spüren, etwas, das ihn von jedem anderen auf dem Kontinent abhebt. Er ist alt, richtig alt, und ihn umgibt und durchdringt eine besondere*

*Aura. Doch auch der mächtige Thost leidet unter der drückenden Hitze dieses ersten Tages des Blättermondes. Draußen mag es Wind geben, der die Wärme des Tages ins Herbstliche zieht, aber hier drinnen bringen die Bäume jeglichen Wind zum Innehalten. Schwüle, staubige Luft schwebt zwischen den Stämmen. Der Wald ist trocken, und man spürt die erwartete Kraftfülle und Energie des vielfältigen Lebens nur gedämpft.*

*Der Pfad, den zu verfolgen wir uns vorgenommen hatten, endete bereits nach drei bis vier Meilen. Endete ohne ersichtlichen Grund. Wir fanden uns vor die Wahl gestellt, denselben Pfad wieder zurückzugehen bis nach Clellach oder Bestars Himmelsrichtungskundigkeit in dem dichten, vom Herbst noch so gut wie unverfärbten Mischwald zu vertrauen und weiter vorzudringen. Wir drangen weiter vor, wobei Bestars mystisches Erzschwert Skergatlu uns so manches Mal trutzig den Weg bahnte.*

*Der Weg durch das Unterholz und die andauernde Hitze machten mir im Verlauf des Tages schwer zu schaffen, deshalb war ich froh, als wir am Nachmittag einen schmalen Bach erreichten. Wir rasteten einige Zeit am Ufer des Gewässers. Ich für meinen Teil rastete im Gewässer. Das kühle Naß des Flusses umschmeichelte meinen Körper, als ich mich mitten in die flache Strömung legte. Bestar versuchte inzwischen, mit den Händen einen Fisch zu fangen, hatte dabei jedoch keinen Erfolg. Dann versuchte er es mit seinem Schwert, doch das war nicht erfolgreicher, nur gefährlicher.*

*Ich spürte im Fluß dem Stadtschiff von Tengan nach. Ob ich dies auch verloren habe mitsamt meiner Magie in der Höhle des Alten Königs. In der Höhle hatte ich ja schon zu glauben begonnen, daß das Schiff mich immer holen kommen wird, wenn mein Körper sich im Element Wasser befindet, und so richtig widerlegt wurde diese Theorie mir bislang nicht. Aber nun, im klaren Wasser dieses namenlosen Thostbaches, geschah mir nichts, nichts außer Belebung und Erfrischung.*

*Noch immer habe ich den niemals zuvor gehörten Namen des Zielortes im Kopf, den der Seemann des Stadtschiffes mir nannte: Etridti Djuzul.*

*Ob ich einen Ort dieses Namens jemals finden werde im Leben?*

*Ob er überhaupt existiert?*

*Ich trieb im Wasser und wurde von Melancholie erfaßt. Fast kamen mir die Tränen, doch es gelang mir, dies vor Bestar zu verbergen.*

*Schließlich setzten wir unseren Weg fort, bis wir bei einbrechender Dunkelheit unser Lager aufschlugen.*

*Wir fanden nichts von dem, was wir suchten. Keine wahnsinnigen Fremden, keine Kaninchen, kein Waldführermädchen in Jungenhosen, keinen Kaninchenfürsten, keinen Bartendrachen, keinen Wurzelschrat und keinen Schatz.*

*Aber wir einigten uns darauf, daß Naenn uns doch noch zehn zusätzliche Tage zugebilligt hatte, als sie sagte, daß ihr Kind wohl eher später als zu früh zur Welt kommen wird. Zehn zusätzliche Tage im Thost bedeuten fünf weitere Tagesreisen in sein dunkles, verwachsenes Herz hinein. Vielleicht müssen wir uns einfach treiben lassen, die Leiber umschmeichelt von Astwerk und Laub.*

*Daß wir uns so schnell einigen konnten, erfüllt mich mit Zuversicht. Es ist verblüffend einfach, mit Bestar auszukommen, obwohl er eigentlich als Schwertkrieger ziemlich genau das Gegenteil von mir darstellt, der ich Waffen schon immer verabscheut und mißtraut habe. Aber wir haben keine Schwierig-*

*keiten miteinander. Wann immer sich auch nur eine halbe Gelegenheit ergibt, scherzen wir und halten uns so bei Laune. Ich werde jetzt versuchen, genügend Schlaf zu finden, damit morgen die Nachforschungen gründlicher werden.*

Aus Eljazokads Tagebuch:
*2. Blättermond*

*Etwas Eigenartiges ist geschehen.*
*Als ich gerade – es ist noch morgens, wir sind noch nicht wieder aufgebrochen – meine gestrigen Notizen überflog, wollte ich den letzten Satz abändern. Zu umständlich schien mir die Wortstellung. »Damit die Nachforschungen morgen gründlicher werden« wäre doch ein deutlich einfacherer Satz gewesen.*

*Aber der Satz stand so da, wie ich ihn geschrieben habe, und in seiner Sperrigkeit fiel er mir ins Auge. Ich betrachtete ihn genauer.*

*Die letzten sechs Worte beginnen mit den Buchstaben: d. m. d. N. g. w.*

*Kann das ein Zufall sein? Das muß ein Zufall sein, oder? Meine Nerven spielen mir einen Streich, wenn ich da etwas hineinlesen möchte. Ich war müde gestern abend, das Licht zum Schreiben mehr als ungenügend, ich habe mir nichts gedacht bei diesem Satz, und schon gar nicht stand ich unter einem fremden Einfluß, als ich ihn schrieb.*

*Ein Zufall, mit Sicherheit. Ich werde Bestar nichts davon erzählen. Auslachen kann ich mich auch selbst.*

*Und dennoch: Es war das Ende des allerersten Eintrages meines ersten Tagebuches. Es waren die Worte, die mir als letztes durch den Sinn gingen.*

*Bedeuten diese Worte etwas? Müssen die Nachforschungen des Mammuts gründlicher werden, damit wir nicht vorm Nebelmond vernichtet werden?*

Aus Eljazokads Tagebuch:
*2. Blättermond (mitten am Tag)*

*Es ist geradezu unglaublich, wie sehr wir uns verirrt haben. Da man sich am Stand der Sonne zwischen den Wipfeln ganz gut orientieren kann, wissen wir zwar, daß wir uns in östlicher Richtung bewegen, also Richtung Zentrum des Waldes, aber es gibt hier überhaupt keine Wege mehr. Keine Wegweiser, die auf eine der beiden im Thost liegenden Ortschaften deuten. Wir begegnen auch niemandem. Tiere sind ebenfalls kaum zu sehen, ein paar Vögel, ein paar Insekten, aber nichts Größeres. Auch der Bach, nach dem ich mich sehne, ist nirgendwo zu finden.*

*Bestar nimmt den Thost immer noch nicht für voll. Er sagt, wenn wir einfach in dieser Richtung weitergehen, stoßen wir in zwei oder drei Tagen auf die Meeresküste, und der Thost ist zu Ende.*

*Wir rasten jetzt im Schatten einiger gewaltiger Laubbäume. Staub tanzt in der Luft wie Mückenschwärme. Bestar hat ein paar Erdlöcher gefunden, die ein Kaninchenbau sein könnten, aber der Bau wirkt leer, verwaist und ausgetrocknet.*

Aus Eljazokads Tagebuch:
*2. Blättermond (Abenddämmerung)*

*Damit mir noch Licht bleibt zum Schreiben, schlagen wir unser Nachtlager schon jetzt auf. Wir wollen kein Feuer machen. Bestar sagt, der Wald wirkt so trocken, ein einziger Funken könnte hier alles in eine Feuersbrunst verwandeln.*

*Den Bach haben wir nicht wiedergefunden. Was gäbe ich jetzt für ein erfrischendes Bad!*

*Ich muß an das Mammut denken, das der Dreimagier mir gezeigt hat. Ich habe verblüffend wenig darüber nachgedacht seitdem, dabei war dies das erste und mit Sicherheit einzige Mal in meinem Leben, daß ich ein solches Tier zu Gesicht bekommen werde. Es stammte aus Rodraegs Traum – aber sind das überhaupt Träume? Der Blauhaarige war ja auch dort, und ich weiß, daß es ihn gab und daß er sich vor unseren Augen in Luft auflöste. Gibt es ein Land, wo die Toten hingehen, auch die ausgestorbenen Tiere, und in das Rodraeg blicken kann, in seinen Träumen, und von der Brücke der brennenden Blumen aus? Heißt das, daß auch er ein Magier ist, ohne daß er sich jemals dessen bewußt war?*

*Aber was ist das schon, Magie? Bestar hat auch etwas Magisches, seitdem er wie ein Riese herumstampft und dieses absurde Erzschwert führt. Naenn ist magisch. Ich war es. Das Stadtschiff. Alles, was ich erlebt habe, seit ich beim Mammut bin. Dasco. Die Gezeitenfrau. Der Gefangene. Die Wale. Die Riesen, die Schemenreiter und die Höhle des vergessenen Zepters.*

*Auch der Thost ist magisch. Manchmal kann man es riechen. Es riecht nicht nach Löwenzahnhonig. Eher nach Bucheckernmark und Steinpilz.*

*Alles Lebendige ist magisch. Magie ist der Funken, der das Lebendige vom Toten unterscheidet. Und ein einziger Funken kann alles in eine Feuersbrunst verwandeln.*

*Ist dies der wahre Grund, weshalb das Mammut ins Leben gerufen wurde? Weil so ein magischer Funken einen Unterschied machen und den gesamten Kontinent verändern kann, weit jenseits des Einflußbereiches einer Königin, einer Armee oder vielleicht auch selbst der Götter?*

*War dies der Grund, weshalb mein mir völlig unbekannter Vater Zarvuer sich gegen den späteren Gründer des Mammuts wandte, gegen Riban Leribin? Weil dieser schon immer geplant hatte, den Kontinent nach seinen Vorstellungen zu formen? Dürfen Menschen demnach niemals Götter werden?*

*Es ist erneut passiert. Gerade eben. Ich habe es bemerkt, sobald ich es aufgeschrieben hatte.*

*D. M. d. n. G. w.*

*Ich habe nicht das Gefühl, daß jemand mich lenkt oder mir Dinge einflüstert. Es muß mit dem Schreiben zusammenhängen. Wer schreibt, erzeugt Zufälle. Schafft Welten und Wahrheiten. Zusammenhänge, die womöglich nicht vorhanden sind.*

*Gib acht auf deinen Verstand, Eljazokad. Schreiben ist gefährlicher, als du bisher annahmst.*

*Rodraeg, der ein Schreiber war, bevor er zum Mammut kam, ist womöglich schon immer ein tapferer Mann gewesen. Bestar, der das Schreibenlernen meidet, ist umsichtiger, als wir alle ahnten.*

In dieser Nacht schlich ein Schatten um ihr Lager, ohne daß sie es bemerkten. Bestar versuchte zwar, mit mindestens einem Auge Wache zu halten, aber er wußte nicht, wozu und wovor, deshalb übermannte ihn immer wieder der Schlaf.

Am Morgen stand der Schatten vor ihnen und sah auf sie herab, als sie erwachten.

»Wenigstens habt ihr kein Feuer angezündet in dieser Trokkenheit«, grollte der Schatten. »Kommt, ich führe euch raus hier. Es gibt schon lange keine Schätze mehr im Thost, ihr könnt mir glauben.«

Der Schatten war ein Mädchen. Sie war kaum größer als anderthalb Schritte, trug Hosen aus braunem Stoff, ein weites dunkelgrünes Hemd und einfache Schlüpfschuhe. Daß sie ein Mädchen war, konnte man eigentlich nur an ihrer Stimme erkennen, denn ihre Haare waren kurz, ungestüm und ungekämmt, und ihr Gesicht war trotzig, kinnbetont und jungenhaft.

Eljazokad gähnte herzhaft, während Bestar sich streckte.

»Du mußt Tjarka sein. Gut, daß du uns gefunden hast.«

»Ja, gut für euch. Woher wißt ihr meinen Namen?«

»Wir sind nach Clellach gereist, um mit Forker Munsen zusammenzuarbeiten. Leider mußten wir dort feststellen, daß wir einige Tage zu spät gekommen sind. Durssa hat uns von dir erzählt.«

Tjarka schnaubte. »Der alte Fregattvogel! Hat mich nie leiden können, Forks werte Vermieterin.«

Eljazokad zuckte die Schultern und bot ihr etwas von dem Bauernbrot an. »Jedenfalls entstand bei uns der Eindruck, daß du nach Munsen die fähigste Waldführerin hier in der Gegend bist. Also allzuschlecht hat Durssa nicht über dich gesprochen.« Der Lichtmagier schwindelte ein wenig, aber wenigstens bewegte er das mürrische Mädchen dadurch zum Abbrechen einer Handvoll Brot. Sie steckte sich das Brot in den Mund und kaute darauf herum.

»Und? Was wollt ihr hier im Thost?«

»Wir sind auf der Suche nach den Männern, die Munsens Selbstmord zu verantworten haben.«

»Das bin ich auch!«

»Weißt du etwas über diese Männer?«

»Nichts. Ich war in Anfest und bei den *Unsteten*, aber niemand konnte mir weiterhelfen.«

»Kennst du Munsens letzte Notizen?«

»Notizen? Nein. Ich kann nicht lesen.« Noch so ein Naturkind, dachte Eljazokad mit innerlichem Seufzen. Bestar grinste breit.

»Also«, begann Eljazokad zu erläutern, »es handelt sich um einen Anführer, dessen Namen mit einem ›S‹ abgekürzt wird, einen Schmetterlingsmann namens Scord, einen andauernd lachenden Wahnsinnigen namens Tellures und einen Rothaarigen.«

Tjarka hörte auf zu kauen. »Einen Typen mit leuchtend roten Haaren habe ich vor zwei Tagen getroffen!«

»Weißt du noch, wo das war?«

»Na klar. Auf direktem Weg nur einen Tag von hier. Er sagte, er ist auf der Suche nach einem Flußlauf, aber als ich ihn zu einem Bach geführt habe, hat er nicht getrunken, sondern ist dem Bachlauf aufwärts gefolgt.«

»Hat er sonst irgend etwas erzählt?«

»Wir haben uns ein bißchen unterhalten. Sein Name war Glauber Gudvin. Er stammte aus der Provinz Hessely, hat er gesagt. Ich konnte nicht aus ihm rauskriegen, was er im Thost suchte, aber das hat man hier öfters. Den Leuten ist es peinlich, daß sie Korengans altem Schmöker auf den Leim gegangen sind.«

»Hast du denn keine Angst, wenn du dich so allein im Wald mit fremden Männern abgibst?« mischte Bestar sich ein.

Tjarka klaubte sich mit der Zunge Teigreste von den Vorderzähnen. »Ich kann auf mich selbst aufpassen.« Die einzige Bewaffnung, die der Klippenwälder an ihr feststellen konnte, war ein breites, gesägtes Messer in ihrem Gürtel, ein sogenanntes Waldmesser, wie es auch in den Klippenwäldern gebräuchlich war. Ansonsten trug sie nur einen kleinen Tuchbeutel über der Schulter. Obwohl Tjarka, wenn sie tatsächlich siebzehn Lenze zählte, nur drei Jahre jünger war als Bestar, stand sie vor dem riesenhaften vollbärtigen Krieger wie ein Kind vor einem alten Baum.

»Eines verstehe ich nicht«, hakte Eljazokad nach. »Du sagtest, du seist auf der Suche nach den Männern, die hinter Forker Munsens Selbstmord stecken. Woher weißt du, daß es nicht einfach nur ein Selbstmord war?«

»Weil er mir erzählt hat, daß er einen neuen Auftrag bekommen hat. Er sagte nicht, was und mit wem. Die Schnauze halten steht hoch im Kurs bei Clellacher Waldmännern.«

»Soviel hat man uns auch schon klargemacht.«

»Jedenfalls ist er zwei Monde lang nicht mehr mit mir losgezogen, obwohl wir früher besonders im Spätsommer immer viel zusammen unternommen haben, weil das die Zeit ist, wo der Kaninchenfürst am ehesten auftaucht. In diesen letzten zwei Monden fiel Fork immer mehr in sich zusammen. Seine Auftraggeber zwangen ihn, irgend etwas Schreckliches zu tun.

Er sprach nicht darüber, aber die dreimal, die ich ihn in dieser Zeit gesehen habe, war klar, daß etwas nicht stimmte. Tja. Dann habe ich ihn gefunden. Am Baum. Ich wollte ihn eigentlich besuchen kommen bei Durssa. Ziemlich schrecklich, dieser Anblick. Wie ein totes Tier in einer Schlinge.«

Eljazokad versuchte, das Gespräch in weniger aufgewühltes Fahrwasser zu lenken. »Hast du diesen Kaninchenfürsten jemals zu Gesicht bekommen?«

Sie schüttelte den Kopf. »Aber den Spaziergänger.«

»Wer ist denn das nun wieder?«

»Ein verrückter alter Mann. Hat ein Gesicht aus Papier und geht rückwärts durch den Thost. Ich habe erst gestern seine Spur gekreuzt, ich kann euch hinführen, wenn ihr das wollt.«

»Ist das die Richtung, wo auch der Rothaarige war?«

»Na klar. Von da bin ich ja gekommen.«

Eljazokad schwirrte der Kopf. »Laß uns aufbrechen«, sagte er kurzentschlossen. »Alles Weitere können wir ja unterwegs besprechen.«

»Aber zuerst müssen wir das Geschäftliche klären.« Tjarka stellte sich breitbeinig hin und verschränkte die Arme vor der Brust. »Ich führe euch nirgendwohin ohne Bezahlung, nicht mal nach Clellach. Fünf Taler pro Tag.«

»*Fünf* Taler pro Tag? Du bist ja teurer als die Flußschiffer vom Larnus!«

»Tja. Wenn ein Flußschiffer euch hier weiterhelfen kann, dann ruft doch einen.«

»Das ist zu teuer. Soviel Geld habe ich gar nicht.« Eljazokad hatte nach dem Proviantkauf bei den Ruschenners tatsächlich nur noch 39 Taler. Da die Rückfahrt auf dem Larnus flußaufwärts mindestens 24 Taler kosten würde, konnte er sich Tjarka höchstens für drei Tage leisten, das war zu knapp und auch zu verschwenderisch.

»Eljazokad?« machte Bestar sich bemerkbar. »Wir brauchen sie nur zu bezahlen, bis wir den Rothaarigen haben. Danach wird *der* uns führen.«

Eljazokad nickte langsam. »In Ordnung. Du führst uns zum Spaziergänger und zu Glauber Gudvin. Aber du solltest keine Umwege machen, nur um mehr Geld zu verdienen. Du und wir – wir sind hinter denselben Kerlen her, und da die zu viert sind, brauchst du unsere Unterstützung genauso wie wir deine. Ich habe Geld für drei Tage, danach müssen sich unsere Wege leider trennen.«

»Das wird nicht einfach in drei Tagen, weil ich ja nicht weiß, mit welcher Geschwindigkeit Gudvin weitergezogen ist, aber ich werde ihn schon aufspüren. Wie schnell das geht, hängt davon ab, wie gut ihr zwei Schwerbepackten zu Fuß seid.«

»Du wirst staunen«, sagte Bestar zuversichtlich. »Eljaz, gib mir dein ganzes Gepäck. Wir fangen jetzt einen Eilmarsch an.«

Eljazokad brach schon allein beim Gedanken an einen Eilmarsch der Schweiß aus. Wortlos reichte er dem Klippenwälder seinen Rucksack, der diesen zusätzlich umschnallte.

»Eljaz also«, stellte Tjarka fest, immer noch mit verdüstertem Gesichtsausdruck. »Ihr wart weniger höflich als dieser Gudvin und habt euch überhaupt nicht vorgestellt.«

»Eljazokad und Bestar Meckin«, erläuterte der Lichtmagier knapp. Er scheute sich, das *Mammut* zu erwähnen, solange nicht feststand, ob sie hier in Rodraegs Abwesenheit dem *Mammut* Ehre oder Schande machten.

»Tjarka Winnfess«, ergänzte das Mädchen ebenso knapp. »Ich werde im voraus bezahlt, pro Tag.«

Zähneknirschend gab Eljazokad ihr fünf Taler. Dann ging es los.

Tjarkas Auffassung von Orientierung war äußerst bemerkenswert. Sie blieb nie auf Wildwechseln und vereinzelt auftauchenden Pfaden, sondern schlängelte sich wie ein flinkes Weberschiffchen stets wegab zwischen den Bäumen hindurch, wobei der Größenunterschied zwischen ihr und Bestar mehrmals für kleinere Schwierigkeiten sorgte, wenn sie unter Ästen durchtauchte, die er schier abbrach in seiner Wucht. Sie schien sich am Himmel zu orientieren, an den kleinen Fetzen Blau und Weiß, die durch das Ränkespiel der Blätter durchschimmerten. Genaugenommen folgte Tjarka Wolken. Lief eine halbe Meile unter einer Wolke mit und schwenkte dann ab, um einer anderen zu folgen. Wie man so die Orientierung behalten konnte, war Eljazokad schleierhaft, aber mehrmals verglich Tjarka die Windrichtung, die sich am leisen Rauschen der Baumwipfel ablesen ließ, mit der Richtung und Geschwindigkeit der Wolken und schien sich so ihr eigenes Bewegungsmuster zusammenzusetzen anhand eines meilenhoch über dem Wald schwebenden Bewegungsspiels.

Vielleicht hatte Forker Munsen ihr das beigebracht. Immerhin hatte er von einem *Vogelblick* geträumt, und S. hatte ihn genau damit geködert. Mit dem Blick der Wolken auf den Thost, dem Blick der unverstellten Lufthoheit.

Die Geschwindigkeit des Eilmarsches paßte sich dem Untergrund an – und der Ausdauer Eljazokads. Rennend durchquerten sie abschüssige Lichtungen und Wiesenhänge, danach rasteten sie kurz, bis der Lichtmagier wieder zu Atem gekommen war. Im Dauerlauf folgten sie Tjarka durch ein Gewirr aus Hölzern, Pilzkolonien und verwirrend umhersausenden Insekten. In einer Passage, in der das Laubdach so dicht war, daß darunter ewige Nacht herrschte, schlichen sie langsam, weil der Boden hohl dröhnte unter ihren Schritten. Bestar konnte zwei fette, kalbsgroße Waldspinnen ausmachen, die auf ihren Beinen am Rande ihres Sichtbereiches zitterten und nicht anzugreifen wagten, weil drei Menschen doch nicht so leicht zu überwältigen waren wie ein einzelner. Danach ging es im Dauerlauf zwischen Fichten und Eiben hindurch, deren rote Beeren den Boden färbten. Hügelaufwärts wiederum liefen sie im Schrittempo, aber schneller dennoch als bei einem Waldspaziergang.

Als sie einen Bach erreichten, dessen Wasser von Moosen ganz grün war und von winzigen Fischen durcheilt wurde, gab Tjarka ihren Auftraggebern Gelegenheit zum Trinken und Ausruhen. Eljazokad kam endlich dazu, Atem zu schöpfen und weitere Fragen an die jugendliche Waldführerin zu richten.

»Dieser Rothaarige«, japste er, »hatte der eigentlich etwas Ungewöhnliches bei sich? Tote Kaninchen vielleicht?«

Tjarka schüttelte den Kopf. »Er war mit einem Dolch bewaffnet. Und einen Rucksack hatte er, so wie ihr. Aber ich habe nicht reingeschaut.«

»Wir sind jetzt seit Stunden unterwegs und niemandem begegnet. Ist es normal, daß der Thost so menschenleer ist?«

»Er ist nicht menschenleer, denn wir drei rennen ja hier herum. In Stoerig und Anfest gibt es ein paar hundert Menschen, dann noch die *Unsteten* und den einen oder anderen Abenteurer. Im Winter ist der Thost viel leerer.«

»Kennst du die *Unsteten* persönlich?«

»Sie kommen alle zwei Jahre hierher. Ich kenne sie.«

Eljazokad wollte fragen, ob die *Unsteten* gute Menschen waren, aber wie gut mußte man jemanden kennen, um zu wissen, ob er ein guter oder ein schlechter Mensch ist? »Kannst du sie finden?«

»Auch die kann ich finden.«

»Falls wir den Rothaarigen nicht erwischen, dann bitte zu den *Unsteten.*«

»Wir werden Gudvin wiederfinden. Doch zuerst den Spaziergänger, nicht wahr?«

»Richtig. Sind wir ihm denn schon näher gekommen?«

»Natürlich. Wir bewegen uns doch, oder etwa nicht?«

Der Tag ging so weiter. Mit Rennen, schnellem Ausschreiten, Verschnaufen und Weitertraben. In der Abenddämmerung war Eljazokad viel zu erschöpft, um noch etwas in sein Tagebuch zu schreiben. Er warf sich zu Boden und wollte schlafen, wie und wo er lag.

Bestar dagegen fühlte sich großartig. Seine in den Terreker Talkesselkämpfen erhaltene Speerwunde, die ihm die Strapazen der *Höhle des Alten Königs* noch zur Hölle hatte werden lassen, war durch die regelmäßigen Atmungsübungen im Zauberrauch der Riesen vollständig verheilt. Auch fühlte er sich in einem Wald einfach wohl, so wohl, daß er zwischenzeitig sogar darüber nachdachte, weshalb eigentlich die meisten klippenwälder Jünglinge ihre Heimat verließen, um auf Abenteuersuche auszuziehen. Was war es, was man dort draußen erwartete, wenn in Wirklichkeit die Sehnsucht nach den Wäldern immer einen Teil des Herzens beschwerte?

Weder die Hitze noch die Staubigkeit der Luft machten ihm

etwas aus, weder das Gepäck noch die schwere Waffe, weder die massive Rüstung noch die Wasserschläuche, die er für sich und den Magier schleppte. Er folgte der wieselflinken Tjarka durch den Tag und sorgte dafür, daß der Kontakt zum hinterhertaumelnden Eljazokad nicht abbrach. Wenn sie pausierten, wetteiferte er mit Tjarka darin, wer von ihnen beiden weniger außer Atem war. Auch jetzt, wo der Magier schon zusammengerollt wie ein Kleinkind auf dem Boden lag, standen Bestar und Tjarka tatendurstig herum.

»Morgen wird es regnen«, stellte Tjarka fest, die Farbschattierungen des Abendhimmels betrachtend. »Dann wechselt der Thost sein Gesicht. Gleichzeitig werden Spuren verwaschen.«

»Dann findest du den Spaziergänger und den Rothaarigen nicht mehr?«

»Der Spaziergänger ist hier in der Nähe. Ich folge schon seit zwei Stunden seinen rückwärtsgewandten Spuren. Willst du hier Wache halten und auf deinen Freund aufpassen? Dann versuche ich, den Spaziergänger aufzustöbern, und hole euch dann nach.«

»Gut.«

Tjarka nickte dem Klippenwälder finster zu, dann schlüpfte sie zwischen das Blattwerk davon.

Die Sonne versank in den Bäumen. Wolkige, schwere Nacht breitete sich aus. Das Gewicht des kommenden Regens drückte die schwüle Luft zusätzlich zu Boden. Käuzchen riefen. Herbstgrillen zirpten in den Gräsern. Ein größeres Raubtier raschelte knurrend im Unterholz. Bestar hielt Ausschau, die Hand am Griff Skergatlus, das er noch nie im Kampf erprobt hatte und dem seine Bluttaufe noch bevorstand. Eljazokad brabbelte im Schlaf vor sich hin. *Etridti Djuzul* und andere Worte, die in Bestars Ohren keinen Sinn ergaben.

Es war schon weit nach Mitternacht, und Bestar nickte langsam ein, als Tjarka ihn an der Schulter rüttelte. »Mach ihn wach und folgt mir. Schnell.«

Bestar rüttelte den protestierenden Eljazokad und erklärte ihm in wenigen Worten die Lage. Eljazokad ächzte, kämpfte sich aber auf die Beine und versuchte, mit den beiden Schritt zu halten. Bestar und er waren annähernd blind im Dunkel des nächtlichen Thost, *blind wie neugeborene Kaninchen*, schoß es Eljazokad durch den Kopf. Tjarka rauschte voran. Manchmal sah es aus, als liefe sie auf allen vieren, aber sie duckte sich wohl nur unter tiefhängenden Zweigen durch. Bestar tat es ihr dann gleich und warnte auch den Magier vor. Dennoch mußten sie immer wieder auf Eljazokad warten, der sich irgendwo verheddert hatte.

Bestar nutzte eine dieser Pausen, um Tjarka eine Frage zu stellen. »Vorhin schlich ein größeres Tier um das Lager. Was kann das gewesen sein?«

»Ein Waldluchs. Ich habe ihn gerochen, als ich zurückkam. Keine Gefahr für Menschen.«

»Und für Kaninchen?«

»Was habt ihr nur immer mit euren Kaninchen? Ich habe schon seit Wochen keins mehr zu Gesicht bekommen.«

»Eben.«

Tjarka fragte nicht weiter nach, machte sich wohl ihre eigenen Gedanken. Weiter ging die Jagd durch das Dunkel. Der Finsternis hinterher, ohne sie jemals mit Händen greifen zu können. Eljazokads Atem rasselte wie der eines alten Mannes. Dann, nach einer Stunde etwa, gebot Tjarka ihnen Einhalt. Eljazokad torkelte schlaff gegen Bestars Massigkeit und sank seufzend zu Boden.

»Wir bleiben hier, denn dies ist die richtige Seite des Windes«, erläuterte Tjarka. »Macht euch klein und hört auf zu keuchen.«

»Ich keuche nicht«, gab Bestar ruhig zurück.

»Ja, ja. Halt dem Dünnen den Mund zu, wenn es gar nicht anders geht. Da – hört ihr?«

Bestar und Eljazokad lauschten in die Nacht hinein.

Zikaden sangen ihr rhythmisches Lied. In ferneren Bäumen rauschte Wind. Äste knarrten. Gefieder raschelte in hohen Zweigen. Bestar und Eljazokad machten sich fast ebensoklein wie Tjarka und atmeten flach.

Ein Grollen schälte sich durchs Unterholz, ein brodelndes Singen, erst gar nicht als menschliche Stimme erkennbar, dann deutlicher, weil näher kommend. Eine Stimme, so guttural und gurgelnd wie ein kehliges Räuspern, ein Hochwürgen von Schleim. Dann aber wiederum volltönend und dröhnend. Das Organ eines Abgrundes.

»*... tief sanken ihre Schritte in den schneeverborgenen, rotverborgten Weg. Auf ihrem Rücken trug sie, von zwei kinderhandgewobenen Decken gehalten wie zwei Flügelchen, ihr Töchterlein, das krank war und nicht zu schlucken wußte die Fragen dieser Welt. Ein Rauschen umgab das Mandelmädchen, umkreiste sie näher, umging und umgarnte, umfing und umtarnte, und sie beschleunigte rot ihre kleinen, kleinen Schritte. Etwas war im Nachtwind und im hämischen Glitzern der Eiskristalle, etwas, das sich näherte und die Zunge leckend nach ihr herausstreckte. Sie konnte niemanden sehen, aber die Vögel mit den weisen Bärten waren geflüchtet, der schwarze Wald lag still und schat-*

*tig. Nur ihre kleinen, kleinen Stiefel knirschten und hinterließen eine Spur, die weit für jedermann und Jägersmann zu lesen war ...«*

Eine Gestalt wand sich aus der Nacht. Groß, knochig, mit beiden Armen rudernd wie ein Rezitator, der sich selbst eine raspelnde Rede hielt. Ein Mann, der rückwärts durch den Wald ging, in etwa fünf Schritt Entfernung an den drei Kauernden vorbei. Zuerst war nur sein Rücken zu sehen, aus dem trotz Bekleidung die Wirbel hervorstachen wie Widerhaken. Die Stimme wurde lauter und deutlicher. Eljazokad und Bestar wurden von einer ganz eigentümlichen Furcht ergriffen, wie wenn man dem Tod begegnet, aber noch viel zu jung dafür ist.

»*... mit einem Mal aus Asche auf der Stirn trat ihr das Tier in den Weg und verbaute sich vor ihr. Sie erschrak und verlor alle Kleidung in dem Schrecken, aber sie bedeckte ihre Blößen mit ihrem Haar und einer Wurzel und sprach das Tier ganz züchtig an. ›Verzeiht, daß ich in eurem Wald herumgeistere ganz wie in einem Traum‹, sagte sie zu dem Tier. ›Aber ich muß zur Frau mit den Karten. Mein Töchterlein ist krank geworden an den vielen Lügen.‹ ›Die Frau mit den Karten ist leider verschieden‹, antwortete das Tier und wiegte mitleidig den Schädel. ›Die Tiere des Waldes fanden im Schnee keine Beeren. Die armen Kaninchen waren es, die armen, armen Kaninchen, die die alte Frau fraßen bei lebendigem Leib!‹«*

Der *Spaziergänger* war nun an den dreien vorüber. Beide Sprechrollen mit deutlich voneinander unterscheidbaren heiseren Stimmen deklamierend, schritt er rückwärts und ruckartig wie ein zweibeiniger Krebs vorbei in die Dunkelheit. Jetzt konnten sie sein Gesicht sehen: Es war eine zerknitterte, pergamentene Maske, angenagelt ans Gesicht oder angeklebt, aber dennoch halb lose, mit dem ausgeschnittenen Papiermund den echten schief verdeckend und die gemalten Augen schief auf der Stirn.

»*›Das kann doch nicht sein!‹ widersprach das nackte Mädchen. ›Die armen, armen Kaninchen würden doch niemals einen Menschen angreifen, niemals! Ihr selbst habt die alte Frau gefressen, ihr selbst oder einer von eurer stinkenden, liederlichen Art!‹ ›Es gibt keinen zweiten von meiner Art. Ich bin einsam, schönes Kind‹, grollte das Tier. Der Schnee war von purpurnem Blau, wo die Schatten der Nacht ihre Masken in ihn malten. ›Das Töchterlein ist krank geworden‹, wiederholte leise das Mädchen und schluchzte. ›Was soll ich denn jetzt tun?‹ ›Gib mir das Kind. Ich kann es heilen‹, lefzte das Tier. ›Aber Ihr seid doch nur ein Tier!‹ schrie das Mädchen unter Tränen. Unter Tränen ging auch am Himmel auf das smaragdene Ei des Mondes. Dann wandte sich der Mond um und versuchte zu flüchten, doch das Tier war über ihm, kaum daß er zehn Sterne hinter sich gelassen hatte. Das Tier verschlang den Mond und begann grün zu glühen. Der Schnee nahm den Schimmer von Holz an. Dann kehrte das Tier zurück in die Welt und die Nacht und den Schnee, und das Mädchen und die Tochter weint noch heute, weint hinein in die Ferne und die Einsamkeit und das hämische Glitzern der holzverschneiten Sterne.*«

Mit diesen letzten Worten war der Spaziergänger verschwunden, hatte den Sichtkreis der drei Lauscher ganz durchquert und tauchte unter in den matten Mondlichtschatten des Unterholzes.

»Wir müssen ihm hinterher!« zischte Eljazokad, doch Tjarka versuchte ihn festzuhalten.

»Das ist vollkommen sinnlos. Bleib hier!«

»Nein, hast du denn nicht zugehört? Er sprach von den *armen Kaninchen.* Er weiß, was mit ihnen geschehen ist! Seine Geschichte muß eine Bedeutung haben!«

»Das muß sie nicht, er ist wahnsinnig, alle Leute, die ihn jemals gehört haben, sagen das ...«, doch der Magier riß sich los und setzte dem Spaziergänger nach. Bestar folgte ihm mit zweifelndem Gesichtsausdruck. Die Geschichte hatte ihm überhaupt keinen Sinn ergeben. Seit wann war der Mond ein Ei und eßbar?

Die beiden *Mammut*streiter durcheilten, durchkämmten und durchwühlten das Unterholz, doch dort war nichts mehr zu finden. Auch die grollende Stimme des Spaziergängers war nicht mehr zu hören gewesen, nachdem Eljazokad in seine Richtung losgerannt war. Eljazokad hatte das peinigende Gefühl, daß ihm ein entscheidender Zeuge durch die Finger geglitten war. »Verflucht, verflucht, verflucht!« *Rodraeg wäre das nicht passiert.*

Tjarka tauchte bei ihnen auf, mehr als zehn Sandstriche wüteten sie schon ergebnislos im Gestrüpp.

»Hört mir zu.« Tjarka stellte sich Eljazokad in den Weg und zwang ihn so dazu, sie anzusehen. »Ihr zahlt mir fünf Taler am Tag. In diesem Preis inbegriffen sind Ratschläge, die ich euch erteile, wie man sich im Thost zu verhalten hat. Ich habe euch den Spaziergänger gezeigt. Wenn ich dann sage, daß es keinen Sinn hat, ihn festhalten zu wollen, dann müßt ihr auf mich hören! Alles, was ihr erreicht habt, ist, daß er sich nun verborgen hält und vielleicht für lange, lange Zeit nicht mehr in Erscheinung tritt!«

»Aber wenn er sich nur verborgen hält, muß er doch hier irgendwo sein«, sagte Bestar unzufrieden.

»Nein«, widersprach Tjarka ihm streng. »Dies ist der Thost, nicht irgendein anderer läppischer Wald. Der Spaziergänger kann von hier aus durch eine Astgabel bis zum Mond gesprungen sein, und ihr werdet ihm nie folgen können. Aber ich verlange von euch, daß ihr keinen Schaden anrichtet im Thost. Sonst könnt ihr euch ab morgen hier drinnen alleine zurechtfinden!«

Eljazokad atmete durch, bis wieder Ruhe in ihn einkehrte. »Wir sind nicht hier, um Schaden zuzufügen. Alle Kaninchen sind fort. Zu untersuchen, wie es dazu kommen konnte, ist unsere Aufgabe.«

»Alle Kaninchen sind fort? Woher … woher wißt ihr das?«

»Wir stehen mit Magiern im Bunde. Weißt du auch Bescheid über die Kaninchen?«

»N-nein. Ich habe keins mehr gesehen seit … mehreren Wochen, aber ich war auch nicht direkt auf der Suche nach ihnen.«

»Niemand ist ausschließlich auf der Suche nach Kaninchen. Außer uns, dem *Mammut* von Warchaim. Der Spaziergänger wußte etwas. Forker Munsen wußte etwas. Jetzt kann uns nur noch der Rothaarige helfen.«

»Oder der Schmetterlingsmann, der Lachende und der Anführer«, ergänzte Bestar grimmig.

Eljazokad seufzte. »Du hast uns gut geführt bis hierher, Tjarka. Wir danken dir. Und ich entschuldige mich in aller Form dafür, den Spaziergänger verscheucht zu haben. So etwas wird nicht noch einmal vorkommen, von jetzt an folgen wir deinen Anweisungen. Also: Führst du uns zu Glauber Gudvin?«

Tjarka zögerte ihre Antwort nicht hinaus. »Klar, wie abgemacht. Aber jetzt legt euch erst mal hin und ruht euch aus. Ihr seid ziemlich fertig, und morgen wird es regnen, da wird der Thost zu rutschigem Schlick, und ihr werdet alle Geschicklichkeit brauchen, die ihr besitzt.«

Die beiden vom *Mammut* legten sich in weichen Blättern schlafen, und das Waldmädchen wachte über sie.

## 6 Verfolgung

Am folgenden Morgen versuchte Eljazokad, die Erzählung des Spaziergängers in sein Tagebuch zu bannen, aber es wurde eine ziemlich wirre Fassung. Der Lichtmagier schrieb hinein, was er darin verstanden zu haben glaubte: die Geschichte einer Vergewaltigung. Blutroter Schnee. Ein gefressener Mond als Symbol des Weiblich-Nächtlichen. Ein Tier und ein Mädchen.

Die Parallelen zu Dasco waren unübersehbar.

Hatten tatsächlich Dascos herrenlos gewordene Flechtenwölfe den Thost überfallen und alle Kaninchen weggefressen? Nein, das wäre bemerkt worden. Tjarka hätte von den Wölfen erfahren.

Was sonst konnte hinter diesem Rätsel stecken? Wenn wirklich S. und seine Schergen Forker Munsen angeheuert hatten, um ihnen die Kaninchen zuzuführen – was bezweckten sie damit? Felle? Ging es die ganze Zeit um Kaninchenfelle, so wie es den Haarjägern des Wildbarts um Riesenskalps ging? Oder war dies eine weitere mögliche Erklärung? Der Wildbart war nicht weit vom Thost entfernt. Hatten die Haarjäger, aus dem Wildbart vertrieben durch die neue, dem *Mammut* zu verdankende magische Erstarkung der Riesen, jetzt im Thost ein neues Betätigungsfeld aufgetan? Jagd auf Kaninchenfelle? Steckten letzten Endes noch von Heyden, sein ermordeter Partner und dessen Mörder mit in dieser Geschichte drin, weil es auch hier wieder um Bekleidung und Vermarktung ging?

Fast keines dieser Fragezeichen fand Eingang in Eljazokads Tagebuch. Zu wirr, zu gewollt schien ihm die Suche nach übergeordneten Zusammenhängen. Wahrscheinlicher war doch, daß die Geschehnisse im Thost für sich selbst standen. Sie zu verknüpfen hieße sie abzuwerten.

Und dennoch. Da alle Aufträge Riban Leribins sich entfaltende Geheimnisse aufzuweisen schienen, da der verschmutzte Fluß zur dunklen Quelle geführt hatte, die irregeleiteten Wale zur Gezeitenfrau und den Jägern aus Rodraegs Traum und das vergessene Zepter zur Erneuerung ihrer Körper und zur Riesenwerdung Bestars, konnte auch hier nicht ausgeschlossen werden, daß die »armen, armen Kaninchen«, wie der Spaziergänger sie genannt hatte, nur ein Raum waren, der zu einem anderen Raum führte, der allen Blicken sonst für immer verborgen geblieben wäre.

Bereits am späten Vormittag begann es zu regnen, und tatsächlich veränderte der Thost sein Gesicht. Der Boden war so staubtrocken und ausgedörrt, daß der Regen kaum Gelegenheit zum Einsickern fand. Statt dessen begann er zu fließen, aus den höheren in die tieferen Lagen. Talmulden schwappten innerhalb einer Drittelstunde knöchelhoch voll Wasser, während die Hänge trügerisch wurden unter dem andauernden Strömen von Flüssigkeit. Bäche bildeten sich, wo vorher keine gewesen waren. Tiere, die eigentlich nur ihre Ruhe suchten, gerieten in panische Bewegung. Der Regen klatschte von oben durch die Blätter wie fallende Sterne und nahm an Dichte immer mehr zu.

Tjarka, Eljazokad und Bestar stellten sich in der Rindenhülle eines vom Blitz aufgerissenen Baumriesen unter, während wenige Fingerbreit vor ihnen ein Wasservorhang über den Öffnungsrand troff.

»Ist das hier immer so heftig?« fragte Eljazokad.

Das Mädchen schüttelte den Kopf. »Es hat drei Wochen lang nicht geregnet. Der Sommer wollte und wollte schon den ganzen Rauchmond über seinen Griff im Thost nicht lockern. Aber nun ist der Herbst endlich gekommen. Die Bäume seufzen erleichtert auf und können sich wieder satt trinken. Rasend schnell werden sich die Blätter nun verfärben und zu Boden fallen. Ab morgen wird es auch deutlich kühler sein.«

»Hm. Tiere, die in Erdlöchern leben – ertrinken die jetzt nicht alle?«

»Nein. Aus den meisten Bauten fließt das Wasser ab, genauso wie es hineinfließt. Außerdem bleibt das Wasser nirgends lange stehen. Es bleibt in Bewegung, bis es in einen Bach findet oder über die Osthänge ins Meer.«

»Der ungewöhnlich lange Sommer«, hakte Bestar nach. »Hat der den kleinen Tieren zu schaffen gemacht?«

»Mit Sicherheit, aber es war kein Dürresommer. So einen hatten wir vor acht Jahren zuletzt. Damals sind viele Tiere gestorben. Aber ich glaube nicht, daß die Kaninchen, wie ihr jetzt vermutet, Opfer der Witterung wurden.«

»Was wird aus den Spuren?« fragte Eljazokad nach einer Weile. »Wie willst du dem Rothaarigen jetzt noch folgen können?«

»Genauso wie vorher. Ich bin keine Hündin, die einem Geruch folgt, der vom Regen weggewaschen wird. Ich bin auch keine Fährtenleserin, die Spuren im Waldstaub folgt, die nun verwirbelt sind. Ich folge jemandem, indem ich dorthin gehe, wohin auch er gegangen ist. So habe ich auch den Spaziergänger gefunden.«

»Das verstehe ich nicht«, gab Eljazokad ehrlich zu.

»Das brauchst du auch nicht. Bezahl mich, der Rest ist meine Sorge.«

»Nein, ich möchte das gerne verstehen. Ist das eine Art von … Magie?«

»Quatsch. Es ist doch eigentlich ganz einfach. Wenn du rechts oder links zur Auswahl hast, und rechts ist eine verschlossene Tür, dann gehst du nach links. Also folge ich dir nach links.«

»Ja – wenn es nach rechts nicht weitergeht. Aber wenn es wie in einem Wald tausend Richtungen gibt, in die man gehen kann?«

»Auch dann entscheidest du dich für die einfachste. Besonders dann, wenn du mit der Gegend nicht allzugut vertraut bist.«

»Aber was ist, wenn der Mann, den du suchst, wahnsinnig ist? Oder etwas ganz Bestimmtes sucht, wovon du nichts weißt? Dann streunt er doch nicht einfach so ziellos herum und nimmt den Weg des geringsten Widerstandes, sondern er wird auch einen Fluß überqueren, wenn er das muß.«

»Ja. Und trotzdem werde ich an der Stelle, wo er den Fluß überquert hat, sehen, daß er den Fluß überquert hat.« Tjarka wand sich. Sie schien überhaupt keine Lust zu haben, sich so lang und breit erklären zu müssen. »Das ist keine Hexerei«, fügte sie noch hinzu, weil Eljazokad einfach nicht damit aufhörte, ihr forschend in die Augen zu sehen. »Das ist einfach nur Übungssache. Ich muß vor Ort sein, dann kann ich den Weg von jemandem … nachvollziehen.«

»Klappt das nur mit Menschen oder auch mit Tieren?« fragte Bestar.

»Manchmal auch mit Tieren. Aber Menschen sind einfacher zu durchschauen.«

Bestar brummte. »Ich dachte immer, Tiere sind viel geradliniger als Menschen.«

»Vielleicht«, lenkte Tjarka ein. »Aber innerhalb ihres Reviers haben sie ihre Abläufe, denen sie unterworfen sind. Ein Mensch ist freier und deshalb einfacher zu durchschauen.«

»Das *ist* eine Art von Magie«, stellte Eljazokad leise fest. »Und sie funktioniert nur im Thost, weil du dein ganzes Leben hier verbracht hast.«

»Das weiß ich nicht. Eigentlich glaube ich nicht, daß sich diese Fähigkeit nur auf den Thost beschränkt. Der Thost wechselt so oft sein Gesicht – das könnte dann genausogut ein anderer, fremder Wald sein. Nein, ich habe das gelernt und kann es jetzt. So einfach ist das.«

»Und Forker Munsen? Konnte er es auch?«

»Nein. Ich habe oft versucht, es ihm beizubringen, aber er hatte nicht die Geduld dazu.«

»Hatte er irgendwelche anderen Spezialfähigkeiten?«

»Viele. Er war ein guter Fallensteller. Ein sehr guter Lauscher. Ein unglaublich guter Anschleicher. Und er konnte gut Bäume hochklettern, auch Kiefern, deren Äste erst ganz oben beginnen. Der Regen läßt übrigens nach. Noch schwächer wird er heute wohl nicht werden. Wir sollten weitermachen, wenn ihr noch Kraft habt.«

Eljazokad war immerhin wieder zu Atem gekommen. »Gut. Führ uns an.«

Aus Eljazokads Tagebuch:
*4. Blättermond*

*Unser vierter Tag im Thost.*
*Es ist erst früher Abend, und ich kann nicht mehr. Den ganzen Tag rennen, hetzen, springen, aufholen. Bestar und Tjarka müssen meinetwegen rasten und scheinen sich einig darüber zu sein, daß ich für eine Verfolgungsjagd wie diese vollkommen unzulänglich bin. Tjarka konnte ich mit den fünf Talern für diesen Tag gnädig stimmen. Aber Bestar ist unzufrieden, hat das Gefühl, wertvolle Zeit zu verlieren. Laut unserem ursprünglichen Zeitplan müßten wir jetzt schon wieder in Clellach oder auf der Rückreise sein. Statt dessen sind wir mitten drin im nassen, grünen Dickichtlabyrinth des Thost.*

*Im endlosen Prasseln des Regens erreichten wir gegen Mittag die Stelle, wo Tjarka vor einigen Tagen den Rothaarigen traf. Von dort aus führte sie uns zu dem Flußlauf, zu dem sie auch ihn brachte. Danach rannten wir weiter flußaufwärts, in der Richtung also, in der der Rothaarige weitergegangen war. Bestar entdeckte auf einer kleinen Kleewiese einen Hasen. Wir wollten ihn fangen, um ihn zu untersuchen, aber er ist uns entwischt. Immerhin konnte Bestar sich hinterher im Fluß den ganzen Matsch wieder abwaschen, durch den er geschliddert war.*

*Tjarka ist mir unheimlich. Sie wechselt manchmal die Richtung, als würde sie Stimmen hören, die sie lenken, aber für mich und Bestar ist nicht einmal etwas Bezeichnendes zu sehen, geschweige denn zu hören.*

*Im Laufe des Nachmittags kam mir ein häßlicher Gedanke: Was, wenn sie uns in die Irre führt? Was wissen wir denn schon über Tjarka Winnfess? Vielleicht arbeitete sie die ganze Zeit mit Munsen und S. zusammen, und es ist nun ihre Aufgabe, Neugierige von S. wegzuführen? Vielleicht hat sie Munsen nicht einfach nur am Baum hängend vorgefunden, sondern ihn tatkräftig dort aufgeknüpft?*

*Aber das paßt nicht zu ihrem Wesen. Ein hinterlistiger, sich verstellender Mensch wäre freundlicher, verschlagener, glattzüngiger. Tjarka ist brummig und ungehalten, verstimmt und wortkarg. Ihr ist es lästig, uns dabeizuhaben. Wir stören ihre Intimität mit dem Thost. Sie duldet uns, weil wir sie bezahlen und weil sie sich von uns verspricht, daß wir ihr bei ihrer Rache helfen.*

*Eine wie sie wäre keinem S. gegenüber loyal.*

*Es sei denn natürlich, S. hätte auch ihr – wie Munsen – Versprechungen gemacht, die eine Tjarka Winnfess in seinen Bann zu schlagen verstünden.*

*Nein, ich glaube es nicht. Sie hintergeht uns nicht.*

*Und wenn doch, werden wir es erfahren, sobald wir Glauber Gudvin gegenüberstehen.*

*Ich bin so erledigt, daß Bestar den Rothaarigen ganz alleine wird überwältigen müssen. Andererseits war ich noch nie ein Kämpfer, nur mit meiner Magie konnte ich mich nützlich machen, und das ist jetzt auch vorbei.*

*Der Dreimagier sagte, ich könnte zu meiner Magie zurückfinden, wenn ich die Energie meines Lebenslichtes zu nutzen verstünde. Die Riesen sagten mir, meine Magie würde von selbst zu mir zurückfinden, wenn ich ihr nur Zeit zum Nachwachsen einräume. Ich bin zu müde, um in mich hineinzuhorchen, wie weit oder wie wenig weit ich schon bin.*

*Kein DMDNGW heute – ich schließe mit den Worten: Morgen, sagt Tjarka, werden wir Gudvin aufgespürt haben.*

Tjarka führte weiter, auf einer Fährte, die niemand außer ihr sehen konnte.

Im frühesten, regentropfenbehängten Licht des Tages. Im Schwächerwerden und schließlich Ganzverebben des Regens. Im überall gluckernden Aufsaugen des Restwassers. In feinem Nebel, der vom Boden aufstieg. Durch Wolken fallender, naßglänzender Blätter hindurch. In herbstlich fröstеligem Wind, der nun, da die Bäume sich endlich zu entkleiden begannen, auch fast den Boden erreichte.

Eljazokad hetzte im Halbschlaf der Erschöpfung hinter den beiden anderen her, orientierte sich nur noch an Bestars breitem Rücken und den wehenden Haaren, die ihm wie eine erdfarbene Flagge den Weg wiesen. Nach drei Stunden fragte Bestar ihn, ob er ihn Huckepack nehmen solle. Eljazokad wies das stolz von sich, obwohl ihm klar war, daß sein Stolz die Gruppe verlangsamte und somit die Verfolgungsjagd bis ins Unerträgliche in die Länge zog. Alle Zweidrittelstunde etwa machten sie eine kurze Rast von fünf Sandstrichen Dauer, um den Magier wieder zu Kräften kommen zu lassen. Tjarka sammelte dann Beeren und größere Früchte und stockte ihren Proviant damit auf.

Einmal hatte Eljazokad genügend Luft für eine Frage. »Wenn du dich ... ein einziges Mal ... irrst, ... dann gehen wir völlig falsch, oder?«

Tjarka schnaufte ungehalten. »Menschen hinterlassen immer Spuren. Abgeknickte Zweige in Kopfhöhe. Lager- und Essensreste. Losung. Im aufgeweichten Boden jetzt sogar Spuren, die vorher in der Trockenheit nicht da waren. Der Regen hilft uns. Wir sind dicht hinter ihm.«

»Du folgst jetzt seinen Fußspuren?«

»Wir stoßen immer wieder auf sie. Würden wir nur ihnen folgen, wären wir viel zu langsam, weil wir immer mit der Nase am Boden herumkrauchen müßten. Aber ich sehe sie schon seit heute morgen immer wieder. Das beweist, daß mein Weg richtig ist.«

Eljazokad war beruhigt. In seinen pessimistischsten Gedanken rannten sie schon seit Tagen sinnlos im Thost herum und brauchten all ihre Kräfte auf, die sie noch benötigen würden, wenn sie der Auflösung des Rätsels gegenüberstanden.

In der Mittagsstunde, als die Sonne noch einmal all ihre Helligkeit zusammennahm, um die überall hängende Feuchtigkeit zu Nebel zu verdampfen, gönnten sie sich eine längere Rast, aßen das restliche Brot, Waldäpfel und Erdbeeren. Eljazokad machte ein paar Notizen, die aber keinen echten Sinn ergaben. Er spürte den Buchstaben *DMDNGW* hinterher, aber die einzige Idee, die er diesbezüglich hatte, lautete: *die meisten der Nagetiere gehen weg.*

Nach der Rast liefen sie weiter, und schon nach fünf Sandstrichen stolperten sie plötzlich über den Rothaarigen.

Er hatte eingangs einer Hanglagenlichtung am Boden gekauert und in einen Kaninchenbau gestarrt und war dabei womöglich eingenickt, jedenfalls hatte er die durch das Unterholz herankommenden drei Verfolger nicht bemerkt. Tjarka mußte regelrecht über ihn hinwegspringen. Bestar kam rutschend zum Stillstand. Eljazokad prallte schlenkernd gegen den Klippenwälder, wie so oft auch gestern schon, immer, wenn Bestar auf Tjarkas Wink hin plötzlich innehalten mußte.

Glauber Gudvin hatte keinerlei Beute bei sich. Er sah hungrig und erschöpft aus, ein unrasierter, schmallippiger Verwirrter auf einer Suche, die vielleicht schon lange nichts mehr hergab. Er schreckte auf, starrte Bestar an, dann Tjarka.

»Glauber Gudvin«, knurrte das Waldmädchen und machte einen Buckel wie eine angriffsbereite Katze. »Wir haben ein paar Fragen an dich.«

Bestar zog Skergatlu. Es war eine langsame, alle Blicke auf sich ziehende, weil ehrfurchtgebietende Bewegung.

Glauber Gudvin richtete sich auf. Eljazokad trat aus Bestars Schatten hervor, so daß der Rothaarige nun auf drei Seiten umstellt war. Das Rot seiner zotteligen, ungewaschenen Haare war ein natürliches dunkles, dennoch leuchtendes. Es war nicht so eine absurde Haarfarbe wie das Blau von Udin Ganija, dem Werwolftöter.

»Tjarka Winnfess und Freunde, wie ich vermute«, murmelte Gudvin mit näselnder Stimme. »Was verschafft mir die Ehre eines Wiedersehens?«

»Wir wollen wissen, was ihr …«, begann Tjarka, doch Eljazokad, der spürte, daß er nun unbedingt das Ruder wieder in die Hand nehmen mußte, schüttelte seine Erschöpfung von sich und fiel ihr ins Wort. »Mein Name ist Eljazokad.« Der ungewöhnliche Name funktionierte meistens. Gudvin wandte sich ihm zu. »Wir sind geschickt worden«, fuhr der Lichtmagier eindrücklich fort, »um Euch darüber in Kenntnis zu setzen, daß Forker Munsens Tod untersucht werden wird.«

»Forker?« fragte der Rothaarige. »Habt Ihr ihn getötet? Und wer hat Euch geschickt?«

»Der Bruder deines Auftraggebers.«

»Das verstehe ich nicht. Ich dachte immer, der hat in Warchaim zu tun.«

Eljazokad wechselte einen schnellen Blick mit Bestar. Der Klippenwälder, der erst nicht verstanden hatte, worauf Eljazokad hinauswollte, begriff nun.

Warchaim. Es stimmte. Es war tatsächlich möglich, daß der Bruder von S. hinter dem Angriff auf von Heyden steckte. Beide Brüder arbeiteten mit jeweils drei Gehilfen.

»Das hat er auch«, setzte Eljazokad das Gespräch fort. Tjarka verstand überhaupt nichts. Er mußte sie im Auge behalten. »Aber es entstand der Eindruck, daß es hier im Thost nicht mehr weitergeht. Sind euch etwa die Rohstoffe ausgegangen?«

»Dieser verfluchte Tellures«, grinste Gudvin entschuldigend. »Er schlachtet einfach zu viele von ihnen ab. Wir müssen wohl oder übel darüber nachdenken, andere Materialien zu benutzen.«

»Auch deshalb sind wir hier. Wie du siehst: die dritte Dreiergruppe. Wir könnten Tellures ersetzen. Es hat keinen Sinn, daß er gegen uns arbeitet, nur weil er sich nicht beherrschen kann.«

»Ja, das mag schon sein, Eljazokad.« Als Gudvin seinen Namen aussprach, verspürte Eljazokad für einen Moment dasselbe Unbehagen, von dem auch Forker Munsen eine Notiz gemacht hatte. Von Gudvin ging etwas aus. Von seinen Augen, seiner Stimme, der Haltung seiner Hände neben dem Körper. Eine Aura reinsten, unberechenbarsten Wahnsinns. So zu tun, als wäre man mit eingeweiht, trieb Eljazokad den Schweiß auf die Oberlippe. Dieses Spiel zu spielen war unglaublich schwierig, besonders weil sie den vollständigen Namen der Gebrüder S. nicht kannten. Eljazokad mußte also mit den wenigen Namen hantieren, die er kannte. *Würde Rodraeg dieses Spiel ebenfalls spielen? Oder wäre ihm etwas vollkommen anderes eingefallen, um Glauber Gudvin ohne einen Kampf zum Reden zu bringen?*

»Habt ihr ein festes Lager, oder habt ihr euch inzwischen vollständig aufgeteilt?« fragte Eljazokad. Die Frage war vorsichtig, aber er mußte sie beiläufig und sicher klingen lassen.

»Wir können den Versuch ja wohl schlecht im Stich lassen«, rechtfertigte sich Gudvin. »Also sind nur Penob und ich losgezogen. Tellures bleibt bei Siusan.«

*Siusan! Das ist er! Das ist S.! Aber Penob? Wer war denn nun wieder Penob? Hatte der Schmetterlingsmann, Scord, noch einen Vor- oder Nachnamen? Schmetterlingsmänner haben eigentlich keine Vor- und Nachnamen.*

»Dann bring uns zu eurem Bruder Siusan. Wir haben auch Neuigkeiten aus Warchaim. Vielleicht können wir zusammen entwickeln, wie es weitergehen muß.«

»Ihr seid komische Leute«, näselte Gudvin. »Ihr habt ein Mädchen dabei. Ich dachte, die Siusans hassen Mädchen. Dann erzählt ihr, daß Forker tot ist und nachgeforscht wird. Dann wollt ihr Tellures ersetzen. Dann habt ihr aber auch Neuigkeiten aus Warchaim. Warum fällt euch das alles erst nach und nach ein?«

*Weil ich die Informationen neu erfinden muß nach jedem winzigen Bausteinchen, das ich dir entlocken kann, du mißtrauischer Bastard.*

»Eigentlich«, sagte Eljazokad, während der Schweißfilm auf

seiner Oberlippe deutlicher wurde, »haben wir gar keine Zeit für langes Gerede. Führ uns zum Versuch, Gudvin. Es wird dein Schaden nicht sein.«

»Und wie kommt es, daß ich euch führen muß? Wenn ihr wirklich von Carmaron Siusan kommt, müßt ihr doch wissen, wo Rugerion Siusan sich verborgen hält? Nein, ich glaube, ihr habt überhaupt nichts mit den Siusans zu schaffen. Ihr seid einfach nur Freunde von Forker. Er hat doch mal etwas erzählt über dieses Mädchen, das wie ein Junge rumläuft. Ich hab' vor ein paar Tagen, als sie mich zum Bach geführt hat, schon gedacht, daß sie dieses Mädchen ist, aber ich habe Forker lieber nicht erwähnt, weil unsere Zusammenarbeit ja schon beendet war und man im Thost die Schnauze halten soll, wie er immer gesagt hat. Ich fürchte, ich habe nicht die Schnauze gehalten. Ich habe euch Namen verraten, die ihr noch nicht kanntet.« Während er plapperte, zog Glauber Gudvin mit einer ganz beiläufig natürlichen Bewegung einen langen, schmalen Dolch aus seinem Gurt.

Bestar hob Skergatlu ein wenig an. Das Metallerz irisierte düster. »Laß es einfach«, empfahl der Klippenwälder sanft.

»Was denn? Was soll ich lassen?«

»Uns bekämpfen. Wir sind drei gegen dich. Ich alleine würde schon ausreichen, um dich in handliche Streifen zu schneiden.«

»Oh, aber ich will euch doch gar nicht bekämpfen. Warum sollte ich so einen Quatsch machen?« Gudvin rammte sich den Dolch in die eigene Brust. Bestar war so verblüfft über diesen einwärts gewandten Stoß, daß er gar nicht reagierte. Mit einem zu einem Grinsen verzerrten Gesichtsausdruck stürzte Gudvin vornüber ins nasse Gras.

»Was … was ist denn jetzt los?« stammelte Bestar.

Tjarka und Eljazokad sprangen gleichzeitig zu Gudvin hin, drehten ihn auf den Rücken und untersuchten ihn. Er war tot. Das schreckliche Grinsen hing wie festgefroren auf seinen Lippen.

»Ich hab' nichts gemacht«, entschuldigte sich Bestar, »ich hab' ihn doch nur vom Kämpfen abhalten wollen …!«

»Du kannst nichts dafür«, beruhigte ihn Eljazokad. »Genaugenommen war es meine Schuld. Ich habe ihn dazu gebracht, Geheimnisse auszuplaudern. Wer nicht die Schnauze hält im Thost, der richtet sich selbst.«

»Das hat mit dem Thost nichts zu tun«, widersprach ihm Tjarka energisch. »Der Thost treibt einen nicht in den Selbstmord. Er mag einen verschlossen machen, aber das mit dem sinnlosen Töten geht von diesen Siusan-Brüdern aus.«

»Ja. Rugerion Siusan ist hier irgendwo im Wald. Sein Bruder Carmaron dort, wo wir herkommen: in Warchaim. Wir müssen ihnen das Handwerk legen. Diese Brüder tragen den Wahnsinn in die Welt. Ich nehme nicht an, daß du Gudvins Spuren bis zu Siusans *Versuchs*ort zurückverfolgen kannst, Tjarka?«

»Vielleicht könnte ich es. Aber es könnte Wochen dauern, je nachdem, wie lange Gudvin schon nicht mehr dort war und herumstreifte.«

»Das bedeutet, daß wir überhaupt nicht weitergekommen sind. Wir haben nur Zeit verloren.«

»Vielleicht hat er ja irgend etwas bei sich.« Tjarka untersuchte die Kleidung des Toten. Eljazokad wunderte sich darüber, daß er selbst nicht auf diese Idee gekommen war. Das Töten und der Umgang mit Toten waren ihm so fremd, daß er alles, was damit in Zusammenhang stand, am liebsten verdrängte.

»Hier ist etwas«, sagte Tjarka. Sie zog ein kleines, knitteriges Pergament aus Gudvins Hosentasche. Beim Daraufschauen verfinsterte sich ihr Gesicht noch mehr als ohnehin schon. Es war keine Karte. Sie gab das Pergament an Eljazokad weiter. Der entzifferte:

*zum Tor von Bauscheld*
*über die Ebene der Geräderten*
*Ueschdreff*
*Destrisch*
*und Akiään muß weit im Westen liegen*
*einer, der auf Siebenbeinern reitet*
*hört auf den Namen: Riachia*

»Hat irgendeines dieser Worte irgend etwas mit dem Thost zu tun?« fragte Eljazokad das Mädchen.

Sie schüttelte nur den Kopf. »Hier heißt nichts so. Hier gibt es auch keine Ebene der Geräderten und keine Siebenbeiner.«

»Die Frage ist: Wo auf dem Kontinent gibt es so etwas?« Eljazokad erwartete keine Antwort. Er hatte das merkwürdige Gefühl, daß es gar keine gab. Sie kratzten hier an etwas, das alles Verstehen überstieg. Das zu begreifen man vielleicht von Sinnen sein mußte, wie dieser klägliche Selbstmörder vor ihnen.

»Ich weiß, wo wir von hier aus hingehen könnten«, schlug Tjarka schließlich vor. »Vor zwei Stunden haben wir die Zugfährte der *Unsteten* gekreuzt – ich weiß nicht, ob ihr das bemerkt habt, es war eigentlich kaum zu übersehen. Jedenfalls war die Fährte noch nicht alt. Von gestern. Da die *Unsteten* viel langsamer sind als wir, könnten wir sie heute nachmittag noch einholen, wenn wir uns beeilen.«

»Und was bringt uns das?« Eljazokad fühlte sich müde und richtungslos.

»Die meisten Waldführer sind dort«, versuchte Tjarka ihn aufzumuntern. »Außerdem besitzen die *Unsteten* viel Wissen. Altes, verlorengegangenes Wissen unter anderem. Sie hören und sehen viel von dem, was im Thost vor sich geht. Vielleicht haben sie einen Schmetterlingsmann oder einen lachenden Verrückten gesehen. Oder sie können etwas anfangen mit diesem Pergament. Weil sie den ganzen Kontinent bereisen.«

Eljazokad seufzte. »Also gut. Suchen wir die *Unsteten.*«

»Zuerst aber müssen wir Glauber Gudvin bestatten. Man läßt im Thost keinen Toten einfach liegen. Er könnte zum *Spaziergänger* werden.«

Mit einem Schaudern dachte Eljazokad an die verwesenden Leichname, die, vom Zepter des Riesenkönigs magisch angezogen, auf das *Mammut* und die Bande der Ritterin zugetorkelt waren.

»Ich kümmere mich darum«, sagte Bestar. Der Klippenwälder machte sich mit seinem Schwert Skergatlu sofort an die Arbeit, und schabte am Rande der Lichtung eine flache Mulde in den nassen und immer wieder klebrig nachrutschenden Boden. Eljazokad, der kein geeignetes Werkzeug dabeihatte, starrte unterdessen in die Kaninchenbauten, wie Gudvin es getan hatte. Sie wirkten verwaist, hohl und vergessen. Schließlich setzte er sich an einen trockengebliebenen Baumstamm und machte ein paar Notizen in sein Tagebuch.

Aus Eljazokads Tagebuch:
*5. Blättermond*
*Unser fünfter Tag im Thost.*

*Ein Selbstmord. Nach Munsen schon der zweite.*

*Was für Menschen sind das, die in den Tod gehen, ohne sich davor zu fürchten? Solche, die davon ausgehen, daß der Tod nicht das Ende ist? Daß es dahinter einen Ort gibt, an dem man sich aufhalten und ausruhen kann?*

*Das Tor von Bauscheld?*

*Akiään weit im Westen?*

*Oder ist es vielleicht die Brücke der brennenden Blumen, von der wir ja bereits wissen, daß sie ein Ort zwischen dem Tod und dem Leben ist?*

*Rodraeg ist auf dieser Brücke. Jetzt, in diesem Augenblick.*

*Dort, wo Glauber Gudvin vor wenigen Sandstrichen vorüberging.*

*Führt auch Riban Leribins neuester Auftrag letzten Endes wieder zu Rodraeg hin, so wie die Höhle des Alten Königs zu Rodraegs Heilung führte und die Höhle der jungen Königin bei Terrek zu Rodraegs Vergiftung?*

*Wenn ja, wenn Rodraeg immer Ziel von allem ist – was ist dann das Besondere an Rodraeg Talavessa Delbane aus den Sonnenfeldern?*

*Sind es seine Träume? Daß er ein Mammut sehen kann?*

*Das Mammut scheint ansteckend zu sein. Naenn hat es gesehen, die Dreimagier haben es gesehen, ich habe es gesehen. Jeder, der die Tür des Mammuthauses betrachtet, kann eins sehen.*

*Ist es das, worum sich alles dreht? Daß Rodraeg die Mammuts zurückbringt in den Kontinent? Erst nur als Traum, dann als Idee, dann als eine Sache, der man sich verschreibt und an die man glaubt, dann als eine Bewegung wie die der Heugabelmänner, zuletzt als eine Religion, ein moralisches Prinzip, eine Grundhaltung.*

*Die Menschen dürfen nicht Götter werden. D. M. d. n. G. w.*

*Das Mammut, der neuen Göttlichkeit Wunderzeichen. D. M. d. n. G. W.*

*Ich muß aufhören mit diesem DMDNGW-Unsinn.*

*Die Sache, der wir hier auf der Spur sind, hat überhaupt nichts damit zu tun und ist womöglich noch viel bedeutsamer.*

Bestar und Tjarka legten Glauber Gudvin in sein feuchtes Grab. Bestar hatte kurz darüber nachgedacht, dem Rothaarigen das Grinsen aus dem Gesicht zu modellieren, aber ein über das Schließen der Augen hinausgehendes Einwirken auf den Ausdruck eines Gestorbenen war wohl nicht schicklich.

Blut war kaum zu sehen. Der Dolch verschloß die Wunde wie ein Korken. Aller Schaden war innerlich, so wie auch alle Informationen und Lebensgeschichten, die Glauber Gudvin für sie bereitgehalten hätte, innerlich blieben. Weggesperrt und begraben.

Keinem fielen Worte für eine Ansprache ein. Sie wußten nichts über Gudvin und hatten auch immer noch nur ungefähre Ahnungen, welche Verbrechen Siusan und seine Männer hier im Thost begingen. Daß es Opfer gegeben hatte – das allein war zweifelsfrei erwiesen.

Mit Skergatlu schippte Bestar etwas Erde auf den Toten. Den Rest schoben sie mit ihren Schuhen in das ohnehin sehr brüchige und wässrige Grabloch.

Dann eilten sie weiter, den *Unsteten* auf der nieselfeuchten Wagenspur.

# 7 Karten

Sie erreichten die Wagenburg der *Unsteten* in der Abenddämmerung. Durch das rötliche Sonnenlicht wirkte der Thost noch herbstlicher. Geregnet hatte es nicht mehr im weiteren Verlauf dieses Tages, aber ein ganz feiner Sprühnebel durchwirkte die Luft und machte das Atemholen schwierig.

Argwöhnisch beobachteten sie die Wagenburg erst einmal aus sicherer Entfernung. Sie wollten sichergehen, daß der Schmetterlingsmann und der lachende Verrückte sich nicht dort herumtrieben und die *Unsteten* bereits auf ihre Seite gezogen hatten. Niemand Verdächtiges war zu sehen, dafür erkannte Tjarka die meisten Waldführer aus Clellach und Umgebung, die für etwa zwei Monde für die *Unsteten* arbeiteten.

Bestar leckte sich die Lippen, als kräftig gewürzter Bratenduft ihm in die Nase stieg. »Endlich können wir uns mal wieder richtig die Bäuche vollschlagen«, gurgelte er voller Vorfreude.

»Ich fürchte nur, wir werden uns hier gar nicht viel leisten können«, versuchte Eljazokad ihn zu bremsen. »Die *Unsteten* sind Händler, keine Verschenker. Ich habe nur noch 29 Taler, und Tjarka hat für heute noch nicht ihr Geld bekommen. Wir müssen 24 Taler übrigbehalten für die Rückreise auf dem Larnus. Mit anderen Worten: Wir haben viel zuwenig Geld mitgenommen auf die Reise. Die Aussicht, im Haus etwas zurücklegen zu können, hat uns die echten Unkosten vergessen lassen.«

»Ich habe aber auch noch zehn Taler bei den Händlern als

Geleitschutz verdient, hast du das schon vergessen? Heute und morgen kann *ich* Tjarka bezahlen.«

»Ihr solltet euch nicht zu viele Sorgen um meine Bezahlung machen«, mischte Tjarka sich ein. »Ich meine: Ich muß zwar auf mein Geld bestehen, schließlich muß man ja von irgendwas leben. Aber ich traue euch beiden inzwischen genug, daß ich euch auch nach Warchaim zu eurem Häuschen mit dem zurückgelegten Geld begleiten würde. Dort könntet ihr mir dann auszahlen, was ihr mir noch schuldet.«

Eljazokad lächelte. »Und du willst für jeden Tag, den du uns bis nach Warchaim begleitest, fünf Taler haben für die Ehre deiner Anwesenheit?«

»Quatsch. Ich bin nur eine Thostläuferin. Sobald ich aus dem Wald raus bin, reise ich auf eigene Faust.«

Eljazokad brauchte nicht lange nachzudenken. Er konnte sich – selbst mit Bestars Geld – Tjarkas unerläßliche Fähigkeiten nur noch für zwei weitere Tage leisten. »Also gut. Wir merken uns unsere Schulden. In Warchaim bekommst du alles. Dann kannst du auch unser Schmetterlingsmädchen kennenlernen.«

»Danke, kein Bedarf.«

»Eigentlich«, fühlte der Lichtmagier sich verpflichtet zu erläutern, »sind Schmetterlingsmenschen friedliebende Wesen, die mit der Natur in Einklang leben. Ich weiß auch nicht, warum einer von ihnen für Siusan arbeitet.«

»Wir wissen doch nichts über Siusan«, sagte Tjarka leise und mit abgewandtem Blick. »Vielleicht haben sie ja recht. Siusan, Gudvin, Forker und die anderen. Vielleicht sind sie einer Wahrheit auf der Spur. Vielleicht … waren die Kaninchen gefährlich.«

»Glaubst du das wirklich?«

»Ich weiß schon lange nicht mehr, was ich glauben soll. Aber der Kaninchenfürst soll eine Armee aus Kaninchen haben. Was ist eine Armee, wenn nicht gefährlich?«

»Kommt«, durchbrach Bestar das Palaver. »Die *Unsteten* wissen womöglich mehr als wir.«

»Wir müssen aber dennoch achtgeben«, hielt Eljazokad ihn noch zurück. »Wir wissen nicht, ob sie von Siusan beschwatzt wurden und möglicherweise in irgendeiner Form mit ihm zusammenarbeiten.«

»Ich kann das gut herausfinden«, beruhigte ihn Tjarka. »Ich kenne die *Unsteten* noch vom vorletzten Jahr. Wenn irgend etwas nicht stimmt, werde ich das merken.«

Die insgesamt zehn Hauswagen waren zweistöckig, buntbemalt, mit Hornrat, Schnitzwerk, Federn, Muscheln und Kieselmosaiken verziert und dermaßen wuchtig und geräumig, daß jeder von sechs bis acht Pferden gezogen werden mußte. Die *Unsteten* besaßen somit an die siebzig Pferde, die in einem nur mit Seilen verhängten Pferch untergebracht waren. Bestar wollte zu den Pferden hingehen, doch Eljazokad hielt ihn noch auf Kurs zu den Menschen.

Tjarka führte die Gespräche. Sie traf hier drei Waldführer aus Clellach und tauschte sich mit ihnen aus. Jeder der drei wirkte kauzig. Der eine hatte einen Walroßschnauzbart, der seinen Mund vollständig verdeckte, der zweite trug eine Weste, die aus Vogelholznestern samt Flaumfederresten geflochten war, der dritte lief barfuß mit schwarzen, krallenartig langgewachsenen Fußnägeln und hatte eine zerbeulte Trompete am Gürtel baumeln. Eljazokad fragte sich, wie Forker Munsen wohl ausgesehen hatte, wie kauzig *er* ihnen vorgekommen wäre.

Tjarka verheimlichte das Auffinden und Sterben Glauber Gudvins und erkundigte sich verhältnismäßig beiläufig nach einem Schmetterlingsmann, einem lachenden Fremden und der allgemeinen Kaninchenlage.

»Ich habe schon seit einem Mond kein Kaninchen mehr zu Gesicht bekommen«, sagte der Barfüßige tabakkauend. »Was merkwürdig ist, weil sich die kleinen Kerle durch den langen Sommer eigentlich ganz vorzüglich hätten vermehren müssen.«

»Neulich hat es im Wald nach Honig gerochen«, merkte der mit der Nestweste an. »Aber es war nicht Löwenzahnhonig, sondern eher Tannenhonig. In der Nähe war ein wilder Bienenstock.«

»Schmetterlingsmenschen habe ich im Thost noch nie gesehen«, antwortete der Schnauzbärtige auf Tjarkas entsprechende Frage. »Ich dachte sowieso immer, daß die ihren Larn nicht verlassen. Wie viele soll's von denen noch geben? Weniger als hundert? Kaum einer von denen geht jemals raus in die Welt.«

Schließlich fragte Tjarka die erfahrenen Führer noch nach einigen der Worte von Gudvins Pergament. »Das Tor von Bauscheld? Ueschdreff? Akiään? Sagt euch das etwas?«

Alle schüttelten die Köpfe, betonten aber, daß es außerhalb des Thost gewiß Orte und auch Sprachen gab, von denen sie noch nie etwas gehört hatten.

»Und in früheren Zeiten?« hakte Eljazokad nach. »Könnte es sein, daß es alte Namen sind, vielleicht aus Zeiten, als die Schmetterlingsmenschen noch überall auf dem Kontinent lebten, auch im Thost? Gibt es hier etwas, das man ein Tor nennen könnte?«

»Das kommt nur darauf an, wie wählerisch man ist«, antwortete der Barfüßige. »Manche sehen zwei beliebige Bäume mit einem tiefreichenden Ast dazwischen schon als Tor. Für andere mag der ganze Thost ein Tor sein, das Tor zum Meer oder das Tor zum Wildbart, je nachdem, aus welcher Richtung man reist.«

Bei diesen dreien gab es nichts Weiterführendes zu erfahren. Eljazokad interessierte sich nun mehr für die *Unsteten.*

Insgesamt lebten etwa hundert von ihnen in dieser Wagenburg. Die zehn Wagen waren darüber hinaus den Gottheiten geweiht, jeder einer. Außenstehenden gegenüber nannten die *Unsteten* nur ungern ihre Namen, zu kompliziert würden sie fremden Ohren erscheinen, sagten sie. Bestar, der sich die viersilbigen Namen der Riesen und auch den siebensilbigen seines Landsmannes Cruath Airoc Arevaun nur schwerlich hatte merken können, unternahm eine Stichprobe und entlockte einem kleinen braungebrannten Jungen seinen Namen. »Sjemmen Joki?« lachte der Klippenwälder anschließend. »Das ist doch nicht allzu schwierig.«

»Sjemmenjoki ist mein erster Vorname«, stellte der Junge richtig. »Mit vollem Namen heiße ich Sjemmenjoki Erlornesjemmen Selokki Nenekkanesjimme.«

»Und wie rufen dich deine Freunde?« ächzte Bestar.

»Na, Sjemmenjoki! Wie denn sonst?«

»Unsere Namen erzählen Geschichten«, erläuterte eine runzelige Frau, möglicherweise das Sippenoberhaupt. »An Kürze ist uns nicht gelegen. Auch unsere Reise ist endlos, vom Anfang des Kontinents bis zu seinem Ende und darüber hinaus, denn einzig die *Unsteten* werden am Ende die Wege kennen, die darüber hinausführen.«

»Das ist sehr interessant«, sagte Eljazokad. »Ich würde euch gerne ein paar Fragen stellen nach Orten, über die wir stolpern, obwohl sie auf keiner Karte verzeichnet sind.«

»Auf den Karten ist alles verzeichnet«, antwortete sie rätselhaft. »Alles was war, was sein wird, wer ihr seid und wen ihr bekämpft. Folgt mir, hübscher Reisender. Ich werde euch die Karten werfen.«

Eljazokad blickte Tjarka fragend an. Die nickte aufmunternd. Bestar entfernte sich ohnehin gerade, denn in der Mitte der Wagenburg wurde Fleisch am Spieß gegrillt.

Der Lichtmagier folgte der Alten in einen niedrigen Innenraum, der über und über bemalt war mit magischen, göttlichen und alchemistischen Symbolen. Es gab keine Sitzgelegenheiten, nur Tierfelle aus fremden, unzugänglichen Gegenden, auf denen man Platz nehmen konnte.

»Du bist mit den Schicksalskarten vertraut?« fragte die Alte, während sie einen Schrank öffnete und ihm ein patiniertes Holzkästchen entnahm.

»Schicksalskarten? In den Städten der Westküste spielt man damit um Geld.«

»Ja, Narren tun dies. Indem man versucht, die Stärke der Karten gegeneinander auszuspielen, kann man sich gegenseitig um Geld betrügen. Man zieht aber so keinen echten Nutzen aus den Karten. Man spricht nicht mit ihnen. Wir beide jedoch, wir werden ihnen Fragen stellen. Setz dich doch.«

»Ähhh ... ich sollte wohl besser gleich darauf hinweisen, daß ich nur noch über sehr wenig Geld verfüge, und dieses wenige wollten wir euch eigentlich im Tausch gegen Nahrungsmittel geben.«

»Hast du mir nicht zugehört? In diesem Spiel geht es nicht um Geld.« Sie entnahm mit ihren zerknitterten Händen dem Holzkästchen ein Deck Schicksalskarten. Sie alle waren mit bunten, vieldeutigen und überwiegend rätselhaften Zeichnungen verziert. »Wir spielen ein Spiel der fünf Karten. Das ist die einfachste, am wenigsten verfängliche Art, Fragen zu stellen. Die erste Karte zeigt, wer du bist. Die zweite Karte zeigt deine Gegner. Die dritte Karte zeigt dein Gestern. Die vierte Karte zeigt dein Morgen. Die fünfte und letzte Karte wird aus den Zahlenwerten der ersten vier errechnet und beschreibt einen Weg, auf dem du dich, deine Gegner, deine Vergangenheit und deine Zukunft zusammenführen könntest.«

»Ist das … wünschenswert? Alles zusammenzuführen?«

»Es bedeutet Lösung der Probleme. Loslösung. Auflösung. Erkennen der Mitte und der eigenen Position. Du kannst die fünfte Karte auch ignorieren und einen eigenen Weg wählen. Du wirst jedoch einen anderen *eigenen Weg* wählen, als wenn ich dir die fünfte Karte nie gezeigt hätte. Bist du bereit?«

»Ich glaube nicht an so etwas. Und ich glaube, ich möchte dieses Spiel nicht spielen.«

»Glaubst du nicht an die Götter?«

Eljazokad sah sich im Raum um. Überall nur Schatten, staubige Pelze, Hornschmuck und Uneindeutigkeiten. »Ich schließe nicht aus, daß es sie einmal gegeben hat. Aber heutzutage nicht mehr.«

»Ist dir noch nie Magie begegnet?«

Unwillkürlich zuckte Eljazokad leicht zusammen. »Doch.

Ich selbst … war ein Magier. Zur Zeit habe ich meine Magie verloren. Möglich, daß ich sie noch einmal wiederfinde.«

»Und die Verbitterung über deinen Verlust läßt dich zum Ungläubigen werden?«

»Nein. Es ist genau andersherum. Ich *kenne* Magie. Ich weiß, wie sie funktioniert. Das ist nichts Göttliches, das ist etwas ganz Natürliches für mich. Ich habe dem Aberglauben derer, die sich Magie mit Hilfe von Symbolen erklären müssen, nie viel Vertrauen geschenkt, denn ich weiß ja, wie begrenzt, mühsam und letzten Endes kümmerlich alles in Wirklichkeit ist.«

Die alte Frau sah traurig auf ihre Karten hinab. »Ich wollte nur helfen.«

»Das kannst du. Verrate mir alles, was du über das Verschwinden der Kaninchen in diesem Wald weißt. Über einen Mann namens Rugerion Siusan und seinen Bruder Carmaron. Über Männer namens Tellures, Glauber Gudvin, Scord, Penob, Forker Munsen und Cruath Airoc Arevaun. Über das Tor von Bauscheld, die Ebene der Geräderten, Ueschdreff, Destrisch, Akiään, Siebenbeiner und einen Reiter namens Riachia. Damit«, lächelte Eljazokad, »könntest du mir wirklich weiterhelfen.«

Jetzt war es an der Alten, sich zu setzen. »Du bist ein Mann mit fast so vielen Fragen, wie ich Karten habe. Aber nur drei der Namen, die du eben nanntest, habe ich jemals gehört, und zwei von denen gehören zu ein und derselben Person. Ich denke, daß es bei der Vielfalt deiner Fragen ratsam wäre, noch ein paar von uns hinzuzuholen – vorausgesetzt, deine Fragen müssen nicht geheim bleiben.«

»Nur zu.«

Die Alte ließ sich von Eljazokad aufhelfen und verließ schnaufend den Wagen. Nach ein paar Sandstrichen kam sie mit vier weiteren Mitgliedern ihrer Sippe zurück. Ein alter Mann mit langen weißen Haaren, eine junge sommersprossige Frau, ein schlaksiger Dreißigjähriger mit dünnem Oberlippenbärtchen und eine gemütliche, rundliche Frau mittleren Alters. Namen wurden keine genannt. Selbst Eljazokad hätte sie sich wahrscheinlich nicht merken können.

Der Lichtmagier wiederholte seine Fragen und beschrieb Tellures, Scord und Gudvin genauer. Scord, der Schmetterlingsmensch, der wohl mit vollem Namen Penob Scord hieß, war tatsächlich mit der Wagenkolonne zusammengetroffen, vor ein paar Tagen in der Nähe des Niemalsbrunnens. »Ich bezweifle aber, daß er ein echter Schmetterlingsmensch ist«, sagte der Schlaksige. »Er sieht ein wenig so aus, deshalb nennt man ihn wohl so, aber es scheint mir eher ein Spitzname zu sein.« Scord hatte tatsächlich Kaninchen in einem Käfig mit sich herumgetragen. Die Kaninchen waren noch am Leben gewesen.

Von Forker Munsens Schicksal hatten die *Unsteten* durch die anderen Waldführer erfahren. Niemand wußte jedoch über Munsens letzten Auftrag und die Gründe für seinen Selbstmord Bescheid.

Die Ortsnamen sagten niemandem etwas, obwohl die *Unsteten* schon überall gewesen waren, »außer im Land der Affenmenschen und auf anderen Kontinenten, die womöglich jenseits der Reichweite unserer Schiffe existieren«. Die fremdartigen Namen wie Akiään und Ueschdreff schienen aber durchaus zum unwirtlichen und gigantischen Reich der Affenmenschen zu passen.

Der Name »Cruath Airoc Arevaun« war der rundlichen

Frau schon einmal begegnet. »Das war vor sieben oder acht Jahren in Galliko. Ein Mann namens … wie hieß der noch gleich? … Kannst du dich auch erinnern, Vater? An den, der hingerichtet werden sollte?«

Nun begann eine Art Wechselgesang zwischen der Rundlichen und dem langhaarigen Greis. »Jaaa«, begann der zögerlich, »er hieß … Phardemim.«

»Richtig. Dieser Phardemim sollte hingerichtet werden. Er hatte Kriegsverbrechen begangen.«

»In Galliko herrscht immer Krieg! Seit Ewigkeiten!«

»Ich weiß nicht mehr, ob er auf Seiten der Affenmenschen gekämpft oder im Namen der Menschenkönige Greueltaten begangen hatte. Jedenfalls sollte er hingerichtet werden. Bei dieser Hinrichtung lief irgend etwas schief …«

»Er entkam. Erschlug den Henker und entkam.«

»Zwei Tage später wurde der Generalstatthalter von Galliko ermordet aufgefunden.«

»Man hatte ihn von hinten erstochen, in seinem eigenen Schlafzimmer, während seine Frau neben ihm im Bett schlief. Sie hatte nichts mitbekommen.«

»Ein Söldner namens Cruath Airoc Arevaun wurde mit der Tat in Zusammenhang gebracht, wahrscheinlich, weil er als herausragend geschickt bekannt war. Arevaun wurde gefaßt, entkam dann aber ebenfalls.«

»Es ging drunter und drüber damals in Galliko«, schloß der Alte. »Ich weiß noch, wie wir alle unter den Schikanen der Garnison zu leiden hatten, weil man gerade uns *Unsteten* immer dann mißtraut, wenn sich Unerklärliches ereignet. Aber wir haben uns die Namen der beiden Gesuchten gut merken können, weil sie so klangvoll waren.«

»Demzufolge müßte Cruath Airoc Arevaun immer noch ein Gesuchter sein«, sagte Eljazokad nachdenklich. »Seltsam, daß er jetzt in Warchaim herumspaziert und seinen vollen Namen herausposaunt. Aber das führt mich jetzt zu weit aus dem Thost. In Warchaim ist etwas ganz anderes im Gange, das müssen wir nach unsrer Rückkehr herausfinden.«

»Da war aber noch etwas«, entsann sich der Alte. »Über diesen Phardemim erzählte man sich, daß er nicht sterben könne. Daß er vor einer Schlacht immer gesagt habe: ›Alles ist möglich!‹ und selbst angesichts der unglaublichsten Affenübermacht immer lebend vom Schlachtfeld zurückgekommen war.«

»Das habe ich auch gehört«, bestätigte die Rundliche. »Und da soll noch ein dritter Mann dabeigewesen sein, der womöglich die Flucht der beiden organisiert hat. Aber an seinen Namen kann ich mich nicht mehr erinnern.«

»Er war nicht so klangvoll«, entschuldigte sich der Alte.

Eljazokad machte sich eifrig Notizen in sein Tagebuch. »Hmm, die beiden oder die drei waren Veteranen der Affenmenschenkämpfe«, grübelte er halblaut. »Möglicherweise hat das und ihre jetzige Aktivität in Warchaim etwas mit dem Feldzug der Königin zu tun, der im Winter den Affen ins Messer lief.« *Fragt sich nur, wie Stoffhändler von Heyden in die Sache verwickelt ist.*

Als nächstes erkundigte sich Eljazokad nach Rugerion und Carmaron Siusan, aber keiner der *Unsteten* hatte jemals diese Namen gehört.

Was die Legende des Kaninchenfürsten anging, so ließ sich aus den insgesamt fünf mündlichen Versionen herausdestillieren, daß er ein Entstellter sei oder ein Verbrannter oder sogar ein bereits vor hundert Jahren Ermordeter, der die Kaninchen um sich schare, um sie vor Jägern zu schützen oder sogar in den Kampf gegen Jäger zu führen. Im Thostwald schrieb man Waidleute, die von wilden Tieren zerfleischt worden waren, oftmals angreifenden Kaninchen zu. Das war Eljazokad vollkommen neu.

»Kaninchen stellen hier also tatsächlich so etwas wie eine … Bedrohung dar?« fragte er ungläubig nach.

»Es ist eine Thostlegende«, stellte die alte Frau klar. »Ich glaube nicht, daß die armen Kaninchen jemals jemandem ein Leid angetan haben.«

»Nach meinen Informationen gibt es nun keine Kaninchen mehr im Thost«, erläuterte Eljazokad stockend. »Meint ihr, daß man sie systematisch ausgerottet hat, um … einem Angriff des Kaninchenfürsten zuvorzukommen? Forker Munsen war besessen von dieser Legende, und jetzt hat er sich umgebracht, weil er etwas Schlimmes getan hat.«

»Vorstellbar ist alles«, sagte die alte Frau. »Die Königin wird ja auch irgendeinen Grund gehabt haben, eine Armee ins Affenmenschenland zu schicken. Uns einfachen Menschen bleiben diese Gründe meistens verborgen.«

»Willst du damit sagen, daß Siusan, Scord, Tellures und Gudvin im Auftrag der Königin arbeiten?«

»Ich weiß es nicht«, wehrte sie mit beiden Händen ab. »Ich sagte nur: Vorstellbar ist alles.«

*»Alles ist möglich«*, zitierte der Greis heiser.

Eljazokad schmerzte der Kopf. Jeder Ort, an dem er sich – auch gedanklich – aufhielt, schien eine Kreuzung mit eintausend abzweigenden Pfaden zu sein. Neunhundertneunundneunzig dieser Pfade führten in die Irre, in Tod, Wahnsinn oder Sinnlosigkeit. Nur einer dieser Pfade führte zur Wahrheit und zu seinem eigenen verlorengegangen Licht.

»Und der Spaziergänger?« fragte er dann beinahe bange. »Seid ihr dem schon einmal begegnet, oder wißt ihr etwas über ihn?«

»Er geht rückwärts, nicht wahr?« lächelte die Alte. »Auf die Art kann er am besten betrachten, welchen Weg er gekommen ist. Aber ich würde ihn nicht anhalten, um zu fragen, welche Gefahren voraus liegen.«

Auch diese Antwort mußte der Lichtmagier erst mal sacken lassen. Er machte eine Notiz und räusperte sich. *Alles ist möglich,* dachte er. *Alles ist ineinander verheddert. Wenn ich nun einen* Vogelblick *bekommen könnte wie den von Siusan versprochenen …? Hätte Rodraeg das Angebot, die Karten gelegt zu bekommen, auch nur für einen Augenblick von sich gewiesen?*

»Ich möchte euch allen danken«, sagte er laut. »Aber je mehr ich erfahre, desto verwirrter werde ich. Vorhin habe ich das Angebot mit den Karten ausgeschlagen, weil ich fürchtete, ich könnte vor lauter Bedeutungen den Überblick verlieren. Jetzt aber denke ich, daß fünf Karten mir vielleicht helfen könnten, das Gestrüpp klarer zu überblicken. Fünf ist eine überschaubare Zahl. Gilt dein Angebot noch, mir die Karten zu legen?«

»Ich bin selbst sehr gespannt darauf«, antwortete die Alte.

»Dann möchte ich meinen Freund Bestar aber dabeihaben und das Mädchen auch, denn auch sie ist mit ihrem Leib und ihrem Leben in dem Gestrüpp verfangen. Du müßtest uns dreien die Karten legen, geht das?«

»Das ist kein Problem. Ihr zieht abwechselnd die Karten. Die fünfte und letzte wird ohnehin nicht gezogen, sondern aus den anderen vier errechnet.«

Die vier hilfreichen Sippenmitglieder verließen den Wagen, während die Alte die Schicksalskarten ausgiebig mischte. Die sommersprossige Frau holte Tjarka und Bestar herbei. Bestar hatte eine bereits halb abgenagte Fasanenkeule in der Hand, und sein Bart roch feucht nach Met. »Ich dachte immer, das spielt man zu mehrt und um die Wette«, wiederholte er Eljazokads Zweifel und Unkenntnis von vorhin. Während der Lichtmagier ihm und Tjarka alles erläuterte, sorgte die Sommersprossige für eine stimmungsvolle Beleuchtung mittels rotgefärbter Glaswindleuchten.

»Fünf Karten nur, mehr nicht«, raunte die Alte, von mehreren eigenen Schatten umgeben. »Die erste seid ihr selbst. Wer will ziehen?«

»Mach du das, Bestar«, schickte Eljazokad den Klippenwälder vor. »Du bist von Anfang an beim *Mammut*, ich bin ja erst später dazugekommen.«

Kauend zog Bestar eine Karte aus dem ihm aufgefächert hingehaltenen Spiel. Die Alte nahm ihm die Karte ab und legte sie mit dem Bild nach oben hin. Ein Gesicht, liegend, gebettet in milder Glut, umwuchert von vier aufwärts gerichteten Klingen. Aus dem Mund des Gesichtes quoll ein beschriftetes Pergament, verweht wie Atem oder Rauch. »Die Vier der Schwerter«, erklärte die Alte. »Ein Ritter schläft in einem Tempel. Sein Kopf ruht auf altem, vergossenem Blut. Sein Traum wird Schrift. Die Information auf diesem Schriftstück könnte von Bedeutung sein.«

*Das ist Rodraeg,* durchfuhr es Eljazokad. *Rodraeg, dessen Träume uns alle führen. Aber warum vier Schwerter? Nur Bestar und Rodraeg selbst führen Schwerter.*

Bestar hatte aufgehört zu kauen. »Das ist wie in unserer alten Gruppe«, murmelte er. »Das ursprüngliche *Mammut.* Mit Migal und Hellas. Wir waren zu viert, wir hatten vier Klingen.«

»Das könnte aber auch Gudvin sein«, gab Tjarka zu bedenken. »Von ihm haben wir den Zettel, und auch er ruhte in vergossenem Blut.«

»Nein«, schüttelte Eljazokad den Kopf. »Da es *wir* sein müssen, kann es nicht Gudvin sein. Weiter!«

»Die zweite Karte«, kündigte die Alte mit dramatischer Stimme an, »steht für das, was euch entgegensteht. Feinde, Fährnisse, Furchtbarkeiten. Wer will ziehen?«

»Mach du das, Tjarka«, schob Eljazokad wieder jemand anderen vor. »Unsere Feinde im Thost sind auch deine Feinde.«

Tjarka zog und legte ab. Eine glosende Fackel in einer schematischen, rein symbolischen Hand.

»Das As der Stäbe«, raunte die Alte. Im Hintergrund des Raumes entzündete die Sommersprossige immer noch Duftwerk und Schummerlicht. »Das Ursprüngliche, die Wurzel, die Quelle, der Beginn. Das Element Feuer steht ebenfalls für Anfänge oder Neuanfänge. Das ist die Idee, der Impuls. Die Fackel kann genausogut der Tuschepinsel eines Malers sein wie das Aufleuchten eines Geistesblitzes. Die Hand ist ein Symbol für den Menschen. Der Mensch versucht, die Idee zu beherrschen. Doch kann es ihm gelingen? Da die Karte für eure Gegner steht, ist die Idee außer Kontrolle geraten. Die Quelle des Feuers ist geöffnet worden und lodert in den Köpfen der Menschen und dem Herzen des Kontinents. Schmerzhaft.«

»Ist dieses Feuer der Grund, weshalb der Ritter auf der anderen Karte schläft?« fragte Eljazokad, der eifrig mitschrieb und das Heft immer wieder unter eine der Glasleuchten halten mußte, um überhaupt etwas erkennen zu können. »Ist er vielleicht ohnmächtig? Erschöpft?«

»Gut möglich.«

»Und steht die Fackel vielleicht auch ... für einen Zauberstab? Für Magie?«

»Für Magie gibt es eher die Symbole der Münzen, mit den aufgeprägten Pentagrammen. Aber das As der Stäbe könnte der Beginn von allem sein, auch der Beginn aller Magie.«

»Weiter!« forderte Eljazokad.

»Die dritte Karte zeigt eure Vergangenheit. Wer will ziehen?«

»Wieder du, Bestar. Du kennst mehr von der Vergangenheit des *Mammuts* als ich. Ich ziehe dann die Zukunft.«

»Wie du willst.« Bestar zog, um besonders schlau zu sein, die Karte ganz links außen aus dem dargebotenen Fächer. Sie zeigte fünf Kelche. Nur einer stand. Die anderen vier waren umgekippt. Wein oder Blut färbte das Tischtuch.

»Die Fünf der Kelche. Verlorene Unschuld. Es hat Unruhe gegeben, und es wurde Blut vergossen, oder Wein bei einem schrecklichen Gelage. Der stehende Kelch steht für Hoffnung, für alles, das nicht so leicht verlorengeht. Es ist nicht alles verschüttet worden im Ungestüm. Der Kelch kann zum Kopf einer Fackel werden, oder er mag das Wasser enthalten, eine Fackel zu löschen.«

»Vier sind gefallen«, ließ sich Bestar erneut vernehmen. »Wir haben bisher aber nur Migal und Hellas verloren. Rodraeg noch nicht. Wer könnte der vierte sein? Müssen wir uns Sorgen machen um Naenn?«

»Es sind nur Karten, Bestar«, beruhigte ihn Eljazokad. »Sie können uns helfen, unsere Situation mit neuen Augen zu sehen, aber sie bedeuten nicht eins zu eins das, was sie darstellen. Vier Kelche könnten auch … vier Aufträge sein. Ist dies hier nicht der vierte Auftrag des *Mammuts*?«

Bestar zählte an den Fingern nach. »Stimmt.«

»Dann hätten wir den schon so gut wie in der Tasche. Der fünfte steht noch vor uns.«

»Aber die Karte soll doch Vergangenheit zeigen«, widersprach Tjarka. »Wie soll sie dann schon euren nächsten Auftrag enthalten?«

»Weiter!« forderte Eljazokad wieder. »Diesmal ziehe ich.«

»Die vierte Karte. Eure Zukunft.«

Eljazokad schloß die Augen und zog blind. Unsichtbare Zukunft. Rückwärts gegangen statt vorwärts, mit einem verrutschten Papiergesicht vor den Augen. Die Karte zeigte das Gesicht einer Greisin, umgeben und umwickelt von Zierrat, Federkielen und magischen Symbolen.

»Heh, das ist doch die Gezeitenfrau!« Bestar deutete auf die Karte.

»Das glaube ich nicht«, wagte Eljazokad zu bezweifeln.

»Schlüssel zwei. Dies ist die Hohepriesterin«, beschrieb die Alte. »Sie steht auch für den Mond. Die Stille tiefen Wassers. Sie weiß, was Geburt bedeutet, und kann ihre Energien nach innen lenken. Sie verteidigt, sie weiß um ihre Macht, und hat es nicht nötig, in Feuer auszubrechen. Und dennoch lodert sie und gibt ihr Wissen weiter.«

»Die Stille von Wasser. Also doch die Gezeitenfrau«, blieb Bestar unbeirrt.

Eljazokad schüttelte den Kopf. »Weißt du, wer das ist?«

»Wenn es nicht die Gezeitenfrau ist, dann ist es unsere Frau Kartenlegerin.«

»Nein. Das ist Naenn.«

»Naenn? Du spinnst doch! Die ist doch jung und knusprig!«

»Aber das ist die Zukunft. Rodraeg hat einmal so etwas angedeutet: Aus Naenn wird eines Tages etwas sehr Bedeutendes werden. Hohepriesterin. Königin vielleicht, auf die uns bekannte Art oder eine andere, noch nie dagewesene.«

Bestar stand der Mund offen. »Wenn sie so alt wird, erleben wir das gar nicht mehr.«

»Du bist doch kaum älter als sie!«

»Aber klippenwälder Krieger werden nicht alt. Das wäre doch auch peinlich, wenn man zu klapperig ist, das Schwert zu halten.«

»Aber Riesen werden alt.«

»Ich bin kein Riese, Eljaz. Ich bin nur ein Mensch mit einem besonders schweren Schwert.«

Eljazokad hielt besser den Mund. Irgend etwas an den Karten hatte den Klippenwälder ermüdet. Erinnerungen an Migal und Hellas. Den liegenden Rodraeg. All das vergossene Blut und die weit entfernte, unklare Zukunft.

»Jetzt die letzte Karte, bitte«, wies der Magier die Kartenlegerin an.

»Ja. Nun kommt die Karte, wegen der wir dieses Spiel spielen. Ihr Wert ergibt sich aus den anderen Karten, die ihr bisher gezogen habt. Die Vier der Schwerter ist eine Vier, das As der Stäbe eine Eins, die Fünf der Kelche eine Fünf und die Hohepriesterin hat die Zahl zwei. Vier und eins und fünf und zwei ergibt zwölf. Eure Schicksalskarte ist diese hier: Schlüssel zwölf.«

Die Kartenlegerin zog, als hätte sie die ganze Zeit von ihrer Position gewußt, eine ganz bestimmte Karte aus dem gemischten Spiel. Die Karte trug die Nummer zwölf und zeigte einen Mann, der an einen Baum geknüpft war, und zwar mit dem Kopf nach unten. Der Kopf schien in Flammen zu stehen. Der Boden, über dem der Mann hing, war mit einer Karte des Kontinents bedeckt.

»Der hängende Mann«, wisperte Eljazokad. »Forker Munsen.«

»Fork hing nicht an einem Bein, sondern am Hals«, bemerkte Tjarka nüchtern.

»Die Karte heißt tatsächlich *Der Gehängte*«, erläuterte die Kartenlegerin. »Aber sie steht nicht für Tod oder Selbstmord oder dergleichen. Der Mann lebt. Sein Kopf leuchtet sogar, strahlt mit der Kraft neuer Energie und Gedanken. Der Schlüssel zwölf zeigt einen Menschen, der die Welt aus einer neuen, ungewohnten Perspektive betrachtet und dabei Einsichten gewinnt.«

»Der *Vogelblick*«, flüsterte Eljazokad erneut. Die Karte paßte so gut zum bisherigen Geschehen im Thost, daß Eljazokads Argwohn geweckt wurde. Hatte die Kartenlegerin diese Karte absichtlich ausgesucht? Aber wie war das möglich, wo doch Bestar, Tjarka und er die vorhergehenden vier Karten gezogen hatten?

»Diese Karte steht auch für Unabhängigkeit«, setzte die alte Frau ihre Erklärung fort. »Für jemanden, der seinen eigenen Überzeugungen folgt und dabei in Kauf nimmt, sich selbst ungewöhnlichen Prüfungen zu unterziehen. Am Ende wird er durch ein Wissen belohnt werden, daß auf herkömmlichem Wege nicht zu erlangen war.«

*Das könnte erneut für Rodraeg stehen*, dachte Eljazokad. *Das kann aber auch für uns alle stehen, die wir für das* Mammut *arbeiten. Für Riban Leribin, dem ich noch nie begegnet bin. Für Naenn, die den Weg der Geburtsschmerzen geht, um jenseits einen neuen Zugang zu ihrer eigenen weiblichen Magie zu erhalten.*

»Er hängt ja nur an einem Bein«, stellte er laut fest. »Das andere ist angewinkelt und sieht fast wie eine ... gespiegelte Vier aus.«

»Ja. Die Vier auf dem Kopf, im Spiegel, wie auch immer, ist einer der großen Schlüssel zur Erkenntnis. Es gibt vier Obere Götter. Vier Elemente. Vier Himmelsrichtungen. Vier Jahreszeiten. Vier Bücher, aus denen das Zeitalter der Wandlung sich zusammensetzt.«

»An einer Frage nach einer Vier bin ich in der Höhle gescheitert«, brummte Bestar. »Wenn ich nicht gescheitert wäre, wäre ich nicht zu den Riesen gelangt.«

»Stimmt«, lächelte Eljazokad. »Die vier Räder eines Karrens, die miteinander reisen, ohne sich jemals zu berühren.«

»*Das* war die Antwort?« beschwerte sich der Klippenwälder. »Ich hab' doch tausend Sachen aufgezählt. War das denn nicht dabei?«

»Tausend Antworten waren wahrscheinlich zu viele. Die Höhle wollte nur eine einzige hören. Aber es war gut, daß du zu den Riesen gekommen bist. Sieh dich doch nur an.«

Bestar brabbelte etwas Unverständliches in seinen Bart. Die Zahl »vier« kam dabei mehrmals vor.

»Das war es also?« versuchte Eljazokad zusammenzufassen. »*Der Gehängte* soll uns helfen, unser augenblickliches Problem zu lösen?« *Der Gehängte hat uns bereits geholfen. Er hat uns Tjarka beschert.*

»Ja«, sagte die Kartenlegerin ernst. »Es ist womöglich alles nur eine Frage der Betrachtungsweise. Die Antworten stehen euch genau vor Augen, aber ihr seht sie falsch herum.«

Wieder machte der Lichtmagier sich Notizen. Sein Kopf fühlte sich an, als würde er haltlos kreiseln. »Jedenfalls danken wir euch sehr. Ihr alle habt uns viel von eurer Zeit geschenkt, um uns zu helfen.«

Die Kartenlegerin lächelte. Ihr war die sorgfältige Formulierung der immer noch andauernden Ratlosigkeit nicht entgangen. »Zeit haben wir im Überfluß. Die Nacht hat den Thost bereits in ihre Arme genommen. Eßt mit uns, trinkt mit uns, tanzt mit uns, ruht bei uns und setzt euren Weg ins Ungewisse morgen fort.«

Die drei nahmen das Angebot erschöpft und dankend an.

Bestar tanzte tatsächlich zur beschwingten Musik von Zupf- und Bogeninstrumenten. Mehrere, auch ältere Frauen hakten sich bei ihm ein, wirbelten ihn herum und wurden von ihm herumgewirbelt. Tjarka hielt sich abseits und drückte sich in den Schatten herum. Die Heiterkeit der *Unsteten* und die rhythmische Musik schienen ihr eher Unbehagen zu verursachen.

Eljazokad hatte sich den Bauch mit Leckereien vollgeschlagen, bis er seinen Hosengurt zwei Löcher weiter machen mußte. Jetzt saß er, einen Humpen Met neben sich, an das Rad eines Wagens gelehnt und machte Notizen in sein Heft. Die junge sommersprossige Frau schlich um ihn herum und wollte ihn zum Tanzen bringen, doch der Magier fühlte sich viel zu zerschunden. Jeder Sandstrich*, den seine Füße ihn nicht tragen mußten, war ihm eine Labsal.

Aus Eljazokads Tagebuch:
*5. Blättermond. Nacht.*

*Die Antworten stehen uns genau vor Augen, aber wir sehen sie falsch herum.*

*Wie in: Die Kaninchen sind gar nicht Opfer, sondern Täter. Die blutrünstige Armee des Kaninchenfürsten. Aber wo ist sie hin? Und wen hat sie gefressen?*

*In der Erzählung des Spaziergängers fraßen die Kaninchen die Frau mit den Karten. Doch die Frau mit den Karten lebt und hat uns ihre Karten gezeigt.*

*Wie in: Wir verfolgen nicht, sondern werden verfolgt. Aber war Glauber Gudvin nicht überrascht von unserem Auftauchen?*

*Wie in: Der Thost verbirgt keine Geheimnisse vor uns, sondern breitet alles offen und ehrlich vor unseren Augen aus.*

*Vielleicht muß man sich nur an einen Baum knüpfen, aber andersherum als Forker Munsen, um in den Grund, in die Kaninchenbauten hineinsehen zu können.*

*Vielleicht ist das Licht, das den Kopf des Gehängten umfängt, meine schmerzlich vermißte leuchtende Magie.*

*Vielleicht muß man nur Selbstmord begehen oder rückwärts gehen, um alle Antworten auf einen Schlag zu finden.*

Als die Musik leiser wurde und in traurigere Weisen überging, und als Eljazokad über seinem Heft beinahe einnickte, gesellte sich die Sommersprossige zu ihm, strich ihm beim Hinsetzen sanft über das Haar und lauschte mit ihm der beinahe zauberischen Musik. Ihm fiel erst jetzt auf, daß sie grüne, katzenhafte Augen hatte.

»Ich habe übrigens Rodraeg kennengelernt«, flüsterte sie ihm ins Ohr, als Eljazokad gerade die Augen geschlossen hatte, um sich der Gegenwart hinzugeben.

»Rodraeg? Unseren Rodraeg? Wann?«

»Zu Beginn dieses Jahres. Wir lagerten westlich von Warchaim. Ein Teppichhändler auf einem Einspänner kam bei uns vorbei. Mit ihm reisten eine sehr schöne Schmetterlingsfrau und ein Mann, den sie Rodraeg nannte. Rodraeg war eine Woche vorher schlimm verprügelt worden und hatte immer noch unverheilte Blessuren im Gesicht. Ich bemalte die Wunden mit Baumblutbalsam. Dann zogen die drei weiter.«

Eljazokad kam diese Geschichte rätselhaft vor. Niemand hatte ihm je erzählt, daß Rodraeg ins Gesicht geschlagen worden war und daß Rodraeg und Naenn zusammen reisten, schon bevor Bestar und Hellas zu ihnen stießen.

»Was für einen Eindruck hattest du von ihm?«

»Einen … außergewöhnlichen Eindruck. Als ich sein Gesicht berührte … hatte ich das Gefühl, seine Seele sehen zu können. Das ist schwer zu beschreiben. Er kam mir wie jemand vor, der selten ist. Den man eigentlich aufbewahren und beschützen müßte.«

*Ja,* dachte der Magier. *Der vom Aussterben bedroht ist.*

»Ich fühlte mich zu ihm hingezogen«, fuhr die Sommersprossige fort. Sie sagte das gleichzeitig scheu und bestimmt.

»Das geht, glaube ich, allen so. Auch Bestar und ich vermissen ihn sehr. Wir versuchen ihn zu ersetzen und scheitern tagtäglich.«

»Er ist doch nicht tot?«

»Nein. Aber sehr schwer verwundet. Er kämpft auf dem Krankenlager um sein Leben. Ich wünschte, wir könnten mehr für ihn tun. Und die Schmetterlingsfrau?« fragte er, um das Gespräch in weniger düstere Gefilde zu steuern. »Wie war sie, bevor ich ihr begegnete?«

»Ernst. Argwöhnisch den Menschen gegenüber. Verwundet, wie er. Als wäre ihr im sicheren Heimatwald ein Tier begegnet und hätte ihr ein Leid getan.«

Eljazokad starrte vor sich hin. Es war, als weigerte sich sein Gehirn, über den letzten Satz in all seinen Andeutungen nachzudenken.

»Jedenfalls ... bin ich euch schon begegnet. Und ich wollte euch noch etwas mitteilen«, sagte die Frau nach einer kurzen Pause. »Wir sind vor zwei Tagen durch ein Gebiet gekommen, das man Fenchels Gebet nennt. Es liegt, von hier aus, in Richtung der Brunnen und dahinter. Ich würde euch eine Karte zeichnen, aber ihr habt ja Tjarka Winnfess bei euch. Sie kann keine Karten lesen, aber sie liest statt dessen den Thost, was besser ist. Dort war etwas. Ich konnte es spüren, hier.« Sie tippte sich gegen die Schläfe. »Etwas, das wahnsinnig machen würde, wenn man es direkt betrachtete. Etwas, das den Halt verlieren läßt zwischen Himmel und Erde. Unsere Pferde scheuten und rollten in ihren Geschirren wie unruhige Wellen. Zwei unserer Kinder fingen an zu weinen. Die Älteren bewältigten, indem sie vergaßen.«

»Was war es?«

»Ich weiß es nicht. Es fühlte sich wie ein Lebewesen an, aber wie eines, das nicht lebt, sondern stirbt. Es schien in den Bäumen zu hängen wie ein unsichtbares Gespinst. Ich fürchte, daß ihr dorthin müßt, um voranzukommen.«

»Ein Lebewesen. Können es auch mehrere Lebewesen gewesen sein?«

»Ich weiß es nicht. Mein Kopf schmerzt, wenn ich nur versuche, mich zu erinnern.«

»Fenchels Gebet.«

»Fenchels Gebet. Tjarka kennt dieses Gebiet.«

»Ich danke dir. Dieser Hinweis nutzt uns wahrscheinlich mehr als alle Schicksalskarten, alle Spaziergänger und alle Listen mit fremdartigen Namen zusammen.«

»Kann ich ... kann ich sonst noch etwas für dich tun?«

Eljazokad lächelte. Ihre Augen schimmerten lebendig. »Ich bin leider viel zu erschöpft, dich gebührend zu würdigen. Ein andermal vielleicht. Unter anderen Umständen.«

»Vielleicht«, sagte sie, ebenfalls lächelnd, erhob sich und ging.

Als Bestar und Eljazokad am späten Morgen erwachten, waren die Wagen der *Unsteten* verschwunden. Der Boden war zerfurcht von Rad- und Hufspuren, aber die gesamte Wagenburg hatte sich in Luft aufgelöst.

»Das gibt es doch gar nicht!« staunte Bestar. »Die vielen Pferdchen! Angeschirrt und losgeritten, ohne daß wir etwas mitbekommen haben!«

Tjarka trat aus dem Wald. Sie wirkte ausgeruht und frisch, aber ihre Miene war umwölkt wie immer. »Ihr wart nicht wachzubekommen. Da mußten sie eben um euch herumfahren.«

»Haben sie uns etwas in den Met getan?« fragte der Magier, dessen Kopf sich anfühlte wie eine Trommel.

»Ich denke, die *Unsteten* tun immer etwas in den Met«, sagte Tjarka. »Sie meinen es gut mit ihren Gästen. Wollen keinen Schlaf stören durch ihren Aufbruch.«

Eljazokad brummte etwas und erfrischte sich mit etwas Trinkwasser.

»Ich schlage vor, wir gehen jetzt nach Anfest und Stoerig«, sagte die Waldführerin. »Vielleicht haben die Leute dort etwas gesehen oder gehört, das uns weiterhilft.«

»Ich habe etwas Besseres«, widersprach Eljazokad. »Wir gehen zu Fenchels Gebet.«

»Warum?«

»Ich habe einen Hinweis erhalten, daß dort der Wahnsinn in den Bäumen hängt.«

Tjarka und Bestar wechselten einen beunruhigten Blick.

Dann brachen die drei wieder auf.

# 8 Brunnen

Tjarka führte, Bestar und Eljazokad folgten. Das Wetter blieb eigenartig unentschlossen. Ausdauernder Nieselregen sprenkelte die Luft und verwandelte jeden Sonnenstrahl in eine blinkende Perlenkette. Darüber hinaus war der Wald deutlich abgekühlt.

Aber immer noch trieb eine gewisse schwüle Stickigkeit den Schweiß aus den Poren. Nirgendwo waren Kaninchen zu finden. Zwei große Hasen, mehrere Waldmäuse, ein dunkles Reh, sogar ein fauchender Fleckkopfmarder – aber keine Kaninchen. Der Boden des Thost verfestigte sich langsam, aber Tjarka folgte ohnehin keinen in Lehm gefaßten Spuren. Sie folgte den Wolken und der angewiesenen Richtung.

Als die Sonne ihren höchsten Stand verließ, fanden sie eine mit schwarzem Klee bewachsene Wiese.

»Dies ist Laigens Wohl, eine nicht leicht zu findende Heilpflanze«, erklärte Tjarka. »Kaninchen mögen sie gern, und deswegen sind sie selten. Aber so, wie sich das Wohl hier ausgebreitet hat, ist hier schon lange kein Kaninchen mehr vorbeigekommen.«

»Wir pflücken ein bißchen«, schlug Bestar vor.

»Was willst du denn damit?« fragte Eljazokad geistesabwesend.

»Naenn schenken. Sie weiß doch, was man mit Kräutern anfangen kann.«

Bestar pflückte eine Handvoll Laigens Wohl und verpackte es sorgfältig in seinem Rucksack. In seinen großen Händen sahen die Kleeblätter noch winziger aus als ohnehin schon.

Sie gingen weiter. Es war kein Rennen mehr, kein Eilmarsch wie bei der Verfolgung Glauber Gudvins, aber sie versuchten dennoch, zügig voranzukommen. Immerhin war es schon ihr sechster Tag im Thost.

Am Nachmittag erreichten sie den ersten Brunnen. Ein ausgemauerter Schacht, fünf Schritte tief. Unten lagen Erde und Gras.

»Hier gibt es neun solcher Schächte, mit dem Niemalsbrunnen als Zentrum«, mußte Tjarka erneut erklären. »Man sagt, daß die Menschen versucht hätten, den Niemalsbrunnen nachzuahmen, aber immer schon nach wenigen Schritten Tiefe gescheitert wären.«

»Die Menschen?« fragte Bestar. »Heißt das, der Niemalsbrunnen wurde nicht von Menschen angelegt?«

»Niemand weiß, von wem.«

»Und was ist das Besondere an dem Niemalsbrunnen?« erkundigte sich Eljazokad.

»Das werdet ihr gleich sehen. Er ist dort drüben, hinter diesen Bäumen.«

Sie sahen noch zwei weitere blinde und trockene Brunnenschächte im Boden, dann erreichten sie den Niemals. Er hatte als einziger eine aus gemörtelten Natursteinen gesetzte Einfassung, ohne Seilwinde zwar, aber mit einer kreisrunden, moosbewachsenen hölzernen Abdeckung. Tjarka wuchtete diesen Deckel von der Öffnung. »Seht hinein, aber seid vorsichtig.«

Bestar und Eljazokad näherten sich dem Brunnen, stützten ihre Hände auf den Rand und schauten aus beinahe gegenüberliegenden Winkeln in die Tiefe.

Das Loch verlor sich in Finsternis und Kälte.

Bestar zuckte die Schultern. »Ist tief. Aber ist auch Wasser unten? Er hat gar kein Eimerseil. Eljaz? Eljaz!«

Der Magier starrte in die Tiefe, die Hände wie um Halt bemüht in den Rand der Einfassung gekrallt, so daß die Knöchel weiß hervortraten.

Sein Blick raste nach unten, Meile um Meile, ungebremst von jeglichem Ende. Ungehalten. Frei im Fall. Er hätte ausleuchten und loten können, wenn er seine Magie nicht verloren hätte. Verloren, verspielt aus Leichtsinn und Dummheit. Der Blick fiel, flog, raste hinab wie ein jagender Falke, doch der Körper blieb zurück, entfernte sich z-u-s-e-h-e-n-d-s. Die Entfernung begann zu schmerzen, ein ziehendes Sehnen. Verzehrte sich. Er mußte hinab, hinterher. Nur Bestars kräftige Hände hielten ihn zurück, als er auf die Einfassung klettern wollte. Immer noch starrte er hinab. Seine Augen schrien im trudelnden Sturz. Und dann sah er das andere Auge: Feucht blickte es zu ihm auf, blinzelte Tränen, von weichem Fell umrahmt. Das Auge des Kaninchens. Es blinzelte noch einmal, dann riß der Klippenwälder den schluchzenden Magier vom Brunnen fort. Nachmittagshimmel, Wolken und Regentropfen bestürmten den Blick. Irgendwo versteckte sich die Sonne. Bäume. Das Laub von frühem Herbst. Tjarka. Ihre Stimme.

»Der Niemalsbrunnen hat keinen Grund. Wenn man einen Stein hineinwirft, hört man keinen Aufprall, nur nach endlos langer Zeit ein wiederholtes und sich in der Tiefe verlierendes Klacken des Steines an den Wänden. Niemandem ist es jemals gelungen, einen Stein schnurgerade fallenzulassen. Nein, die Menschen können diesen Brunnen nicht erbaut haben. Vielleicht waren es die Götter selbst.«

»Geht's wieder?« fragte Bestar seinen Gefährten.

Eljazokad fand sehr schnell seine Fassung wieder. Sobald die Tiefe nicht mehr im Blickfeld war, spürte er den Boden der Welt wieder unter den Füßen. »Ich habe etwas gesehen«, sagte er leise. »Ein Kaninchen. Es weinte in der Dunkelheit.«

»Kaninchen weinen nicht«, widersprach Tjarka. »Höchstens in Ammenmärchen.«

»Ich will das mit dem Stein probieren«, sagte Bestar und suchte bereits nach einem geeigneten Wurfgegenstand.

»Laß es lieber sein«, riet Tjarka. »Man sagt, daß es Unglück bringt, einen Stein hineinzuwerfen. Keiner fällt gerade. Es ist ein Zeichen dafür, daß die Welt in Schieflage ist.«

»Aber … wahrscheinlicher ist doch, daß der Brunnenschacht schief ist.«

»Wer weiß? Wenn ihn wirklich die Götter angelegt haben, warum sollte er dann nicht gerade sein?«

Bestar kratzte sich am Kopf. »Weil die Götter auch die Welt gemacht haben, und ganz bestimmt nicht schief. Jedenfalls hat keiner dieser Brunnen Wasser. Also was soll der ganze Scheiß?«

»Was fragst du mich? Frag deinen Freund, der war so begeistert, daß er sogar hinabspringen wollte.«

»Ich … wollte nicht hinabspringen«, flüsterte Eljazokad. »Ich wollte nur … besser sehen können.«

Aus Eljazokads Tagebuch:
*6. Blättermond. Nachtlager.*
*Unser sechster Tag im Thost.*

*Der Wald ist feucht genug, um ein Lagerfeuer zu wagen. Tjarka findet selbst im Regen noch trockenes Holz. Unter dichtem Laub bleibt vieles von Nässe verschont.*

*So haben wir Wärme, nachts wird es nun doch schon empfindlich kühl. Und ich habe ein tanzendes Licht zum Schreiben.*

*Wir haben Fenchels Gebet noch nicht erreicht, aber morgen früh soll es soweit sein. Keine Kaninchen, nirgends.*

*Nur im endlosen Brunnen war eins. Ein Kaninchengott? Kaninchengeist? Die Furcht eines Kaninchens? Die Furcht eines Kaninchenvolkes?*

*Ich habe viel über diese Brunnen nachgedacht. Es sind zehn, wie die Götter. Doch nur einer von ihnen ist tief, bodenlos, grundlos. Die anderen sind Fehlversuche. Durchdacht, geplant, aber flach und lachhaft. Einer ist göttlich, die anderen menschlich.*

*Der Mensch ist kaum imstande, das Göttliche zu ertragen.*

*Das stimmt nicht ganz. Bestar war imstande. Bestar konnte auch unter Riesen leben, unter Klippenwäldern, in der Stadt. Er ist unerschütterlich er selbst. Ich war es, der beinahe Selbstmord beging angesichts des Niemalsbrunnens.*

*Der Thost treibt in den Selbstmord.*

*Ist es möglich, ist es denkbar – daß die Kaninchen sich selbst getötet haben?*

*Wir sollten anfangen, uns an einen Gedanken zu gewöhnen, den es unter Rodraegs Führung niemals gab:*

*Wir kommen womöglich zu spät.*

*Wir sind womöglich vergebens hier.*

*Und ich frage mich, was das für Auswirkungen haben wird. Auf den Thost. Auf den Kontinent. Auf uns.*

Aus Eljazokads Tagebuch:
*7. Blättermond. Morgendämmerung.*

*Die anderen schlafen noch. Selbst Tjarka sieht im Schlaf beinahe freundlich aus. Sie ist ja doch noch ein Kind.*

*Ich hatte gerade einen schrecklichen Traum, deshalb bin ich schon wach. Ich will versuchen, den Schrecken in Worte zu fassen, während meine Haut noch fröstelt unter der Unmittelbarkeit meines Traumes.*

*Ich war allein im Thost. Bestar und Tjarka waren womöglich gestorben, jedenfalls fühlte ich mich sehr kläglich und verlassen. Dann tauchte ein Kaninchen auf. Ich weiß noch, daß ich vor Glück beinahe überfloß. Mir schien, als hätte ich jahrelang vergeblich nach Kaninchen gesucht und schon beinahe alle Hoffnung aufgegeben, jemals eines lebendig zu Gesicht zu bekommen. Und da war eines: munter und gesund, das Fell von hellgrauer Farbe. Es blinzelte mir zu und hoppelte davon in den Wald. Ich folgte ihm. Wenn es zu schnell wurde, wartete es auf mich, blickte sich mümmelnd zu mir um und hoppelte mir dann weiter voraus. Ich konnte es – wie man das aus Träumen kennt – nie erreichen, verlor es aber auch nie aus den Augen.*

*Schließlich erreichten wir eine wunderschöne Lichtung. Blumen in allen Farben und Formen gediehen und blühten hier. Es schien später Frühling zu sein oder früher Sommer. Ich weiß noch, daß ich sogar Gesang hörte. Dünne, melodische Stimmchen. Es waren die Blumen selbst, die sangen, und die Insekten, die mit blütenstaubbeschwerten Beinchen von Kelch zu Kelch summten, um sich zu laben und zu sammeln. Alles ergab einen perfekt in sich harmonierenden Kreislauf, ein Wachsen und Werden und Wirken von großer, friedlicher*

*Vollkommenheit. Staunend folgte ich dem Kaninchen über die farbenflutende Wiese.*

*Dann gab plötzlich der Boden unter mir nach. Eine Fallgrube für wilde Tiere. Das Kaninchen konnte darüberhoppeln, ohne den Trugboden zu durchbrechen, aber ich war zu schwer. Ich stürzte in die Tiefe wie in den Niemalsbrunnen. Mein Schrei war ungewöhnlich laut und furchtbar. Nirgends konnte ich mich festhalten. Das letzte, was ich sah, war das Kaninchen, das mit fragendem Blick über den Rand zu mir hinabschaute. Dann begann es zu lachen, und ich wachte auf, bevor ich irgendwo aufschlug.*

*Das Kaninchen verhöhnte mich, weil ich zu plump und schwer war. Unfähig, eins zu werden mit dem Thost und seinen Wundern.*

*Jetzt beginnt unser siebter Tag im Thost, und bislang finden wir nichts außer blinden Brunnen und einem schlammigen Grab.*

*Vielleicht sollte ich tatsächlich die Schicksalskarten wörtlich nehmen und mich kopfüber an einen Baum knüpfen lassen, um eine neue Perspektive auf den Thost zu erlangen. Die Wipfel als Wurzeln im Himmel, das Erdreich als Wolken und Licht.*

*Immerhin könnte ich, dort oben hängend, nicht in Fallgruben treten.*

*Aber Bestar, der Erdverbundene, würde nur den Kopf schütteln über mich.*

*Und Tjarka, die ohnehin den Wolken folgt und eine andere Perspektive hat, würde gelangweilt sein über das, was ich für neue Erkenntnisse hielte.*

Sie hatten Fenchels Gebet immer noch nicht erreicht, als Tjarka plötzlich innehielt und auch den beiden anderen bedeutete, stehenzubleiben und aufmerksam zu sein.

»Was ist los?« fragte Bestar.

»Irgend etwas stimmt nicht, da vorne …« Sie konnte nicht zu Ende sprechen. Hinter einem Baum hervor, aus etwa zwanzig Schritten Entfernung, zischte ein Pfeil auf sie zu. Sie stand wie erstarrt. Bestar riß sie grob zu Boden. Der Pfeil verfehlte die beiden nur knapp und blieb zitternd in einem Baum stecken.

»Soll das auch eine Art Selbstmord sein, Mädchen?« schimpfte Bestar in flüsterndem Tonfall mit der Waldführerin. »Einfach stehen bleiben, wenn man beschossen wird?«

»Noch nie … hat jemand … auf mich geschossen … wer war das?«

»Ihr Götter, was ist der Thost nur für ein armseliger kleiner Wald!« Bestar sprang auf und in die Deckung eines mächtigen Buchenstammes, aber auch der Schütze hatte entweder seine Position verändert, oder es waren mehrere Schützen. Ein zweiter Pfeil raste auf Bestar zu, und der Klippenwälder opferte in unbewußter Geschwindigkeit seinen linken Unterarm, um sein Leben zu behalten. Der Pfeil durchschlug Fleisch und Sehnen und blieb zwischen den Unterarmknochen stecken, ohne daß die ausgetretene Spitze Bestars Rumpf erreichte.

»Arrrrrrrr«, grollte Bestar zu Eljazokad hinüber, der mit furchtgeweiteten Augen hinter einem anderen Baum Schutz suchte. »Wenn Rodraeg das nächste Mal fragt, ob wir noch Ausrüstung brauchen, erinnere mich daran, mir einen Schild zu wünschen. Ein Schild ist so eine praktische Sache.«

»Bestar, was sollen wir machen?« fragte der Magier bang zurück. *Ohne Hellas. Ohne Hellas gegen einen oder mehrere wie Hellas, das kann nicht gehen.*

»Du kannst nichts machen«, gab der Klippenwälder zurück. »Ich kümmere mich darum.« Er beschloß, den Pfeil einfach im Arm stecken zu lassen. So würde sich das Bluten noch verzögern. Bestar zog Skergatlu und umrundete wachsam den Baum. Ein dritter Pfeil flog, nicht in seine Richtung, sondern in Richtung Tjarka. Das Mädchen sah den Tod nicht mal kommen. Bestar stieß sich nach vorne ab und durchschlug den Pfeil im Flug in zwei splitternde Hälften. Hart prallte der Klippenwälder auf, rollte sich durch niedriges Strauchwerk und kam wieder hoch. Jetzt sah er den Schützen, der schon wieder auf ihn anlegte. Bestar warf mit voller Kraft das Schwert. Es schlug Räder in der Luft, schwarzflirrende, schwere Dornenräder. Der Schütze tat das einzig Richtige: Er brach den Schuß ab und ging in Deckung. Skergatlu toste an ihm vorüber. Dann war Bestar heran. Der Schütze nutzte Bestars Schwung aus, machte einen Rundrücken und wuchtete den Klippenwälder über sich hinweg. Beide gingen zu Boden, weil Bestar viel schwerer als der Schütze war. Der Schütze verlor den Bogen, ächzte durchgerüttelt und sprang auf, um zu flüchten. Bestar überschlug sich einmal um die Mittelachse und brach mit kreisenden Armen und dem Gesäß voran durch eine Hecke. Schmerzhaft verfing sich der in seinem linken Arm steckende Pfeil an Ranken und riß in der Wunde. Bestar warf sich grollend auf den Bauch und suchte nach Skergatlu, konnte es jedoch nirgends sehen.

Der Schütze sprang, mit jedem Schritt leichtfüßiger werdend, davon, doch er war nicht alleine. Tjarka hatte mit gezücktem Waldmesser die Verfolgung aufgenommen und rannte aus ihrer Richtung schräg hinter ihm her. Ihr Gesicht war von Zorn und Anstrengung gerötet und verzerrt.

»Eljaz!« rief Bestar. »Skergatlu liegt hier irgendwo! Du mußt es finden, ohne das Schwert bin ich nichts!« Dann rannte auch der Klippenwälder dem nun waffenlosen Schützen hinterher.

Eljazokad sah alle drei im Wald verschwinden. Er traute der Lage nicht. War es wirklich nur ein Schütze gewesen oder doch zwei? Der Verfolgte hatte wie ein Schmetterlingsmann ausgesehen, schmalgliedrig, mit markantem Gesicht und großen, fiebrigen Augen. Also Penob Scord. Aber Tellures, der lachende Verrückte, konnte auch noch hier irgendwo lauern. Eljazokad bewegte sich langsam und umsichtig, kreiste immer wieder um sich selbst wie ein umzingeltes Wild. Erst als er Skergatlu gefunden hatte, fühlte er sich etwas sicherer. Zum ersten Mal in seinem Leben begrüßte und umarmte er ein Schwert wie einen Freund.

Tjarka und Bestar rannten dem Attentäter hinterher. Bäume flogen vorüber wie Phantome. Sosehr Bestar sich auch anstrengte, er konnte nicht aufholen. Obwohl auch er im Wald groß geworden war, war er schwerer und sperriger als die beiden anderen, mußte mehr Ästen ausweichen oder zerbrechen, um überhaupt vorankommen zu können. Der Flüchtende profitierte von seiner Langbeinigkeit, Tjarka von ihrer geringeren Körpergröße und ihrer Wendigkeit.

Die Verfolgungsjagd, die unentschieden blieb in den mehr als fünf Sandstrichen, die sie andauerte, endete unerwartet für alle Beteiligte. Der Boden selbst führte die Entscheidung herbei. Er öffnete sich unter dem Fliehenden und verschluckte ihn. Der gellende Schrei war in einem Gurgeln erstorben, bevor Tjarka richtig begriff, was geschehen war.

Vorsichtig näherte sie sich der Stelle. Hinter ihr brach Bestar durch störrisches Geäst, den pfeilverwundeten Arm schützend hinter dem Rücken verborgen.

»Wo ist er hin?« keuchte der Klippenwälder.

»Dort«, deutete sie ihm. »Eine alte Fallgrube für Ogerbären.«

Nebeneinander gingen sie zum Rand, vorsichtig die Stabilität des Untergrunds austestend. Unten, in vier Schritten Tiefe, steckte der Bogenschütze, aufgespießt von mehreren mannslangen, nun entsetzlich fleischbehängten Holzspitzen. Er atmete noch, quietschend und gequält. Sein Mund brabbelte etwas. Bestar ging in die Hocke, um die Worte verstehen zu können.

»Die ... die ... die Grenze ... des Schme ... Schme ... Schme ... Schmerzes ... ich ... kann ... kann ... kann ... sie ... wirklich ... se ... se ... se ...« Das Atmen hörte auf. Der auf dem Hals hochgereckte Kopf des Sterbenden fiel so weit zurück, daß das Genick beinahe durchbrach.

»Mannomannomann«, schüttelte Bestar den Kopf. »Wie kann ein Schmetterlingsmensch nur so dämlich sein, in eine Bärengrube zu stürzen.«

»Das ist kein Schmetterlingsmensch. Er sieht ihnen auf den ersten Blick ähnlich, aber ich habe schon zwei echte Schmetterlingsmänner zu Gesicht bekommen, und von denen ging eine ganz andere Stimmung aus als von dem hier. Das war nur ein Gauner, der sich wahrscheinlich sein Leben lang für einen Schmetterlingsmann ausgegeben hat, um abergläubischen

Greisen unwirksame Arzneien zu Wucherpreisen aufschwatzen zu können.«

»Diese Grube muß Jahrzehnte alt sein.« Bestar ließ Hölzer und Zweige durch seine Finger gleiten. »Das Deckgitter ist schon ganz durchgemorscht. Ein Wunder, daß es die Tarnschicht überhaupt noch gehalten hat.«

»Laß uns deinen Freund herholen«, schlug Tjarka vor. »Der wird am ehesten wissen, was wir jetzt tun sollen.«

Tjarka fand zu Eljazokad zurück, der dort, wo er Skergatlu gefunden hatte, auf dem Boden saß und wartete. Beinahe widerstrebend händigte er Bestar das Erzschwert aus. Inzwischen konnte immerhin davon ausgegangen werden, daß sich nicht noch ein zweiter Schütze hier verborgen hielt, und sie gingen zu dritt zur Bärenfallgrube.

Eljazokad wurde ganz bleich, als ihm klarwurde, daß er einen prophetischen Traum gehabt hatte. Nur daß in seinem Traum er selbst in die Grube gestürzt war, nicht Penob Scord.

»So grauenhaft das ist, aber einer von uns muß hinunter und ihn durchsuchen. Vielleicht hat er eine Karte bei sich. Oder weitere Namen, die uns in Verwirrung stürzen.«

»Ich mache das«, bot überraschenderweise Tjarka sich an. »Wenn das einer der Kerle ist, die Fork in den Tod getrieben haben, werde ich es genießen, noch ein wenig auf ihm herumzutrampeln.«

Behutsam seilte Bestar sie ab. Sich zwischen den tödlichen Stangen zu bewegen, war selbst für einen kleinen, schmalen Menschen wie Tjarka alles andere als einfach. Sie zupfte und zurrte an Scords Kluft herum und bemühte sich dabei, nicht in Wunden und blutgetränkten Stoff zu fassen.

»Er hat nichts bei sich«, rief sie nach einer Weile hoch. »Kein Geld. Keine Zettel. Nichts Gezeichnetes. Nicht mal eine Waffe. Nur ein Dutzend Pfeile. Und Schmetterlingsflügel hat er auch keine auf dem Rücken. Sagte ich doch: der Mistkerl war eine Fälschung.«

»Was für ein Tod das sein muß«, sagte Eljazokad mehr zu sich selbst als zu Bestar. »Fallen ins Nichts. Und unten wird man zerrissen wie im Maul einer Bestie.«

»Er hat nicht viel mitbekommen«, brummte Bestar. »Er war auf der Flucht, hat sich eher auf uns konzentriert als auf den Weg. Der Boden gibt nach – und schon ist es aus.« Er hüstelte. »Diesmal entfällt für uns immerhin das Grabschaufeln. Unser lieber Heckenschütze besaß die Freundlichkeit, sich seine letzte Ruhestätte selber zu öffnen.«

Die Vision, die der Dreimagier ihm gezeigt hatte, fiel Eljazokad wieder ein. Er selbst in weihevoller Kleidung zwischen zwei Grabhügeln stehend. Aber es lagen nicht Glauber Gudvin und Penob Scord in diesen Gräbern. Diese beiden waren in Löchern geendet, nicht in Hügeln.

»Wir stehen hier herum und schwatzen«, schüttelte er sich regelrecht. »Was ist mit deinem Arm?«

»Damit?« Bestar hob sich den durchbohrten linken Unterarm vor Augen. Er bewegte die Finger. Es schmerzte, ging aber. Keiner der Finger blieb steif. »Das passiert mir doch jedesmal. In Terrek war es ein Speer, in Wandry ein Bolzen. Diesmal ein Pfeil. Alles, was fliegt und keinen Lärm macht, darf unbehelligt in mir landen. Vielleicht hätte ich früher mit Migal weniger den Nahkampf, sondern mehr das Abwehren von Geschossen üben sollen.« Ungerührt brach Bestar die blutverschmierte Spitze ab und zog sich dann mit einem Ruck den Pfeil aus dem Arm. »Daß die Spitze durchkam, war gut. Sonst hätte ich den Pfeil weiter durchtreiben müssen. Rückwärts rausziehen samt Spitze reißt einem Sehnen kaputt.«

»Du hast Glück gehabt, daß keine Sehne durchtrennt wurde.«

»Die Sehnen flutschen normalerweise zur Seite. Das habe ich bei Schwertwunden auch schon öfters gesehen. Das fieseste an Pfeilen ist die Blutung, die sie verursachen, wenn sie Adern oder so was erwischen. Das ist bei mir aber nie besonders schlimm. Ich blute nicht lange. Sonst hätte ich den Speer in meinem Bauch nicht überleben können.« Bestar improvisierte sich aus ein paar Streifen des Hemdes, das er unter dem Segmentpanzer trug, einen Druckverband. Eljazokad unterstützte ihn beim Knotenmachen. Inzwischen war auch Tjarka wieder zu ihnen hochgeklettert.

Sie kamen überein, daß sie auch Penob Scord nicht einfach unbestattet liegenlassen wollten, um den ohnehin unruhigen Thost nicht noch weiter herauszufordern. Ein Auffüllen der Grube bis zur Bedeckung des Leichnams scheiterte von vorneherein daran, daß Scord nicht auf dem Boden auflag, sondern in den Stangen darüber feststeckte. Sie hätten mehr als einen Ochsliter Erde in das Loch schippen müssen, damit der Tote nicht mehr zu sehen gewesen wäre. Außerdem hätten Blut und Fleischfetzen auf den Speerspitzen dann immer noch in die Höhe geragt. Tjarka bastelte schließlich mit Bestars Hilfe eine neue Abdeckung für die Fallgrube, die allerdings diesmal mit einem Rand aus senkrecht stehenden Ästen markiert war, so daß nicht noch ein weiterer Unvorsichtiger das gräßliche Schicksal erlitt.

Wieder standen sie anschließend um ein Grab herum und wußten nichts Passendes zu sagen.

»Du hast mir zweimal das Leben gerettet«, flüsterte Tjarka ernst in Bestars Richtung. »Ich schulde dir was. Du kannst dich darauf verlassen, daß ich diese Schuld nicht vergesse.«

»Von einem Pfeil stirbt man nicht gleich«, wehrte der Klippenwälder ab. Die Totenruhe war vorüber. »Bring uns lieber zu Fenchels Gebet. Wie weit sind wir noch weg?«

»Zwei Stunden.«

»Flüchtete Scord eigentlich in Richtung Fenchels Gebet?« fragte Eljazokad.

»Ja. Ziemlich genau die Richtung.«

»Sehr gut.« Der Magier legte Bestar und Tjarka die Hände auf die Schultern. »Dann werden wir bald den letzten beiden Verrückten begegnen. Laßt uns alle auf der Hut sein vor weiteren Schüssen aus dem Hinterhalt – unsere Gegner sind verzweifelt genug, auf alles zu schießen, das sich ihnen nähert. Laßt uns auch weiterhin nach Kaninchen Ausschau halten. Vielleicht führen sie uns zum Ort des Geschehens, vielleicht laufen sie auch davor weg. Tjarka: Unter keinen Umständen darfst du einem Kaninchen hinterrennen, wenn du eins siehst. Es könnte dich in eine Falle locken, weil es allen Menschen mißtraut.« Er machte eine nachdenkliche Pause, dann sagte er noch: »Wenn es so weiterläuft wie bisher, werden Tellures und Siusan vor unseren Augen umkommen, ohne daß wir Hand an sie legen müssen. Diese Männer sind verflucht. Der Thost wird von ganz alleine dafür sorgen, daß der Fluch vollendet wird. Wir sind in diesem Schauspiel nichts weiter als Überbringer … und Zeugen.«

# 9 Das Entleiben

Die von Tjarka angekündigten zwei Stunden waren noch nicht vorüber, als Eljazokad sich plötzlich ans Bein faßte und mit einem Aufschrei stehen blieb.

Bestar hatte sofort Skergatlu in der Hand, wandte sich hierhin und dorthin, ging schnaufend neben einem Baum in Dekkung. »Von woher?« fragte er knapp.

Tjarka stand zwischen Bestar und Eljazokad und konnte sich beide betrachten. »Er ist nicht angeschossen worden. Ein Muskelkrampf oder so was.«

»Das ist kein Muskelkrampf«, ächzte Eljazokad kopfschüttelnd. »Das fühlt sich an, als – AUuuuuuhhhaaa! Oh Mann, das gibt's doch gar nicht! Mein Oberschenkel!« Der Magier sank auf die Knie, kippte zur Seite und hielt sich mit beiden Händen den rechten Oberschenkel.

»Schnell, Hose runter«, empfahl Tjarka fachkundig. »Vielleicht ist es ein Insekt. Eine Hornisse oder so was.« Sie half dem sich windenden Eljazokad beim Aufknöpfen des Gürtels und Herunterziehen der schwarzen Hose bis über die Knie. Bestar kam näher, blickte sich aber immer noch mit dem Schwert in der Hand argwöhnisch um.

Tjarka untersuchte Eljazokads Schenkel. »Da ist nichts«, stellte sie verwundert fest. »Überhaupt nichts.«

Eljazokad zeigte auf den Schmerz, doch die Haut war unversehrt und auch darunter war keine außerordentliche Muskelverhärtung zu spüren. »Das fühlt sich an«, stieß er preßatmend zwischen den Zähnen hervor, »als würde mir jemand das Bein absägen. Irgend jemand zerfleischt mir mein Bein!«

Das Echo dieses Ausrufs war noch nicht ganz zwischen den Bäumen verhallt, als der zum Zerreißen gespannte Körper des Magiers plötzlich ganz ruhig und schlaff wurde.

»Ist er ohnmächtig?« fragte Bestar.

»Nein«, gab Tjarka Auskunft. Eljazokads Augen waren geöffnet.

»Es ist vorbei«, sagte er schwer atmend. »Der Schmerz ist weg. Vollkommen weg. Was war das denn?«

»Hat der falsche Schmetterling dich doch erwischt? Mit einem vergifteten Pfeil?« erkundigte sich Bestar.

»Nein. Ich habe überhaupt nichts abbekommen. *Du* wurdest getroffen. Ich verstehe das nicht.«

»Hört ihr das?« fragte Tjarka plötzlich.

Die beiden *Mammut*streiter lauschten. Nichts. Totenstille.

»Es ist *zu* still«, stellte Bestar fest. »Keine Vögel. Kein Insektenzirpen. Nichts. Selbst nach Eljaz' Geschrei dürfte es nicht *so* still sein.«

»Ja.« Die junge Waldführerin erhob sich. Sie schaute sich um und sah mit einem Mal älter aus als sonst. »Der Thost ist weg.«

»Hä? Was redest du, Mädchen? Der Wald ist doch noch da.«

»Die Bäume sind noch da. Aber der Thost nicht. Das ist schwer zu erklären. Der Thost ist eben mehr als einfach nur eine Ansammlung von Bäumen zwischen Bergen und dem Meer. Er hat eine Persönlichkeit. Einen Geruch. Wir Waldführer können ihn immer spüren, uns daran entlanghangeln, uns davon leiten lassen wie von den Wolken. Einige konnten sogar mit dem Thost reden. Hier, an dieser Stelle, fehlt der Thost.«

»Jetzt geht es also los«, sagte Eljazokad, der sich ganz langsam wieder aufrichtete. »Wir sind am richtigen Ort. Hier herrscht das Unheil. Wenn die Kaninchen hier hineingeraten sind, dann sind sie fortgerissen worden wie in einem Wirbelsturm.«

»Ich kann nichts sehen und spüren. Außer daß es zu still ist«, grummelte Bestar ungläubig.

»Ich frage mich«, sagte Tjarka, »ist der Thost von hier vertrieben worden oder ist er geflüchtet?«

»Der Thost hat Selbstmord begangen«, sagte Eljazokad. Diese Schlußfolgerung kam so klar in ihn, als hätte jemand anders sie ihm diktiert.

Das Mädchen starrte ihn an. »Was meinst du damit? Denkst du … der Thost steckt mit drin in der Sache?«

»Warum nicht? Warum sollte nicht auch ein Wald korrumpiert werden können?«

»Nun macht aber mal halblang«, ging Bestar nun auch körperlich dazwischen. »Ihr redet hier von einem Wald. Ein Wald tut nicht dies oder das, er entscheidet nichts und geht auch nicht weg. Er steht da und wird vollgeregnet und -geschneit, er wächst und wird abgeholzt und wächst wieder nach.«

»Das ist doch schon eine ganze Menge, findest du nicht?« fragte Eljazokad. »Ein Mensch wächst nicht nach, wenn er abgeholzt wird. Er hält auch nicht dem Regen und der Kälte stand, sondern sucht sich einen Unterschlupf. Ein Wald ist genügsamer. Aber vielleicht kann man auch ihn mit etwas verführen. Mit einem Vogelblick. Einer Ruhe vor den Äxten gieriger Menschen. Mit magischer Kraft, wie auch die Riesen sie sich durch das Zepter erhofften.«

Bestar grinste, so absurd kam ihm das alles vor. »Und du denkst, weil man ihm hundert Jahre Axtruhe versprochen hat, opfert er mal eben alle seine Kaninchen? Das ist doch völliger

Quatsch. Das ist ja noch weiter hergeholt als der Unfug, den der *Spaziergänger* von sich gegeben hat.«

»Wahrscheinlich ist es auch alles nicht so buchstäblich, Bestar. Du mußt magischer denken. Hier gehen Geschichtenerzähler rückwärts. Schmetterlingsmenschen, die keine sind, sterben durch Fallen, die vorher nie etwas gefangen haben. Waldkundige hängen sich an Bäume wie Tannenzapfen. Alte Frauen zeigen uns Karten, die den schlafenden Rodraeg zeigen und den am Baum hängenden Mann. Ich habe Penob Scords Ende in einem Traum gesehen, bevor es passiert ist. Was immer hier geschieht, ist magisch und voller Unerklärlichkeit.«

»Gut, daß ich dabei bin, Eljaz«, entgegnete Bestar mit hochgezogenen Augenbrauen. »Ich sehe dich auch schon vor lauter Begeisterung an einem Baum hängen wie ein Tannenzapfen.«

»Das habe ich tatsächlich schon in Gedanken durchgespielt und als letztes in mein Tagebuch geschrieben«, lächelte Eljazokad. »Du hast recht: Es ist sehr, sehr wichtig, daß du dabei bist. Tjarka kann – fürchte ich – vor lauter Thostverbundenheit den Wald nicht objektiv betrachten, und mir macht meine verlorene Magie zu schaffen und will die Leere mit etwas auffüllen, das Wahnsinn nicht unähnlich ist. Du mußt uns beide sicher hier durchgeleiten, mein Freund.«

»Ich werde mein Bestes geben. Was ist nun los mit deinem Bein?«

»Was immer das war, es ist vorüber. Laßt uns weitergehen.«

»Einfach weitergehen?«

»Ja.«

»Verlorene Magie?« fragte Tjarka, nachdem sie zweihundert Schritte weitergekommen waren.

Eljazokad seufzte. »Ich war einmal ein Magier. Das ist noch

gar nicht so lange her. Noch nicht zwei volle Monde. Aber zwei Monde sind eine Unendlichkeit – wenn man vorher immer Licht hatte und sich nun durchs Dunkel tasten muß.«

Sie unterließ es, weitere Fragen zu stellen.

Behutsam bewegten sie sich voran.

Nach einer halben Stunde etwa flüsterte Tjarka: »Das hier ist Fenchels Gebet.«

Der Thost sah hier nicht anders aus als anderswo auch. Moosig, mit Efeupflanzen behängt wie mit Schmuck. Alt. Die Bäume erinnerten Bestar an die Riesen aus dem Wildbart. An ihre Bärte und die knarrenden Stimmen.

»Warum heißt es hier Fenchels Gebet?« fragte er.

»Ein Händler namens Fenchel wurde hier vor Hunderten von Jahren von Banditen eingekreist«, erläuterte Tjarka. »Er betete zu den Göttern. Die Götter erhörten sein Gebet und ließen eine große Falltürspinne aus dem Boden schlüpfen und die Banditen verschlingen. Die Spinne war anschließend so satt, daß sie den Händler Fenchel verschonte. Fenchel entkam und gründete ein Kloster in Anfest, das aber schon nicht mehr steht.«

»Es steht nicht gut um Klöster, Tempel und Kapellen«, sagte Eljazokad nachdenklich.

»Ja.« Tjarka verzog das Gesicht. »Seit man sagt, daß die Götter uns verlassen haben, spendet kaum noch jemand Geld für den Glauben.«

Mit geschlossenen Augen blieb Eljazokad stehen. Fenchels Gebet drang in ihn ein mit seinem Moosgeruch, der matten Feuchtigkeit der letzten Tage und der Stille, die das Leben aus- und sie hier drinnen einsperrte. Er konnte sie plötzlich spüren, die Einsamkeit der Menschheit. Traurige Waisenkinder, die miteinander rangen um die letzten Brosamen, die die fortgegangenen Eltern ihnen hinterlassen hatten. Kinder des Kontinents, die sich Königin nennen mochten, Gelehrter, Priester, Affenmensch, Spinnenmensch oder auch Magier und die doch alle nachts in Klage heulten unter einem kalten, fernen Mond.

Dasco stahl sich in seine Gedanken, die schöne, zwischen Neid und Stolz zerrissene Bestie, die teilhaben wollte am Geschenk der Liebe und nichts als Tauschgut anzubieten hatte außer der Begabung zur Magie. Magie, die flüchtig war wie Liebe, die flüchtig war wie alles, was die Menschen jemals in Händen gehalten hatten in dem Irrglauben, es gehöre ihnen.

Eljazokad spürte, wie ihm Tränen in die geschlossenen Augen schossen. Er wollte sie zurückhalten, sich nicht blamieren vor Bestar und Tjarka, doch alles, was dabei herauskam, war ein Schluchzen und ein Weinkrampf, der ihn regelrecht in die Knie zwang.

»Eljaz!« Bestar war sofort neben ihm und stützte ihn an den Schultern. »Mit dir stimmt doch etwas nicht! Sag schon, was ist los?«

»Ich …«, schluchzte Eljazokad und weinte gegen Bestars Segmentrüstung, »ich … ich vermisse meine Magie so sehr. So sehr!«

»Das kann sich niemand von uns vorstellen«, sagte Bestar milde und drückte Eljazokad an sich. Vorhin hatte Eljazokad ihn »mein Freund« genannt. Selbst Migal, selbst Rodraeg hatte das noch nie getan. »Aber sie wird doch wiederkommen, deine Magie. Die Riesen haben es versprochen. Du brauchst nur Geduld zu haben. Das ist genau wie mit Rodraeg, der kommt ja auch wieder auf die Beine.«

»Aber das *Mammut* … ist zum Scheitern verdammt. Wir sind zu spät gekommen. Man hätte uns vor hundert Jahren gründen müssen, besser noch vor tausend. Die Götter sind fort.«

»Und wenn schon. Dann müssen wir eben selbst alles richten. Vielleicht ist das ja sogar das, was die Götter für uns geplant haben. In den Klippenwäldern zumindest denkt man so.« Während er mit Eljazokad redete, wechselte Bestar dringliche Blicke mit Tjarka. Sie sollte wachsam sein, die Umgebung im Auge behalten, und das tat sie auch. Dies war schon das zweite Mal innerhalb einer Stunde, daß Eljazokad zusammenbrach. Irgend etwas griff ihn an, körperlich und geistig. Aber es war nichts zu sehen und zu hören. Es war immer noch totenstill ringsum, der Thost immer noch abwesend, verstorben oder taubstumm geworden.

Und dann mischte sich in Eljazokads langsam ruhiger werdendes Weinen ein anderes Geräusch, das gegensätzlicher nicht hätte sein können: Gelächter. Leises, kicherndes Gelächter.

Tjarka glaubte plötzlich einen Mann zu sehen, der an seinen Armen von einem tiefhängenden Ast hing wie ein schaukelndes Kind. Der Mann nickte ihr zu, winkte sie mit dem Kinn heran. Sein Mund lachte, seine Augen jedoch waren kalt und hart. Eine merkwürdige Anziehungskraft ging vom Irrsinn dieses Mannes aus.

»Ja, die Götter sind fort«, lachte der Mann. »Also was glaubt ihr? Was glaubt ihr, weshalb wir von hier weggehen wollen?« Er schaukelte weiter nach vorne, damit seine scharfgeschnittenen Gesichtszüge Tjarka noch tiefer ins Bewußtsein dringen konnten. »Wir sind im Besitz der Weisheit, die ihr niemals erlangen werdet.«

»Bestar?« tastete Tjarka mit zittriger Stimme.

»Ja?«

»Der Mann dort …«

»Welcher Mann? Wo?« Der Mann an dem Ast war weg. Für einen Moment bedauerte Tjarka dies, sehnte sich regelrecht nach seinem bösen, spöttischen Gesicht, dann schwanden ihr die Sinne. Sie fiel ins Gras, ohne sich abzufangen, der Länge nach, und blieb liegen.

Bestar brauchte ein, zwei Augenblicke, um zu begreifen, daß auch der in seinen Armen ruhiger werdende Eljazokad das Bewußtsein verloren hatte.

Er nahm sich die Zeit, ihn sanft ins Gras zu betten. Dann richtete Bestar sich zu voller Größe auf und zog das Erzschwert Skergatlu. Sein Atem ging ruhig, wie er es im Stelenfeld der Riesen gelernt hatte.

»Ich bin jetzt das *Mammut*«, dachte er. »Wenn ich auch noch falle, ist alles aus.«

Dann griffen die Kaninchen an. Sie schwärmten aus allen Richtungen, sprangen von Baumästen herunter, wanden sich aus Falltürspinnentrichtern heraus, rannten in Rotten räudig und mit schweißnassen Fellen durchs hohe Gras auf ihn zu, die Gesichter ähnlich denen von Fleischfliegen verzerrt zu Fratzen voller nadelspitzer Reißzähne. Bestar zerteilte die vordersten zu feinem, nach Lavendelöl duftendem Rauch. Skergatlu glitt schwer und massig durch die kleinen, sich streckenden Leiber hindurch und hinterließ nichts als Schlieren und Ahnungen in der Luft. Nach einem halben Sandstrich war der

Spuk vorbei. Kein einziges der Aberhunderten von Raubkaninchen war echt gewesen. Auch die, denen es gelungen war, Bestar zu erreichen und zu beißen, hatten keinerlei Spuren hinterlassen.

»Das ist so ein Problem«, sagte eine Stimme hinter dem Klippenwälder, und er wirbelte herum, sein Atem nun bei weitem nicht mehr so ruhig, wie er sich das gewünscht hätte. Dort stand Tellures zwischen den Bäumen, es mußte Tellures sein. Das schiefe Grinsen, der herausfordernde Blick, das böse, spöttische Gesicht. »Sie sind alle tot. Es ist eigentlich nicht möglich, aus ihnen weiterhin Nutzen zu ziehen. Ich jedoch, das kann ich dir versichern, bin echt. Also wollen wir doch mal sehen, was du draufhast.«

Bestar wollte sich nicht durch langes Gequatsche einlullen lassen. Er ging sofort zum Angriff über. Wenn dieser Gegner besiegt war, blieb nur noch der Anführer übrig. Alle anderen Angreifer waren nicht echt. Es war also zu schaffen.

Der Kampf wurde rasend schnell und heftig. Tellures attackierte und parierte mit einer langen Metallstange, die er beidhändig und einhändig abwechselnd zu führen verstand. Jedesmal, wenn Skergatlu dröhnend auf die Stange aufschlug, platzten von ihr Kaninchenfell und -blut ab, aber Bestar war fest entschlossen, sich von derartigen magischen Augenwischereien nicht verwirren zu lassen. Er verlagerte sein ganzes Selbst in das Führen dieses einen Kampfes, und nach etwa dreißig Kontakten und einer wuchtigen Vorhand-Rückhand-Vorhand-Dreierkombination trümmerte er Tellures die verbeulte Stange aus den Fingern und stieß den Strauchelnden rückwärts zu Boden.

*Töte ihn schnell*, schrie ein Instinkt in Bestars Innerem,

*bevor er wieder zu quatschen anfängt oder einen weiteren magischen Trick aus dem Ärmel zieht*, doch es war bereits zu spät. Hinter Bestar war eine Bewegung. Dann hüllte ihn plötzlich ein bräunlicher Rauch ein. Tellures begann schallend zu lachen.

Wütend stach Bestar auf Tellures ein und versuchte wenigstens diesen einen zu vernichten, doch der Lachende wurde zur Schlange und wand sich aufreizend geschmeidig mit vorgerecktem Kinn zwischen allen Todesstößen hindurch. Hinter Bestar faselte die ganze Zeit über eine gleichgültige, gelangweilte Stimme. »Es tut mir leid, daß es zum Äußersten kommen muß, aber ich kann nicht zulassen, daß ihr meinen Assistenten verletzt. Ich brauche ihn doch noch, das große Experiment steht kurz vor der Vollendung.« Wo immer sich Bestar hindrehte, die Stimme war stets hinter ihm. Langsam wurde sein gesamtes Gesichtsfeld von dunkelbraunem Sirup überschwemmt. Er konnte nichts mehr sehen, wischte sich über die Augen. »Zwei meiner Assistenten sind mir schon abhanden gekommen, drei, wenn man den Waldführer dazuzählt, der dem Druck nicht standgehalten hat. Insofern ist es natürlich aufmerksam von euch, zu dritt zu mir zu kommen. Ihr könnt meine Assistenten sein, oder besser noch: Ihr könnt dort fortfahren, wo die Kaninchen bedauerlicherweise endeten.« Tellures lachte Bestar von vorne ins Gesicht, zwischen seinen Zähnen hingen stinkende Fetzen unverdauten Fleisches. Bestar stach nach ihm, doch Skergatlu wurde schwerer und schwerer, wurde zum Tropfstein, rammte sich in die Erde und spießte Bestar beinahe auf sich auf. Hilfesuchend krallten Bestars Hände sich in das Fell von dicht an dicht stehenden Kleintieren, doch es entpuppte sich als Gras. Die Stimme hinter ihm schwebte von oben auf ihn herab wie ein himmlisches

Gedicht. »Schlaft jetzt, mein Freund. Die Arbeit, die getan werden muß, gönnt einem leider keine Ruhe. Genießt den letzten Schlummer, der Euch nun vergönnt ist – danach machen wir uns alle zusammen ans große Werk.«

Schon wieder hatte jemand Bestar »mein Freund« genannt, doch diesmal war es das Böse, das da sprach. Der Geisterfürst, der zottelige Gott der Affenmenschen, der Teufel aus den Heselylegenden, der Versenkermann der Seefahrer, der Vielgestaltige, von dem die Breanner erzählten, der Vaterwolf aus den Angstträumen von Kindern. Bestar spürte, daß er das *Mammut* an das absolute Böse vertändelt hatte, und die Trauer darüber drosselte ihn bis zur Besinnungslosigkeit.

Sie erwachten, weil ihnen feuchte Tücher auf die Gesichter gelegt wurden. Das Atmen gegen einen Widerstand, der sich rauh bis in die Nasenlöcher und Münder hineinblähte, wurde zur Pein und führte schließlich zum Schrecken.

Sie waren festgeschnallt auf drei massiven, blutverkrusteten Tischplatten. Sie waren nackt, auch Tjarka, und ihre Hälse, Handgelenke, Fußgelenke und Oberschenkel wurden von einschneidend enganliegenden Lederschlaufen an das Holz gepreßt. Bestar lag links, Eljazokad in der Mitte, Tjarka rechts. Tjarka zitterte vor Scham, Kälte und Wut, aber in der schummrigen Lampenbeleuchtung des aus feuchter Erde bestehenden und von Wurzelwerk durchzogenen unterirdischen Raumes hätten Eljazokad und Bestar sie nicht richtig betrachten können, selbst wenn die Halsschlaufen es ihnen erlaubt hätten, die Köpfe zu drehen.

Der Raum stank auf das Entsetzlichste. Nach dem Urin von Tieren, Blut, Eingeweiden und Verwesung. Der Gestank rührte in erster Linie von links her, irgendwo dort neben Bestar mußte sich noch ein Raum befinden, aus dem unablässig übelkeitserzeugendes Faulgas waberte.

Tellures und Siusan waren beide anwesend und wuschen die drei Liegenden mit denselben rauhen feuchten Tüchern, mit denen sie sie geweckt hatten.

»Das Wohlergehen unserer Gäste liegt uns sehr am Herzen«, sagte Siusan, ein dicklicher Mann mit Halbglatze und einem gutgelaunten, geradezu freundlichen Gesicht. »Für den Geruch muß ich mich entschuldigen. Wir haben schon versucht, mit Kräuteraufgüssen und aromatischem Rauch dagegen vorzugehen, aber letzten Endes ist das sehr mühsam, wir sind nur zu zweit, und unsere Nasen haben sich schon längst an das Übel gewöhnt. Wo gehobelt wird, da fallen nun mal Späne. Wer Großes im Sinn hat, darf sich von der einen oder anderen Unannehmlichkeit nicht schrecken lassen.«

Bestar begann an den Schlaufen zu rütteln wie ein gefangenes Tier. Die Halsschlaufe schnürte ihm schier die Kehle zu, dennoch spieh er Verwünschungen und Flüche in Richtung der beiden Männer, bis Tellures ihm den feuchten Lappen als Knebel in den Mund steckte und mit einem weiteren Lederband fest verschnürte. *Das ist Kaninchenleder*, durchfuhr es Eljazokad. *Was uns hier festhält, sind die Häute von Kaninchen.*

»Nun möchte ich kurz«, fuhr Siusan fort, »die Theorie erläutern, die uns umtreibt. Es ist eine neue Situation für mich, mich meinen Versuchsobjekten erklären zu können. Bei den Tieren war das ja bedauerlicherweise nicht möglich. Aber sie sind uns ausgegangen, Forker Munsen hat all seine Fähigkeiten aufgeboten, um sie uns bis zur Neige zuzuführen. Kaninchen sind ideal für unseren Zweck, sehr schmerzempfindlich, aber im großen und ganzen wehrlos – und auch stimmlos, was sich beim Arbeiten ja doch als sehr angenehm herausstellt. Euer großer Freund demonstriert gerade sehr eindrücklich, weshalb Menschen nur bedingt tauglich sind. Achtest du bitte auf seine Schlaufen, Tellures? Er scheint ungewöhnlich kräftig zu sein und bringt es tatsächlich noch fertig, sich loszureißen. Wir sollten in diesem Falle wohl besser mit Doppelschlaufen arbeiten, oder sogar dreifachen. Danke, daß du dich darum kümmerst. Wo war ich stehengeblieben? Ach ja: die Theorie. Wir wissen nun, haben es bereits im Rahmen unseres Versuches bewiesen, daß die andere Welt existiert, jene Welt, in die die Götter gegangen sind, nachdem sie vom Kontinent genug hatten. Diese andere Welt ist viel reizvoller, viel wunderbarer, viel fantastischer als die unsere. Wir haben bereits Einblicke erhalten können bis hin nach Destrisch, bis über Ueschdreff hinaus. Wir wissen, daß die Grenze des Schmerzes einen geeigneten Übergang darstellt, und wir sind nach nun mehrmondiger intensiver Forschung kurz davor, auf dieser Grenze einen dauerhaften Übergang zu öffnen, der es uns und allen Interessierten ermöglichen wird, in die Götterwelt überzusiedeln. Dort gibt es noch so viel zu sehen, es muß roten Schnee dort geben und dreifarbige Länder; Schlösser, hoch wie der Himmel, und Seen, meilentief und klar wie Glas.«

»Und Mammuts«, röchelte Eljazokad.

»Wie bitte?«

»Und Mammuts!« Das Sprechen mit zugeschnürtem Hals war eine Qual.

»Und Mammuts – ja, warum nicht? Weißt du mehr darüber, mein Freund? Er kann ja kaum sprechen, Tellures, komm, mach ihm mal den Hals ein wenig weiter. Er wird schon nicht davonfliegen können, nur weil er besser atmen kann. Du hast selbst gesagt, daß keiner von ihnen etwas Magisches hat, also kann er auch keine gefahrvollen Sprüche aufsagen.«

Widerwillig nestelte Tellures an Eljazokads Hals herum, bis der Würgedruck erheblich nachließ. Eljazokad nutzte die neugewonnene Kopffreiheit, um sich nach seinen Gefährten umzusehen. Sie schienen unverletzt. Bestar wütete in seinen Fesseln, Tjarka weinte leise vor sich hin. Sie hatte von ihnen allen am meisten zu befürchten, besonders durch den anzüglich grinsenden Tellures, falls Siusan ein Mittagsschläfchen hielt. »Fürchte dich nicht, es wird alles gut«, gurgelte Eljazokad zu ihr hinüber, bis Tellures grob seinen Kopf zurückbog in Richtung Siusan und dabei schnauzte: »Hier spielt die Musik, Schwächling. Hier vorne!«

Eljazokad schluckte und mühte sich weiterzusprechen. »Ich habe Schnee gesehen. Schnee und blauhaarige Männer, die Mammuts jagten.«

»Ja«, nickte Siusan eifrig. »Sehr viele haben dergleichen schon gesehen. In Träumen, beim Sterben, während sehr starker Schmerzen. Wenn sie doch nur alle ihre Beobachtungen miteinander abgleichen könnten, dann wären wir wahrscheinlich schon längst im Besitz einer detaillierten Karte von den jenseitigen Provinzen. Das ist nicht einfach nur ein Traumland oder ein Land, in das man kommt, nachdem man gestorben ist. Es ist eine vollwertige Welt, sie existiert jetzt, gleichzeitig und gleichberechtigt mit der unsrigen. Wir können sie nur nicht sehen und betreten. Sie wird uns vorenthalten von den Göttern. Doch weshalb sollen wir dies akzeptieren? Haben wir denn nicht Verstand und Einfallsreichtum? Wollen wir denn nicht den herablassenden Gottheiten beweisen, daß wir mehr zu leisten imstande sind, als sie uns zutrauen? Was wäre das für eine Sache, wenn wir plötzlich vor ihnen stehen und sagen: Hier sind wir! Ihr wolltet uns los sein, aber so einfach kann man uns nicht von sich stoßen und uns in unserem eigenen Unrat verrecken lassen. Auch wir sind göttlich! Wir entscheiden selbst! Wir besiedeln die neue Welt und machen alle Träume wahr!«

»Und ... was habt ihr jetzt ... genau mit uns vor?«

»Wir werden euch benutzen, so, wie ein Musikant ein Instrument benutzt. Wir schneiden euch auf und spielen auf euren Sehnen und Muskeln, euren Gefäßbahnen und Schmerzrezeptoren ein großes, vielstimmiges Orchesterwerk, das uns ein Tor errichten hilft, das Tor von Bauscheld, mit dessen Hilfe wir hinübergehen können, wir beide und alle, die willens sind, den neuen Kontinent zu erobern und zu halten. Ihr werdet noch ein paar Nuancen zu unserem Orchesterwerk hinzufügen, zu denen die Kaninchen naturgegeben nicht in der Lage waren, aber auch sie haben alles gegeben, wir sind ihnen zu großem Dank verpflichtet. Auch euch werden wir zu danken wissen, wenn erst die Kronen der neuen Königreiche unsere Häupter zieren.«

»Ihr ... zerschneidet uns und tötet uns?«

»Weil ihr zu schwach seid!« rief Siusan in beinahe vorwurfsvollem Tonfall. »Euer Tod nutzt uns gar nichts, eure Schmerzen sind es, die uns voranbringen. Aber ihr haltet nicht lang. Wir hatten vor euch schon zwei andere Menschen, Wanderer im Thost. Sie waren fast noch schwächer als die Kaninchen. Von eurem Freund aber versprechen wir uns viel. Er ist sehr stark. Er kann uns tagelang geben und geben, und vielleicht erreichen wir mit seiner Hilfe das Tor.«

»Nimm … mich als ersten, Siusan.«

»Dich? Aber weshalb? Du siehst viel schwächer aus als er.«

»Aber ich bin … etwas Besonderes. Ich war bis vor kurzem ein Magier. Dann … verlor ich meine Magie. In mir ist eine Leere. Raum für viel mehr Schmerzen … und viel mehr Visionen … als bei Bestar und dem Mädchen.«

»Ich verstehe. Das ist tatsächlich hochinteressant! Was meinst du, Tellures? Ob er uns hereinlegen möchte? Ein magischer Trick?«

»Er hat keine Magie. Ich hätte sie längst gespürt.«

»Sehr schön, sehr schön. Ihr seht: Jeder hat hier so seine speziellen Fertigkeiten. Auch Scord und Gudvin, aber die habt ihr ja wohl, wenn Tellures sich da nicht irrt, schon kennengelernt. Wo waren wir stehengeblieben? Ach ja, dich zuerst, dich, mein hübscher Freund, zuallererst. Ja, der Gedanke könnte mir gefallen. Wir werden hier anfangen, am rechten Bein. Man fängt natürlich nicht mit den lebenswichtigen Körperteilen an, sondern man kann erst mal ein bis zwei Tage lang Energie aus den Extremitäten ziehen, bevor sie aufgebraucht sind und abgetrennt gehören. Rechtes Bein, ist dir das recht?«

»Eins ist so gut wie das andere.« Eljazokad brachte tatsächlich eine Art Lächeln zustande. Die rätselhaften Phantomschmerzen kurz vor Erreichen von Fenchels Gebet hatten ihn im rechten Oberschenkel erwischt. Auch dies war also nicht einfach nur ein Zufall gewesen, sondern eine Vorausschau, genau wie der Traum mit dem Kaninchen und dem Brunnen. Das Erkennen seiner neuen, seltsamen Fähigkeiten gab Eljazokad den Mut zu dem wahnwitzigen Ausbruchsversuch, den er nun vorhatte.

Siusan zog sich in eine andere unterirdische Kammer zurück, um sich vorzubereiten. Tellures blieb bei den Gefangenen und beargwöhnte Bestars niemals nachlassende Rüttel- und Zerreißanstrengungen. »Den Bärtigen müssen wir wahrscheinlich betäuben«, sagte er nach hinten zu Siusan. »Der bringt sonst zuviel Unruhe ins Geschehen.«

»Aber Tellures! Betäuben – das ist doch gerade das, was wir nicht gebrauchen können. Wir benötigen alle Sinne, hellwach und schreiend. Ich glaube, daß wir es diesmal schaffen können. Ein versiegter Magier, ein kräftiger Krieger und eine Jungfrau! Die Götter haben uns erstklassiges Material in die Hände gespielt. Sie wollen, daß wir zu ihnen finden!« Rugerion Siusan trug nun widerlich aussehende, aus Därmen gefertigte Handschuhe, die bis zu den Ellenbogen reichten. Seine kahle Stirn war von einem schmutzigen Band geziert, das wohl den Schweiß aufsaugen sollte. Immer noch bewegte er sich gutgelaunt, fast hüpfend, und legte ein Sortiment aus Sägen, Messern, Hämmern, Nägeln, Raspeln, Beiteln und Klammern auf den Tisch zwischen Eljazokads nackte Beine. Tellures rastete den Tisch in eine schräge Position, so daß der Kopf Eljazokads höher lag als die Füße. Dann brachte Tellures höhnisch grinsend Blutauffanggefäße am unteren Ende der Tischplatte an.

Bestar schrie etwas in den Knebel hinein, bäumte sich auf wie ein an einem Schüttelanfall Leidender. Eljazokad wandte ihm den Kopf so weit wie möglich zu und blickte zu ihm hinüber. »Laß mich vorausgehen, Bestar. Es ist besser so.« Bestar schüttelte den Kopf und blinzelte Tränen aus seinen Augen. Zu Tjarka hinüberzusehen wagte Eljazokad nicht. Von ihr kamen nur langgezogene, ungeknebelte Schluchz- und Bibbergeräusche.

Eljazokad zwang sich, Rugerion Siusan ins Gesicht zu blikken. *Dafür wirst du bezahlen, du Monstrum. Bezahlen, wie noch nie ein Mensch bezahlen mußte.* Dieser Haß war etwas ganz Neues für Eljazokad. Bodenloser, flammender Haß. Weniger um seinetwillen als vielmehr wegen des schlotternden Kindes zu seiner Rechten und des verzweifelt rasenden Gebundenen zu seiner Linken.

Dann sägte Siusan ihm das rechte Bein entlang der Längsachse auf, und Eljazokad begann zu schreien. Gerne wäre er still geblieben, eiskalt und konzentriert, doch das ging gar nicht. Das Schreien war so natürlich wie das Atemholen selbst.

Gleichzeitig befolgte Eljazokad den Rat, den ihm der Dreimagier gegeben hatte. *Ein jeder trägt ein Licht in sich. Es ist das Licht, das man auch Leben nennt. Du kannst die Energie dieses Lichtes nutzen, um deine Magie daraus hervorzuholen, aber vergiß nicht: es ist nur logisch, daß dies dein Leben kostet.*

Er folgte dem Schmerz nach innen. Er fand seine Energie, die schnell und panisch pumpte wie sein Herz. Er griff sie mit beiden Händen und wollte sie schleudern mit der Wucht eines Elementes. Siusan und Tellures verbrennen lassen zu fettiger Schlacke. Siusan und Tellures gefrieren und aufplatzen lassen, alles Wasser in ihren Körpern. Siusan und Tellures in einem Sturmwind durch diesen Raum wirbeln lassen, bis ihnen jedes einzelne Knöchelchen im Leibe viermal gebrochen wäre. Siusan und Tellures von Erde durchbohren und ersticken lassen, bis sie sauren Lehm erbrachen.

Doch ihm fiel ein, daß er ja kein Dreimagier war und die Macht der Elemente ihm gar nicht zu Gebote stand. Eljazokad war niemals mehr gewesen als ein Lichtmacher. Eine Wunderlampe. Ein Docht.

Und noch ein Gedanke erfaßte ihn: Wenn er die beiden Folterer nun tötete, würden sie alle sterben. Niemand würde sie rechtzeitig finden und befreien wie in einer Gutenachtgeschichte. An diese Tische gefesselt würden sie verschmachten. Bestar würde vielleicht noch seinen Knebel auffressen kurz vorm Ende, aber das wäre dann auch schon alles.

Nein. Es mußte eine andere Möglichkeit geben. Die Vision hatte ihm zwei Gräber gezeigt, nicht drei oder fünf oder sieben, Scord und Gudvin mitgerechnet. Zwei: soviel wie sie selbst im Thost verursacht hatten.

Es mußte sich ein anderer Ausweg finden lassen.

Bestar die Energie geben? Der Klippenwälder war kurz davor, die Fesseln zu zerreißen. Mit noch einem zusätzlichen Quentchen Kraft mochte es ihm womöglich gelingen.

Siusan mit Hilfe der Energie überlasten und beeinflussen, so daß er selbst den Befehl gab, allen die Fesseln zu lösen?

Oder die Brücke der brennenden Blumen finden, jene Brücke zwischen dem Leben und dem Tod, auf der möglicherweise immer noch Rodraeg stand und den Weg nicht wußte? Wenn schon sie drei nicht mehr zu retten waren, konnte er dann wenigstens etwas für Rodraeg tun, so daß das *Mammut* weiterleben und beide Gebrüder Siusan eines Tages zur Rechenschaft ziehen konnte?

Diese dritte Variante schien Eljazokad die vielversprechendste zu sein. Es gab keinen Anhaltspunkt dafür, daß die Energie Bestar wirklich Kraft verlieh. Was, wenn die Energie nur Licht war? Was sollte Bestar mit Licht anfangen? Und mit Licht konnte er auch Siusan nicht bezwingen. Er konnte ihn vielleicht blenden, aber ihn deshalb noch lange nicht dazu veranlassen, sie alle freizugeben.

Licht war nur zu einem zu gebrauchen: um etwas zu finden, das im Dunkeln verborgen lag. Die Brücke also. Die Brücke der brennenden Blumen.

Wenn Rodraeg sie gefunden hatte, weshalb dann nicht auch Eljazokad? Waren sie denn nicht beide gleichzeitig neugeschaffen worden in der *Höhle des Alten Königs* durch die Magie des vergessenen Zepters? Waren sie dadurch nicht Zwillinge, Drillinge mit Hellas, der Rodraeg mit Gewalt aus dem Leben auf die Brücke gestoßen hatte?

»Sei mein Hellas«, sagte Eljazokad zwischen Schreien zu Siusan, und ließ diesen ihn weiter verstümmeln und zerstören, bis Schmerzen und Gebrüll wie rotgetränkte Watte wurden und Eljazokad sich abstieß vom Tisch und hineinsprang in die Agonie, sein flatterndes Herz als Opfergabe dargebracht in durchscheinenden Geisterhänden.

# 10 Die Brücke der brennenden Blumen

Zuerst hörte er das Rauschen von Wasser und verspürte eine Ahnung von Salz. Ihm wurde bewußt, daß es Meereswasser war. Für Augenblicke fürchtete Eljazokad, das Stadtschiff von Tengan würde durch Ebben und Fluten zu ihm aufsteigen, um ihn abzuholen für hundert oder tausend Jahre Frondienst auf den riesigen, rissigen Decks. Doch das Rauschen verdichtete sich von der Fläche zur Gebündeltheit von Strahlen. Das Wasser fiel und toste, und zwischen sich spann es farblose Regenbögen und Netze aus tropfenförmigem Licht. Es waren Wasserfälle, die da gischteten. Der kühl gesprühte Hauch benäßte sein Gesicht. Er schlug die Augen auf, roch Salz und Rauch. Die Hängebrücke, welche die taumelnd stürzenden Wasser über einem tiefen Abgrund überspannte, stand in Flammen. Sie war aus lebendigen Blumen geflochten. Die brennenden Blüten verbreiteten einen wilden, zähen Duft. Das Wasser rauschte. Salz und Rauch. Flammen prasselten wie eine Armee.

Auf der Brücke, mitten über den Tiefen, kauerte tatsächlich ein Mann. Rodraeg, noch älter, noch grauer, noch zittriger als ohnehin schon. Rodraeg krallte sich, eingehüllt in Qualm, meilenhoch über den hinuntertrudelnden Wasserfällen, an einem brennenden Geländer fest und schien nur darauf zu warten, daß die Brücke aufhören würde zu halten. Er war nackt, und auch Eljazokad war nackt. Der Brand fraß und fraß, aber die Lebendigkeit und Saftigkeit der Blumen hielten ihm immer noch stand.

Eljazokad betrat das schwankende, schwindelerregende Konstrukt und tastete sich bis zu Rodraeg vor.

»Rodraeg!« rief er schon von weitem, und seine Stimme irrlichterte zwischen den brausenden Kaskaden umher wie ein Blatt in einem Wirbelsturm. »Rodraeg! Rodraeg! Ich bin es: Eljazokad!«

»El … ja … zo … kad«, wiederholte Rodraeg matt. »Alles stürzt und steht in Flammen. Alles brennt und kann sich nicht halten.«

»Komm. In der Richtung, aus der ich kam, wartet ein warmes Bett auf dich. In Warchaim. Im *Haus des Mammuts.* Naenn ist dort. Cajin. Sie warten darauf, daß du erwachst.«

»Naenn? Cajin?« Rodraeg ließ sich jeden Namen auf der Zunge zergehen wie eine zartschmelzende Süßigkeit. Er war mindestens siebzig, fünfundsiebzig Jahre alt, seine Stimme ein rauhes, ungeübtes Raspeln, sein Leib ein Zeugnis des Zerfalls. »Sind sie nicht längst gestorben?«

»Aber nein. In unserer Welt sind höchstens zwei Wochen vergangen. Nichts hat sich verändert. Naenn hat immer noch nicht ihr Kind zur Welt gebracht, aber es müßte bald soweit sein. Wenn du dich nicht beeilst, verpaßt du das noch.«

»Ich … kann hier nicht weg. Die Brücke steht in Flammen. Sie wird mein Gewicht nicht halten, wenn ich mich bewege.«

»Sie hat mich auch gehalten. Sie ist viel kräftiger, als sie aussieht. Komm hoch, ich stütze dich und geleite dich hinüber.«

Der Alte versuchte ihn abzuwehren. »Nein! Ich fürchte mich!«

*Ja,* dachte Eljazokad, *ich mich auch. Vor dem Leben. Denn was gibt es dort für uns zu erwarten außer Freunden, die uns ins Herz schießen, und Fremden, die uns aufsägen, um unsere*

*Schmerzen zu destillieren. Dort gibt es auch für Mammuts keine Zukunft mehr.*

*Und dennoch …*

*Allein, daß ich jetzt hier bin … daß es einen Ort gibt hinter dem Gegangensein … daß dieser Ort schön ist, erhaben und bewegt … daß ich durch Siusans Folter hindurchdringen mußte wie durch einen schweren Vorhang, um Rodraeg zu finden … ergibt einen Sinn … und enthält … den Trost der Götter.*

»Du brauchst dich nicht zu fürchten, Rodraeg. Stütz dich auf mich.«

Der Alte wiederholte auch seinen eigenen Namen, als wäre er ihm lange entfallen gewesen. Aber er rappelte sich tatsächlich hoch. Es war noch Kraft in diesen Knochen, und Willen. Eljazokad brauchte ihn kaum zu stützen. Rodraeg richtete sich auf, soweit sein krummer Rücken das erlaubte, und atmete tief durch.

»Höchstens zwei Wochen?« fragte er heiser. »Es kommt mir länger vor.«

»Du siehst auch aus, als wäre es für dich länger gewesen.«

Plötzlich sah Rodraeg Eljazokad direkt an. »Was ist aus dem anderen geworden?«

»Welchem anderen?«

»Da war noch einer. Nicht die, die du aufgezählt hast.«

»Bestar?«

Das Greisengesicht lächelte. »Bestar. Nein, der andere. Der auf mich geschossen hat.«

»Hellas.«

»Ist er noch … dort draußen?«

»Wahrscheinlich. Wir wissen es nicht. Wir konnten ihn nicht verfolgen, weil wir dich lieber so schnell wie möglich nach Warchaim gebracht haben. Aber jedenfalls lauert er nicht dort draußen, um noch mal auf dich zu schießen, falls es das ist, wovor du dich fürchtest. Er ist seiner Wege gezogen und hat all seine Ängste mit sich genommen.«

Der Greis nickte und ließ sich nun von Eljazokad führen. Die schwelende Brücke schwankte knarrend. Die Blumenblüten leuchteten in allen erdenklichen Farben.

Kurz bevor sie das Ende, das ins Leben führte, erreichten, ließ Eljazokad den alten Rodraeg los. »Von hier aus brauchst du nur noch ein paar Schritte in diese Richtung machen, und Naenn, deine Jugend und das weiche Bett werden dich umfangen.«

»Kommst du denn nicht mit?«

»Ich kann nicht. Wenn ich ins Leben zurückgehe, wartet nur ... eine vollkommen hoffnungslose Lage auf mich. Ich muß einen anderen Weg finden.« *Auch, um Bestar und Tjarka zu retten, die ich zurückgelassen habe wie ein Feigling und Verräter.*

»Ein anderer Weg zurück ins Leben?«

Eljazokad nickte. »Geh, Rodraeg. Der Kontinent erwartet dich sehnlichst. Ich war ein hoffnungslos miserabler Ersatz.«

»Woher willst du das denn jetzt schon mit Sicherheit wissen?« fragte Rodraeg, und zumindest sein Gesicht sah plötzlich trotz all der Runzeln und Grauheit genauso aus wie das von dem noch nicht vierzigjährigen Rodraeg, den Eljazokad in den letzten Monden so gut kennen- und schätzengelernt hatte. »Wir waren damals, bevor du zu uns stießt, auch einmal in einer hoffnungslosen Lage. Gefangen in einer giftdurchwirkten Höhle. Aber wir sind alle dort herausgekommen, und sogar unseren Auftrag konnten wir noch einigermaßen erfüllen.«

»Das wird diesmal leider nicht möglich sein. Unser Auftrag war schon gescheitert, bevor wir am Ort des Geschehens ankamen. Aber …« Eljazokad fiel jetzt erst auf, daß er Rodraeg erzählen konnte, wo sich Bestar, Tjarka und auch Eljazokads Körper befanden. Irgendwo im Gebiet namens Fenchels Gebet, mitten im Thost. Rodraeg konnte eine Rettung in die Wege leiten. Aber wie lange würde diese Rettung auf sich warten lassen? Sie hatten zehn Tage gebraucht von Warchaim bis nach Clellach. Dann noch mal zwei bis drei Tage auf dem schnellsten Weg durch den Thost bis zu Fenchels Gebet. Vielleicht erreichte man Fenchels Gebet von Brissen aus schneller als über Clellach, aber auch dann würde die gesamte Reise mindestens sechs, sieben Tage dauern. Bis dahin würden Bestar und Tjarka schon nicht mehr am Leben sein. Und wen sollte Rodraeg schicken? Sich selbst, geschwächt von der langen Bettlägerigkeit, die hochschwangere Naenn und den unerfahrenen Cajin? Damit diese drei dann ebenfalls in Siusans Hände fielen und als Frischfleisch herhalten mußten, kurz nachdem Tjarka und Bestar aufgebraucht waren? *Nein!* Es war bereits genügend Blut geflossen. Eljazokad mußte die ganze Situation im Alleingang bereinigen. »Aber richte den anderen von uns aus, daß es im Thostwald keine Kaninchen mehr gibt. Man könnte vielleicht aus dem Larn welche hinüberschaffen und dort aussetzen. Sie vermehren sich schnell, ich bin zuversichtlich, daß sie dort Fuß fassen könnten.«

»Es klingt traurig, was ich da ausrichten soll.«

»Es ist traurig. Aber wie du sagtest: Es ist noch nicht zu Ende.«

Die beiden unbekleideten Männer umarmten sich nicht zum Abschied, das erschien ihnen als peinlich. Aber sie gaben sich die Hände. Der Alte drückte Eljazokads Hand erstaunlich fest, dann ging er winkend von der Brücke und war schon nach wenigen Schritten vor Rauch, Nebel und sprühender Gischt nicht mehr zu sehen.

Eljazokad wandte sich um, querte die gesamte Brücke und betrat das Land der vollständig Gestorbenen.

Im Gegensatz zu vielen anderen, die mehr oder weniger verwirrt, erschüttert und ängstlich hier ankommen mochten, hatte er immerhin ein paar Anhaltspunkte, wohin er sich wenden konnte.

Zum Tor von Bauscheld.

Über die Ebene der Geräderten.

Ueschdreff. Destrisch. Und Akiään mußte weit im Westen liegen.

# 11 Martelas Eins

Hinter der Brücke begann eine scharfkantige, farblose Landschaft.

Flunderhunde strichen umher, und in der grauen Luft kreisten seltsame Vögel, die wie Sperber aussahen, aber ein dichtes, buschiges Fell hatten. Die Landschaft erstreckte sich flach, so weit das Auge reichte. So hatte Eljazokad sich immer das Land hinter der Felsenwüste vorgestellt, das Land der Affenmenschen, aber er wußte nicht, ob es dort wirklich so aussah.

Er fand menschliche Skelette, Hunderte, auch Kinder, weit verstreut über der Ebene, und war verwundert. Gab es Tote, die hier starben, verhungerten oder verdursteten, weil sie hinter der Brücke keine Kraft mehr hatten? Er selbst war unverletzt, von Siusans Verbrechen war nichts mehr zu spüren. Im Gegensatz zu ihm und Rodraeg waren die Skelette bekleidet, also borgte Eljazokad sich eine alte, viel zu weite Hose, die er mit einer Schnur um sich band, und ein fleckiges Hemd. Bei einem der Toten fand sich sogar Pergament und drei Kohlestifte. Waffen, sonstige Ausrüstung oder Münzen, die etwas über die Herkunft der Toten hätten verraten können, waren nirgends zu entdecken. Als wären sie geplündert worden.

Seine Fragen ließen ihn nicht los, und nach mehreren Stunden der staubigen Wanderung mußte er sich setzen, um sie mit einem Kohlestift auf ein Pergament zu schreiben.

Aus Eljazokads Tagebuch:
*Mein erster Tag in der Fremde*

*Ich glaube, daß ich nicht tot bin. Siusan hat zwar mein Bein zerstört, aber daran stirbt man nicht gleich. Dies ist also nicht das Land der Toten, sondern womöglich genau das, was Siusan behauptet hat: eine andere Welt, geöffnet und betreten unter Siusans fachkundiger Hand über die Grenze des Schmerzes. Rodraeg wäre also gar nicht gestorben, wenn er hierhin weitergewandert wäre. Er wäre nur genauso verlorengegangen wie ich. Die Skelette sind keine nackten Eindringlinge wie Rodraeg und ich, sie stammten von hier. Aber woran sind diese vielen Menschen gestorben? Versuchten sie, über die brennende Brücke zu uns auf den Kontinent zu gelangen, und vermochten es nicht? Wie ist das alles möglich?*

*Wie viele Einheimische leben hier noch?*

*Gibt es andere, die wie ich aus dem Kontinent kamen und blieben?*

*Werde ich Götter sehen, mit meinen eigenen Augen?*

*Oder werde ich als eines dieser Skelette enden, zu Tode gerungen von Weite und Einsamkeit?*

*Am liebsten würde ich mit schönen Worten ein Heer der Knochen um mich scharen und es zurückführen über die Brücke, um Siusan und Tellures zu überrennen mit einer Übermacht, die ihnen keine Luft zum Schreien läßt.*

Er ging in keine bestimmte Richtung, denn die Sonne war nicht zu sehen, alles war in Dunst getaucht. Die Flunderhunde wichen winselnd aus, wenn er sich näherte. Sie waren Aasfresser mit flachen, verschlagenen Gesichtern.

Nach etlichen Stunden stellte Eljazokad fest, daß das Licht sich nicht änderte. Es wurde nicht Abend oder Morgen, es blieb zwielichtig, trocken und warm. Er mußte seine eigenen Maßstäbe finden. Also rastete er etwa alle zwei Stunden, und nachdem er siebenmal gerastet hatte, und es so weit das Auge reichte keine Toten mehr gab, legte er sich hin und schlief.

Als er erwachte, stand neben ihm der Spiegelritter.

Zuerst verwechselte Eljazokad ihn mit der Ritterin aus den Kjeerklippen, aber das war sie nicht. Der behelmte Ritter und auch sein gewaltiges Kaltblüterpferd spiegelten die Gegend und Eljazokad wider, fingen das Zwielicht und warfen es als matte, aber nichtsdestotrotz aggressive Blendung zurück. Es war verwirrend und unerträglich, ihn zu betrachten. Er hielt die Spitze einer langen Turnierlanze gegen Eljazokads Brust.

»Es gibt vier Wege zum ewigwährenden Frieden«, sagte der Ritter mit einer Stimme, die wie ferner Donner klang. »Die Weiden der Pein, die Wälder der Qual, das schreiende Meer und die Nagelwüste. Welchen willst du wählen?«

»Einen, der ein wenig ... gemütlicher klingt?« Eljazokad lächelte schüchtern.

»Einen derartigen gibt es nicht. Wenn du nicht dulden kannst, wirst du enden wie jene.« Er deutete in die Richtung, aus der Eljazokad gekommen war. Wo die vielen Toten schliefen. Zappelige Käfer suchten sich vor dem Spiegelritter im Sand zu verbergen.

»Ich will ... zum Tor von Bauscheld«, entschied Eljazokad. Das Tor von Bauscheld war Siusans Ziel gewesen. Vielleicht würde er ihn dort wiederfinden.

»Zum Tor von Bauscheld? Einige sagen, es ist nur ein Traum. Andere behaupten, es gesehen zu haben. Aber du wirst nicht dorthin gelangen können ohne die Kraft der Martelaskette. Löse das erste Glied der Martelaskette aus, und ich werde dir eine Gribaille zuführen.«

»Vielleicht wäre unser Gespräch fruchtbarer, wenn nicht jedes zweite deiner Worte ein völliges Rätsel für mich wäre.« Eljazokad lächelte immer noch. Er hatte keine Angst vor dem Ritter. Er war sich nicht einmal sicher, ob es ihn wirklich gab.

»Erinnere meine Worte.« Der Ritter nahm die Lanzenspitze von Eljazokads Brust. Es war nicht zu erkennen, in welche Richtung sein Gesicht blickte. »Wenn du genug hast von deinem Weg des Umherirrens, und wenn du nicht mehr weiter kannst noch willst, dann sprich die Worte ›Martelas Eins‹. Dann werden deine Feinde erscheinen. Bezwinge sie, und ich werde dir eine Gribaille zuführen.« Herrisch riß der Ritter am Zügel und sprengte staubend davon. Schon nach hundert Schritten war von ihm nichts mehr zu erkennen außer einem Sandwirbel, der sich stetig entfernte.

»Meine Feinde?« fragte Eljazokad in die Einsamkeit hinein. »Siusan und Tellures? Das klingt gut, hinter denen bin ich ja her. Aber wie soll ich sie bezwingen, ohne Waffen?« Ihm fiel auf, daß er Selbstgespräche führte. Er stand auf. Der Himmel war von einem matten Violett. Um sich her sah er in allen Richtungen nur eine Ebene aus dunklem Sand, mit vereinzelten Schieferplatten und Dünen darin. Nirgendwo gab es Wasser oder Pflanzen. Schon jetzt machte sich sein Durst unangenehm bemerkbar. Seine Kleidung, in der Menschen verwest waren, widerte ihn an, aber in der deutlich kühleren Nacht war er dankbar gewesen für seinen Impuls, nicht nackt und völlig schutzlos umherzuwandern.

Ein damit zusammenhängender Gedanke flackerte in ihm

auf: Vielleicht waren er und Rodraeg nackt in diese Welt gekommen, weil sie beim Übergang nackt gewesen waren, Rodraeg von seinem Krankenlager, Eljazokad auf Siusans Foltertisch. Vielleicht waren die Toten also doch vom Kontinent gekommen, mitsamt ihrer Kleidung, und hier verendet. Schon wollte er sein gestriges Pergament zusammenknüllen und wegwerfen, aber dann entschied er sich doch dafür, statt dessen einen entsprechenden Nachtrag zu machen. Er wollte besser alles aufzeichnen. Leider standen ihm nicht mehr als fünf gefalzte Blatt Pergament zur Verfügung.

Er wanderte weiter. Zwei Stunden, dann noch zwei.

Sein Kopf quälte ihn, zermürbte sich selbst mit Fragen. Wer hatte die Toten geplündert? Weshalb trieben sich dort immer noch Aasfresser herum, wenn es doch schon längst nichts mehr zu fressen gab? Weil regelmäßig Nachschub kam?

*Ich muß aufhören zu denken*, notierte Eljazokad auf sein Pergament.

Noch bevor er müde genug war für eine zweite Nachtruhe, hielt er den Durst nicht mehr aus. Was immer eine *Gribaille* sein mochte, die der spiegelnde Ritter ihm *zuführen* wollte – es war besser als das elende Verrecken. Und vielleicht handelte es sich bei einer Gribaille ja sogar um einen Kelch mit herrlich kühlem, frischen Wasser.

Eljazokad sammelte ein paar handliche Steine als Bewaffnung und schrie die Worte »Martelas Eins!« in die Wüste hinaus. Beinahe mußte er lachen, so absurd kam ihm das vor.

Aber es dauerte nicht lange, bis aus dem Horizont zwei zitternde, trügerische Schemen wuchsen, die langsam, zu Fuß, näher kamen. Für ein paar irrsinnige Augenblicke der Hoffnung glaubte Eljazokad, Bestar und Tjarka erkennen zu können, doch sie waren es nicht. Der spiegelnde Ritter hatte von *Gegnern* gesprochen.

Es waren zwei Verstorbene: Glauber Gudvin und Penob Scord. Der Rothaarige und der falsche Schmetterlingsmensch sahen eigenartig aus, bläßlich und krank, und Eljazokad dachte für einen Moment, sie seien gar nicht echt, doch dann fing Scord an zu schießen. Diesmal immerhin nicht aus einer Dekkung heraus wie im Thost, so daß Eljazokad die Pfeile kommen sehen und ausweichen konnte. Aber die Pfeile schlugen hörbar gegen Schiefer, kratzten bissig durch Sand, surrten in der Luft wie übergroße Stechmücken. Fluchend griff Eljazokad sich ein paar Steine, warf sie und kam sich dabei wie eine komische Figur in einem Theaterstück vor, ein verzärteltes Prinzlein, das sich mit Fingernägeln und einem Kamm verteidigte. Gudvin und Scord kamen näher und sahen immer noch elend aus. Scord schoß und schoß, einer der Pfeile durchschlug sogar Eljazokads viel zu weites Hosenbein. Einer der Steine traf Gudvin am Arm, knurrend zog der den Dolch, mit dem er sich selbst erstochen hatte, und rannte auf Eljazokad zu. Panik durchstieß den jungen Magier wie ein lodernder Eiszapfen. Wer im Reich der Schmerzen starb, wurde mit Sicherheit endgültig zu bleichenden Knochen. Mit einem keuchenden Geräusch wehrte er den Vorstoß Gudvins ab, beide gingen zu Boden. Scord suchte mit kaltem Gesichtsausdruck im Gewirr der Leiber freie Bahn zum Schießen. Gudvin stocherte wie rasend mit dem Dolch und seiberte dabei. Bestar fiel Eljazokad ein, der den Arm geopfert hatte, um einen Pfeil festzusetzen.

Und dann fiel ihm noch etwas auf. Im Zurückweichen, im patschenden, hilflosen Abwehren begriffen, spürte Eljazokad zwischen all der Angst und dem Durst und der Verantwortung und der Einsamkeit und der Hoffnungslosigkeit noch etwas anderes, etwas, das er schon seit zwei Monden nicht mehr gespürt hatte. Einen Widerstand in sich, einen Zweig, an dem er sich verfangen, an dem er reißen konnte. *Natürlich*, fiel ihm ein. *Als ich mich abstieß von dem Foltertisch und hineinsprang in die Schmerzenswelt, habe ich das Licht meines Lebens benutzt, um Energie zu gewinnen. Gut möglich, daß noch etwas von dieser Energie übrig ist.* Er tastete nach dem inneren Zweig, die Dolchklinge des Selbstmörders fast im Gesicht, die Pfeilspitze des trügerischen Schmetterlingsmannes fahndend nach seiner Kehle, und er brach den Zweig ab.

Es war erstaunlich viel Energie. Eljazokad ließ das Licht aufgleißen, heller denn je. Dann noch heller. Dann noch heller. Noch heller. Bis es nicht mehr ging.

Er konnte das verkraften. Er war ein Lichtmagier, auch wenn er jetzt alle Energie wieder aufgebraucht hatte und leer war. Aber Glauber Gudvin und Penob Scord hatten keine Chance. Ihre Augen wurden blind und brüllten ihre Pein bis tief in die Gehirne hinein. Wimmernd krochen die beiden auf allen vieren durch den Sand. Sie hatten sämtliche Richtungen verloren und würden nie wieder sehen können. Eljazokad nahm den Bogen und den Dolch auf und ging neben den beiden Krauchenden her.

»Und was jetzt?« fragte er in die Wüste hinein. »Ich habe gewonnen. Aber ich weigere mich, zum Mörder zu werden, falls es das ist, was die Martelaskette von mir fordert.« Er suchte den Horizont ab, ob sich irgendwo ein Spiegeln oder eine tanzende Staubwolke zeigte, doch nichts dergleichen war zu sehen. Eljazokad zuckte die Schultern. Im Moment zumindest war sein Körper noch so durchsättigt von Todesfurcht, daß er den Durst nicht spürte. Er ging einfach fort. Hoffend, daß es nicht die Richtung war, aus der er gekommen war. Alles sah hier gleich aus. Keine Sonne oder Sterne, um sich zu orientieren. Aber es war egal. Ohne Hilfe, ohne die *Gribaille* würde er ohnehin nirgendwo mehr ankommen. Die Wüste würde über sie alle siegen.

Nicht länger als eine halbe Stunde war er gewandert, als der spiegelnde Ritter wieder auftauchte. Er kam von hinten, ritt in Eljazokads sich schnell verwehender Spur und holte rasch auf.

»Weshalb hast du es nicht zu Ende gebracht? Die Martelaskette reagiert nur, wenn die Entscheidung endgültig ist.«

Eljazokad vermied es, den Ritter und sein riesiges Pferd anzusehen. Es war ohnehin nichts anderes zu erkennen als kuriose Zerrbilder seiner selbst. »Die Entscheidung war endgültig. Blind haben die beiden keine Hoffnung in der Wüste.«

»Also bist du doch ein Mörder, auch wenn du dich weigerst, dir die Hände schmutzig zu machen. Du läßt die Gebeinvögel und die Spunderkäfer die Arbeit für dich verrichten. Glücklicherweise bin ich nicht ganz so grausam wie du und habe es für dich beendet. Die beiden Männer lächelten, als sie starben.«

»Ja. Das ist so eine Angewohnheit von ihnen.«

»Ich werde dir nun die Gribaille rufen. Nutze sie gut. Die Martelaskette besteht aus fünf Gliedern. Immer, wenn du nicht weiterkommst in den Provinzen, kannst du eines dieser Glieder wirken. Wenn alle fünf geschmiedet sind, wirst du am Tor von Bauscheld stehen.«

»Wer bist du?«

»Ich bin nicht du, falls du das vermutest. Mein Name ist Gyulthen. Ich werde dir den Tod bringen, am Ende deines Lebens. Bis dahin jedoch – und es liegt an dir, wann es soweit sein wird – werde ich dein einziger Freund sein.« Ohne eine Entgegnung abzuwarten, gab der Ritter seinem Pferd die Sporen und galoppierte weiter, irisierend, funkelnd, staubverzerrt. Er verschwand aber nicht völlig aus Eljazokads Sichtfeld, sondern blieb stehen, etwa fünfhundert Schritte voraus. Dort machte er irgend etwas, sein Funkeln und Widerspiegeln wurde heller, weithin sichtbar. Eljazokad hatte noch nicht die Hälfte der Distanz zwischen ihnen zurückgelegt, als am bleiernen Himmel ein Punkt auftauchte, der rasch näher kam. Auch der Punkt spiegelte und flimmerte, jedoch nicht ganz so intensiv wie Gyulthen. Als der Punkt dann größer wurde, zu einer Art Kreuz, schließlich einem Umriß, konnte Eljazokad zweierlei erkennen. Was sich da näherte, war riesig, hatte die Ausmaße eines Hauses – und es handelte sich um eine berittene Libelle. Auf einer Sattelkonstruktion hockte ein über und über verhüllter Mann, der diverse Stangen und Speere neben sich hängen hatte. Die Libelle flog zwei Runden und landete dann rauschend und in einer Wolke aus aufgewirbeltem Sandstaub dort, wo bis vor kurzem noch Gyulthen gefunkelt hatte, nur daß von dem Ritter nun nichts mehr zu sehen war. Eljazokad, der gar nicht wußte, ob er sich vor dem gigantischen Ungetüm verbergen oder es als willkommene Hilfe bejubeln sollte, verhielt sich abwartend. Langsam nestelte sich der Libellenreiter aus seinem Sattel und stieg ab. Die Libelle blieb mit starren Flügeln stehen, mehr als zehn Schritte von Kopf bis Körperende messend und noch mehr von Flügelspitze zu Flügelspitze. Ihr Körper war von einem rostig wirkenden, grünspanig schattierten Rot, der Bauch jedoch war grün, die Flügel, tausendfach von Adern durchflochten, schillerten wie Lampenöl auf einem Teich. Die riesigen Facettenaugen blickten starr in alle Richtungen gleichzeitig, die Kaumandibeln mahlten langsam und gleichförmig.

»Habt Ihr hier ein Funkeln vorgetäuscht?« rief der Mann zu Eljazokad hinüber, nachdem er sich gründlich umgesehen hatte. Seine Augen lagen hinter etwas verborgen, das wie übergroße, enganliegende Augengläser aussah, aber wahrscheinlich aus einem feinen Gitternetz bestand. Es sah auch ein wenig wie Facettenaugen aus.

»Ich nicht«, beeilte sich Eljazokad zu versichern. »Das war … ein Freund von mir. Würde es Euch etwas ausmachen, mich aus dieser Wüste … mitzunehmen?« Eljazokad duzte eigentlich jeden, aber in dieser Welt, angesichts dieser neuartigen Lebewesen verspürte er ein ungewöhnlich großes Bedürfnis zur vorsichtigen Höflichkeit.

»Habt Ihr Geld? Ich fliege ja nicht einfach nur so zum Spaß herum. Ich bin auf Beute angewiesen.«

»Ich habe einen Kurzbogen und einen Dolch zum Tauschen. Genügt das?« Eljazokad hielt beide Waffen hoch, damit der andere sie sehen konnte.

Der Libellenreiter stellte sich breitbeinig hin und schlug im Schatten seines Flugtieres sein Wasser ab. »Das wird genügen«, rief er über die Schulter. »Aber weit fliege ich nicht. Bis zum Wald der Radgeflochtenen.«

*Über die Ebene der Geräderten.* Und wie hatte Gyulthen einen der vier möglichen Wege genannt? *Die Wälder der Qual.*

»Klingt gut.«

»Dann beeilt Euch aber mit dem Aufsteigen. Ich muß auf

den Wind achtgeben. Die alte Mied kommt nicht bei jedem Lüftchen in Fahrt.«

Tatsächlich enterte der Libellenreiter schon wieder auf. Eljazokad mußte rennen, denn die Flügel begannen sich zu bewegen und erzeugten einen mächtigen Wind. Sand wurde in die Luft gepustet wie in einem Wirbelsturm. Eljazokad konnte plötzlich kaum noch etwas erkennen. Er hielt immer noch beide Waffen vor sich und prallte schier gegen den massiven, kühlen Leib der Libelle. Der Reiter nahm ihm die Waffen ab, dann begann der Libellenleib bereits zu steigen. Eljazokad fand keinen richtigen Halt, schrie um Hilfe und rutschte immer wieder von dem glatten Chitinkörper ab. Die Libelle ruckte in die Höhe. Mit letzter Kraft bekam Eljazokad eines der sich nun einwärts faltenden Beine zu fassen und hielt sich daran fest. Dann verloren seine Füße den Grund. Entsetzt mußte er mit ansehen, wie er höher und höher stieg, sein Körper frei schwingend unter dem gigantischen Insekt.

»Hört auf mit dem Unfug, Ihr bringt das ganze Gleichgewicht in Unordnung!« herrschte der fliegende Reiter ihn an. »Könnt Ihr nicht endlich hochklettern?«

»Wie denn? Helft mir doch!« schrie Eljazokad aus Leibeskräften. Das schwarze Insektenbein war dicker als ein Menschenschenkel, Eljazokad umfaßte es mit beiden Händen und hing daran wie an einem querliegenden Baumstamm. Einem Alptraum von einem Absturz ähnlich, nur eben andersherum, wich die Wüste unter ihm zurück. Er sah sich schon haltlos in die Tiefe stürzen und im Sand zerschmettern.

»Bei den Schädelbauern von Darigré, seid Ihr denn noch nie auf einer Gribaille geflogen? Benutzt Mieds Beine, die bilden ein festes Gittergestell. Bis wir wieder landen, müßt Ihr eben da unten bleiben, ich halte nicht noch mal in diesem verfluchten weichen Sand.«

Eljazokad wollte den Rat befolgen und sich hochklimmen, aber seine Armmuskeln waren ganz verkrampft. Das Land! Wie es sich unter ihm schräg legte. Wie es ferner und ferner wurde und der Wind immer beißender! Wie die undurchdringliche Wolkendecke näher kam und sich als langsam übereinandergleitende Lagen aus staubiger Baumwolle entpuppte.

»Ich schaffe es nicht«, sagte Eljazokad leise, dann noch mal lauter, damit auch der Reiter es hören konnte: »Ich schaffe das nicht!« Selbstverständlich war das so geplant gewesen. Der Reiter hatte die Waffen, mehr wollte er nicht.

»Ihr macht mich wahnsinnig! Wie kann man nur so ungeschickt sein?! Ihr macht mir meine Mied noch ganz hektisch. Kommt Ihr *so* endlich klar?«

Der Reiter kippte die Libelle, so daß die linken Flügel direkt in den Himmel zeigten, die rechten auf die Wüste. Ächzend wurde Eljazokad gegen den Unterleib gedrängt, kam dadurch aber auch dem Gehege der gefalteten Beine näher. Mit seinen Kniekehlen bekam er nun auch ein Bein zu fassen und umklammerte es ebenfalls. So arbeitete er sich voran, bis er sich in dem Beingestrüpp einigermaßen sicher wähnte.

»Alles klar!« rief er nach oben. »Ich bin verstaut!«

Die Libelle sackte wieder in die Waagerechte zurück. »Die alte Mied ist doch keine Kunstfliegerin!« schimpfte der Reiter weiterhin mit seinem Gast. »Ihr verlangt mir ziemlich viel ab für einen schlaffen Bogen und einen Fußnagelreiniger. Ihr seid bestimmt einer von *denen*, habe ich recht?«

»Was meint Ihr mit: einer von denen?«

»Einer von den Göttern. Nichts als Ärger hat man mit dem Pack.«

Eine weitere Unterhaltung kam nicht zustande, weil der Flugwind zu sehr rauschte und sich der Reiter auch nicht mehr aus seinem Sattel beugte, um mit Eljazokad reden zu können.

Der Lichtmagier hielt sich fest, suchte und fand aber auch eine ziemlich sichere Sitzmöglichkeit mit angelehntem Rükken und baumelnden Beinen.

Die Landschaft zog unter ihnen dahin wie ein unaufhaltsam sich Bahn brechender Fluß. Zwei Stunden lang Wüste und Ödland in bizarren und trostlosen Formationen, bis der Boden hart und rissig wurde, durchzogen von den spinnwebartigen Mustern der Brüchigkeit. Eljazokad erblickte Tiere, Hirschen nicht unähnlich, aber mit geraden, unverästelten Hörnern, die von Erdplatte zu Erdplatte sprangen und dabei immer größere Klüfte zu überwinden hatten. Ansonsten sah er an Lebewesen in der Wüste nur den einen oder anderen kreuzenden Vogelschwarm. Pelzsperber und große Gleitvögel mit ledrigen Schwingen und winzig kleinen Köpfen.

Nach zwei Stunden ging die Rissigkeit in Grasland über. Eine Steppenlandschaft, sanft gewellt, stauden- und unkrautbestanden. Hier gab es Herden von zottigen Wildrindern, die unter dem Flug der Gribaille auseinanderstoben und sich auffächerten zu fließenden Bewegungen. Eljazokad war versucht, übermütige Schreie auszustoßen wie ein Adler oder ein Treibjäger. Das Fliegen war berauschend, leider aber auch sehr kalt.

Das Gras wich einem dichtwachsenden Kraut, das durchscheinend aussah wie Fairaier Glas. Hier konnte Eljazokad ganz besonders seltsame Tiere ausmachen: dicke, von oben fast wie Käfer wirkende Kolosse mit einem Horn auf der Nase. Einhörner, aber nicht zart und pferdeähnlich, sondern bullig, wehrhaft und gepanzert.

Eine Bergkette kam in Sicht, und wieder fragte Eljazokad sich, ob das die Felsenwüste war und das Land unter ihm das unkartographierte Affenmenschenland. Wenn das stimmte, mußte hinter den Bergen die fruchtbare Ebene von Hessely, Ferbst und Uderun liegen. Die Berge kamen näher. Sie waren nicht hoch genug, um ewigen Schnee zu tragen, aber sie schienen scharfkantig und steil zu sein wie geschliffene Messer. Nirgendwo war ein Paß zu sehen, nirgends eine Lücke in der steinernen Wehr. *Wie hätte ich hier jemals hinüberkommen sollen, ohne zu fliegen?* fragte sich Eljazokad. Der Reiter zog seine Gribaille wieder so, daß die Flügel senkrecht standen, und sie rasten mit irrsinniger Geschwindigkeit zwischen zwei tropfsteinsteilen Bergspitzen hindurch. Eljazokad schrie nun tatsächlich, vor Panik und Begeisterung. Der Wind ihres Durchflugs riß Steine von den Bergen, die als langsame Lawinen abwärts regneten.

Der Anblick, der sich nun dahinter bot, war noch verrückter. Von der grünen, im Herbst allenfalls strohgelben Provinz Hessely war weit und breit nichts zu sehen. Statt dessen bestand die Landschaft unter ihnen aus drei Farben. Die Hügel leuchteten selbst ohne klares Sonnenlicht hellblau, weil dicht überwuchert mit einem Kraut oder Gras, das diese Farbe hatte. Die Bäume, die auf dieser Himmelsfarbe wuchsen, glänzten in hellstem Zitronengelb, sowohl die Kronen als auch die Stämme und Äste. Dazwischen schlängelten sich Flußläufe, deren Wasser hellrot war wie das Blut in einem effektheischenden Theaterstück. Eljazokad fürchtete, den Verstand verloren zu haben. Dermaßen intensive Farben hatte er in freier Natur überhaupt noch nie gesehen, alles sah wie angemalt und künstlich aus.

Über eine Stunde rasten sie über diese dreifarbige Landschaft dahin, die von Vögeln, großen Schmetterlingen und Waidwild nur so wimmelte. Die roten Flüsse durchzogen das Blau wie Adern, die Bäume ballten sich zu Wäldchen zusammen wie zu den gelben Sonnen, die Kinder malen, wenn sie Fingerfarben bekommen. Eljazokad tränten die Augen vom Flugwind. Seine Hände begannen ihm abzufrieren, er mußte sie sich eigentlich unter die Achseln klemmen, wagte aber nicht, seinen Halt aufzugeben. Die ganze Zeit über versuchte er sich auszurechnen, wieviel Fußmarsch eine Stunde Flug einsparte. Einen Tag? Sogar zwei Tage? Bei der Bergkette womöglich sogar eine Woche.

Der Reiter deutete voraus und rief etwas, das zwar ihm galt, das Eljazokad dennoch nicht verstehen konnte. Ganz hinten am Horizont waren undeutlich die Umrisse einer Stadt zu erkennen. Der Boden war immer noch himmelblau überwuchert, die gelben Bäume wuchsen hier jedoch nicht mehr. Statt dessen keimten erst vereinzelt, dann zu Tausenden graue Pilze auf, die sich erst beim Niedrigerfliegen als hölzerne Räder auf hölzernen Masten entpuppten. Die Ebene der Geräderten. Die Libelle setzte zur Landung an, indem ihre Flügel schneller und schneller schlugen, bis sie in der Luft stehen konnte und behutsam senkrecht aufsetzte.

»Weiter fliege ich nicht. Manchmal kann man hier Beute machen«, brummelte der Reiter und schnallte sich von seinem Sattel los, um ächzend sein steifes Kreuz durchdrücken zu können. Er schien kein junger Mann mehr zu sein, aber da sein gesamtes Gesicht vermummt war, blieb das sein Geheimnis.

Eljazokad war, als die Insektenbeine sich zur Landung auseinanderfalteten, unsanft von seinem Sitz gerutscht und hatte sich nur mit Müh und Not an den Kerben einer Bauchschuppe festkrallen können. Nun kauerte er im blauen, leicht nach Kamille riechenden Gras und zitterte am ganzen Leib.

»Dieses rote Wasser«, bibberte er. »Kann man das eigentlich trinken? Ich habe einen schrecklichen Durst.«

»Das rote Wasser ist das beste weit und breit. Voller pflanzlicher Wirkstoffe. Da hinten, am Rand des Radwaldes, ist ein ganzer Teich. Bis dahin nimm einen Schluck von mir. Ich habe genug verstaut.« Er reichte Eljazokad eine fellüberzogene Feldflasche, die er aus einer seitlich am Libellenkörper angebrachten Netzverschnürung zutage förderte. Der Magier nahm und trank gierig das vom Flugwind kühle Naß. Als er etwas Wasser auf seine Handfläche goß, sah er, daß es das rote Wasser dieser Flüsse war. Es schmeckte tatsächlich hervorragend, mit einer ganz feinen süßlichen Note.

»Wo sind wir hier?« fragte Eljazokad und stieß hinter vorgehaltener Hand auf.

»Die Dreifarbenländer. Der Wald der Radgeflochtenen. Die Stadt dort hinten ist Destrisch.«

»Destrisch.« Eljazokad versuchte sich die Abfolge der Worte auf Glauber Gudvins Notizzettel in Erinnerung zu rufen. »Muß zwischen den Geräderten und Destrisch nicht noch Ueschdreff liegen?«

»Ueschdreff? Das ist viel weiter gen Sonnenaufgang. Man kommt entweder durch Destrisch oder durch Uesch, wenn man von der Wüste in die Mittleren Lande kommt.«

»Und Akiään?«

»Weit, weit im Sonnenuntergang. Dort kommt kaum jemals einer hin. Da gibt es nichts außer einer Wüste aus Metallstaub, der dich in Fetzen reißt, wenn der Wind ihn gegen dich weht.«

Eljazokad erinnerte sich an die Worte, die der sterbende blauhaarige Werwolftöter Udin Ganija ihnen in Wandry vor die Füße gespuckt hatte. »Und die Provinzen von Bazuzary und Benitdouleur?«

»Teile der mittleren Lande. Wo der Schnee rot ist wie hier das Wasser.«

»Und das Tor von Bauscheld?«

»Kenne ich nicht. Was fragst du mir Löcher in den Bauch? Hast du nichts besseres zu tun? Ich für meinen Teil muß sehen, daß einer der armen Teufel hier noch etwas hat, das ich gebrauchen kann.«

Eljazokad sah sich um. Erst jetzt wurde ihm so richtig bewußt, daß er sich an einem Ort des Grauens befand. Das liebliche hellblaue Gras hatte ihn getäuscht. Etwa jedes fünfte der zahllosen Räder war besetzt. Auf der Flanke des Räderwaldes, wo die Libelle gelandet war, lagen nur abgenagte Skelette auf den Speichen, aber weiter hinten waren auch mumifizierte und frische Körper zu sehen. Hoffentlich lebte nicht noch einer. Eljazokad wußte nicht, wie er sich dann verhalten würde.

»Wer hat diesen … diesen schrecklichen Wald denn angelegt?«

»Destrisch. Wenn man sich dort etwas zuschulden kommen läßt, verstehen die Bürger keinen Spaß.«

»Aber es müssen Tausende von Rädern sein!«

»Es gibt viele Abertausende von Menschen in Destrisch. Viele Abertausende. Ich werde mich jetzt auf die Suche machen, wenn Ihr gestattet.«

»Darf ich Euch ein Stück begleiten?«

»Nicht so gerne. Ihr könntet mir Beute streitig machen.«

»Höchstens eine Feldflasche, wenn wir so etwas finden. Und ein Messer. Mehr brauche ich nicht.«

Der Vermummte knurrte wie ein argwöhnischer Hund. »Dann gehen wir. Beeilen wir uns.«

»Was wird aus der alten Mied?«

»Die paßt auf sich selber auf. Wenn sich Greifratten nähern, Totenkrebse oder anderes wimmliges Getier, kann sie aufsteigen und überm Boden auf mich warten. Das einzige, was hier in der Gegend wirklich gefährlich werden kann, sind Scherendrachen, und von denen ist keiner in der Nähe, das hätte Mied mich schon im Fliegen merken lassen.«

Eljazokad betrachtete die Riesenlibelle. Es fiel ihm immer noch schwer, sich das gigantische Geschöpf mit dem starren Insektengesicht und dem nicht atmenden, harten und kalten Leib als tatsächlich lebendiges und empfindsames Wesen zu vergegenwärtigen.

Der Reiter stapfte voran in den Wald der Radgeflochtenen. Der in dieser Welt fremde Magier folgte ihm.

# 12 Martelas Zwei

Ein warmer Hauch von verwesendem Fleisch wehte über die Ebene. Entfernt verwandt dem Gestank in Siusans Foltergrube, aber durch Frischluft und den Kamillegeruch des blauen Grases verfremdet.

Eljazokad war froh, daß er nicht alleine war. Leifreg – so hieß der mürrische Gribaillenlenker – war zwar nicht besonders gesprächig, aber immerhin ein Lebender in einem Wald der qualvoll Gestorbenen. Die Mumien trugen ihre verzerrten Todesschreie noch immer in den eingefallenen Gesichtern. Fliegen, Spinnen und Weberknechte wimmelten auf den Radmasten umher und labten sich an getrocknetem Blut und den Eiergelegen anderer Insekten.

Leifreg kam nur zweimal im Jahr hierher, aber immer wieder gab es Hunderte von neuen Toten. Die frischesten waren am interessantesten, denn vielleicht hatte man Glück, und sie waren noch von keinem anderen Plünderer gefunden worden.

Die Leichen hatten nicht viel bei sich. Eine lederne Feldflasche für Eljazokad war jedoch dabei, außerdem noch ein paar schön bestickte Taschentücher und ein paar Augengläser.

Eljazokads Befürchtungen gingen in Erfüllung, als sie den ersten Lebenden entdeckten. Zuerst hörten sie nur seine röhrenden Schreie, dann näherten sie sich langsam und fanden schließlich einen Mann, der mit gebrochenen Armen und Beinen auf das Rad geflochten war, dem nebligen Himmel entgegengereckt wie ein brüllender Blütenkelch. Leifreg enterte am glitschigen Mast auf, bestahl den Sterbenden um ein paar

Münzen, ein Kurzschwert und eine Zweitonflöte und kletterte wieder herab.

»Kannst du ihn nicht töten?« flehte Eljazokad.

»Nein. Könnt Ihr es?«

Von diesem Moment an haßte Eljazokad den Gribaillenreiter, mehr aber noch sich selbst und diese Welt. Zehn Sandstriche später war nur noch der inzwischen vertraute Haß auf Siusan übriggeblieben. Die Welt war so, wie die Götter sie geschaffen hatten, und Leifreg versuchte lediglich, in ihr klarzukommen. Schließlich hatte nicht er den Mann gerädert.

»Du hast gesagt, ich sei einer von den Göttern. Was hast du damit gemeint?« fragte Eljazokad nach einer Weile. Leifreg turnte schon wieder auf einem Rad herum, auf dem er etwas glitzern gesehen hatte, und förderte ein paar Scherendrachenschuppen zutage.

»Die, die aus der Wüste kommen und nicht wissen, wo sie sind. Die alle dieselben staunenden Gesichter machen, wenn sie die Dreifarbenländer sehen, genau wie Ihr. Die meisten von ihnen verrecken spätestens in der Rißwüste kläglich. Aber die, die durchkommen, haben große Macht. Sie können sich Wünsche wahr werden lassen. Einer hat sich ein rotes Schloß erbaut, das bis durch die Wolken reicht. Melronia.«

*Melronia.* Dieses Wort kam Eljazokad seltsam bekannt vor, aber er konnte es nicht zuordnen.

»Wo liegt dieses Melronia?«

»Von Destrisch aus kann man es sehen, obwohl man selbst mit der alten Mied noch fast einen halben Tag braucht, um dorthin zu kommen.«

»Warst du schon dort?«

»Ich bin dort vorbeigeflogen. Aber es sind mir zu viele Menschen dort. Ich mag die Städte und Burgen nicht. Sie haben alle ihre Armeen, Räder und Pfähle.«

»Sag mal – die vielen Toten, die ich in der Wüste gesehen habe. Kinder waren auch dabei. Waren das alles … Götter?«

»Nein. Die waren von hier. Überwiegend Dreifarbenländler, aber auch einige aus Destrisch und Uesch. Sie wollten flüchten, die Insel erreichen. Konnten aber wohl nicht über die Brücke gelangen. Man kann nur von der Insel aus über die Brücke kommen. Also sind sie verschmachtet.«

»Die Insel?«

»Wo Ihr hergekommen seid. Ein Land, umgeben von Wasser? Mehr weiß man nicht darüber. Aber es soll dort keine Götter und keine Kriege geben, das klingt schon ziemlich gut.«

Eljazokad machte sich Notizen auf sein Pergament. Seine Schrift erschien ihm kindlich und krakelig. »Und dieses Land hier? Ist es denn nicht auch von Wasser umgeben?«

»Keine Ahnung. Es erstreckt sich in alle Richtungen, so weit eine Gribaille fliegen kann, und jeder Gott kann es noch größer machen. Aber jeder Gott bringt auch seinen eigenen Krieg mit.«

»Aber es muß ein Meer hier geben. *Das schreiende Meer.*«

»Schon möglich. Und dahinter weitere Länder. Und immer so weiter. Wenn es ein Ende gäbe, weshalb sollten die Götter hierherkommen wollen?«

»Gibt es Karten? Karten von deiner Welt?«

»In Destrisch wahrscheinlich. In Destrisch sind alle so wie Ihr.«

»Sie sind alle aus der Wüste gekommen?«

»Nein. Sie kritzeln den ganzen Tag auf Pergamenten herum.«

Nach zwei Stunden hatte Leifreg genug vom Räderwald, vom Klappern der durch vertrocknete Sehnen gerade noch zusammengehaltenen Knochen, den entfernten Schmerzensschreien, die wie ein Krähenschwarm über der Landschaft schwebten, dem schwülen Geruch aus Furcht und Vergänglichkeit. Eljazokad hatte keine andere Wahl; wenn er nach Destrisch wollte, mußte er den Wald in voller Länge durchqueren. Doch zuerst kehrte er mit Leifreg zur alten Mied zurück, um sich aus dem in der Nähe befindlichen roten Teich die Trinkflasche zu füllen.

»Ich danke euch beiden, Leifreg und Mied. Ihr habt mir sicherlich das Leben gerettet.«

»Wer weiß, ob das gut war?« brummte der Gribaillenlenker. »Irgendeinen Krieg werdet Ihr schon mitgebracht haben, als hübsches Gastgeschenk für die einfachen Menschen der Provinzen.«

»Ich versichere dir, daß ich nicht darauf aus bin, mir hier Wünsche in Erfüllung gehen zu lassen. Alles, was ich möchte, ist zurückzukehren – aber nicht über die Brücke. Ich muß einen anderen Weg finden.«

»Dann findet ihn. Findet ihn, ehe der Himmel sich die Erde einverleibt. Seht Ihr die nicht mehr endenden Nebel dort oben, das sonnenlose ungerichtete Licht? Als ich jung war, war der Himmel noch klar und blau, es gab eine kräftige Sonne, sechs schattenwerfende Monde. Es war eine Herzensfreude, ein Gribaillier zu sein, über das bunte Land zu fliegen und die Farben strahlen und funkeln zu sehen. Heute herrscht Zwielicht über fast allen Ländereien, und die Menschen erwürgen sich wegen einer Schale Haferschleim. Wenn es also einen anderen Weg gibt als die Brücke, und Ihr findet diesen Weg, dann werdet Ihr eine große Tat vollbringen – und Tausende Unglücklicher werden versuchen, Euch zu folgen.« Mit diesen Worten stieg Leifreg auf sein Flugtier, schnallte sich in den Sattel, tippte sich noch mal an den Augenschutz und hob dann senkrecht ab. Aufgewirbelter Staub trieb Eljazokad in Dekkung. Als er wieder etwas sehen konnte, war die Gribaille nur noch ein kleines Kreuz unter den bleischweren Wolkenmassen.

Eljazokad suchte und fand den roten Teich. Nach der zweitägigen Wüstenwanderung war ihm nach einem Bad, aber am Rand des Teiches hockten seltsam aussehende Froschtiere unter Wasser und ließen Blasen steigen. Was, wenn sie sich nicht nur von Fliegen ernährten? Er füllte behutsam seine Flasche und kehrte in den Räderwald zurück. Sein ganzes Leben lang war er gut ohne Waffe klargekommen, aber in dieser unheimlichen Umgebung fühlte er sich eigentümlich nackt, zumal auch seine angestammte Magie nicht mehr vorhanden war. Seine Kleidung immerhin rührte von Toten, das machte ihn vielleicht zu einem entfernten Verwandten der Verstorbenen und berechtigte ihn zu einer Durchquerung dieser Stätte.

Eine Stunde marschierte er unter Gebeinen und verrottetem Menschenfleisch hindurch, bis das Gewimmer mehrerer Lebendiger an seine Ohren drang. Dort lagen zwei Männer und zwei Frauen, jeder auf seinem eigenen Rad, umschwirrt von Fliegen und Mücken, die ihnen vor allem an die Augen gingen. Die vier winselten und klagten, fingen dann aber übergangslos an zu singen. Ein schönes, vierstimmiges Lied, dessen genauen Text Eljazokad nicht verstehen konnte, aber die Zeilen

*es gibt kein Wunder mehr*
*dies Land tönt kalt und leer*

wiederholten sich mehrmals. Er versuchte abzuschätzen, wie sehr die vier verletzt waren, aber sie alle waren mit unmenschlicher Sorgfalt durch die Speichen gewoben worden. Was nützte es einem Menschen mit mehrfach gebrochenen Gliedmaßen, losgebunden zu sein? Nichts. Es kam höchstens einer zusätzlichen Verspottung gleich.

Eljazokad schrieb den Satz *Mir scheint, dieses Land wird von einem König namens Siusan regiert* in seine Pergamente, und eilte weiter. Ihm war übel. Und er fror trotz der pelzigen Fäulniswärme ringsum.

Er sah noch weitere Lebendige, insgesamt dreizehn unter Hunderten und Aberhunderten von Leichnamen in allen Stadien der Zersetzung. Sich die Handflächen auf die Ohren pressend, versuchte er, ihr Flehen und Schreien zu ignorieren, aber dennoch drangen einige bis zu ihm durch. Einer flehte ihn an, ihm einen kurzen, schmerzlosen Tod zu schenken. Er wollte nicht bei lebendigem Leibe vom Ungeziefer verzehrt werden. Aber auch dazu war Eljazokad außerstande. Er hatte keine Waffe. Hätte er den Unglücklichen aus Mildtätigkeit erdrosseln sollen?

Eljazokad spaltete von seinem Haß auf Siusan eine nicht unbeträchtliche Portion ab und haßte die Stadt Destrisch, noch bevor er sie deutlich erblicken konnte. Als es dann nach seinem inneren Sandglas Abend wurde, ohne daß es wirklich dunkelte, sah er die Verhaßte tatsächlich vor sich. Der Wald der Radgeflochtenen war ihr Vorgarten gewesen.

Destrisch hatte in etwa die Ausmaße Aldavas ohne die außen angelagerten Bezirke der Bürgerkriegs- und Dürreflüchtlinge, nur daß Destrisch sich noch höher in den tiefliegenden Himmel schraubte. Sämtliche Gebäude waren von derselben grau flimmernden Farbe, die höchsten von ihnen maßen unglaubliche zehn Stockwerke. Als Eljazokad näher kam, begriff er, weshalb die Gebäude zu flimmern schienen. Sie waren nicht wirklich grau. Vielmehr waren sie weiß, aber jedes einzelne war beschriftet, über und über bekrakelt mit Buchstaben, Sätzen, ganzen Versepen in verschiedenen Schriften und Sprachen. Die Stadt war eine Bibliothek, deren Bücher sie auf der Haut trug.

Leifreg hatte nicht übertrieben: die Bürger dieser Stadt schienen tatsächlich versessen aufs Schreiben zu sein. Jeder dritte kritzelte oder zeichnete etwas in Pergamente, die zahlreichen, mit Peitschen bewaffneten Gardisten trugen Uniformen aus Pflanzenfasern und hohe Hüte aus Schöpfpapier. Überall raschelte es. Die Straßen waren mit beschrifteten Matten ausgelegt; nirgendwo waren Tiere zu sehen, keine Zugpferde, keine Haushunde, aber dafür wimmelte es von Menschen, die eilig hierhin und dorthin drängten und mit Pinseln, metallenen Tintenfedern, Gänsekielen und Kohlestiften Sätze auf Hauswände, Pergamentteppiche und die beschreibbare Kleidung von anderen krakelten. Statt öffentlicher Trinkbrunnen fand Eljazokad nachtschwarze Tintenfässer. Die Kohlestifte und Pergamente, die er selbst bei sich trug, stammten mit Sicherheit von hier, und so gelang es ihm trotz seiner schmutzigen Kleidung, unverdächtig zu erscheinen, Bestandteil zu werden des allgegenwärtigen Geschreibsels.

Aus Eljazokads Tagebuch:

*Ich weiß nicht mehr, der wievielte Tag in der Fremde. Es gibt keinen Tag und keine Nacht, ich werde müde und nenne das dann Tag.*

*Ich habe heute eine Arbeit gefunden. Nachdem mir klar geworden war, daß ich Hunger bekomme wie auf dem Kontinent auch und daß mir niemand etwas umsonst schenken wird, habe ich einen Gardisten um eine Möglichkeit zum Geldverdienen nachgefragt. »Kannst du schreiben?« herrschte er mich an. »Ja«, antwortete ich wahrheitsgemäß. »Gut. Wir suchen jemanden, der Fehler findet. Jeder gemeldete Fehler bringt einen Testel.«*

*Den Rest des Tages verbrachte ich mit der Suche nach Schreibfehlern an den Wänden und auf den Bürgersteigen. Ich fand vier, meldete sie alle, bekam vier kleine Münzen und konnte mir auf dem Markt dafür einen Laib Brot und eine Kelle Quark kaufen. Gar nicht schlecht für den Anfang.*

*Heute fand ich sechsundzwanzig Fehler. Man hat mir sogar gedankt und mir fünf Testel extra gezahlt. Es geht mir ganz gut hier. Ich könnte bleiben und genug Geld verdienen, um nach Melronia weiterreisen zu können.*

*Den ganzen Tag über höre ich das Knüllen und Reißen von Papier. Alle Menschen in Destrisch scheinen wahnsinnig zu sein. Ich schlafe im siebten Stock eines gewaltigen Hauses, das niemandem zu gehören scheint und in dem außer mir nur Fastenmönche hausen, die Geschriebenes kopieren.*

*Niemand kann mir erklären, was das alles soll. Es scheint schon immer so zugegangen zu sein in Destrisch. Wenn alles vollgeschrieben ist, wird weiß übermalt, damit man Neues schreiben kann. Deshalb braucht man die Kopisten, damit nichts verlorengeht.*

*Beinahe vierzig Fehler heute. Ich weiß mittlerweile, wo ich suchen muß. Wo die Schriften am jugendlichsten wirken, finden sich die meisten Fehler.*

*Dann bekam ich es mit der Angst: Werden die Fehlermacher vielleicht bestraft, auf meine Anzeige hin? Kommen sie in den Räderwald? Immer wieder werden welche abgeführt, mindestens zweimal am Tag werde ich Zeuge von Festnahmen.*

*Aber nein. Niemand kann die Fehlermacher identifizieren. Die Schriften sind oft schon Tage alt. Die Fehler werden berichtigt, und es ist gut.*

*Die Verhafteten verbrechen etwas anderes. Ich finde nicht heraus, was.*

*Heute habe ich Melronia gesehen. Vom Dach eines der höchsten Gebäude aus, am Nordrand der Stadt. Es leben Frauen auf diesem Dach, deren Beruf es ist, Tauben und Stare über der Stadt abzuschießen. Schöne Frauen. Freigiebige Frauen.*

*Melronia ist rot und ragt tatsächlich in die Wolken. Nicht zu fassen, daß es kein Berg, sondern ein Bauwerk ist, aber es scheint aus Abertausenden von Türmen und Zinnen zu bestehen. Ich will dorthin. Sabhe, eine der Gefiederten, möchte mich begleiten.*

*Vor dem Schlafengehen blicken wir nach Melronia.*

*Nach dem Aufwachen blicken wir nach Melronia.*

*Selbstverständlich ist mir inzwischen längst eingefallen, woher ich den Namen Melronia kenne. Ryot Melron war der Name des Vaters von Naenns Kind. Ist er hier in dieser Welt als sich Wünsche erfüllender, Himmelsschlösser bauender Gott? Oder handelt es sich um einen seiner Vorfahren? Ich gedenke es herauszufinden.*

Am Morgen seines sechsten Tages in Destrisch wurde Eljazokad von papiergekleideten Gardisten verhaftet. Zu viert zerrten sie ihn vom Dach und gaben ihm nicht einmal Gelegenheit, sich etwas überzuziehen. Sabhe und die übrigen Gefiederten Frauen protestierten kurz, duckten sich dann jedoch unter den Peitschen der Gardisten.

»Was wirft man mir denn vor?« rief Eljazokad immer wieder und bäumte sich auf im Griff der Uniformierten, aber von denen war keine Antwort, vielleicht sogar nicht einmal Sprache zu erwarten. Man brachte ihn in ein mit Gesetzestexten beschriftetes Gerichtsgebäude, händigte ihm dort seine Kleidung und auch seine Pergamente aus und führte ihn dann nach mehrstündiger Wartezeit vor einen hohen Richtertisch aus fester grauer Pappe.

»Was wirft man mir denn vor?«

»Daß Ihr Euch seit etlichen Tagen in der Stadt aufhaltet, ohne ein einziges Mal Abgaben entrichtet zu haben.«

»Aber niemand hat mir etwas von Abgaben erzählt! Ich bin erst sechs Tage hier! Ich bekomme mein Geld am Ende eines Arbeitstages, und niemand hat mich darauf hingewiesen, daß ich davon etwas zurückzahlen muß!«

»Darüber kann man sich kundig machen in sechs Tagen. Ihr hattet ja schließlich Zeit für Vergnügungen, also hättet Ihr

Euch darum kümmern können, die Stadt nicht um ihren Anteil zu betrügen.«

»Dann werde ich meinen Anteil eben nachträglich erstatten und nehme auch eine Bußgebühr in Kauf. Ich will der Stadt Destrisch nicht schaden und möchte keinen Ärger machen ...«

»Der Fall ist damit abgeschlossen. Die Geldmittel des Angeklagten werden zur Begleichung der Verfahrenskosten einbehalten, der Angeklagte zur Buße auf dem Rad verurteilt.«

»Auf dem Rad? Aber ... aber das ist ein Todesurteil! Seid ihr alle wahnsinnig?« Eljazokad verstummte. Schlagartig begriff er das ganze System. Es war egal, was er sich zuschulden kommen ließ. Sie hätten ihn auch verurteilen können wegen Beischlafs mit einer Vogeljägerin, oder weil er ein paar Fehler übersehen hatte, oder weil er Melronia betrachtet oder bei Fastenmönchen übernachtet hatte, ohne selbst einer zu sein. Die Stadt wählte sich ihre Gesetze. Und die vielen Verhaftungen, deren Zeuge er in den letzten Tagen geworden war, ergaben plötzlich ein furchtbares Muster. Die Stadt hielt sich sauber. Jeder, der nicht hier geboren war und nicht vollständig im Einklang mit allen hiesigen Sitten und Gebräuchen lebte, wurde ergriffen und zum Rad verurteilt. Ein immer wieder aufgefrischtes Opfer an die Götter, dem Himmel dargebracht zum Fraß, damit Destrisch vom Krieg verschont blieb und – was in einer Papierstadt noch schwerer wog – nicht von einem Feuer heimgesucht wurde.

Eljazokad ergab sich in sein Schicksal. Es war aussichtslos, gegen das Gericht, sämtliche Gardisten und ganz Destrisch kämpfen zu wollen. Immerhin wurde er nicht zusätzlich noch mißhandelt. Man gab ihm zu essen, zu trinken und eine Gelegenheit, sich zu waschen. Seine mühsam zusammenverdienten Testel wurden ihm alle wieder abgenommen. Seine Kleidung, die Feldflasche, die Kohlestifte und das Tagebuch wurden ihm ausgehändigt. Auch dies war womöglich Teil des Himmelsopfers, daß die Verurteilten ihre Habe mit sich nahmen und somit Beutesuchern wie Leifreg ein Überleben ermöglichten.

In der Gemeinschaftszelle, die er mit anderen teilte, die sich fragten, was überhaupt los war, was sie denn falsch gemacht hätten, schrieb er nur wenige Zeilen in seine Pergamente.

Aus Eljazokads Tagebuch:

*Dem Tode entronnen. Zum Tode verurteilt. Wahrscheinlich bin ich, da ich in Wirklichkeit – außerhalb dieses scheußlichen Traumes – immer noch an Siusans Foltertisch gefesselt bin, zu einer endlosen Abfolge von Todesarten verdammt, die ich nur mit Hilfe der Martelaskette durchbrechen kann.*

*Aber was ist die Martelaskette? Ein Ausweg? Eine Verschlimmerung? Eine Abkürzung? Ein Umweg, der durch sämtliche Täler des Schreckens führt?*

Er verstaute die Notizen in seiner Hosentasche und lauschte in sich hinein. Es schien, daß sich seine magische Energie in dieser fremden Welt schneller regenerierte. Die sechs Tage in Destrisch hatten in ihm wieder einen Vorrat wachsen lassen, der jedoch sehr viel kleiner war als der, den er benutzt hatte, um Scord und Gudvin blind zu brennen. Wenn es in dieser Welt wenigstens eine richtige Nacht gegeben hätte, hätte er vielleicht eine ausreichende Irritation damit erzeugen können, aber am düsteren, ewigwährenden Tag war ein wenig Licht mehr oder weniger kaum von Bedeutung.

Tatsächlich hatte man wenig Geduld mit ihm. Die Götter waren dauerhungrig, ihnen mußte unablässig geopfert werden. Schon nach wenigen Stunden in der übelriechenden Gemeinschaftszelle holten sechs Gardisten Eljazokad ab, um ihn zu seinem Rad zu führen. Es war Abend, aber genauso hell wie in der Mittagsstunde. Mit auf den Rücken gebundenen Händen ließ Eljazokad sich leiten und wehrte sich nicht.

Ihr Weg führte sie durch die schriftstückübersäten Straßen von Destrisch, wo Liebesbriefe, Kampfreden, Rechnungen und Rezepte vom Wind umhergeweht wurden, durch die Außenbereiche des Walds der Radgeflochtenen bis hin zu jenem Rad, das für Eljazokad bestimmt worden war. Weit und breit waren keine anderen Lebendigen zu sehen. Vier Gardisten enterten den drei Schritte hohen Radmast auf und hievten Eljazokad hinter sich hoch, bis er mit dem Rücken auf den schmuddeligen Speichen zu liegen kam. Seine Handgelenke wurden an den Radrand geknüpft. Im aschenen Himmel kreisten die Greifvögel mit den winzigen Köpfen.

Eljazokad fiel auf, daß seine Situation nun ziemlich genau der auf Siusans Tisch entsprach. Zwischen den beiden Welten schien eine Beziehung zu bestehen, die zwar eine gewisse Entfernung zuließ, dann aber auch wieder in die Nähe zurückführte. Folgerichtig würden die Gardisten nun auch mit seinem rechten Bein beginnen, es brechen und zu einem Weberschiffchen machen.

So war es. Zwei von ihnen ergriffen das rechte Bein und fädelten Fuß, Knöchel und Wade zwischen zwei Speichen hindurch. Die Angst vor dem neuerlichen Schmerz überfiel den

Lichtmagier so heftig, daß er beinahe keine Luft mehr bekam zum Schreien. Gleichzeitig fiel ihm ein, daß er in der wirklichen Welt, der Welt des *Mammuts*, selbst wenn er das alles überleben würde, niemals wieder würde normal gehen können, bei dem, was Siusan alles mit seinem Bein angestellt hatte. Die Welt der Räder war also eigentlich ein schöner Traum, eine Erinnerung an sein heiles Bein. Und als der Begriff »Welt der Räder« ihm in den Sinn kam, fiel ihm das Rätsel der Riesen wieder ein, mit den vier Brüdern, die zwar zusammen reisen, sich jedoch nie begegnen. War er denn nicht selbst ein Gott? Hatte Leifreg ihn nicht so genannt? Konnte er die Nähe zu Siusans Tisch nicht nutzen, um seine von ihm getrennten Gefährten herzuholen?

Er wehrte sich mit Tritten und Aufbäumen gegen das Gerädertwerden, und die papiergekleideten Gardisten, die schon gar nicht mehr mit einer Gegenwehr gerechnet hatten, bekamen Gleichgewichtsschwierigkeiten auf dem schwankenden Rad, hielten sich aber erfahren oben und verstärkten ihren Griff. Gleichzeitig rief Eljazokad: »Martelas Zwei! Bestar und Tjarka, könnt ihr mich hören?«

Nur wenige Augenblicke später wurde einer der Gardisten von einem Pfeil in die Seite getroffen und kippte stöhnend vom Rad. *Hellas?* dachte Eljazokad, der den Kopf nicht weit genug drehen konnte, um nach unten zu blicken. In die übrigen Gardisten kam Unruhe. Sie riefen »He, halt, was soll das?« wurden aber offensichtlich weiterhin beschossen. Zwei von ihnen fühlten sich oben auf dem Rad zu ungedeckt und sprangen hinab. Kampflärm ertönte, der nach mehreren Beteiligten klang. *Hellas, Bestar und Tjarka?* Der letzte auf dem Rad verbliebene Destrischgardist mußte Eljazokad nun ganz alleine festhalten, und das gelang ihm nicht. Eljazokad lag flach da und hatte somit besseren Halt. Der Stehende konnte nicht allen Tritten ausweichen und strauchelte über die Radkante nach unten. Eljazokad zog sein eingeklemmtes Bein aus den Speichen, stemmte sich auf einen Ellenbogen und betrachtete das Geschehen unter sich.

Weder Hellas noch Bestar noch Tjarka waren dort unten zu sehen. Die Gardisten wurden von fünf hageren, schmutzigen Männern mit Bögen und Steinschleudern angegriffen, die Eljazokad zuerst gar nicht zuordnen konnte, bis er sie dann doch wiedererkannte. Es handelte sich um die fünf Haarhändler, mit denen das *Mammut* in dem schlammigen Dörfchen Mowesch vor der Schenke *Roter Keiler* ein kurzes Kräftemessen veranstaltet hatte. Hellas hatte dem vorlautesten der fünf ins Bein geschossen, dann hatten die anderen ziemlich schnell klein beigegeben und sich zurückgezogen. Alle hatten noch gelebt, als Eljazokad sie das letzte Mal gesehen hatte. Sie waren auch keine echten Gegner gewesen, eher Beinahe-Gegner. Aber die Martelaskette machte wohl keinen Unterschied zwischen tot und lebendig, lebensgefährlich und harmlos. Sie schickte Eljazokad Kontrahenten aus seiner Vergangenheit, aus seiner kurzen Historie mit Rodraegs *Mammut*, damit er sie eigenhändig niederwerfe. Fünf Mann mit Fernwaffen. Wie sollte er das bloß fertigbringen?

Die Destrischgardisten jedenfalls hatten den Haarhändlern nichts entgegenzusetzen, auch, weil keiner von ihnen eine Fernwaffe hatte. Zwei Gardisten lagen mit Pfeilen im Leib im Dreck, ein dritter stand vornübergebeugt und hielt sich ein Auge, wo ihn wohl ein Schleuderstein getroffen hatte. Die restlichen drei hatten ein kurzes Handgemenge gewagt, waren aber von Pfeilen und Steinen dermaßen umschwirrt und verunsichert worden, daß sie einige wirksame Hiebe kassiert hatten und nun auf dem Rückzug waren. Sie drohten mit Verstärkung und Vergeltung, aber die Haarhändler, von denen nicht einer etwas abbekommen hatte, lachten nur höhnisch und ermutigten sie, noch mehr ihrer »Pappkameraden« mitzubringen.

Der Tapferste von damals erblickte Eljazokad als erster. »Da oben ist er. Wir brauchen ihn nur mit Pfeilen zu spicken wie eine Zielscheibe, und schon bekommen wir das Geld.«

Sich auf diese Situation einzustellen fiel Eljazokad verhältnismäßig leicht. »Das habt ihr falsch verstanden. Ihr bekommt euer Geld nur, wenn ihr mich im offenen Kampf besiegt. Zu fünft dürfte das ja kein Problem für euch sein, aber ihr müßt mich schon losbinden und mit beiden Beinen auf die Erde stellen, sonst erhaltet ihr gar nichts.«

»Ist das tatsächlich so?« fragte der Wortführer unter Eljazokad hindurch. Der Lichtmagier wälzte sich herum, bis er in die andere Richtung blicken konnte. Dort stand der Ritter Gyulthen, stattlich, das Zwielicht auf sich selbst zurückfunkelnd, lautlos. Wie lange er schon dort gestanden und alles beobachtet hatte, konnte Eljazokad nicht wissen.

»Es ist, wie er sagt«, bestätigte Gyulthen. »Die Kette erfordert einen Kampf.«

In die Haarjäger kam Unruhe, und sie fingen an, miteinander zu diskutieren. So hatte Eljazokad sie in Erinnerung. Sie waren echt, nicht nur irgendwelche Abbilder. Sie sahen auch nicht so elend und eigentlich schon tot aus wie Gudvin und Scord, als sie in der Wüste auf ihn zukamen.

»Kommt schon«, munterte er sie auf, »schneidet mich los.

Das Risiko ist wahrlich überschaubar: Ich besitze keinerlei Waffen, ihr könnt euch gerne überzeugen.«

Murrend wurde schließlich einer hochgeschickt, der Eljazokad tatsächlich erst gründlich abtastete, bevor er ihm mit einem Skalpmesser die Fesseln durchschnitt. Eljazokad massierte sich die taub gewordenen Handgelenke, kletterte durch eine fehlende Speiche zum Mast hinunter und ließ sich daran hinabrutschen. Der Haarjäger, der ihn losgeschnitten hatte, folgte ihm. Eljazokads Knie gaben beinahe nach, als er den schmutzigen Boden berührte. Wenn er jetzt von diesen Kerlen getötet wurde, würde er auf Siusans Tisch wieder erwachen und durfte bei womöglich vollem Bewußtsein der Zerteilung seines eigenen Leibes beiwohnen.

Gyulthen stand zehn Schritte entfernt, schwieg und wartete ab.

»Eines interessiert mich noch, bevor der Kampf beginnt«, sagte Eljazokad in möglichst unverfänglichem Plauderton. »Erinnert ihr euch eigentlich an mich?«

Die fünf sahen sich an und machten ungeduldige Gesichter und Gebärden.

»Erinnert ihr euch an Mowesch? An die Schenke? An den Schemenreiter, der so ähnlich aussah wie er?« Er deutete zu Gyulthen hinüber. »An die Männer, die mich begleiteten, und das Schmetterlingsmädchen?«

Einer der fünf, der sonst wenig sprach, sagte zaghaft: »Was du beschreibst, kommt mir bekannt vor.«

»Aber dieser Ort hier nicht, oder? Seht euch um! Der Räderwald. Der uneindeutige Himmel. Seid ihr schon jemals hier gewesen oder an einem Ort, der diesem ähnelt?«

Wieder kam Unruhe in die fünf. Vier von ihnen sahen sich

tatsächlich um. Nur der Wortführer blieb weiterhin auf Eljazokad fixiert.

»Hier waren wir noch nie«, murmelte einer. »Wo sind wir?« ein anderer. »Was sind das für Räder? Ist das Galliko?« ein dritter.

»Ist bei euch Nacht? Schlaft ihr?« hakte Eljazokad nach. Gerne hätte er sich jetzt Notizen gemacht.

»Ja, es war Nacht«, sprudelte es nun aus einem hervor. »Wir waren in Miura, in einer Schenke …«

»Halt die Fresse«, herrschte der Wortführer ihn an, doch der Haarjäger war nicht mehr aufzuhalten. »Wir haben gesoffen und gespielt. Hatten wir uns nicht schon alle hingelegt? Genau kann ich mich gar nicht mehr erinnern. Aber jedenfalls kam der Ritter und bot uns Geld, wenn wir dich umbringen. Zuviel Geld, um nein zu sagen.«

»Ihr träumt das nur«, erklärte Eljazokad, jetzt eindrücklich betont. »Geld, das ihr im Traum verdient, könnt ihr nirgends ausgeben. Aber Gefahren, die euch im Traum begegnen, könnten euer Ende sein.«

»Hör auf zu quatschen!« schnauzte der Wortführer und legte mit Pfeil und Bogen auf ihn an. »Wir legen dich um und Schluß. Was soll passieren? Was soll schieflaufen?«

»Erinnerst du dich wirklich nicht mehr?« fragte ihn Eljazokad. »An den weißhaarigen Bogenschützen, der dir ins Bein schoß? Ist denn auch wirklich alles gut verheilt? Kein Hinken mehr zurückgeblieben?«

»Es ist mir egal. Ich weiß es nicht mehr. Ich mach dich jetzt alle.«

»Warte! Ich helfe deiner Erinnerung nach!« Eljazokad verbrauchte seine gesamte in sechs Tagen Destrisch aufgebaute

Energie. Der Lichtblitz blendete die fünf, ließ einen Pfeil danebengehen, zwei Männer nach ihren Augen fassen, drei Männer torkeln. Die Blendung war nicht schlimm, fünf, sechs Sandstrichbruchteile lang konnte man nichts mehr erkennen. Aber Eljazokad nutzte diese Zeit. Er nahm dem Wortführer einen Pfeil aus dem Köcher und rammte ihm diesen ins Bein. *War es denn wirklich der* rechte Oberschenkel *gewesen? Aber natürlich. Diese Welt mag unter einem anderen Himmel liegen, aber sie führt dennoch eng an meinen Erinnerungen entlang. Diese fünf Männer sind hier, weil einem von ihnen von uns eine Wunde zugefügt wurde, die meine Folter durch Siusan vorwegnahm.*

Der Wortführer brüllte und stürzte zu Boden. Womöglich war der Schmerz verdoppelt durch die gleichzeitig einsetzende Erinnerung an den früheren Schmerz. Eljazokad nutzte die letzten ihm verbleibenden Augenblicke. Er schlug zwei Haarjägern die Bögen aus der Hand, nahm dem dritten das Skalpmesser ab und hielt es dem vierten an die Kehle, gerade als dessen Blick sich wieder klärte. »Das war noch gar nichts«, zischte der Lichtmagier. »Ihr macht euch außer mir noch alle anderen Geräderten zu Feinden, wenn ihr nicht so schnell wie möglich von hier verschwindet und aufwacht!«

Zwei der fünf waren in Mowesch schon als erste getürmt. Dieselben beiden taten es nun auch und würden es wahrscheinlich bei jeder sich bietenden Gelegenheit erneut tun. Diesmal jedoch blieben nicht zwei, um ihren verwundeten Wortführer zu stützen. Der eine folgte den beiden Flüchtenden sofort, der andere mußte sich erst zaghaft von Eljazokads Kehlenklinge lösen und war anschließend heilfroh, seine rennenden Kumpane mit langen Beinen einholen zu können.

Nur der Wortführer blieb noch übrig, am Boden, jammernd, und von Eljazokad entwaffnet.

Langsam kam der spiegelnde Ritter auf seinem mächtigen Roß näher. »Es erstaunt mich, was du mit ein wenig Licht auszurichten vermagst. Aber du solltest nicht fortwährend darauf bauen, daß ich dir das Handwerk abnehme. Töte ihn, dann gilt das zweite Glied der Kette als geschmiedet.«

Eljazokad schüttelte den Kopf. »Es hat einen Kampf gegeben. Es ist Blut geflossen. Ich habe mich gegen fünf Gegner durchgesetzt. Das muß genug sein.«

»Weshalb scheust du dich? Wenn es für ihn nur ein Traum ist, wird dein Töten nur ein unsanftes Wecken sein.«

»Und wenn nicht? Vielleicht stirbt er im Schlaf? Vielleicht nimmt er meine Stelle auf dem Foltertisch ein? Meinem schlimmsten Feind würde ich das nicht wünschen, und dieser Kerl ist nicht mein schlimmster Feind.«

»Wer ist dein schlimmster Feind?« fragte Gyulthen mit raschelnder Stimme.

»Ich weiß es nicht. Vielleicht bist du es? Du wirst mein Tod sein, hast du gesagt. Also wirst du am Ende der Kette stehen.«

Jetzt war es der Ritter, der den Kopf schüttelte, eine irritierende, weil Widerschein verschiebende Bewegung. »Ich bin kein Teil der Kette. Sie ist lediglich ein Werkzeug, welches ich dir zur Verfügung stelle, damit du dein Ziel erreichen kannst. Das Tor von Bauscheld ist anders nicht zu finden. Vergib mir, wenn du dafür Zeit findest, meine Unzulänglichkeit.« Mit einer beiläufig wirkenden Bewegung durchbohrte er den Haarhändler mit seiner Turnierlanze. Der Haarhändler starb schnell, begann zu flimmern und löste sich dann flackernd auf, ähnlich dem Mammutjäger auf dem Einmaster vor Wandry, nachdem das *Mammut* ihn bezwungen hatte. Nur daß von dem Haarhändler nicht einmal die Kleidung zurückblieb.

»Diesmal kann ich dir keine Gribaille zuführen«, sagte der Ritter. »Dein Kämpfen ist zu zaghaft, dein Beenden bleibt ohne Kraft.«

»Das geht schon in Ordnung. Ich gehe zu Fuß nach Melronia. Ich weiß ja, wo es liegt.«

Der Ritter hob eine metallbehandschuhte Hand zum Gruß und gab seinem Kaltblüter die Sporen, um den Flüchtenden hinterherzusprengen und sie ebenso unsanft zu wecken wie den Verwundeten.

Eljazokad gönnte sich ein paar Sandstriche, um zu verschnaufen. Körperlich war ihm nichts passiert, aber die Nachwirkungen der Todesangst ließen seine Hände zittern. Mit Hilfe seines Kohlestiftes versuchte er sie zu erden.

Aus Eljazokads Tagebuch:

*Ich bin für alles verantwortlich. Die Toten und Lebendigen, die mir zur Martelaskette dienen, sind meinetwegen in diese Welt geholt worden. Der Ritter ist nicht ich, aber er vollendet, was ich nicht zu tun vermag. Er ist der Teil von mir, den ich normalerweise zu beherrschen und vergessen trachte, entfesselt und beritten. Und dennoch dient er mir.*

*Ich beginne zu begreifen, weshalb für Leifreg alle Götter Ungeheuer waren.*

*Aber ich darf auch nicht vergessen, daß ich für Bestar und Tjarka Verantwortung trage. Sie liegen immer noch bei Siusan in Folter, und ohne mich sind sie verloren.*

*Ich will nicht zwischen ihren Gräbern stehen.*

*Um sie zu retten, muß ich in dieser Welt meinen Weg beschreiten. Und sei er auch blutig, und sei er auch lang.*

»He, Eljaz! Ich will deine sicherlich wohlverdiente Ruhe ja nicht stören, aber so langsam sterben uns hier oben die Gliedmaßen ab!«

Die ferne Stimme drang wie ein Echo seiner eben verfaßten Worte an Eljazokads Ohren, aber auch wie eine Erinnerung an frühere, sonnendurchflutete Tage.

»Bestar? Bestar!«

»Wir sind hier! Hier hinten!«

Der Lichtmagier sprang auf und folgte der Stimme. Das Zwielicht blendete ihn wie Nebel, er konnte nicht richtig erkennen, wohin sein Weg ihn führte, aber er rannte unter Speichen und Gerippen hindurch, bis er an zwei Räder gelangte, auf denen tatsächlich Bestar Meckin und Tjarka Winnfess lagen, mit ungebrochenen Armen und Beinen, festgeschnallt von Lederbändern wie in Siusans Erdkammer. Anders jedoch als dort waren die beiden bekleidet, mit den Sachen, die sie im Thost getragen hatten.

Eljazokad dachte kurz nach. Offensichtlich gab es zwei Arten von Reisenden in diesem Land: die Bekleideten, die gerufen worden waren und träumten und gar nicht wußten, wo sie sich befanden, und die, die aus eigener Kraft hierherkamen, nackt, aber mit der Möglichkeit, zu Göttern zu werden und das Land nach ihren eigenen Vorstellungen zu formen. Bestar und Tjarka waren von ihm gerufen worden, vorhin, als er das zweite Glied der Martelaskette eröffnete.

Der Magier schaute auf das Skalpmesser in seiner Hand. Dann kletterte er erst an Tjarkas, dann an Bestars Mast hinauf und schnitt die beiden los. Tjarka bedankte sich knapp und tat so, als wäre sie auch alleine zurechtgekommen, Bestar jedoch lachte über das ganze Gesicht und drückte den Magier, als sie alle wohlbehalten auf dem Erdboden angekommen waren, wie eine Schlenkerpuppe an sich.

»Das hast du großartig eingefädelt, Eljaz! Wir sind ihnen entwischt! Wo sind wir hier?«

»Das ist so eine Art Hölle. Hier herrschen seltsame Kriege, und es gibt keine richtige Sonne mehr. Die Menschen versuchen zu fliehen, kommen aber dabei um. Wir müssen versuchen ... von hier aus einen anderen Ausgang zu suchen, damit wir Siusan irgendwie in den Rücken fallen können.«

»Das verstehe ich nicht. Sind wir nicht mehr auf dem Kontinent?«

»Nein. Bestar, Tjarka, ich will euch reinen Wein einschenken. Wenn ich das alles richtig verstehe, ist keiner von uns wirklich entkommen. Wir sind immer noch festgeschnallt auf den Foltertischen, aber durch meine Magie und die, die Siusan mit unseren Schmerzen erzeugt, konnte ich durchschlüpfen in diese andere Welt und euch nachholen. Was ist das letzte, woran ihr euch erinnern könnt, bevor ihr auf diesen Rädern landetet?«

Bestar rieb sich nachdenklich den Bart. »Ich bin mir nicht sicher. Ich muß weggedämmert sein.«

»Ich auch«, bekräftigte Tjarka. »Dieser ... widerliche Mann hat an deinem Bein rumgesägt ... stundenlang, und dabei so ein Zeug benutzt, das scharf roch und in den Augen biß. Irgendwann habe ich, glaube ich, das Bewußtsein verloren.«

Bestar legte seine große Hand auf Eljazokads Schulter. »Sah nicht gut aus, dein Bein. Mußt du denn noch mal in diesen Körper zurück, oder kannst du den von hier mitnehmen?«

»Ich fürchte, der von hier ist auf dem Kontinent nicht von Belang. Rodraeg war hier ein alter Greis, als ich ihm begegnete …«

»Rodraeg? Du hast Rodraeg getroffen?«

»Ja, gleich am Eingang. Er war weise genug, sich nicht zu weit reinzuwagen, aber er wußte nicht mehr, in welcher Richtung der Kontinent lag. Jedenfalls war er uralt, und ich bin sicher, er wird in Warchaim nicht uralt sein, wenn er wieder zu sich kommt. Anhand seiner Alterung können wir übrigens errechnen, wieviel Zeit wir in dieser Welt haben. Wie lange war Rodraeg bewußtlos, seit Hellas auf ihn geschossen hat? Zwei Wochen?«

»Es war Mittelrauch, das weiß ich noch genau«, brummte Bestar.

»Mittelrauch. Und Siusan hat uns am 7. Blättermond überwältigt. Das sind zweiundzwanzig Tage. In diesen zweiundzwanzig Tagen ist Rodraeg mehr als dreißig Jahre gealtert. Also dauert jeder Tag auf dem Kontinent mehr als ein Jahr in dieser Welt, vielleicht sogar anderthalb Jahre. Infolgedessen haben wir mindestens anderthalb Jahre, möglicherweise auch drei Jahre Zeit, bis Siusan mich zu Tode gefoltert hat und sich als nächstes euch vornimmt. Das klingt doch vielversprechend.«

»Soviel Zeit brauchen wir doch nie und nimmer«, behauptete Bestar.

»Ich weiß nicht. Wir dürfen diese Welt und ihre Ausmaße nicht unterschätzen. Unser Kontinent wird hier eine Insel genannt. Möglicherweise ist diese Welt viel größer als unsere.«

»Hast du Anhaltspunkte, wo wir suchen sollen?« fragte Tjarka sachlich, und Eljazokad erzählte ihnen alles, was er bislang in Erfahrung gebracht hatte – über den gesichtslosen Ritter Gyulthen, die Martelaskette, das Tor von Bauscheld, die toten Kinder in der Wüste, leichenfleddernde Gribaillenreiter, die ungerechte Stadt Destrisch und die rote Himmelsburg Melronia, die ihm als logisches Ziel erschien, weil ihr Name mit Naenn und ihrer Niederkunft zusammenhing.

»Wenn wir …«, begann Bestar stockend, »weniger brauchen würden als ein Jahr, vielleicht nur zwei oder drei Monde, dann könnten wir noch rechtzeitig zurück sein, bevor Siusan dein Bein komplett ruiniert hat. Wenn es … zu lange dauert, dann kehre ich lieber freiwillig zurück und versuche mich aus diesen beschissenen Fesseln zu befreien, anstatt tatenlos hier rumzuwandern, während dieser Mistkerl dich auseinandersägt. Ich weiß, daß ich diese Fesseln schaffen kann, die sind nicht für einen Klippenwälder gemacht.«

»Ich bezweifele, ob das wirklich einen Versuch wert wäre«, lächelte Eljazokad. »Selbst wenn die Fesseln ursprünglich nicht für jemanden mit deiner Stärke gemacht waren, wird Tellures sie inzwischen angepaßt haben. Er wirkte ziemlich aufmerksam in dieser Hinsicht. Nein, wenn wir kein anderes Tor finden, wird es, fürchte ich, keine Rettung für uns geben.«

»Und wenn wir«, fragte Tjarka, »einfach für immer hierbleiben würden? Wenn wir gar nicht mehr zurückgehen in diese … Hölle?« Für sie schien dieses nebelbeleuchtete Land der Geräderten ein Paradies zu sein im Vergleich zu Siusans unterirdischen Schmerzenstischen.

Eljazokad dachte kurz nach, dann sagte er: »Ich denke, wenn unsere Körper sterben, wird auch dieser Traum vorbei sein. Wenn man im Land der Gribaillen stirbt, kehrt man wahrscheinlich nur in den Körper zurück und ist immer noch am Leben. Aber wenn der Körper auf dem Kontinent stirbt, dann hört die ganze Welt der Gribaillen auf zu existieren. So wie die Welt der Mammuts auch nicht mehr existiert.«

»Das verstehe ich nicht«, bekannte Bestar.

»Ich auch nicht so richtig. Deshalb mache ich mir dauernd Notizen: Um vielleicht später mal die Verrücktheiten von den Wahrheiten trennen zu können. Später mal. Wenn wir wieder in Warchaim sind, und du mit uns, Tjarka. Du hast bestimmt noch nie einen Salat gegessen, den ein Schmetterlingsmädchen zubereitet hat.«

»Noch nie«, nickte sie.

»Also, gehen wir los, nach dort.« Eljazokad zeigte knapp an der beschrifteten Stadt Destrisch vorbei, wo mit Sicherheit auch in diesem Moment wieder ein Mensch, der sich nichts hatte zuschulden kommen lassen, abgeurteilt wurde. Wo aber auch eine junge Frau namens Sabhe lebte, mit der er einige ganz außergewöhnlich schöne Stunden verbracht hatte. Er seufzte. »Ich bin bis jetzt noch gar nicht dazu gekommen, es laut und deutlich zu äußern, aber ich bin unglaublich froh, daß ihr beide jetzt bei mir seid. Alleine in dieser Welt fühlte ich mich beinahe andauernd überfordert. Zu dritt habe ich das Gefühl, daß wir dieses wahnwitzige Land durchqueren können.«

## 13 Martelas Drei

Sie verließen den Wald der Radgeflochtenen so schnell wie möglich, um nicht auf weitere Gardisten zu stoßen. Aus einem blutroten Fluß tranken Tjarka und Bestar sich satt. Tjarka behauptete, das Wasser schmecke ganz leicht nach Fruchtsaft, aber vielleicht ließen sich ihre Augen von der kräftigen Farbe verleiten.

Sein Geld hatte das Destrischer Gericht Eljazokad abgenommen, aber Bestar und Tjarka waren mit einer willkürlich erscheinenden Zusammenstellung ihrer kontinentalen Ausrüstung in diese Welt gekommen, so daß ihnen Tauschwaren zur Verfügung standen. Bestar trug Skergatlu, den Bernstein der Riesen und ein Seil, während Tjarka ihre insgesamt vierzehn Rinwetaler in ihrer Hose fand, ihr gesägtes Waldmesser und etwas von dem im Thost noch übriggebliebenen Proviant. Mit dem Bernstein erzeugte Bestar bei einem Straßenhändler Augen, die vor Gier fast irre wirkten, aber Eljazokad entschied, dieses Juwel für echte Notzeiten aufzuheben. Allein Tjarkas Fremdwährungsmünzen brachten schon einen Gegenwert von dreihundert Testel, und so brauchten sie sich auf ihrer zehntägigen Wanderung nach Melronia keine Gedanken über das Verhungern zu machen. Die Landschaft änderte beim Durchschreiten beinahe täglich die Farben. Das aromatische Blaugras wich erst einem gelben Kraut, dann einem kirschrot minzigen Moos. Die gelben Bäume wurden allmählich von dunkelroten abgelöst, dann von blauen. Das Wasser der Flüsse hellte sich auf zu einem dunklen Orange und wurde schließlich bläulich wie das Meerwasser im Süden des Kontinents. Stets behielt das Land drei Farben bei, aber die Farben wechselten einander ab, tauschten die Plätze, verwirrten die Sehgewohnheiten und räumlichen Beziehungen.

Melronia jedoch war ein Fixpunkt. Melronia war schon seit dem dritten Tag der Wanderung zu sehen gewesen. Ein kantiger Berg, erbaut von Menschenhänden. Unerschütterlich kam er näher, mit jedem Schritt gewann er an Größe und Details. Am achten Tag beherrschte er schon alle Blicke, Zehntausende von Türmen und Zinnen, Erkern, Tragsäulen, Buntglasfenstern, Flaggen, Brücken und mit roten Ziegeln gedeckten Dächern, die sich übereinander und aufwärts türmten wie die himmelwärts erstarrte Lawine einer rotgefärbten Großstadt. Am neunten und zehnten Tag füllte Melronia ihr gesamtes Sichtfeld aus, und wenn man ganz nach oben schaute, wo die Türme die schmutzigen Wolken liebkosten, wurde einem schwindelig vor diesem Mauerwerkgebirge und man empfand die eigene Unbedeutsamkeit wie einen Winterhauch.

Die Ebene vor dem Wolkenschloß, eine zur Dürre zertretene ehemals rotbegraste Wiese, wimmelte von Menschen. Schon unterwegs waren ihnen viel Kriegsvolk und fahrende Ritter begegnet, Gyulthen nicht unähnlich, aber weniger spiegelblank. Tausende von Gepanzerten tummelten sich vor Melronia, jeder mit einem eigenen Wappen, mit Flaggenstangen, Lanzenkollektionen und Knappen, einige sogar mit Harem, Köchen oder einem berittenen Geleit. Ein Turnier fand statt auf dieser Ebene, das »ewigwährende Turnier«, wie es von den Leuten genannt wurde, und Bestar war nicht mehr davon abzubringen, mehr darüber zu erfahren. Er drängte sich in das gaffende und jubelnde, aber auffällig ärmliche Volk, und sah Rittern dabei zu, wie sie auf einer hölzern umrandeten

Kampfbahn hoch zu Roß gegeneinander anritten, bis ihre Lanzen splitterten und einer von ihnen in den Sägespänen landete. Nachdem er zwei Stunden zugesehen hatte, fand Bestar seine beiden Gefährten in der Nähe einer nach warmem Zucker und zerlassener Butter duftenden Süßmaisbude wieder. Die gesamte Ebene übertönte mit Paukendröhnen, Schalmeiengetöse und Jubelkehlen beinahe jedes Wort.

»König Melron VII. ist nirgends zu sehen«, berichtete Bestar schreiend. »Es gibt ein paar Adelige aus Melronia, die auf Tribünen zuschauen, aber hauptsächlich scheint dies ein Spektakel für das Volk und ein paar strenggesichtige Richter zu sein, die sich dauernd Notizen auf Tabellen machen. Ein Junge hat mir erzählt, wer auf diesem Turnier gut abschneidet, kann im Krieg einen guten Posten ergattern. Um teilnehmen zu können, muß man jedoch schon im Ritterstand sein. Und um in den Ritterstand zu kommen, muß man auf einer Tabelle fünfhundert Punkte vorweisen können, was immer das bedeutet.«

»Wir haben uns inzwischen erkundigt, wie man da durchkommt«, schrie Eljazokad zurück und deutete auf das gewaltige Gittertor hinter der Zugbrücke, das Melronias vorderen Eingang behütete. »In Melronia leben wohl an die hunderttausend Menschen, was noch wenig ist angesichts der Größe dieser Burg, die auch über den Wolken noch lange nicht zu Ende ist. Der Melronier an sich verläßt seine Burgstadt jedoch selten, höchstens, um sich das ewigwährende Turnier anzuschauen, und es ist auch nur Leuten mit Missionsbriefen, besonderen Passierscheinen oder sonstigen überprüfbaren Befugnissen gestattet, das eigentliche Schloß zu betreten.«

»Du willst aber rein?«

»Ich denke, wir können da drinnen mehr lernen als hier draußen.«

»Also gut. Wie stellen wir das an?«

»Mal sehen. Frechheit siegt. Kommt mit.«

Eljazokad ging voran, geradewegs auf zwei gelangweilte Wächter zu, die weinrote gesteppte Uniformen trugen und im Bereich der vorderen Zugbrückeneinfassung ihren Dienst versahen.

»Seid gegrüßt«, rief Eljazokad schon von weitem und breitete beide Arme aus. »Mein Name ist Eljazokad, das sind meine beiden Begleiter Bestar Meckin und Tjarka Winnfess. Wir kommen von der Insel, im Auftrag einer Dame namens Naenn, und wir erbitten eine Audienz beim König. Könnt Ihr diese Angaben nach drinnen weiterleiten, es ist wichtig.«

»Es wird nicht nötig sein, daß ich irgend etwas weiterleite«, sagte einer der beiden, ein Zierbartträger mit annähernd kreisrundem Gesicht. »Uns wurde beigebracht, daß wir Ankömmlinge, die tatsächlich von der Insel stammen, von Emporkömmlingen, die Solcherartiges lediglich behaupten, anhand untrüglicher Zeichen unterscheiden können. Solange ich nichts dergleichen erkennen kann, mache ich – bitte zu entschuldigen – keinen Finger krumm.«

»Ich weiß nicht, von welchen Zeichen Ihr sprecht«, erwiderte Eljazokad, die höfliche Redeweise seines Gegenübers nachahmend, »und ob das, was ich Euch zu zeigen imstande bin, Bestandteil Eurer sicherlich umfangreichen Ausbildung gewesen ist, aber wenn Ihr bitte die Güte hättet, meinem Finger mit Eurem Blick nach oben zu folgen, könnte ich Euch einen Eindruck davon verschaffen, wie Melronia eigentlich auszusehen hätte, wenn Euer König im Besitz der Mittel wäre, über die ich verfüge, um diese lästige Wolkendecke zu verscheuchen.«

Der Rundgesichtige folgte tatsächlich Eljazokads Finger mit den Augen, und oben, in den Wolken angekommen, ließ der Lichtmagier mit einem Fingerschnippen eine Blendung aufscheinen, die durchbrechenden Sonnenstrahlen gar nicht so unähnlich war. Beide Wächter und auch Bestar und Tjarka rieben sich die schmerzenden Augen.

»Verstehe«, sagte der Wächter schließlich, seltsam bleich geworden. »Dann folgt mir bitte. Für drei Reisende zu Fuß brauchen wir nicht die Zugbrücke herunterzulassen. Es gibt andere Wege hinein.«

Eljazokad bedeutete seinen Gefährten, argwöhnisch zu bleiben. Schon einmal, in Destrisch, hatte er sich dadurch einlullen lassen, daß er glaubte, die hiesigen Spielregeln begriffen zu haben.

Der Wächter führte sie die Burgstadtmauer entlang, die wie das gesamte Schloß aus roten Backsteinen bestand, bis der mit brackigem Wasser und hungrigen Raubfischen gefüllte Burggraben an einer Stelle von einer schmalen Hängebrücke überspannt wurde, die von der Konstruktion her der Brücke der brennenden Blumen sehr ähnelte. Auch diese Brücke war aus noch lebendig wirkenden Pflanzenranken geflochten, aber sie stand nicht in Brand, sondern schwankte sachte über dem Graben. Sowohl Bestar als auch Tjarka und Eljazokad witterten eine tödliche Falle. Der Wächter turnte behende hinüber und sprach dort durch eine vergitterte Pforte mit anderen Bediensteten. Dann wurde die Pforte geöffnet, und mehrere Männer wuchteten drei lange Planken über den Graben, so daß die Hängebrücke schließlich auf einem hölzernen Steg auflag und sicher aussah. Der Wächter mit dem Zierbart winkte die drei Neuankömmlinge herüber.

Bestar hielt Eljazokad fest, als dieser den Anfang machen wollte, doch Tjarka schob sich an ihnen beiden vorbei und überwand mit wenigen schnellen Schritten als erste den Graben. Einer der Raubfische schnellte einen halben Schritt hoch aus dem Wasser und schnappte mit nadelspitzen Zähnen, konnte sie aber nicht erreichen. »Alles sicher«, rief sie von drüben, und Bestar und Eljazokad folgten ihr. Die Planken wurden nun wieder eingeholt, und der Zierbärtige turnte nach einem letzten grüßenden Nicken über die wackelige Brücke zurück.

Ein alter Mann in einem bodenlangen, dunkelgrauen Kapuzenmantel hieß die drei an der Gitterpforte willkommen, und sie stellten sich ihm mit Namen vor. »Mein Name ist Calmant, Maitr' Calmant, wenn Ihr beliebt mich anzusprechen. Hier bei Hofe bedienen wir uns überwiegend der klangvollen Sprache der Provinzen Bazuzary und Benitdouleur, aber Ihr seid mit dieser Zunge wahrscheinlich nicht vertraut?«

»Nicht, daß ich wüßte«, antwortete Eljazokad. »Wo wir herkommen, wird auf dem gesamten Kontinent nur eine Sprache gesprochen, aber es gibt noch ein paar weitere, in Vergessenheit geratene. Vielleicht kommt mir Eure ja vertraut vor, wenn ich sie höre?«

Maitr' Calmant sagte zwei Sätze in einer fließenden, melodiösen Sprache. Alle drei verstanden kein Wort und mußten das zugeben.

»Es ist, wie ich dachte«, lachte Maitr' Calmant. »Ihr werdet Euch also, wenn Ihr Fragen habt, an mich halten müssen. Ich gelte bei Hofe als Lehrer und Kundiger der Wolken, letzteres ist selbstverständlich immer in Relation zu sehen zur Kundigkeit der Allgemeinheit.« Er zwinkerte. »Unser Torwächter hat hinterbracht, daß mindestens einer von Euch ein Gott ist. Das seid Ihr, nehme ich an?« Er sprach Bestar an, nicht Eljazokad.

»Oh, nein, danke schön«, sagte Bestar, verlegen mit dem Fuß scharrend. »Ich und das Mädchen ... wir sind nur Gäste ... von ihm.«

»Ich verstehe. Euer Schwert hat mich getäuscht. Ist es ein echtes Schwert oder nur das Erinnerungsbild von einem?«

»Ich hoffe, es ist echt«, antwortete Bestar, und Eljazokad fügte hinzu: »Wir wissen wenig darüber, wo genau wir sind und was wir in dieser Welt bedeuten. Wenn Ihr dazu ein paar Informationen hättet, wäre das sehr hilfreich für uns. Wir wären ebenfalls interessiert an einer Audienz mit dem König, weil sein Name uns aus unserer Welt bekannt ist. Es gibt genaugenommen zu viele Fragen, um sie hier auf dem Hof zu klären.« Erstmals ergriffen er und die anderen die Gelegenheit, sich im Innenhof überhaupt umzusehen. Das hohle, rotglänzende Innere der Burgstadt schraubte sich durch ein Gespinst von Brücken hindurch in eine schwindelerregende Höhe und war dort oben überdacht. Durch Lücken in den mannigfaltig ineinandergeschachtelten Seitengebäuden schwebte dennoch das diesige Tageslicht bis auf den mit farbigen Mosaiken gepflasterten Boden herab. Überall hingen Fahnen aus Fenstern und Erkern: das Wappen zeigte ein rotes Märchenschloß, das wie von einem Feuerball von der Sonne umfangen war. Die verhältnismäßig wenigen Menschen, die sich den Blicken zeigten, waren in aufwendige Kleider mit Rüschen, hohen Krägen und Hüten gewandet.

»Sehr wohl.« Maitr' Calmant nickte. »Ihr sollt baden, speisen und Euch neu einkleiden können, bevor wir uns Eurer Fragen annehmen und ich Euch alles Weitere erläutere.« Er klatschte dreimal in die Hände, und aus einer kleinen hölzernen Pforte eilten zwei junge Frauen und ein junger Mann in hellen Gewändern herbei. Die Leibchen waren zwar undurchsichtig, jedoch so kurz, daß die Ansätze ihrer Hinterbacken zu sehen waren. Darunter trugen die drei nichts.

»Jedem von Euch«, erläuterte der Maitr', »soll für die Dauer Eures Aufenthaltes ein persönlicher Bediensteter zugewiesen werden. Slanja ist für Euch« – das rothaarige Mädchen gesellte sich Eljazokad zu –, »Jeree für Euch« – das Mädchen mit den blau schimmernden Haaren schaute Bestar von unten herauf mit einer Mischung aus Ehrfurcht und beinahe schon schamloser Offenheit an –, »und Enschen soll sich Eurer Bedürfnisse annehmen.« Der blondgelockte Knabe stellte sich vor Tjarka und verbeugte sich artig, wobei sein Hintern vollends ins Freie schlüpfte. Tjarka ging unwillkürlich hinter Bestar in Deckung. Die drei Bediensteten waren von augenfälliger, fast schon aggressiver Hübschheit. »Slanja, Jeree und Enschen werden Euch Eure Zimmer zeigen und Euch dann ins Bad führen«, fuhr Maitr' Calmant schmunzelnd fort. »Selbstverständlich nehmen sie auch Eure Essenswünsche und Weinbestellungen entgegen. Sie sprechen Eure Sprache nicht gut, sind aber in der Lage, sie zu verstehen und mit Ja und Nein zu antworten. Des weiteren mögt Ihr sie behandeln, wie es Euch beliebt, sie gehören Euch. Zu gegebener Stunde werde ich mich wieder bei Euch einfinden, nachdem der Hofschneider die Gelegenheit erhielt, sich Eurer zu widmen.«

»Ähhh«, meldete sich Eljazokad mit erhobenem Zeigefinger zu Wort, »nur, damit kein Mißverständnis aufkommt: Wir sind alles andere als reich.«

»Oh«, lächelte der Maitr', »da beliebt Ihr Euch zu irren. Ihr seid Gäste Melronias – reicher kann man in den Dreifarbenländern kaum noch werden.«

Das Bad war eine gekachelte Halle mit Tintenfischmosaiken, die sich über sämtliche Wände schlängelten. Sprach man, hallte es laut und klar. Eljazokad und Bestar aalten sich in einem gewaltigen, zwanzig mal zehn Schritte großen, rechteckigen Becken, Tjarka hatte ein eigenes, das schlangenförmig war, verschiedene Tiefenzonen besaß und das von dem der Männer durch hölzerne Schiebewände abgetrennt war. Das einzige, was sie störte, war ihr Diener Enschen, der zwar nicht hinschaute, was sie machte, sie aber auch nicht alleine ließ.

Nachdem sie eine halbe Stunde geplanscht, getaucht, sich mit Seifen eingerieben und mit zusätzlichem heißen Wasser übergossen hatten, erschien der Hofschneider samt dreiköpfigem Helfergefolge und nahm bei ihnen Maß. Schon für den kommenden Morgen versprach er ihnen allen »etwas Angemessenes«, bis dahin würde man ihnen »etwas Schlichtes« aus dem »Fundus« bringen, das »so in etwa« passen würde.

Dieses »Schlichte« entpuppte sich als spitzenbesetzte höfische Kleidung, die von eleganterem Zuschnitt war und aus feineren Stoffen bestand, als der diesen Dingen nicht abgeneigte Eljazokad sich jemals zuvor hatte leisten können.

»Ich frage mich«, brummte Tjarka, als sie alle nebeneinander standen und verschiedenfarbige Westen durchprobierten, »warum man so viel Stoffe für uns ausgibt, daß den Dienern nicht genügend übrigbleibt, um ihre Ärsche zu bedecken.«

»Hast du es nicht gehört?« grinste Eljazokad. »Dein Diener gehört dir. Befiehl ihm, dicke Wollhosen zu tragen, und er wird es tun.«

Eine Drittelstunde später bereits lief Enschen tatsächlich in winterlichen Wollhosen herum. Bestars Dienerin Jeree bekam am Abend von Bestar ebenfalls einen bodenlangen Rock verabreicht. Nur Eljazokad ließ seine Dienerin, wie sie war. »Ich weiß nicht, was ihr habt«, sagte er mit fachmännischer Miene. »Ich finde, Slanja kann das tragen.«

Ihnen wurden drei Einzelzimmer zugewiesen, die alle vom selben Flur im vierzehnten Stock des Südwestflügels abzweigten. Tjarka war noch niemals in ihrem Leben so hoch – mehr als dreißig Schritte – über dem Erdboden gewesen, Bestar kannte Ausblicke wie den aus seinem schießschartenförmigen Fenster höchstens aus waghalsigen Kletterpartien in den Klippenwäldern. Einzig Eljazokad, der vor einem halben Mond auf einer Gribaille hoch über das Land geritten war, nahm die Lage seines Zimmer kaum noch als etwas Besonderes wahr. Dennoch notierte er, nachdem Tjarka und Bestar zu ihm gekommen waren, um ihm begeistert ihre Eindrücke mitzuteilen, mehrere Gedanken.

Aus Eljazokads Tagebuch:

*Der Vogelblick, der Forker Munsen versprochen worden war – in Melronia gehört er zum Alltag. Und es geht noch viel höher hinauf, mindestens noch fünfzig weitere Stockwerke, schätze ich, bis zu den Wolken.*

*Sind wir hier dann alle der hängende Mann, weil unsere*

*Perspektive neu und ungewohnt ist? Betrachtet man Melronia verkehrt herum, wird der Innenhof zum Keller, der in unbekannte Tiefen führt.*

*Das Leuchten, das den Kopf des Gehängten auf der Karte namens Schlüssel zwölf umgab, fällt mir wieder ein. Vielleicht bin ich dieser Mann, der aus seinem Kopf heraus Licht entstehen läßt im Laufe der Tage. Unter seinem Kopf lag auf dem Boden eine Karte des Kontinents. Das bedeutet, er schwebte über dem Kontinent, befand sich außerhalb, so wie ich jetzt. Warum ist mir das nicht damals bei den Unsteten aufgefallen, daß diese Karte mich zeigt?*

*Weil ich damals noch im Kontinent wurzelte und kein Licht mehr hatte. Erst hier, in dieser Totenwelt, findet es schubweise wieder zu mir und läßt sich als Werkzeug benutzen, damit ich weiterkommen kann.*

*Wurzellos. Haltlos. Hoffentlich nicht grundlos.*

Zum Essen führten ihre Diener sie in einen festlich beleuchteten Saal acht Stockwerke tiefer. Außer ihnen aß dort niemand, aber die drei Diener tischten ihnen raschelnd und klappernd aus einer angrenzenden Küche Schalentiersuppe, Wildbret an krustig überbackenen Erdäpfeln, weißes Brot, Tomatensalat mit Öl und sehr weichen und würzigen Weißschimmelkäse auf, dazu rosafarbenen Wein und Quellwasser, das leicht mit einem sprudelnden Bittersalz versetzt war. An diesem Wasser schnupperte Bestar lange und argwöhnisch, als könnte es vergiftet sein, doch Tjarka griff heißhungrig und durstig zu, und dann wollte Bestar nicht mehr zurückstehen. Die drei schlugen sich die Bäuche voll wie schon lange nicht mehr.

»Findet ihr nicht auch«, brachte Bestar zwischen den Bissen hervor, »daß hier sehr wenig Menschen zu sehen sind? Auch wenn man aus unseren Fenstern in den Hof runterblickt, sieht man nie mehr als vier oder fünf vornehme Gestalten gleichzeitig. Und dieser Saal – Tische und Stühle für hundert oder mehr, aber niemand da außer uns.«

»Vielleicht bleiben die Melronianer so gerne unter sich, daß sie langsam aussterben«, wagte Eljazokad eine Theorie.

»Das Essen jedenfalls ist köstlich«, schmatzte Tjarka. »Fork hat mich einmal nach Miura mitgenommen und dort zum Hühnchenessen eingeladen, aber das war gar nichts gegen das hier.«

Maitr' Calmant trat ein und gesellte sich zu ihnen. Er trug immer noch das mönchsartige graue Gewand und war somit – von den Dienern abgesehen – die bei weitem am unauffälligsten gekleidete Person, die sie bislang bei Hof gesehen hatten. »Ich habe mit dem König gesprochen«, begann er, »und er hat sein Interesse an einer Audienz bekundet. Jedoch muß die Etikette eingehalten werden, und das bedeutet, daß Ihr mindestens einhundert Punkte vorzuweisen haben müßt, bevor Ihr Euch mit dem König in ein und demselben Raum aufhalten dürft.«

»Wieviele Punkte haben wir denn vorzuweisen?« erkundigte sich Eljazokad.

»Keinen, denn Ihr seid nicht von hier.«

»Richtig. Also von mir aus kann ich mich mit dem König auch durch eine Tür hindurch unterhalten, ich muß nicht unbedingt im selben Raum sein.«

Der Maitr' lächelte. »Ihr seid ein Spaßvogel, womöglich könntet Ihr Euch als Hofnarr erste Punkte verdienen. Könnt

Ihr Lieder dichten? Balladen verfassen? Habt Ihr handwerkliche Fähigkeiten, die sonst niemand hat?«

»Ich kann Licht machen, ohne einen Funken zu erzeugen.«

»Ja, davon hörte ich bereits. Aber das bringt Euch keine Punkte, das hat Euch lediglich hier hereingebracht in unser bescheidenes Domizil. Ohne etwas Besonderes zu sein und zu können, erhält man niemals Zutritt nach Melronia.«

»Verstehe. Sind Bestar und Tjarka dann offiziell … meine Knappen?«

»Euer Wappengefolge. Das bedeutet, sie werden nicht wie einfache Knappen behandelt, dürfen aber ohne Euch keine höherliegenden Stockwerke aufsuchen als das, in dem Eure Zimmer liegen.«

»Aha, der Wind wird schon rauher«, sagte Bestar, bediente sich aber weiterhin vom Wein.

»Mitnichten, mein Freund«, versuchte der Maitr' die Wogen zu glätten. »Ihr alle besitzt die Privilegien eines Tausend-Punkte-Citadins, ohne auch nur einen einzigen Punkt zu besitzen. Dieses Gesetz ist noch sehr neu, erlassen erst vor zwei Jahren von unserem mildtätigen Melron VII. Er war der Meinung – und ich teile diese –, daß man in einem Krieg wie dem unsrigen jede mögliche magische Verstärkung in Betracht ziehen muß.«

Eljazokad brach sich ein Stück Weißbrot ab und wischte damit die Reste der Bratensauce von seinem Teller. »Erzähl uns mehr über eure Welt und euren Krieg.«

Maitr' Calmant seufzte. »Unsere Welt ist unbeständig. Man sagt, daß Menschen, die von der alten Insel herüberkommen, die Macht haben, unsere Welt nach ihren Wünschen zu formen. Der erste Melron schuf dieses Schloß der roten Wand vor sieben Generationen, weil er ein Gott war, der von der Insel kam. Damals lag die Brücke der brennenden Blumen noch in einem fruchtbaren, idyllischen Gebiet. Ist Euch das nicht aufgefallen, als Ihr von dort gekommen seid? Was umgab die Brücke?«

»Wasser. Wasserfälle.«

»Und als Ihr weitergingt?«

»Wüste. Keine Flüsse mehr. Wo sind die Flüsse hin? Seltsam, daß mir das nicht aufgefallen ist. Es war … als würde ich einen anderen Raum in einem Haus betreten. Der Übergang war nicht fließend, sondern … wie soll man das ausdrücken?«

Maitr' Calmant nickte. »Der Übergang war *unlogisch.* Es gibt mehrere solcher Übergänge in dieser Welt. Meistens dort, wo die Wünsche verschiedener Götter aufeinandertreffen. Es gibt Grauzonen und Schockgrenzen. Die Welt ist wie ein Flikkenteppich, und immer noch wächst und wuchert sie. Es gibt Gelehrte, die der Meinung sind, daß unsere Welt an diesem Wuchern zugrunde geht. Daß sie sich selbst aufzehrt, nicht genügend Energie vorhanden ist für alle ihre hochtrabenden Träume und Begehrlichkeiten.«

»Hat die Wolkendecke etwas damit zu tun?«

»Nein. Die Wolkendecke ist ein Schutz. Bei uns geht nämlich die Sonne niemals unter. Ohne die Wolkendecke würde alles Land ebenso verbrennen wie die Wüste, die entstand, bevor die Magier von Bazuzary die Wolken schufen.«

»Dann … war es nicht immer so, daß die Sonne nicht untergeht?«

»Nein. Vor fünf Generationen war es noch anders. Als Schloß Melronia erbaut wurde, gab es noch die Nacht und keine ewigwährende Bewölkung. Ich selbst habe das bedauerlicherweise nicht erlebt, aber mein Großvater hat mir davon erzählt. ›Die Nächte waren voller Schrecken‹, sagte er, ›aber auch voller Leidenschaft.‹«

»Und dann? Was ist dann passiert?« fragte Tjarka, die gebannt zuhörte.

Maitr' Calmant holte tief Luft, als zwänge er die Ereignisse der Vergangenheit durch ein neuerliches Aussprechen zur Wiederholung. »Der Krieg gegen Etridti Djuzul begann. Vor fünf Generationen. Zuerst ein unbedeutender Grenzkonflikt, der sich dann in einen Flächenbrand verwandelte. Selbstmordattentäter, großräumige Säuberungen, Brennmittelabwürfe mit Gribaillengeschwadern auf Städte voller Frauen und Kinder, Heere, die eine blühende Ebene in einen zerfurchten Totenacker verwandelten. Acht Jahre schaukelte das gegenseitige Morden sich auf, bis die Asterianischen Magier die Quelle des Feuers aufbrachen und über unsere Köpfe hängten: die niemals versiegende Sonne.«

»Verstehe ich das richtig?« hakte Eljazokad nach. In seinem Kopf gellten die Worte *Etridti Djuzul* durcheinander. *Es existiert, und zwar in dieser Welt!* Aber er konnte sich in der Heimstatt des verfeindeten Melronia schlecht anmerken lassen, daß ihn etwas mit Etridti Djuzul verband. »Es handelt sich nicht um die echte Sonne, sondern um ein künstlich magisch erzeugtes Licht?«

»Nein, es handelt sich um einen echten Himmelskörper, den kleinsten unserer sechs Monde, der durch Magie zum Glühen gebracht und dazu gezwungen wurde, sich in Konjunktion mit der Erddrehung immer über Melronia zu befinden.«

»Erd … *drehung*?«

Der Maitr' lächelte nachsichtig. »Ich vergaß, daß Ihr von einer Insel stammt. Eure Welt ist demnach tatsächlich flach. Diese ist es den vorherrschenden theoretischen Erkenntnissen zufolge nicht. Sie hat die Form einer Kugel, deren Volumen durch den Zugewinn neuer Länder anwächst, wobei ihre Stabilität jedoch immer weiter nachläßt. Ähnlich einer Seifenblase, die man größer pusten kann, bis ihre Haut irgendwann so dünn geworden ist, daß sie platzt.«

»Eure Welt kann platzen?« fragte Bestar belustigt.

»In der Theorie ja. In der Praxis hat jedoch ironischerweise ausgerechnet die verderbliche Magie der Djuzuli dazu beigetragen, daß nicht mehr so viele Götter von der alten Insel hier ankommen und die Welt zum Wuchern bringen können, denn das Gebiet um die Brücke der brennenden Blumen ist nun verdorrt und lebensfeindlich. Es kommt kaum noch einer bis zu den Bergen durch, und das Queren der Berge gibt den Halbverdursteten und -verhungerten dann den Rest. Ihr seid wahrscheinlich auf einer Gribaille geflogen?«

Eljazokad nickte.

Auch der Maitr' nickte. »Die einzige Chance.«

»Und es gibt auch eine Flüchtlingsbewegung? Menschen, die über die Brücke auf ... die Insel wollen?«

»Ja. Ein langer Krieg wie dieser bringt so etwas mit sich. Skrupellose Gribailliere befördern als Schlepper ganze Familien in den sicheren Tod der Brückenwüste. Aber die Brücke kann von dieser Seite nicht betreten werden. Auch von Eurer Welt kommen nur sehr wenige Menschen über die Brücke. Menschen, die einen großen Schmerz erlitten haben, weshalb die Theoretiker die Brücke auch als *die Grenze des Schmerzes* bezeichnen.« Er sah Tjarka und Bestar an. »Wir wissen aber nicht alles. Uns Melronianern fehlt die Fähigkeit, zwischen beiden Welten hin- und herzureisen und zu forschen. Das können nur sehr wenige. Die Magier von Bazuzary, die Euch Inselmenschen als *Träumer* bezeichnen, haben einem Krieger diese Fähigkeit verliehen. Und es gibt einen Inselmenschen, der uns schon mehrmals besuchen kam und immer wieder in Eure Welt zurückkehrte.«

»Ryot Melron?« riet Eljazokad.

»Nein. Den Namen *Ryot* Melron habe ich noch nie gehört. Der Begründer der Melron-Dynastie und Erbauer von Melronia hieß *Terzel* Melron. Er nannte sich einen Baron von der Roten Wand. Deshalb ließ er Melronia aus rotem Stein errichten.«

»Von der Roten Wand habe ich schon gehört«, bemerkte Bestar. »Sie liegt in den Klippenwäldern, unweit vom Brennenden See. Dort soll es auch eine Burg gegeben haben, aber sie brannte nieder, als ich noch nicht geboren war.«

»Und wie heißt dieser zwischen den Welten wandernde Inselmensch?« erkundigte Eljazokad sich weiter.

»Galin von Asteria. Er ist entweder ein Gott von Eurer Insel und hat weit im Norden unserer Welt ein Reich errichtet namens Asteria, oder er stammt von hier und nennt sich deshalb *von* Asteria. Ich weiß es nicht. Er ist ein verschlossener, düsterer Mann, den eine flimmernde Aura der Macht umweht.«

Eljazokad rieb sich nachdenklich den Hinterkopf. »Der Name Galin von Asteria ist in unserer Welt zumindest unter Magiern recht geläufig. Er gilt als der größte von uns allen, jung noch an Jahren, doch von den Göttern mit Kräften gesegnet, die weit über das Maß eines Sterblichen hinausreichen.« In Wandry hatte die Gezeitenfrau ihm von Galin erzählt.

»Das ist er«, bestätigte der Maitr'. »Seid Ihr ihm je begegnet?«

»Nein.«

»Ich schon. Es ist, als würde man neben einem großen Feuer stehen. Die Haut prickelt, die Haare stellen sich auf, man spürt Schmerzen und einen heißkalten Windhauch, der von Galin ausgeht. Man hält es nicht lange aus in seiner Gegenwart, ohne Fieber zu bekommen.«

Es entstand eine Pause im Gespräch, die peinlich zu werden drohte, bis Bestar die Initiative ergriff.

»Also was ist nun mit dem Punkteverdienen? Wie bekommen wir Eljazokad und den König in einen Raum?«

»Nun, Ihr könntet Euch an der Front melden. Das ist der einfachste Weg, eine Tabelle zu erhalten und in dieser zu steigen. Ihr könntet aber auch – was deutlich ungefährlicher ist – am ewigwährenden Turnier teilnehmen, das vor den Toren Melronias stattfindet.«

»Da habe ich mich schon erkundigt«, schüttelte Bestar den Kopf. »Man braucht fünfhundert Punkte, um teilzunehmen.«

»Das habt Ihr falsch verstanden. Ihr müßt im Ritterstande sein, um an der Tjoste teilnehmen zu können, also dem berittenen Lanzengang. Es gibt aber auch noch die Bodenkämpfe. Dort kann jeder teilnehmen und versuchen im Rang aufzusteigen. Jede Art von Kampf bringt ihre eigenen Punktzahlen; am besten erkundigt Ihr Euch am Rande des Turniers bei einem Tabellista nach den Tageskonditionen.«

»Das ist nichts für mich«, sagte Eljazokad. »Ich bin kein Kämpfer.«

»Aber für mich!« entgegnete Bestar. »Kann man auch zusammen kämpfen? Oder kann ich kämpfen und Eljaz die Punkte geben?«

»Das ist leider nicht möglich.«

»Und wie kommt man sonst noch an einhundert Punkte?« erkundigte sich Eljazokad.

»Wie ich schon sagte: durch herausragende Tätigkeiten bei Hofe.«

»Wie zum Beispiel Hofnarr sein.«

»Ja, aber nicht für den König, denn dann wärt Ihr ja schon mit ihm in einem Raum. Hofnarr sein für einen der anderen Adeligen.«

»Dazu bin ich nicht komisch genug«, ächzte der Lichtmagier. »Möchtest du gerne bei diesem Turnier mitmischen, Bestar?«

Bestars Gesicht strahlte. »Es wäre eine tolle Gelegenheit festzustellen, wie echt Skergatlu in dieser Welt ist.«

»Dann machen wir es so. Du kämpfst. Du holst dir hundert Punkte. Du machst die Audienz beim König. Ich habe ohnehin nur ein paar Fragen an ihn, die kannst du ihm genausogut stellen wie ich.«

»Ich beim König? Nein, das versaue ich nur!«

»Unsinn. Du hast auch bei den Riesen nichts versaut. Du kannst so was. Außerdem siehst du viel … göttlicher aus als ich.«

»Und was ist mit deinem Licht?« fragte Tjarka. »Kannst du nicht Licht zaubern und so die Adeligen unterhalten?«

»Bislang habe ich das Licht immer gebraucht, um in dieser Welt überhaupt überleben zu können. Ich will das bißchen Energie, das sich im Laufe der Tage in mir anreichert, nicht zur Belustigung anderer vergeuden. Eine Frage habe ich noch, Maitr' Calmant. Habt Ihr den Begriff Martelaskette schon einmal gehört, und den Namen Gyulthen?«

»Beides sagt mir nichts. Aber ich kann in unserer Bibliothek nachforschen, wenn Ihr das möchtet. Wir haben eine große Bibliothek in Melronia, jedoch sind die Bücher auf Bazuzaric verfaßt und werden Euch bedauerlicherweise nicht von Nutzen sein.«

»Das wäre sehr freundlich von Euch. Möglicherweise könnt Ihr mir ja auch die Grundzüge Eurer Sprache vermitteln.«

»Das könnte ich tun. Das könnte aber auch Eure Dienerin tun.«

»Ihr habt recht. Ich sollte Euch nicht zu sehr in Anspruch nehmen. Also, ich für meinen Teil bin sehr müde nach diesem reichhaltigen und köstlichen Mahl. Sehen wir uns morgen wieder?«

»Die Diener geleiten Euch zum Frühstück. Ich werde dann dorthin kommen. Und vergeßt nicht: keine Erkundigungen im höhergelegenen Schloß ohne eine Begleitung durch Herrn Eljazokad«, schärfte der Maitr' Bestar und Tjarka noch mal ein. »Melronia hat nichts zu verbergen, aber die Regeln des Hofes sind um so bedeutender, je mehr Leben und Moral der wütende Krieg verzehrt. Euch ist sicherlich schon aufgefallen, daß Melronia leidlich entvölkert wirkt. Alle Citadins im kampffähigen Alter sind längst an der Front oder bereits an ihr zugrunde gegangen. Seit einem Jahr dürfen sich auch Frauen zu den Waffen melden. Ob das ein Fortschritt ist oder nicht, möchte ich nicht zu beurteilen wagen. Aber wenn alles endet, muß Melronia überdauern wie eine letzte Inselfestung im schäumenden Meer der Barbarei. Deshalb achten wir auf Etikette und Tabellen.«

Alle schwiegen. »Es steht nicht gut in eurem Krieg?« fragte Eljazokad dann.

»Nein«, bekannte der Maitr' freimütig. »In keinem Land, in dem Krieg herrscht, kann es gut stehen, und genau so ist das auch bei uns.«

Im ewigen Dämmerlicht saß Eljazokad noch wach auf einem Schemel am geöffneten Buntglasfenster und brachte noch ein paar Gedanken zu Pergament.

Aus Eljazokads Tagebuch:

*Etridti Djuzul.*

*Das Meer der Barbarei.*

*Wenn wir das Tor von Bauscheld nirgendwo anders finden können, weiß ich am Ende immerhin, wie ich nach Etridti Djuzul gelangen kann. Zwar nicht als Passagier mit eigener Kabine, sondern als Rudersklave, aber wenigstens ohne mehr zu bezahlen als meine Seele.*

*Die Alte Insel.*

*Wie seltsam das anmutet, von einem Ort zu stammen, der diesen Namen trägt und den man für einen Kontinent hielt.*

Als ihm nichts mehr weiter einfiel, wandte er sich lächelnd seinem Bett zu, wo Slanja schon mit genau demselben Lächeln auf ihn wartete.

Am folgenden Morgen wurden sie eingekleidet. Eljazokad und Bestar bekamen vorne spitz zulaufende Stiefelchen aus feinstem Wildleder, bauschige gestreifte Hosen mit eingelegten

Samtfalten, farbkräftige Paillettenhemden, bestickte Filzstoffwesten, Dolchgurte mit Kettchen, Spitzenhandschuhe mit Stulpen und zum Abschluß hohe dunkle Hüte mit schmaler Krempe, die oben abgeflacht waren. Bestar sah grotesk aus wie noch nie zuvor in seinem Leben – spätestens nachdem ihm der Hut auf den störrischen langen Haaren festgedrückt worden war, konnte Eljazokad sich vor Lachen kaum noch halten und brachte den gesamten Einkleidungsprozeß fast so sehr in Unordnung wie Tjarka. Die ging jedoch noch weiter: Sie verweigerte das rosafarbene, taillierte Spitzenbesatzkleid, in das man sie zwängen wollte, sowohl durch Geschrei als auch durch zwei kleine Verfolgungsjagden durch die angrenzenden Räume, und gab erst Ruhe, als sie genauso eingekleidet wurde wie die Männer. In der schmuckvollen Stutzerkluft machte Tjarka allerdings gar keine so schlechte Figur. Besonders die Handschuhe und das glitzernde Hemd sagten ihr sehr zu. Den Hut setzte sie sich keck etwas schräg auf.

Eljazokad gefiel sich ebenfalls, er drehte sich vor einem mannshohen Spiegel und genoß die kostspielige Qualität der verarbeiteten Stoffe. Lediglich den Schmuckdolch wollte er nicht anlegen, dafür hängte er sich zwei zusätzliche Kettchen an den breiten Gürtel.

Bestar ertrug sein Spiegelbild mit erstaunlicher Gleichmut und versuchte, die Muskeln nicht anzuspannen, um nicht aus seinem Kostüm zu platzen wie ein schlüpfendes Küken aus einem Ei. »Ich geh dann mal raus, Punkte verdienen«, sagte er, klemmte sich seine alte Abenteurerkleidung, die er gestern im Bad vor dem Zugriff des Schneidertrupps in Sicherheit gebracht hatte, samt Skergatlu unter den Arm und eilte abwärts durch das Schloß bis zur Seitenpforte mit der Hängebrücke, ohne sich ein einziges Mal in den weitläufigen Stockwerken und Korridoren zu verirren.

Das Turnier war in vollem Gange. Ritter flogen scheppernd durch die Luft. Pferde bissen mit weißgedrehten Augen auf ihrer Zäumung. Prasselnd gingen Lanzen zu Bruch. Das Volk machte »Ahh!« und »Ohh!«, verwettete Testel und feuerte liebgewonnene Kämpen an. Hinter einer Laugengebäckbude zog Bestar seine alte, geläufige Kampfmontur samt dem Segmentpanzer der Riesen an. Die vornehme Schloßkleidung stopfte er sich in den Rucksack, den Hut schnallte er sorgfältig daran fest. Erst jetzt, beim genaueren Betrachten des Turniergeschehens, fiel ihm auf, daß die Zuschauer überwiegend alt waren, zu alt für das Militär, während die Teilnehmer noch sehr jung aussahen und sich jugendliche Hoffnungen machten, in der Armee eine bessere Laufbahn einschlagen zu können als die eines armseligen Frontsoldaten.

Er machte einen Tabellari ausfindig, der nicht allzu beschäftigt war, und ließ sich von ihm die Regeln für Bodenkämpfe erklären. Das Wichtigste war, daß diese Kämpfe möglichst unblutig ablaufen sollten, schließlich wurde jeder kampffähige Dreifarbenländer an der Front gebraucht. Es wurde also mit Waffen gekämpft, die mit Schwämmen umwickelt waren. Falls in einer Kampfpartie jemand ernstlich verletzt wurde, bekamen sämtliche Kampfteilnehmer keine Punkte, beide Parteien hatten also ein Interesse daran, vorsichtig zu sein. Gekämpft werden konnte einer gegen einen, das brachte dem Sieger einen Punkt, oder einer gegen mehrere, was bei den Mehreren sehr beliebt war, weil jeder von ihnen im Falle eines Sieges einen Punkt bekam, auch wenn zehn gegen einen kämpften. Solche Kämpfe waren aber sehr selten, weil sie nicht angeordnet werden konnten, sondern ein Kämpfer sich freiwillig dazu bereit erklären mußte, es mit mehreren Gegnern gleichzeitig aufzunehmen. Die Punkteverteilung bei den Mehrgegnerkämpfen gestaltete sich folgendermaßen: ein Sieg gegen zwei Gegner brachte drei Punkte, ein Sieg gegen drei Gegner fünf, gegen vier Gegner acht, gegen fünf zwölf, gegen sechs 17, gegen sieben 24, gegen acht 32, gegen neun 40 und gegen zehn 50 Punkte.

»Mehr als zehn geht nicht?« fragte der Klippenwälder.

»Nein. Schon auf Kämpfe gegen fünf läßt sich kaum einer ein.«

»Und die Gegner? Kann ich mir die selbst aussuchen?«

»Das läuft folgendermaßen ab: Wir schreiben einen Kampf – sagen wir – einer gegen fünf an die Tafel. Daraufhin melden sich wahrscheinlich so etwa zwanzig junge Burschen, die alle einen Punkt dafür bekommen wollen, dich zu fünft zu verdreschen. Unter diesen zwanzig Freiwilligen kannst du dir dann die fünf aussuchen, gegen die du antreten willst.«

»Klingt gerecht. Ich nehme zehn.«

»Zehn Gegner?«

»Mehr geht doch nicht, hast du gesagt.«

»Ich muß nochmal nachfragen: zehn Gegner hintereinander oder gleichzeitig?«

»Gleichzeitig.« Bestar grinste breit in das staunende Gesicht des Tabellari. »Ich will mal sehen, was ihr hierzulande so draufhabt.«

Die Nachricht verbreitete sich schnell. Rund fünfzig Jünglinge meldeten sich innerhalb der nächsten Stunde an der Tabellaritafel. Außer den Jünglingen noch fünf kampfbereite

Mädchen und zwei verbeulte Ritter, denen ein leichtverdienter Punkt offensichtlich nur recht war.

Die Ritter ließ Bestar außen vor, aber die fünf Mädchen bereiteten ihm Kopfzerbrechen. In den Klippenwäldern kämpften Mädchen nicht, sie ließen um sich kämpfen. Beim Kampf gegen die Kruhnskrieger im Talkessel von Terrek jedoch hatte Bestar es auch mit weiblichen Gegnerinnen zu tun bekommen und keinen Unterschied zwischen den Geschlechtern gemacht, denn männliche und weibliche Kruhnskrieger waren gleich gut ausgerüstet und gleich gut ausgebildet gewesen. Nun wußte er nicht, wie es um die Frauen der Dreifarbenländer stand. Wahrscheinlich waren sie überhaupt noch nicht vorbereitet auf echte Gegner. Dieses Turnier diente nicht der Volksbelustigung, sondern dazu, der Armee eine mühsame und langwierige Rekrutenausbildung abzunehmen.

Er entschied sich für acht überheblich dreinblickende Grünschnäbel und die beiden am wenigsten hübschen der fünf Mädchen. Er befürchtete, Hemmungen zu haben, ein allzu hübsches Gesicht zu schlagen.

Ein Platz wurde freigedrängt und mit roten Seilen abgezäunt. Die zehn machten Lockerungsübungen, schwatzten oder stritten sich schon jetzt darum, wer den entscheidenden Schlag anbringen würde. Alle Waffen – Säbel, ein Dreschflegel, Kampfstäbe, zwei Schlagringe, eine Stahlstange und das Erzschwert Skergatlu – wurden in Schwämme gepackt und fest umwickelt, so daß Gewicht und Handhabung sich kaum änderten, jegliche Schneiden und Kanten jedoch verschwunden waren. Die zehn nahmen im höhnischen Halbkreis Aufstellung vor Bestar. Dieser vermißte einen klaren Sonnenstand, aber andererseits konnte er so aus keiner Richtung geblendet werden.

Der Tabellari zählte von fünf auf null und klatschte bei null in die Hände. Bestar stürmte vor mit der Gewalt einer Sense, mitten hinein in den zu zögerlichen Halbkreis.

Eigentlich war es ganz simpel. Je mehr Gegner es waren, desto einfacher war es, denn diese Gegner waren keine eingespielte Truppe; sie waren Fremde, und niemand wußte, was der andere tun würde und worauf man sich verlassen konnte. Die unkoordinierten Angriffe und Verteidigungen der Übermacht waren sich gegenseitig im Weg und kürzten sich zu null heraus. Im Nu hatte Bestar vier Gegner zu Boden gedroschen. Zwei weitere, ein Junge und ein Mädchen, senkten sich auf ein Knie und hoben die Hände zum Zeichen der Aufgabe. Nach nur acht Lidschlägen hatte der Klippenwälder es nun nur noch mit vier Gegnern zu tun. Der erste bekam Bestars Fuß vor die Brust, stürzte schreiend im Zurückweichen und stand vorsichtshalber gar nicht mehr auf. Der zweite und der dritte griffen gleichzeitig und Seite an Seite an. Bestar schlug ihre langen Waffen beiseite, daß es ihnen fast die Arme aus den Gelenken kugelte, und verpaßte dann jedem eine krachende Maulschelle mit der umwickelten Schwertbreitseite. Sie stürzten fast unwirklich langsam zu Boden. Der vierte und letzte parierte immerhin zweimal, dann bekam er Skergatlus Schwammspitze zweimal heftig gegen den Rumpf. Für einen Moment blieb ihm die Luft weg. Bestar ließ Skergatlu fallen, griff sich den Jungen an den Schultern, kickte ihm seitlich die Beine weg und schmetterte die Schultern des Jungen so heftig auf den Boden, daß dieser unter dröhnendem Hustenwürgen von zwei Helfern in den medizinischen Bereich getragen werden mußte. Bestar hob sein Schwert wieder auf, blickte drohend auf all jene hernieder, die sich gerade irgendwie aufrappelten, und sagte: »Kein Tropfen Blut. Es ist vorbei.« Die gesamte Schlacht hatte kaum einen halben Sandstrich gedauert.

Die Zuschauer staunten erst mit offenen Mündern, dann jubelten sie. Der Name *Bestar Meckin* tauchte auf einer rötlichen Tafel auf, und neben ihm eine Zahl: *50.*

»Noch mal«, sagte Bestar zu dem Tabellari.

»Wie – noch mal?!«

»Noch mal zehn. Ich brauche hundert Punkte.«

»Noch mal zehn? Aber das ist ... das ist nicht realistisch ... nicht an *einem* Tag.«

»Hier ist doch sowieso nichts realistisch. Ich träume das doch nur.«

»Ähhh – wie???«

»Nichts. Also wann kann ich die nächsten zehn haben?«

»M-morgen. Morgen früh!«

»Na schön. Bis dann.«

Schulterzuckend bahnte Bestar sich einen Weg durch die ihn bejubelnde Menge, als sich ihm das Mädchen anschloß, das im Kampf aufgegeben hatte. »Noch mal wird das nicht funktionieren, weißt du?« zwinkerte sie ihm zu. »Die Leute wissen jetzt, wozu du fähig bist. Das macht dich interessant, auch für Kämpfer, die bereits einige Punkte auf den Tabellen vorzuweisen haben. Unter den zehn, die du morgen auswählst, werden zwei oder drei sein, die nur den Anschein erwecken, Anfänger zu sein, die es in Wirklichkeit aber faustdick hinter den Ohren haben.«

Bestar schwieg, als sie nebeneinanderher zur Seiteneingangs-Hängebrücke gingen. »Wie viele Punkte hast du?« fragte er, als sie die Brücke fast erreicht hatten.

»Dreiundvierzig. Du hättest mein vierundvierzigster werden können. Schade.«

»Versuch es morgen noch mal. Und versuch nicht gleich klein beizugeben.«

Sie maßen sich mit Blicken. Bestar hatte sie für den Kampf ausgewählt, weil sie nicht auffällig hübsch gewesen war, aber nun mußte er sich eingestehen, daß ihm ihr Gesicht ziemlich zusagte. Auch ihre Art sich zu bewegen, die geschmeidig und kämpferisch war.

»Wenn ich mich morgen wieder melde, wählst du mich noch mal aus?« fragte sie, um ganz sicherzugehen.

»Ja. Versprochen. Wenn du versprichst, nicht aufzugeben.«

»Ich bekam es mit der Angst zu tun. Du griffst an wie einer ... bei dem es um Leben und Tod geht.«

»Ja. Es geht um Leben und Tod. Immer.«

Sie forschte in seinen Augen nach einer Spur von Ironie, aber so etwas war dem Klippenwälder ziemlich fremd. »Also gut.« Sie gaben sich die Hand drauf, ihre war fest und sehr warm. Bestar ließ sie stehen und balancierte über die Brücke zum Gittertor.

»Du hast mich nicht mal nach meinem Namen gefragt!« rief sie ihm hinterher.

»Stimmt. Dann eben morgen.«

Im Hof des gewaltigen Schlosses nutzte er einen leerstehenden Stall, um sich in die alberne Kluft zu zwängen, die man bei Hof von ihm erwartete.

Dann suchte er sich einen Weg in das vierzehnte Stockwerk zurück und schlug dort die Zeit tot, bis er beim Abendessen wieder mit Tjarka und Eljazokad zusammentraf. Tjarka war den ganzen Tag über ihren Instinkten als Pfadfinderin gefolgt und hatte die vierzehn Stockwerke, die ihr erlaubt waren, erkundet. Ein wenig atemlos erzählte sie von Spiegelsälen, Korridoren voller Rüstungen, von Gemälden, die ganze Wände einnahmen und Teppichen, die weich und still waren wie Thostmoos. Geärgert hatte sie sich nur über ihren Diener Enschen, der ihr die ganze Zeit auf den Fersen geblieben war, vorgeblich, um ihr zu Diensten sein zu können, aber auf sie hatte es eher gewirkt, als hätte er den Auftrag, sie zu überwachen.

Eljazokad wiederum hatte den ganzen Tag in einer unglaublich ausufernden Bibliothek im einundzwanzigsten Stockwerk verbracht und sich angesichts der vielen Bücher – unter ihnen auch welche, die reichhaltig und farbenprächtig illustriert waren und nur verhältnismäßig wenig Text aufwiesen – dazu entschlossen, die Sprache Bazuzarys zu lernen. Seine Dienerin Slanja, die immer noch mehr nackt als bekleidet herumlief, hatte bereits damit begonnen, ihm Lektionen zu erteilen.

»Interessant ist jedenfalls«, sagte der Lichtmagier, als sie gemeinsam Rebhuhnbraten auf Beerengelee verkosteten, »daß wir drei tatsächlich unabhängig voneinander den Tag verbringen können. Ich war mir lange Zeit nicht klar darüber, ob ihr nur hier seid, weil ich mir das wünsche, oder ob ich euch tatsächlich durch meine und Siusans Magie hierhergebracht habe. Aber das scheint nun erwiesen zu sein. Ihr seid hier, und ihr seid frei in eurem Handeln.«

»Aber wir sind immer noch auf den Tischen festgeschnallt«, dämpfte Tjarka die Stimmung.

»Ja. Aber es ist kaum Zeit vergangen. Was hier zehn Tage sind, ist in Siusans Erdloch kaum eine halbe Stunde. Wir haben noch viel, viel Zeit. Und in dieser Bibliothek sind auch

Werke über Magie. Mit etwas Glück kann ich dort alles mögliche herausfinden über das Tor von Bauscheld, über Gyulthen, die Martelaskette – auch über die Namen, die uns noch fehlen: Riachia und die Siebenbeiner. Und auch über ganz andere Themen, die dem *Mammut* vielleicht eines Tages von Nutzen sein können! Wir müssen Geduld haben. Melronia ist ein fantastischer Ort!«

Bestar erzählte von seinem Turniererfolg und daß die Audienz beim König bereits absehbar sei. Er wollte nicht ganz so geduldig sein wie Eljazokad.

Am folgenden Tag ging Bestar wieder zum Turnier. Erneut meldete er sich für zehn Gegner an, erneut fanden sich mehr als zwanzig Freiwillige, unter ihnen das Mädchen. Bestar fragte sie, während er sie für den Kampf auswählte, nach ihrem Namen. Sie nannte ihn ihm: Sie hieß Aube, und sie schien ihm an diesem Tag noch reizvoller zu sein als gestern.

Bestar gab sich Mühe, ihren Rat zu befolgen und die Hinterlistigen unter den Freiwilligen auszusortieren, aber er ging diesmal dennoch mit einem mulmigeren Gefühl in den Kampf. Konnte dieselbe ungestüme Taktik noch einmal funktionieren? Hätte er nicht lieber nur fünf oder sechs Gegner wählen sollen?

Tatsächlich lief diesmal alles anders als am Tag zuvor. Von seinem Auftaktvorstoß wurden diesmal nur noch zwei seiner zehn Gegner überrumpelt. Die anderen acht – unter ihnen Aube – zogen sich aufgefächert zurück und drangen dann gleichzeitig auf ihn ein wie eine sich schließende Hand mit sieben Fingern, als er sich einen dieser Finger ausgeguckt hatte und gezielt vornahm. Dieser eine wiederum parierte meisterhaft, so daß sieben Kämpfer auf Bestar eindroschen, während er bei seinem einen direkten Gegner keinerlei nennenswerte Fortschritte erzielte. Mit einem geschrienen Befreiungsschlag mußte Bestar sich die Meute vom Rücken halten. Eine junge Frau – nicht Aube – schaltete er dabei aus. Jetzt drang aber plötzlich der meisterliche Parierer auf ihn ein und versetzte ihm einen wuchtigen Schlag mitten ins Gesicht. Bestar sah Lichtpunkte vor seinen Augen tanzen und war für einen Moment benommen. Die Meute zog sich wieder um ihn zusammen wie eine Würgeschlange und verprügelte ihn mit allem, was sie aufzubieten hatte. Im wütenden, gliederpeitschenden Knäuel gelang es ihm dann, noch zwei Gegner zu Boden zu schlagen, aber es waren immer noch fünf übrig, die zuviel für ihn waren. Das letzte, was er sah, bevor er sich nur noch zusammenrollte und die Fußtritte und Schläge ertrug wie eine Steinlawine, war, daß Aube sich an dem gemeinschaftlichen Zusammentreten nicht beteiligte, sondern am äußeren Rand des Geschehens umherschnürte. Sie war es, die den Tabellari dazu brachte, den Kampf abzubrechen, aber das bekam Bestar schon gar nicht mehr richtig mit.

Zehn Gegner erhielten jeweils einen Punkt. Bestar ging nicht nur leer aus, sondern war auch so nachhaltig verprügelt worden, daß ihm jeder einzelne Knochen im Leib schmerzte. Das Schlimmste für ihn war jedoch die Scham.

»Ich habe dich gewarnt«, sagte Aube, als er in einem Zelt lag und sie seine Rippen auf Brüche abtastete. »Offensichtlich hatten einige von ihnen sich abgesprochen. Der gute Parierer war genau zu dem Zweck auf dich angesetzt, dich zu beschäftigen. Ein Punkt für zehn Mann – so was zieht listige Gestalten in Rudeln an. Aber mit fünfen wärst du ohne Schwierigkeiten fertiggeworden. Fünf bringen auch immerhin zwölf Punkte, weißt du?«

Bestar packte sie. Irgend etwas an ihrem Geruch, an ihren Haaren, die ihr in die Augen fielen, an ihrer Stimme und an seiner eigenen Schwäche ließ ihn für einen Augenblick die Beherrschung verlieren.

»Was tust du?« fragte sie und sah ihm fest und forschend in die Augen.

Beschämt ließ er sie los. »Verzeih mir. Ich bin ein … grober Kerl. Ich hab' mir nichts gebrochen, vielen Dank.« Er erhob sich und zog sich wieder etwas über seinen Oberkörper. »Mir fehlen immer noch fünfzig Punkte. Wie oft muß ich gegen fünf kämpfen, um auf fünfzig zu kommen?«

»Viermal gegen fünf und dann noch zwei Einzelkämpfe oder einer gegen zwei.«

»Dann mache ich es so.«

»Morgen wieder?«

Er nickte grimmig.

»Ich möchte nicht mehr gegen dich kämpfen«, sagte Aube. »Aber ich würde dir gerne dabei helfen, die Freiwilligen auszusuchen. Ich bin länger bei diesem Turnier als du. Ich kenne so manchen Teilnehmer vom Sehen.«

»Ja, ich … denke, ich könnte … Hilfe gebrauchen.«

Sie strahlte, als hätte Eljazokad einen seiner Lichttricks entzündet. »Dann auf morgen.«

»Auf morgen.«

Eljazokad studierte. Tjarka badete viel in verschiedenfarbenen Wassern und erkundete alle Kammern und Fluchten von vierzehn verwinkelten Etagen.

Gegen Abend begegnete sie Eljazokad, der eben, nur mit seiner Hose bekleidet, aus seinem Zimmer kam, um für sich und Slanja etwas zu trinken zu holen.

»Eljazokad, ich habe nachgedacht«, begann Tjarka eifrig. »Wie können wir so sicher sein, daß die Zeit hier soviel schneller vergeht als im Thost? Nur, weil das bei deinem Freund auf der Brücke so war? Der hat sich aber nie von der Brücke fortbewegt! Wir jedoch sind in einem anderen Land! Ist es denn nicht ... völlig unvorsichtig, davon auszugehen, daß man alles begriffen hat, obwohl man eigentlich gar nichts mit Sicherheit weiß, und dabei vertrödelt man dann wertvolle Zeit?«

Eljazokad legte ihr lächelnd die Hände auf die Schultern. »Ich glaube nicht, daß ich zufällig hier bin. In Destrisch wurde ich erneut mit einer Art Foltertisch konfrontiert, aber diesmal in Form eines Rades. Nur aufgrund dieser Wiederholung wurde ich in die Lage versetzt, euch nachholen zu können. Und in Melronia wiederum haben die Vorfahren von Naenns Sohn eine Bibliothek für mich errichtet, die uns über alle weiterführenden Fragen hinweghelfen kann. Das ist zu kompliziert, um dir das alles zu erklären – du kennst Naenn nicht, du weißt nicht, wofür sie steht. Aber du mußt mir vertrauen. Ich fühle, daß ich hier am richtigen Ort bin.«

»Du fühlst es«, wiederholte Tjarka mißbilligend, als Eljazokad halbnackt den Gang hinunterflanierte. »Statt zu fühlen, solltest du vielleicht mal dein Gehirn wieder anschalten.«

Am folgenden Tag beobachtete Tjarka aus einem zugigen Turmfenster heraus, wie Bestar sich unten auf der Ebene mit fünf halbwüchsigen Lümmeln herumprügelte. Alle benutzten umwickelte Waffen, wurden von zwei Wichtigkeit vortäuschenden Notizenmachern umtanzt und von Schaulustigen beklatscht und bejubelt. Es war ein derbes Spektakel, und nachdem Bestar die fünf nach geraumer Zeit zu Boden gedroschen und gedemütigt hatte, sackte er selbst auf die Knie und konnte nicht mehr aus eigener Kraft aufstehen. Eine junge Frau kümmerte sich aufdringlich um ihn und scheuchte alle anderen, möglicherweise kundigeren Helfer fort.

Eljazokad verabschiedete sich an diesem Tag. Er wollte mit Maitr' Calmant zusammen aufsteigen in den allerhöchsten Turm, zweihundertsiebenundsechzig Stockwerke über dem Erdboden, und die künstliche Sonne erblicken. Der Weg dorthin und zurück war lang und umständlich und würde drei bis vier Tage in Anspruch nehmen. Die beiden nahmen Reiseproviant mit, und Decken zum Übernachten. Kopfschüttelnd nahm Tjarka dies alles zur Kenntnis.

Als sie nachts in der Badehalle in heiß dampfendem, gelb phosphoreszierendem Wasser planschte, näherte sich ihr Diener Enschen nackt und mit einem großen Handtuch in Händen. »Bitte laßt mich Euch endlich zu Diensten sein!« flehte er mit erbärmlichem Gesichtsausdruck, und sie bekam einen Tobsuchtsanfall, schmiß Kelche und Karaffen nach ihm und schrie so laut, daß sich ihre Stimme in den gekachelten Räumen fing und brach wie ein wildes Tier. Anschließend beklagte sie sich bei Bestar, der in seinem Bett lag und seinen geschundenen, von Blutergüssen übersäten Körper ausruhte. »Wer braucht diese Diener?« schimpfte sie. »Ich habe noch nie einen Diener gehabt, nie einen gebraucht, warum muß ich mich jetzt herumquälen mit einem bescheuerten, nichtsnutzigen Untertanen?«

»Ich habe Jeree auch weggeschickt«, gab Bestar ihr recht.

»Sie trug ihr knappes Zeug, wann immer ich es ihr nicht ausdrücklich untersagte. Es hat mich wahnsinnig gemacht, dauernd ihren … na, du weißt schon – vor mir zu haben. Wie soll man sich so aufs Kämpfen konzentrieren?«

»Wie läuft es denn, das Kämpfen?«

»Gut. Über die Hälfte der Punkte habe ich schon zusammen.«

»Je schneller wir hier wegkommen, desto besser.«

»Ich weiß. Ich weiß. Aber morgen muß ich mal einen Ruhetag einlegen. Meine Finger sind ganz angeschwollen von den vielen Hieben.«

Nach zwei Tagen des mühsamen Aufstiegs über hunderttausend Treppenstufen erblickte Eljazokad von den Zinnen des allerhöchsten Turmes aus die Sonne, die einstmals ein Mond gewesen war.

Die echte Sonne stand ebenfalls am Himmel, aber sie wirkte fahl und unbeträchtlich neben dem gigantischen Glutball, der im Zenith über dem Schloß loderte. Nur wenige Dutzend Schritte unterhalb der Zinnen wellte sich träge die Oberkante der magischen Wolkendecke – ein endloses graubraunes Wattemeer.

»Dies ist«, schnaufte Maitr' Calmant, den der Aufstieg noch mehr mitgenommen hatte als den jungen Magier, »der einzige Ort in unserer Welt, von dem aus man diese Sonne erblicken kann. Gut, im Gebirge, durch das Ihr auf dem Weg nach Destrisch geflogen seid, durchstoßen auch einige Gipfel die Wolken, aber diese Gipfel sind unbesteigbar steil.«

»Und Gribaillen? Könnten Gribaillen nicht durch die Wolkendecke aufwärts tauchen?«

»Das könnten sie wohl, aber das Licht dieser Sonne ist unnatürlich und verbrennt ihre Augen und Flügel. Blind versänken sie im Wolkenmeer und stürzten darunter wie in eine Hölle hinab.«

Eljazokad hob beide Hände zur magischen Sonne. »Ich bin ein Lichtmagier«, sagte er wie in Trance. »Ich fühle, wie sich meine magische Energie auffüllt bis jenseits allen Fassungsvermögens, das ich bisher für gegeben hielt. Dies ist eine Kraftquelle, die niemals versiegen wird und die mich auch immer wieder aufs neue erquicken wird. In Melronia kann ich mächtig werden ohne Beispiel.« Er sah den Maitr' an. »Es ist erschreckend.«

»Ja, das ist es. Aber ich wollte dennoch, daß Ihr das seht und erlebt. Ich erzählte Euch schon von der Theorie, die besagt, daß jeder, der von der alten Insel stammt, unsere Welt nach seinen Vorstellungen formt. Womöglich ist dies alles hier Euer Werk. Was Eure Kraftquelle darstellt, ist für uns Sterbliche unerträglich, so daß wir uns in Wolken hüllen müssen.«

»Das würde bedeuten, daß ich mit Etridti Djuzul im Bunde bin.«

»Oder daß Ihr Etridti Djuzul geschaffen habt, um einem Mond mehr als nur Mondlicht zu verleihen.«

»Sag, Maitr' – glaubst du persönlich eigentlich an diese Theorien? Als du uns das erste Mal empfangen hast, bist du nicht gerade vor Ehrfurcht vor mir niedergekniet.«

»Ihr wollt wirklich wissen, was ich glaube?«

»Ja.«

Der alte Mann holte tief Luft. »Ich glaube, daß Melronia genauso wahnsinnig ist wie Destrisch. Destrisch opfert Menschen, um vom Krieg verschont zu bleiben. Melronia führt einen Krieg, um vor weiteren Opfern verschont zu bleiben. Beides ist paradox. Ich glaube, daß das Paradoxe existiert. Ich glaube, daß Ihr und Eure beiden Begleiter gar nicht wirklich hier seid, sondern Euch nur einbildet, hier zu sein, und zwar so sehr und mit so großer Anstrengung, daß wir Euch sehen und anfassen können. Ich weiß also nicht: Soll ich vor Euch niederknien, weil Ihr ein Gott seid, oder soll ich Euch ignorieren, weil Ihr nicht wirklich seid? Also habe ich mich für den Mittelweg entschieden und behandle Euch mit Höflichkeit.«

Eljazokad lächelte. »Gibt es überhaupt eine Möglichkeit, so etwas wie die Wahrheit herauszufinden?«

»Die Wahrheit? Es gibt so viele Wahrheiten, wie es Menschen gibt. Tatsächliche Menschen und solche, die gar nicht existieren. In bezug auf die Wahrheit macht das keinen Unterschied. Laßt uns nun wieder gehen. Ihr habt Euch gestärkt, und ich fühle mich hier oben wie in der Gegenwart Galin von Asterias: Ich friere vor Hitze und werde gleichzeitig versengt von der Kälte dieser Macht.«

Bestar kämpfte nicht in den vier Tagen, die Eljazokad fort war. Aber er traf sich noch dreimal mit Aube.

Nachdem Eljazokad zurückgekehrt war und ihnen in der Badehalle mit sich überschlagenden Worten von der Mondsonne vorgeschwärmt hatte, suchte der Klippenwälder den Lichtmagier alleine in seiner Kammer auf.

»Eljaz, ich brauche dringend einen Rat von dir.«

»Schieß los.«

»Also, es geht um folgendes.« Bestar druckste herum wie ein kleiner Junge. »In Warchaim gibt es eine Frau. Sie hat mich noch nicht … ich glaube, noch nicht mal wahrgenommen, aber ich finde sie fantastisch und würde mich gerne mit ihr treffen und so. Da wir dauernd unterwegs sind, kommt aber immer was dazwischen.«

Eljazokad lächelte. Er ahnte schon, worauf Bestars Fragen hinausliefen. »Ihr seid also nicht verlobt oder so etwas in der Art?«

»Nein. Gar nicht. Womöglich weiß sie nicht mal, daß es mich gibt.«

»Kenne ich sie?«

»Nein! Ich denke nicht. Sie heißt Meldrid. Arbeitet für diesen Adeligen in seinem ummauerten … Anwesen.«

»Ah ja. Mir ist so, als hättest du sie doch schon mal irgendwann erwähnt.«

»Jedenfalls … jedenfalls habe ich hier jetzt ein anderes Mädchen kennengelernt. Aube. Wir sind uns schon ziemlich … nahegekommen. Sie ist anders als Meldrid. Nicht so … ummauert. Mehr wie ich.« Bestar seufzte zerknirscht.

»Also gut. Ich sage dir, was ich darüber denke. Eigentlich gibt es nur zwei Möglichkeiten. Erstens: Diese Welt existiert gar nicht. Wir bilden sie uns nur ein, während wir auf Siusans Foltertischen liegen. Wenn dies der Fall ist, kannst du hier tun und lassen, was du möchtest. Es wird in der Realität ohne Konsequenzen bleiben. Zweitens: Diese Welt existiert, und wir haben sie durch ein geheimnisvolles Tor der Schmerzen betreten. Aber selbst dann gibt es keine echte Schnittmenge zwischen – sagen wir – Melronia und Warchaim. Meldrid und Aube werden sich nie begegnen. Und dein Körper ist *gewiß* immer noch in Siusans Erdloch. Was wir hier erleben, spielt sich hauptsächlich in unseren Köpfen ab. Was man im Kopf tut, bricht keine Versprechen. Und ein Versprechen hat es zwischen dir und Meldrid noch nicht gegeben.«

Bestar sah immer noch unglücklich aus. »Aber ... aber ... ich bin dann nicht mehr ... du weißt schon. In den Klippenwäldern wählt man sein Weib, und sie soll die einzige sein.«

Eljazokad schmunzelte wieder. »Wenn ich mich richtig erinnere – und meine Erinnerung an dieses Ereignis ist tatsächlich etwas getrübt – hattest du doch auf der Reise zur *Höhle des Alten Königs* in *Luelias rollendem Vergnügen* deinen Spaß?«

Mit beiden Händen wehrte Bestar ab. »Überhaupt nicht. Da bin ich übers Ohr gehauen worden, Eljaz! Ich habe nichts gemacht. Das ... Mädchen hat alles ganz alleine gemacht. So gut wie ... ohne mich!«

»Verstehe. Nun, dort, wo ich herkomme, weiß eine Frau es zu schätzen, wenn ein Bräutigam in der Brautnacht nicht mehr völlig unerfahren ist.«

»Ach so?«

»Ja, ach so. Übrigens schlafe ich schon seit Tagen mit meiner Dienerin. Ich finde, wir sollten die Annehmlichkeiten Melronias ruhig würdigen. Paß nur auf, daß du nicht so sehr in Aube verliebst, daß du für immer hierbleiben möchtest. Das wird Siusan zu verhindern wissen. Und mitnehmen auf den Kontinent kannst du sie auch nicht.«

»Das ist schon klar. Nein, es ist anders als mit Meldrid. Aube ist nicht die Richtige, das habe ich ihr auch schon gesagt. Sie ... versteht das und möchte dennoch mit mir zusammensein.«

»Dann mach dir nicht zu viele Gedanken. Die Realität holt uns schon früh genug wieder ein.«

Bestar und Aube schliefen miteinander, in einem vom Atem perlenden Zelt am Rande des Turnierlagers, unter dem beständigen Dämmern des Sonnenmondes.

Tjarka wälzte sich und fand nie tiefe Ruhe. Sie wußte, daß sie immer noch auf einem Tisch lag, festgeschnallt und nackt, und daß ihr Leib wehrlos den kalten, scharfgeschliffenen Klingen zweier mitleidloser Peiniger ausgeliefert war. Wie konnten Eljazokad und Bestar nur so ruhig bleiben, Zeit verprassen und sich in Nichtigkeiten verlieren? Für Tjarka war das Himmelsschloß nichts weiter als ein blutfarbener Kerker voller wohlriechender Fallen.

Eine ganze Woche verging.

Eljazokad studierte in der Bibliothek, eignete sich die Grundzüge der melodiösen Sprache an und machte sich Notizen in ein neues samtgebundenes Pergamentheft, das Maitr' Calmant ihm beschafft hatte.

Aus Eljazokads Tagebuch:

*Alles ergibt immer mehr Sinn.*

*Die Hauptstadt von Etridti Djuzul heißt Tengan. Das Stadtschiff von Tengan verkehrt also zwischen Melronias Kriegsgegnern und unserer alten Insel, um Seelen zu rekrutieren für den Krieg, der hier tobt.*

*Mandeläugige Menschen wie das Mädchen, das ich in der Vision heilte, die mich zum Mammut nach Warchaim führte, leben in Benitdouleur.*

*Dort soll der Mond grün sein wie ein Smaragd und nie-*

*mals voll, sondern ein Ei. Genau wie der Spaziergänger erzählte.*

*Blauhaarige Menschen wie Udin Ganija, der Anführer der Wal-, Werwolf- und Mammutjäger, stammen aus Bazuzary, wo der Schnee von roter Farbe ist und woher die Sprache stammt, die ich jetzt lerne. Auch die Magier, die Melronia mit ihren Wolken schützen, stammen aus Bazuzary.*

*Die Magier von Bazuzary glauben, daß die Götter, von denen es ursprünglich nur zehn gab (genau wie bei uns auf dem Kontinent), fortgegangen sind, weitergezogen zu weiteren Welten, auf denen sie »spielen« und ihre »Ideen in Wirklichkeit verwandeln« können. Die verschiedenen Provinzen dieser Welt – die keinen Namen hat –, werden auseinandergerissen, weil ihnen die verbindende Energie (die Götter?) fehlt, die »Halteseile«. Die Provinzen treiben in den Himmel davon und werden zu Sternen. Mehr als zehn dieser Provinzen sind inzwischen schon unmittelbar lose und bedroht, unter ihnen Bazuzary selbst.*

*Nicht alles hierzu ist mir bislang schlüssig. Die Texte wimmeln von Wörtern, die ich noch nicht verstehe. Auf irgendeine mir noch unklare Weise zieht sowohl die Alte Insel (unser Kontinent) als auch die Welt, in der die Götter jetzt sind, den Provinzen Energie ab. Womöglich über Brücken wie die der brennenden Blumen, womöglich aber auch anders. Was ich bislang noch überhaupt nicht begreife, ist, welche Rolle die Weltenreisenden spielen, die ebenfalls Götter genannt werden. Menschen wie ich, die womöglich – das betont Maitr' Calmant immer wieder – die Provinzen formen und gestalten. Ich muß weiter lesen, entziffern und übersetzen. Angesichts der Materialfülle könnte es Jahre dauern, alles Wissenswerte zusammenzutragen.*

Bestar kämpfte in dieser Woche nur zweimal auf dem Turnier. Er gewann noch einmal gegen fünf, und dann noch einen Kampf gegen einen einzelnen, einen glatzköpfigen Messerstecher, weil er sich für mehr als einen zu erschöpft fühlte. Er hatte nun 75 Punkte und verbrachte viel Zeit mit Aube.

Tjarka hielt es im Schloß nicht mehr aus. Zweimal schlich sie sich in höhergelegene Stockwerke als das vierzehnte und wurde beide Male knapp nicht erwischt. Dann verließ sie das Schloß und trieb sich in der prächtigen Natur der drei Farben umher. Beinahe wurde sie dabei jedoch zur Beute eines Scherendrachens und konnte sich nur retten, indem sie sich stundenlang der Strömung eines blau leuchtenden Flusses überantwortete, während die Riesenechse mit ihren Krabbenscheren hechelnd nach ihr fahndete.

Glücklicherweise war Melronia auch für jemanden, der weit vom Weg abgekommen war, nicht zu übersehen. Ermattet und erkältet kehrte sie zurück. Danach traute sie sich nicht mehr weiter als bis zum Turnier aus den roten Mauern hinaus.

So vergingen noch einmal zwei Wochen.

Bestar kämpfte dreimal, verlor gegen fünf und verlor gegen drei, gewann aber gegen zwei und steigerte seinen Tabellenwert auf 78. In der reichlichen Zeit zwischen den Kämpfen ließ er sich von Aube in die Grundzüge des Lesens und Schreibens einweihen, denn er war beeindruckt von Eljazokad, der stets von Büchern umgeben war wie ein Schäfer von seiner Herde.

Der Lichtmagier machte weitere Entdeckungen in der Welt der Buchstaben.

Aus Eljazokads Tagebuch:

*– es gibt keine Landkarten der Provinzen, weil sie als veränderlich gelten!*

*– Mammuts leben noch, wenige, im weißen Schnee von Uesch*

*– Siebenbeiner gibt es, das sind heuschreckenähnliche Tiere, größer als Ochsen, die in Ueschdreff, der Hauptstadt Ueschs, als Lasttiere gebräuchlich sind*

*– über einen »Riachia« finde ich nichts, aber womöglich ist er ein Siebenbeinreiter, der Siusans Gruppe im Verlauf eines Experimentes begegnet ist*

*– über das Tor von Bauscheld fand ich zweierlei heraus:*

*1. es existiert nicht*

*2. es existiert, aber niemand weiß, wo*

*Das scheint kein Widerspruch zu sein, sondern gleichzeitig möglich.*

*– über Gyulthen oder jemanden, der ihm auch nur ungefähr ähnelt, finde ich nirgends etwas*

*– über die Martelaskette finde ich ebenfalls nirgends etwas*

*– über die vier Richtungen, die Gyulthen mir nannte:*

*die Weiden der Pein: liegen in Akiään*

*die Wälder der Qual : liegen noch weiter westlich als Akiään*

*die Nagelwüste: liegt noch weiter nördlich als Etridti Djuzul, womöglich in Asteria*

*das schreiende Meer: trennt den gigantischen Kontinent, auf dem die Dreifarbenländer liegen, von Etridti Djuzul. Hier zeigt sich mir ein Weg auf: Mit dem Stadtschiff von Tengan ist das schreiende Meer befahrbar. Und das Stadtschiff möchte mich sehr gerne an Bord nehmen, also kann ich vielleicht auch für Bestar und Tjarka etwas aushandeln.*

*Die Beziehungen zwischen unserer Alten Insel und den Provinzen sind vielfältiger Natur.*

*1. Menschen des Kontinents können über die Brücke der brennenden Blumen hierher gelangen. Aber nicht alle Menschen. Ich konnte es nur mit Siusans Hilfestellung. Rodraeg konnte es womöglich, weil die Riesen ihn dahingehend präpariert haben, als Bestar den von Hellas' Pfeil durchbohrten Rodraeg in ihre Hände gab. Terzel Melron, der Gründer von Melronia, konnte es aus unbekannten Gründen. Vielleicht genügt es auch, große Schmerzen zu erleiden, um die Grenze der Schmerzen übertreten zu können.*

*Nirgendwo finde ich eine zuverlässige und nicht nach Irrsinn klingende Quelle, die mir verrät, wie viele Kontinentale es in die Provinzen geschafft haben und sich womöglich immer noch hier aufhalten. Seltsam einleuchtend erscheint mir allerdings der Gedanke, daß es nicht mehr als zehn sein können.*

*2. Träume sind oftmals gar keine Träume, sondern Visionen von hier. Begabte Menschen wie der Spaziergänger aus dem Thostwald, Rodraeg (warum eigentlich immer wieder Rodraeg? Weiß er überhaupt, welche Begabungen er besitzt?) oder auch die Dreimagier von Warchaim können Ereignisse aus den Provinzen in Träumen sehen und davon erzählen.*

*3. Galin von Asteria und das Stadtschiff von Tengan können nach Belieben die Welten wechseln, eingeschränkt galt das wohl auch für Udin Ganija, der nach einer handschriftlichen Quelle ein speziell ausgebildeter Krieger im Dienste der Magier von Bazuzary war.*

*Zu Udin Ganijas Aufgabe auf dem Kontinent gibt es keine Hinweise.*

*4. Mit der Martelaskette kann ich offensichtlich weitere Kontinentale hierher rufen, damit sie mir als Gegner dienen. Ihr Aufenthalt jedoch ist kurz und auf eine einzige Aufgabe, den Kampf, beschränkt. Da es Lebende sein können und bereits Gestorbene, fürchte ich, daß sie nur meinem eigenen Geist, meinen Erinnerungen an Gegenspieler, entspringen, jedoch stofflich genug sind, um mich umzubringen, wenn ich nicht kämpfe.*

*5. Bestar und Tjarka wiederum sind ein ganz anderes Phänomen. Sie sind und bleiben hier und können selbständig agieren. Heißt das aber, daß sie aus dem Kontinent verschwunden sind? Bin ich vom Foltertisch verschwunden?*

*Manchmal denke ich immer noch, ich bilde mir die Provinzen nur ein.*

*Immer wenn ich hoffe, einen Beweis gefunden zu haben (Udin Ganija zum Beispiel, der tatsächlich in Wandry und im Larnwald war und im Gegensatz zum Stadtschiff von Tengan auch von anderen Zeugen als nur meiner Wenigkeit gesehen wurde), wird mir klar, daß womöglich diese Bibliothek, die vieles verknüpft und erklärt, nur eine Konstruktion meiner Phantasie sein könnte.*

*Aber wie kann mein Geist sich eine ganze Bibliothek ausdenken, geschrieben in einer Sprache, die ich erst mühsam lernen muß?*

Tjarka wartete ganz allein im großen Tafelsaal darauf, daß Eljazokad oder Bestar oder auch nur der Maitr' Calmant ihr beim Mittagsmahl Gesellschaft leisteten. Niemand in ganz Melronia interessierte sich für sie. Man wartete ihr auf, wenn sie sich an den Tisch setzte. Man räumte hinter ihr ab und spülte ihr Geschirr. Weiterführende Kontakte gab es nicht. Eljazokad las den ganzen Tag, Tjarka war des Lesens nicht mächtig. Bestar trieb sich den ganzen Tag mit seiner Dorfgespielin herum, Tjarka hatte ihren Diener Enschen schon seit einer Woche nicht mehr zu Gesicht bekommen. Seit sie ihn an ihrer Zimmertür angeschrien hatte, er solle ihr nicht immer hinterherschleichen wie ein rückgratloser Hund.

Sie vermißte die Natur, den rauschenden Thost. Draußen waren Freiheit und Grenzenlosigkeit, aber auch diese furchtbaren Echsen mit ihren Schnappscheren. Drinnen herrschten Anstand und Muffigkeit.

Die Bewohner Melronias glichen herausgeputzten Puppen. Sie verneigten sich und fächerten galant, aber sie redeten ausschließlich in ihrer eigenen Sprache und achteten nur dann auf Tjarka, wenn diese eines der höfischen Gebote verletzte. So hatte Tjarka in den letzten Tagen Spaß daran gefunden, an besonders weihevollen Orten kleinere Unverschämtheiten zu hinterlassen. Aber auch diese Ausbrüche und Unverschämtheiten konnten nicht darüber hinwegtäuschen, daß sie in Melronia gefangen war. Und das Schlimmste war: Sie verplemperten in diesem kalten, leblosen Ungeheuer von einem Schloß wertvolle Zeit. Mehr als drei Wochen schon. Während Siusan und Tellures mit ihren wehrlosen Körpern anstellen konnten, was immer ihnen in den Sinn kam.

Wie hatten sie nur so dumm sein können, in eine himmelhohe Falle zu tappen?

Es war nicht mehr auszuhalten.

Fast unhörbar leise flüsterte Tjarka die Worte: »Martelas Drei.«

Beinahe augenblicklich setzte eine Reaktion ein: In der Küche gab es Geschepper und Geklirr. Bedienstete schrien, als würden sie niedergemacht.

Die Tür zur Küche wurde aufgeschmettert, so daß sie schier aus ihren Angeln barst. Ein Mann stand im Durchgang, nicht ganz so groß wie Bestar, aber noch wuchtiger vom Körperbau. Er trug einen Vollbart, der zu vielen kleinen Zöpfen geflochten war, und ein schartiges Schwert.

Mit einem Kampfschrei rannte er auf Tjarka zu. Die öffnete einen Pfefferstreuer und warf ihn nach dem Angreifer, was ihn ein paar Augenblicke lang aufhielt. Tjarka kroch unter dem Tisch durch und ergriff die Flucht Richtung Ausgangstür. Abgesehen von ihrem sinnlosen Schmuckdolch war sie unbewaffnet, aber ihre Schnelligkeit und Wendigkeit hatten ihr im Thost und vor einigen Tagen auch angesichts des Scherendrachens das Leben gerettet. Darüber hinaus kannte sie die Flure und Kammern Melronias inzwischen in- und auswendig.

Sie durchquerte das sechste Stockwerk kreuz und quer, um den Verfolger abzuschütteln, aber das erwies sich als keine besonders gute Idee. Vasen und Vitrinen gingen zu Bruch, als der Krieger schnaufend hinter ihr hertobte, mehrere Wandteppiche zerfetzten unter seinen wütenden Schlägen, ein Spiegelsaal verwandelte sich in ein Scherbenfeld, unter Goldlack kam altes Holz zum Vorschein. Frauen in reifengestärkter Ballkleidung kreischten, eine kam zu Fall und blieb liegen. Tjarka erklomm auf allen vieren eine Wendeltreppe. Der siebte Stock. Der achte. Der Verfolger blieb ihr auf den Fersen.

Wo waren Bestar und Eljazokad? Eljazokad las irgendwo im

21. Stock, aber dort kannte Tjarka die Gänge nicht. Bestar war nicht in Melronia, sondern wahrscheinlich wieder in Turniernähe mit seinem Weibchen. Tjarka war auf sich gestellt.

Ihr Waldmesser fiel ihr ein, das in ihrem Zimmer im 14. Stock in einer kleinen Truhe lag, zusammen mit ihrer Steinschleuder, acht Steinchen, drei Fallenschlingen und ihrem dünnen Seil. Aber dazu brauchte sie einen Vorsprung, um in ihr Zimmer hinein- und wieder herauszukommen.

Sie war recht klein, ihr Verfolger groß und breit. Sie mußte einen Durchschlupf finden, durch den nur sie hindurchpaßte.

Die Idee kam ihr, als sie im elften Stockwerk an einer Reihe von hohen, oben spitz zulaufenden Buntglasfenstern vorbeirannte. Weiter in dieser Richtung gab es ein kleines Kapellenzimmer mit einem runden Fenster, groß genug für Tjarka, aber nie und nimmer für den brüllenden Krieger. Das Problem war, ohne große Verzögerung durch dieses Fenster zu kommen, bevor der Verfolger sie an den Füßen packen konnte. Sie machte also einen Umweg, bog schliddernd um Ecken, riß in einem Musikzimmer mehrere Kerzen aus einem Leuchter und schlug dann wieder die Richtung ein, in der die Kapelle lag. Schon beim Erreichen der Kapelle, in der ein betagtes Melronianerpärchen zu seinen Göttern betete, schleuderte Tjarka alle Kerzen nach vorne, so daß das kleine blaue Schmuckfenster in Splittern nach draußen platzte, flankte über zwei Bänke und schlüpfte mit einem Aufwärtssprung so gut wie hindurch.

Die Höhe war ein Schock. Elftes Stockwerk. Beinahe dreißig Schritte abwärts bis zum gepflasterten Hof.

Sie hörte, wie der Krieger hinter ihr Kapellenbänke umwarf und wie die Betenden in Todesangst schrien. Sie fand mit den Händen Halt an einer Verzierung und zog sich nach oben durch das Fenster. Rasch kletterte sie aufwärts – da dies die Hofseite war, gab es Reliefs, Einkerbungen, Nischen und sogar wasserspeiende Statuetten in Hülle und Fülle. Der Schwertarm des Kriegers stocherte mit der verlängernden Klinge von unten nach ihren Fersen, gerade noch rechtzeitig konnte sie sie hochziehen.

Da hing sie nun in erschreckender Höhe. Sie hatte den Außenwänden der Schloßgebäude nie Aufmerksamkeit geschenkt und befand sich deshalb nun auf völlig unbekanntem Terrain, aber nicht umsonst war sie ein Waldkind und das Klettern in komplizierten Bäumen gewöhnt. Sie verschaffte sich einen Überblick und wählte sich einen möglichst gangbaren Weg.

Unter ihr rummste es. Der Krieger schien sich von ihrem Trick mit dem Durchschlupf nicht allzulange aufhalten lassen zu wollen: Er benutzte eine Kapellenbank als Rammbock und stieß mit roher Gewalt die Fensterrahmung ein, bis das Loch groß genug für ihn zum Durchschlüpfen war. Tjarka war inzwischen schon am zwölften Stock vorübergeklettert.

Von unten riefen Menschen zu ihr hoch. Spitze, vogelartige Schreie. Tjarka wollte nicht nach unten schauen, aber sie mußte es tun, denn der Krieger holte unerbittlich auf und konnte ihr mit seinem langen Schwertarm gefährlich werden. Als sie an einem hohen Fenster in den dreizehnten Stock vorüberkraxelte, sah sie etwas, das sie ihren Plan ändern ließ.

Endlich war auch der Schmuckdolch einmal zu etwas nützlich. Mit ihm zertrümmerte sie das Fenster und wand sich an den Splittern vorbei hindurch ins sicherere Innen. Der gebohnert glänzende Tanzsaal dahinter war menschenleer. Gleich unter dem Fenster jedoch stand eine Holztruhe. Ächzend und stöhnend nahm Tjarka all ihre Kraft zusammen und wuchtete das schwere patinierte Ding auf das Fensterbrett. Nur einen Schritt unter der Fensterkante hörte sie bereits das Schwert des Verfolgers am Mauerwerk schaben. Dann schaute sie hinaus, ob der Krieger auch genau unter dem Fenster hochkam, und kantete die Truhe über das Fensterbrett nach außen.

Der Krieger wurde völlig überrascht. Er hatte gerade nicht nach oben geschaut, sondern nach schräg rechts, zum nächsten guten Halt. Aber auch wenn er die Truhe rechtzeitig erblickt hätte, wäre ihm wohl nichts Sinnvolles zu tun übriggeblieben. Das schwere hölzerne, wahrscheinlich mit Tanzschuhen gefüllte Möbelstück schlug ihm auf Kopf und Schultern. Für einen Augenblick sah es so aus, als könne er dem Bewurf standhalten, denn die Truhe rollte über seinen Rücken hinweg nach unten, aber dann zerbarst das überlastete Ornament, auf dem der Krieger stand. Er folgte der Truhe abwärts und überholte sie. Mit grimmigem Gesicht ließ er Tjarka dabei nicht aus den Augen und rasselte sogar noch mit seinen Fingern durch Fugen, als er hart auf einen Regenwasserspeier aufschlug und von dort aus schlenkernd und sich immer wieder überschlagend die letzten zwanzig Schritte stürzte, bis das Hofplaster ihn umregnet von Statuensplittern zum Stillstand brachte. Dann schlug noch die Truhe neben ihm auf und erbrach ihren Inhalt – tatsächlich funkelnde, glitzernde Schnürschuhe – über das Gestein.

Ihre Tage in Melronia waren gezählt.

Eljazokad und Bestar wurden gesucht, verständigt und herbeigeholt. Bestar konnte den Leichnam des Kriegers identifizieren: Es war Cruath Airoc Arevaun.

Große Aufregung herrschte im Schloß. Auch Maitr' Calmant, der gewichtigste Fürsprecher der drei Gäste, mußte sich vor dem König verantworten. Der Sachschaden an Fenstern, Fassade, Kapelle, Spiegeln, Vasen und Mobiliar war beträchtlich, und nur durch ein Wunder war keiner der Küchenbediensteten und kein Tausend-Punkte-Citadin zu Tode gekommen.

Den höfischen Regeln entsprechend mußten alle drei Gäste für den entstandenen Schaden haften. Bestars 78 Punkte wurden gelöscht, die Untergrenze für eine Audienz beim König von 100 auf 400 Punkte hochgesetzt. Eljazokad durfte die Bibliothek nicht mehr betreten.

Es war vorbei, und auch der Maitr' legte ihnen den Aufbruch nahe.

Eljazokad war außer sich vor Zorn auf Tjarka. »Wir waren so nahe dran! Wir hätten hier alles in Erfahrung bringen können, selbst Zusammenhänge, die für Rodraeg und das *Mammut* wichtig sein könnten. Für den gesamten Kontinent! Verdammt nochmal, Tjarka: drei Wochen, das sind nicht einmal anderthalb Stunden auf dem Kontinent! In anderthalb Stunden kann Siusan mich nicht töten – er will doch, daß es möglichst lange dauert!«

»Wir sind aber auch noch lange nicht an einem Tor!« schrie Tjarka unbeeindruckt zurück. »Wenn wir an jedem Ort, wo es genügend zu ... fressen, zu lesen und zu bumsen gibt, wochenlang Rast machen, werden in unserer Welt Tage vergehen.«

»Und wenn schon! Ich sage es zum tausendsten Mal: So schnell wird Siusan uns nicht töten wollen.«

»Es geht doch aber nicht nur ums Töten! *Er sägt dir die Beine ab*, verflucht noch mal! Die wachsen nie wieder nach!«

»Eljaz?« mischte Bestar sich zaghaft ein. »Ich fürchte, es ist etwas dran an dem, was Tjarka sagt. Du denkst immer nur ans Sterben. Aber es gibt Schlimmeres als einfach nur tot zu sein. Willst du einbeinig weiterleben? Oder ganz ohne Beine? Mit einem Unterleib, der dir nicht mehr gehorcht? Das ist kein Zuckerschlecken, glaub mir. Wir haben nicht so viel Zeit, wie du denkst. Laß uns aufbrechen, du hast doch schon Anhaltspunkte beisammen.«

Eljazokad beruhigte sich wieder. »Und was ist mit dir und deinem Mädchen?«

Bestar seufzte. »Ich werde sie fragen. Vielleicht begleitet sie uns noch ein bißchen.«

Tatsächlich wollte Aube nicht mitkommen in den Norden. Sie stand kurz davor, fünfzig Punkte zu erreichen und dadurch privilegierten Zugang zu einigen Wettkämpfen zu erhalten, die ansonsten nur Männern vorbehalten waren. Bestar war traurig über den Abschied, obwohl er sich selbst von Anfang an immer wieder klargemacht hatte, daß es nicht von Dauer sein würde. Zwischen Slanja und Eljazokad gab es keine derartige Szene. Der Lichtmagier war erfahren im Verlassen und Verlassenwerden. Weit schlimmer als dies war für ihn, keine neuen Erfahrungen zu machen.

So kam er auch über den Abschied vom roten Himmelsschloß bald hinweg und auch darüber, daß er dem König nie begegnen durfte, der wahrscheinlich ein entfernter Verwandter von Naenns ungeborenem Kind war.

# 14 Martelas Vier

Sieben Tage wanderten sie nach Norden. Noch zweimal änderten die Dreifarbenländer in dieser Zeit ihre Buntheit.

Dann wechselte beinahe schlagartig die gesamte Landschaftsform. Aus den lieblichen Wiesen und Bäumen kamen sie in eine kohlenschwarze Monolithenwüste. Violette Pilze waren das einzige Eßbare, das hier zu finden war.

Tjarka bekam Alpträume in dieser baumlosen Zone. Anfangs schien sie ihr Gefecht mit Cruath Airoc Arevaun gut verarbeitet zu haben, aber nun verfolgte der zopfbärtige Bandit sie auch noch in ihren Träumen, jagte sie durch unendliche Korridore und lachte dabei selbstgefällig.

Aus Eljazokads Tagebuch:

*Warum überhaupt Arevaun? Tjarka ist ihm nie begegnet.*
*Ich auch nicht. Einzig Bestar konnte ihn überhaupt erkennen.*

*Reicht es aus, daß nur einer von uns die Gegner kennt, damit die Martelaskette sie uns schicken kann?*

*Oder haben wir es nach Gegnern der Vergangenheit nun mit Gegnern der Zukunft zu tun? Wie in den Karten der alten Unsteten?*

*Fünf Martelaskettenglieder. Fünf Karten.*

*Martelas Eins: Scord und Gudvin. Karte eins: das Gestern, fünf Kelche.*

*Martelas Zwei: die Haarhändler. Karte zwei: das Morgen, die Hohepriesterin.*

*Nein, das paßt schon jetzt nicht.*

*Aber fünf Haarhändler, fünf Kelche. Martelas Zwei entspricht Karte eins.*

*Arevaun: der Gehängte??? Hatten die dickliche Unstete und ihr Vater nicht von einer fehlgeschlagenen Hinrichtung in Galliko gesprochen? Nein, das war der andere gewesen, dieser Phardemim. Arevaun war lediglich entkommen.*

*Es führt nirgendwohin.*

*Scord und Gudvin sind weder Hohepriesterin noch vier Schwerter noch As der Stäbe. Sie passen zu keiner der fünf Karten.*

*Die Welten sind zu kompliziert, um sie vermittels von fünf Bildern vollständig begreifen zu können.*

Mitten in der Nachtruhe – die genauso wächsern bleich war wie der Tag – kamen ihm jedoch noch weitere Erklärungsversuche in den Sinn, und er verfiel in einen neuerlichen Notizenrausch.

Aus Eljazokads Tagebuch:

*Zwei! Der Zahlwert der Hohepriesterin war 2! Also doch Scord und Gudvin!*

*Zwei Gegner, fünf Gegner, ein Gegner.*

*Fehlen also noch vier und zwölf.*

*Bei den Göttern: zwölf!*

*Wer soll das sein? Die Kruhnskrieger, von denen Bestar immer wieder erzählt?*

*Aber die Reihenfolge stimmt nicht. Bei den Karten: 5, 2, 4, 1, 12.*

*In der Kette: 2, 5, 1, ?, ?.*

*Entsteht dadurch eine neue Lesart der Karten?*

*Die Hohepriesterin steht plötzlich nicht mehr für Morgen, sondern für Gestern. Hat Bestar nicht gleich gesagt, daß sie Ähnlichkeit hatte mit der Gezeitenfrau?*

*Die fünf Kelche stehen für das Morgen. Die Haarhändler könnten im Laufe der Zeit über die Riesen triumphieren.*

*Das As der Stäbe (denn das muß Arevaun sein, nicht der Gehängte) sind wir. Klippenwälder Krieger. Bestar wie Arevaun. Wir, das Mammut, sind Bestar.*

*Das nächste Glied der Martelaskette wird für unsere Gegner stehen.*

*Was will die Kette mit dieser neuen Lesart andeuten?*

*Daß die Unstete eine schlechte Kartenlegerin war? Nein, eher, daß wir schlechte Kartenzieher sind.*

*Daß der Kontinent unzulänglich ist angesichts der Größe und Würde der Provinzen …*

Keine zwei der dunklen Monolithen, die in dieser Wüste wucherten, hatten dieselbe Form. Einige waren schlank wie Säulen, andere liefen oben in Schirmen aus wie Wasserfontänen oder Blumen. Wieder andere wuchsen zu Felsformationen zusammen, bildeten Schluchten und Engpässe oder auch nur sanfte Hügelrücken.

Am vierten Tag erreichten sie eine Art Stadt, die als geometrische Ansammlung kubusförmiger Höhlen mitsamt verbindender Treppen in eine Felswand getrieben worden war. Sie hatten seit gestern kein Trinkwasser mehr gefunden. Ohne Tjarka und ihre Wildniskenntnisse wären sie wahrscheinlich schon am zweiten Tag verschmachtet.

Bewohner dieser Ansiedlung waren nirgends zu sehen, also machten sie sich zuerst auf die Suche nach einem Brunnen und fanden auch einen, aus dem sich klares, kühles Wasser schöpfen ließ.

Unruhig beobachtete Tjarka den Himmel.

»Stimmt etwas nicht?« fragte Eljazokad.

»Schwer zu sagen. Die Wolkendecke ist dicht und verhältnismäßig unbeweglich – und wie wir erfahren haben auch nicht natürlichen Ursprungs. Aber die Härchen in meinem Nacken und an meinen Schläfen sagen mir, daß sich da oben etwas zusammenbraut. Ein Sturm. Oder etwas anderes mit Blitzen.«

»Laßt uns in die Höhlen gehen«, schlug Bestar vor. »Was immer dort drinnen ist, kann von Skergatlu überzeugt werden, uns vorübergehend zu dulden.«

Sie betraten die Felsstadt über das Erdgeschoß und arbeiteten sich dann, neugierig geworden aufgrund der überall in gutem Zustand vorhandenen einfachen Möbel und Gegenstände, über die Außentreppen aufwärts. In einem Raum, der nur durch einen schmalen Spalt von außen zu erreichen war, fanden sie schließlich vier in schwarzes Leder gekleidete Männer, die um einen Tisch herum saßen und etwas aßen.

Vier. Eljazokad war sofort argwöhnisch.

»Hat einer von euch das nächste Glied der Martelaskette ausgelöst?« raunte er seinen beiden Gefährten zu. Beide verneinten.

»Seid dennoch auf der Hut«, flüsterte er weiter. »Möglicherweise haben wir die Spielregeln immer noch nicht vollständig begriffen.«

»Seid ihr Melronianer?« fragte einer der Männer, ohne sich zu ihnen umzublicken, in der Sprache Bazuzarys.

»Nein«, antwortete Eljazokad laut in derselben Sprache.

»Aber ihr kommt von dort?«

Sie hatten ihre vornehme Hofkleidung abgeben müssen und waren nun wieder in ihrer althergebrachten, wenngleich ausgebesserten, gereinigten und gebürsteten Kluft unterwegs. Nichts an ihnen wies darauf hin, daß sie einen ganzen Mond lang Melronias Gastfreundschaft genossen hatten. »Wir sind dort vorbeikommen, aber man hat uns nicht eingelassen. Zu wenig Punkte, sagte man uns.«

Die vier Männer lachten. »Diese verfluchten Melronianer werden noch an ihrem Dünkel zugrunde gehen. Kommt, laßt uns auf den König trinken!«

»Auf den König!« sangen die drei anderen im Chor.

Sie gesellten sich zu ihnen. Eljazokads Sprachkenntnisse waren noch sehr unzureichend, aber dennoch konnte er in Erfahrung bringen, daß sie hier nicht weit von der Grenze zu Bazuzary waren, daß diese vier Männer aus dem »großen Krieg der Schreihälse« geflüchtet waren, daß der König, auf den sie ihren Pilzschnaps tranken, nicht Melron VII. von Melronia, sondern der »große tote König von Benitdouleur« war, und daß der »verfluchte rote Schnee« die Angewohnheit hatte, von Zeit zu Zeit »über die Grenze zu langen« und sich »einzuverleiben, was immer ihm in die gierigen Klauen fiel«. Deshalb waren sie hier untergeschlüpft: vor einem Schneesturm in der Wüste.

»Wo sind die eigentlichen Bewohner dieses Ortes?« erkundigte sich Eljazokad.

Die vier zuckten die Achseln. Ihre Lederkleidung knarrte. »Eingezogen in den Krieg vermutlich. Wie alles, das lebt und nicht schnell genug rennen kann, nördlich vom roten Wolkenschloß.«

Zwischen ihnen kreisten starker Schnaps und ein würziges Pfeifchen. Bestar langte bei beidem ordentlich zu, Eljazokad probierte höflich, Tjarka ließ beides nicht an sich heran. Die vier Männer mit ihren wie gegerbt wirkenden, narbigen Gesichtern lachten und scherzten in einem Dialekt, den Eljazokad nur bruchstückhaft verstehen konnte. Aber immer wieder war von einem Pferd die Rede, einem Pferd, das in Flammen stand.

Draußen heulte der Wind und begann, aus der Höhlenstadt eine Art Orgel zu machen. Jede Höhle erzeugte ein anderes dumpfes Klagen und Seufzen, wenn der Sturm sich in ihr fing und wütete. Die Männer sagten, daß der Schnee jetzt bald »blute«, und begannen damit, den Ausgang mit übereinandergetürmtem Mobiliar zu verstellen und mit Decken und Fellen so gut es ging abzudichten.

Der Raum besaß einen Rauchabzug, also konnten sie in einer Mulde darunter ein Feuer entfachen, sich warm halten und sich gegenseitig im Auge behalten. Eljazokad konnte seinen Argwohn nicht ablegen; möglicherweise fielen die Gegner diesmal nicht von Anfang an mit ihren Waffen über sie her, sondern schlichen sich erst ins Vertrauen. Niemandem von ihnen kamen die vier bekannt vor, aber Eljazokad hatte seinen nächtlichen Gedanken nicht vergessen, daß die Martelaskette ihre Gegner jetzt womöglich aus der Zukunft rekrutierte.

Stunden vergingen. Ab und zu spähte einer nach draußen, dann fiel jedesmal ein roter Schein in die Kammer wie von einem Fairaier Buntglasfenster.

Die vier Ledernen sangen gemeinsam ein Lied.

*Benitdouleur, Benitdouleur*
*cruel desir de notr' coeurs*
*Nigauderie, nitouche, lascif,*
*encapuchonne déclin naif.*

Die Melodie war traurig, Eljazokad konnte ihr entnehmen, daß es um eine Heimat ging, geliebt und gehaßt gleichzeitig, die nun für immer verloren war.

Irgendwann ging er auch selbst einmal an die Außenöffnung, nestelte ein Leder beiseite und starrte auf eine rotfarbene Raserei. Schneeflocken, die schier zu kreischen schienen vor Geschwindigkeit. Wüstenschnee. Alles Licht war dunkler Wein.

Sie teilten sich ihre Pilzvorräte – es gab frische violette Pilze, abgehangene violette Pilze, getrocknete violette Pilze, geräucherte violette Pilze und sogar violettes Pilzgehacktes – und schliefen. »Bis zu drei Tage kann so ein Sturm dauern«, knurrte einer der Männer. »Wir sollten uns nicht gegenseitig durch hastige Bewegungen und unbedachte Äußerungen reizen.«

Also schwiegen sie viel und bewegten sich kaum. Tjarka fühlte sich unwohl, eingepfercht mit sechs Männern. Ab und zu kratzte einer der vier Kriegsflüchtlinge sich das speckige, scharf nach Schweiß riechende Leder, machte einen derben Scherz und linste dabei in ihre Richtung, aber da sie die Sprache nicht verstand, blieb ihr vieles verborgen.

Die Atemluft wurde stickig und rauchbeschwert. Bestar begann zu husten und klang dabei beinahe wie Rodraeg. Eljazokads Augen juckten und tränten.

Irgendwann – es mochte noch rote Nacht sein oder schon ein roter Morgen – kam plötzlich Bewegung in alle. Etwas war von oben durch die Rauchöffnung geplumpst, ein silbrig öliger Sack, pumpend wie eine Membran. Die Flüchtlinge flohen auch hier in die äußersten Winkel des Raumes. Bestar war es schließlich, der sich, Skergatlu vorgestreckt wie einen Blindenstab, näher heranwagte an den Sack, der aus dem Feuer gerollt war, fettig qualmte und zuckte, als wäre ungeborenes Leben in ihm. Kurz bevor Bestar den Sack berühren konnte, platzte dieser auf, und Hunderte von Käfern, halbdaumengroß und durchsichtig schimmernd wie Quallen, strömten aus dem Sack. Gleichzeitig fielen zwei weitere Säcke von oben herab ins Feuer, brachten Funken zum Aufstieben und entließen ihren Käferinhalt ins Freie. Im Nu wimmelte der ganze Boden. Bestar hüpfte und zertrat, schlug mit seinem Schwert zu und wütete unter den ihn bestürmenden Käfern. Auch Tjarka zückte ihr Waldmesser und hielt dem Klippenwälder den Rücken frei, indem sie ihn umrundende Käfer zielgerichtet durchschnitt. Eljazokad fühlte sich nutzlos, zauberte dann aber ein wenig mehr Licht in den Raum, so daß Bestar und Tjarka sich besser wehren konnten.

Die vier Ledernen schrien und kreischten in heller Panik. Einer zog einen Säbel und drosch ebenfalls auf die Käfer ein, aber er besaß weder Bestars raumgreifende Geschwindigkeit noch Tjarkas an Nadelstiche gemahnende Präzision. Weitere Käfersäcke fielen durch die Decke, sechs, sieben, acht Stück, Hunderte von Quallenkäfern krochen an dem Kämpfenden hoch und ließen ihn schier durchdrehen. Seine Lederkluft schützte ihn vor Bissen, aber sein Hals, sein Schädel und seine Handrücken wurden heftig attackiert.

»Raus! Wir müssen raus hier!« brüllte einer der anderen, warf sich gegen die Barrikaden, zerrte soviel wie möglich beiseite und verschwand wild um sich schlagend im sofortigen Hereinquellen des roten Schnees nach draußen. Ein zweiter folgte ihm. Der letzte versuchte, dem mit den Käfern Ringenden zu helfen und geriet dabei ebenso in Bedrängnis wie sein Freund.

Immer noch kamen aufplatzende Säcke. Dann zwängte sich ein gallertiger Käfer durch die Öffnung, der zwanzigmal größer als die anderen war. Eljazokad spürte, wie er vor Entsetzen zitterte. »Wir müssen auch raus! Bestar, Tjarka! Es werden immer mehr, das hat keinen Sinn!«

Bestar kämpfte sich knurrend bis zum flockentosenden Eingang, Tjarka folgte ihm, ließ Eljazokad noch an sich vorbei und bildete die Nachhut. Draußen heulte der Sturm. Die zwei Ledergekleideten, die nicht geflohen waren, waren inzwischen im Matsch zertretener Käfer ausgeglitten und wurden bei lebendigem Leibe gefressen. Es war entsetzlich. Eljazokad konnte sehen, wie die transparenten Käferleiber sich mit Blut und Fleisch füllten, bis sie rot und prall aussahen.

Alles war nun rot. Jede Schneeflocke schien ein weiterer, vollgefressener Käfer zu sein. Bestar glitt beinahe von der vereisten Außentreppe, konnte sich jedoch aus eigener Kraft noch festhalten. »Wo sollen wir hin?« keuchte er. »Dieser Sturm bringt uns um!«

»Wir müssen in den Höhlen bleiben!« übernahm Tjarka die Führung. »Auf der Ebene verrecken wir. Irgendwo wird es doch eine Höhle ohne Kaminloch geben.«

»Dann können wir aber auch kein Feuer machen und werden erfrieren«, nörgelte Bestar.

»Egal. Eins nach dem anderen. Erst müssen wir die Käfer überleben. Dann den Sturm.«

Auf verschiedenen Stockwerken suchten sie nach einem tauglichen Unterschlupf. Die Kletterpartie im heftigen Wind der Felsenstadtfassade war rutschig, trügerisch und lebensgefährlich. Mehrmals mußten sie sich gegenseitig vor dem Absturz bewahren. Aber als sechsbeiniger Käfer mit drei Leibsegmenten, die durch hilfesuchende Griffe fest miteinander verbunden waren, kamen sie vorwärts, und die ungefähr zwanzigste Höhle war ohne herankrabbelnde Käferflut, ohne einen Großkäfer, der sich zitternd in ihre Richtung wandte, ohne einen unter der Decke hängenden, pumpenden Membransack und ohne eine zweite Öffnung. Allerdings gab es kein Material zum Abdichten des Eingangs.

»Egal«, traf erneut Tjarka die Entscheidung. »Die Käfer kommen ohnehin nicht durch den Schnee, höchstens die großen. Und die mußt du dann abfangen, Bestar.«

»Wird mir ein Vergnügen sein.«

Sie verkrochen sich im hintersten Winkel, hielten sich eng aneinandergeschmiegt warm und dösten. Bestar saß in der Mitte, sein Körper strahlte die größte Hitze aus. Der bibbernde Eljazokad wäre ohne den Klippenwälder womöglich erfroren.

Sie warteten. Das Licht änderte sich nicht. Der Sturm tobte und brauste, ohne nachzulassen, schmiß ab und zu eine wolkige Bö Schnee zu ihnen hinein, wirbelte aber ansonsten achtlos an ihnen vorbei. Kein Käfer tauchte mehr auf. Kein Flüchtling.

Sie teilten sich ihre letzten Pilze. Für einen einfachen Laib Brot hätte jeder von ihnen einen Arm gegeben. Zum Notizenmachen war es Eljazokad zu kalt.

Noch ein ganzer Tag und eine ganze Nacht vergingen so. Dann erstarb der Sturm zu einem Wimmern und war vorüber.

Steifgliedrig und argwöhnisch tappten die drei nach vorne zur Öffnung. Die Wüste war verschwunden. Statt dessen erstreckte sich, so weit das Auge reichte, eine dunkelrote Schneelandschaft, geschmückt mit den nun abgerundeten Konturen der eingeschneiten Monolithen.

Tjarka nahm etwas Schnee in die Handfläche und kostete davon.

»Schmeckt's wenigstens nach Kirschen oder Himbeeren?« fragte Bestar.

»Nein. Aber an Trinkwassermangel werden wir vorerst nicht zugrunde gehen. Das mit den Pilzen wird aber schwierig. Die kann man nun nicht mehr sehen.«

»Weißt du denn überhaupt noch, in welche Richtung wir müssen?« fragte Eljazokad matt. »Für mich sieht jetzt alles gleich aus. Die ganzen markanten Wegpunkte sind ... wie mit rotem Tuch verhüllt.«

»Die Richtung ist kein Problem«, winkte Tjarka ab. »Die Witterung schon eher. Wir hatten in der ersten Höhle doch Felle zum Abdichten gefunden. Jeder von uns nimmt sich so ein Fell, sonst brauchen wir gar nicht erst loszugehen.«

»Und aus den Möbeln könnten wir Brennholz machen«, ergänzte Bestar.

»Sehr gut.« Tjarka rieb sich die Hände. »Also durchsuchen wir noch mal alles.«

Sie tasteten sich über die schlüpfrigen Außentreppen aufwärts und abwärts. Die meisten der Wohnhöhlen wimmelten von Käfern, die sich aber nicht nach draußen in den Schnee wagten. In der Höhle, in der sie ursprünglich mit den vier Benitdouleurern Zuflucht gefunden hatten, kauerten sechs der Riesenkäfer dicht beieinander und betasteten sich gegenseitig mit ihren durchsichtigen Fühlern. Von den beiden Toten war nichts mehr zu sehen, nicht einmal Knochen. Auch von den beiden Geflüchteten fehlte jede Spur. Aber Tjarka, Bestar und Eljazokad fanden immerhin einige Felle und ein paar Stühle, die zu Scheiten zerbrochen werden konnten und in Bestars ausuferndem Rucksack verschwanden. Jeder warf sich ein Fell über, dichtete sein Schuhwerk mit reichlich Lederumwickelungen ab, stopfte sich Schnee in die Feldflasche, wickelte sich Fetzen eines Vorhangs als Schal um Hals, Ohren und Mundpartie, und dann stapften sie los. Der Schnee war einen Schritt tief, das Vorankommen eine echte Tortur.

»Wir bräuchten Schneeschuhe«, haderte Tjarka. »Aber so was war da drinnen nirgends zu sehen. Wie denn auch? Das war eine Wüste, verdammt noch mal.«

»Sagt mal«, ließ sich Eljazokad vernehmen, der sich noch mal zur Felswand hin umgeblickt hatte, »bildeten die Höhlen mit ihren Treppenzwischengängen auch schon als wir ankamen den Umriß eines Käfers?«

»Ist mir nicht aufgefallen«, antwortete Bestar. »Aber du hast recht. Sechs Beine, zwei Fühler. Das ist einer von diesen Durchsichtigen. Die ganze Felswand ist ein riesiges Bild. Wie ein Tempel.«

»Jetzt kann ich mir vorstellen, was aus den früheren Bewohnern geworden ist«, sagte Tjarka und wandte sich schaudernd ab.

Da die Witterung zwar deutlich abgekühlt war, aber immer noch keine winterlichen Temperaturen aufwies, setzte schon bald das große rote Tauen ein. Der Schnee wurde knirschiger und mürbe, unter einer roten, eisigen Kruste verwandelte sich der staubige Wüstensand in tiefen, kalten Schlamm.

»Warum schleppen wir eigentlich diese muffigen Felle mit uns herum?« ärgerte sich Bestar. »Ich schwitze mich eher tot, als daß mir kalt ist!«

Tjarka seufzte. »Du hast es immer noch nicht begriffen, oder? Wo dieser Sturm herkam, muß Schnee liegen. Höchstens einen normalen Tagesmarsch entfernt, würde ich schätzen, nur daß wir eben viel länger brauchen, weil wir uns so unendlich langsam durch den Matsch kämpfen müssen. Du wirst noch Freude haben an deiner Pelzdecke, das kannst du mir ruhig glauben.«

Immerhin bescherte ihnen das Tauwetter wieder ein paar zum Vorschein kommende Pilze, über die sie sich heißhungrig hermachten. Vier volle Tage lang stapften sie so durch rote Pfützen und rötlichschwarzen Morast, die Nachtruhen und Zwischenrasten verbrachten sie auf niedrigen Monolithen. Das Wetter wurde in diesen vier Tagen tatsächlich beständig kälter, bis die ersten Pfützen überfroren waren und die Klebrigkeit des Untergrundes durch tückische Glätte ersetzt wurde. Bestar schlug mit Skergatlu Kerben in Eisflächen, damit die anderen besser darüberlaufen konnten. Mit Hilfe ihres Brennholzes konnten sie vereiste Pilze auftauen und abbraten. Eljazokad konnte kaum in Worte fassen, wie sehr diese Pilze ihm inzwischen zum Halse heraushingen.

Am Morgen des fünften Tages seit der Käferfelsenstadt erblickten sie die große rote Fläche, gegen Mittag erreichten sie sie: Schnee, so weit man schauen konnte. Die Monolithen endeten hier und wurden ersetzt durch winterliche Nadelbäume, die sich unter ihrer roten Last duckten.

Tatsächlich war es klirrend kalt geworden. Bestar war so tief in Fell, Behelfsschal und eine aus einer Decke improvisierte Kapuze gehüllt, daß nur noch seine gerötete Nase und Teile seines eiszapfenklirrenden Bartes herausschauten.

»Das ist Bazuzary«, erläuterte Eljazokad bibbernd. »Hier muß es Menschen geben. Magier. Blauhaarige.«

»Zumindest vor dem Krieg«, gab Tjarka zu bedenken. »Sagten die Flüchtlinge nicht, daß nördlich von Melronia nichts mehr lebt? Wenn das stimmt, steht es ziemlich schlecht um uns. Warum lösen wir nicht einfach wieder die Martelaskette aus und fliegen auf einer Gribaille weiter?«

»Weil ich nicht weiß, ob wir eine Gribaille bekommen. Möglicherweise kriegen wir nur Schneeschuhe, wenn überhaupt.«

»Immerhin«, brummte Tjarka in ihren Schal.

»Ich verstehe das mit der Kette sowieso nicht«, mischte sich Bestar ein. »Hat der Spiegelritter dir nicht gesagt, um zum Tor von Bauscheld zu kommen, brauchst du die Kette? Warum lösen wir sie nicht komplett aus und kommen so ans Tor, anstatt jahrelang dorthin zu watscheln?«

Eljazokad schüttelte den Kopf. »Die Martelaskette bringt mich nicht zum Tor. Sie hilft mir nur, den Weg zu überstehen.«

»Glaubst du. Aber sicher bist du dir nicht.«

»In dieser Welt weiß ich leider überhaupt nichts mit Sicherheit.«

»Also, was haben wir dann zu verlieren? Mir knurrt der Magen, mir ist kalt bis auf die Knochen. Ein Kämpfchen würde uns immerhin wieder aufwärmen!«

»Gib … gib uns noch einen Tag und eine Nacht«, bat Eljazokad. »Wenn wir bis dahin kein Dorf gefunden haben oder

Menschen, die uns weiterhelfen können, dann wagen wir den nächsten Kampf.«

Der Klippenwälder willigte ein, und sie wanderten weiter durch Tiefschnee.

Am Morgen des folgenden Tages gelang es Tjarka, einen zu nahe herangekommenen Rabenvogel mit ihrer Steinschleuder zu erlegen. Das Fleisch war zäh und bitter, aber es war wenigstens etwas zu essen, nun, da sie auch keine Pilze mehr finden konnten. Da ihr Brennholz zur Neige ging, versorgten sie sich unter Zuhilfenahme Skergatlus mit trockenem Tannenholz.

Die roten Winterwälder Bazuzarys schienen vielen Tieren eine Heimat zu sein, andauernd stieß Tjarka auf Wildfährten. »Man könnte hier gut jagen, wenn man Schneeschuhe hätte und Pfeil und Bogen. Wir müßten ... zwei bis drei Tage dafür opfern, dann könnte ich uns das alles herstellen. Pfeile ohne Spitze zwar, aber immerhin schießbar.«

»Laß uns lieber ein Dorf suchen«, beharrte Eljazokad. »Es muß hier Menschen geben.«

»Warum?« bezweifelte Tjarka.

»Der *Spaziergänger* hat uns von ihnen erzählt«, murmelte der Lichtmagier.

Sie wanderten weiter und fanden nichts. Sie betraten einen tiefen Wald und fanden nichts. Sie verließen den Wald auf der anderen Seite und fanden nichts. Schon längst war der eine Tag, den Eljazokad Bestar noch abgerungen hatte, verstrichen. Ein zweiter Tag verging. Der Klippenwälder brummte nur noch wie ein alter, verwundeter Bär und schien ernsthaft wütend auf Eljazokad zu sein.

Schließlich gab Tjarka auf. »Ich kann nicht mehr. Ich sterbe vor Hunger, und ohne Ausrüstung kann ich nicht jagen. Es ist Wahnsinn, was wir hier tun. Wälder sind meine Freunde, auch im tiefsten Winter, aber man muß sie ernst nehmen, sonst kommt man einfach nur in ihnen um.«

»Ich kann nicht kämpfen«, gab Eljazokad kleinlaut zu.

»Ich kämpfe, an Bestars Seite«, nickte Tjarka entschlossen.

Eljazokad suchte Bestars Augen für eine Bestätigung oder Ermutigung irgendeiner Art, doch der Klippenwälder trug seinen Winteratem vorm Gesicht wie eine Verschleierung und stützte sich auf sein Erzschwert wie auf einen Wanderstab.

»Martelas Vier«, sagte Eljazokad leise. Leise würde genügen.

Drei dunkle Gestalten brachen in fünfhundert Schritten Entfernung von unten durch die Schneedecke und kamen in eigentümlich langarmiger Haltung auf sie zugetobt. Nicht vier, nicht zwölf, sondern drei. Drei, wie sie selbst. Eljazokad wurde bewußt, daß er das System immer noch nicht begriffen hatte.

»Affenmenschen«, sagte Bestar beeindruckt. Keiner von ihnen hatte jemals einen Affenmenschen von Angesicht zu Angesicht gesehen, aber Bestar kannte ihr Aussehen aus den Schnitzereien des alten Selt Fremmender.

Die drei Angreifer waren groß, beinahe so groß wie Bestar. Schwarzes, dichtes, silbrig schimmerndes Fell bedeckte ihre muskulösen Arme und Beine. Sie trugen Brustrüstungen aus lose übereinanderliegenden Hornplatten, gezackte Helme wie aus Perlmutt, wadenlange Röcke aus fransigen Tüchern gebunden. Ketten aus kontinentalen Münzen klirrten an Handgelenken, Hälsen und Ohrmuscheln. Die Gesichter waren unter den Helmen nicht zu sehen. Die Arme reichten bis zum Boden, und zum schnelleren Vorankommen liefen sie nicht nur auf ihren Fußsohlen, sondern auch auf ihren Handrükken. Die Geräusche, die sie dabei machten, klangen wie ein heiseres, hustendes Bellen.

»Sie sind unbewaffnet, aber wahrscheinlich stark genug, uns mit bloßen Klauen in Fetzen zu reißen.« Bestar ging in Kampfstellung, was im mehr als knietiefen Schnee gar nicht so einfach war.

»Sind das ... Frauen?« fragte Tjarka, auf die Röcke deutend.

»Wenn das wirklich Frauen sind, dann möchte ich ihre Männer lieber nicht kennenlernen«, brummte Bestar.

»Bei dreißig Schritt Entfernung: Bedeckt eure Augen«, sagte Eljazokad und öffnete in sich Schleusen. Energie durchflutete ihn von allen Finger- und Zehenspitzen her. Fünzig Schritt. Vierzig. Jetzt.

Tjarka und Bestar preßten sich ihre Armbeugen über die Augen. Eljazokad entfesselte ein Gleißen, so strahlend hell, daß der rote Schnee weiß wurde wie zu Hause. Da existierte nichts anderes mehr im Weiß als ihre eigenen gekrümmten Schlagschatten.

Die Affenmenschen stockten, blieben stehen, rieben sich über die Helme, stießen dumpfe Klagelaute aus. Einer riß sich den Helm vom Kopf. Er hatte ein beinahe schönes, menschliches Gesicht, unbehaarter als das von Bestar. Seine langen Haare waren zu kunstvollen Knoten gebunden. Die drei verständigten sich in einer harten, rauh klingenden Sprache, wischten sich Tränen des Schmerzes aus den Augen, dann stürmten sie weiter, blind, aber schnuppernd ihren Nasen folgend.

»Golkhor!« schrien sie vor dem Zusammenprall.

»Taggaran!« schrie Bestar.

Der Klippenwälder zog alle drei Angreifer auf sich. Tjarka fiel dann mit ihrem Waldmesser von der Seite dazu.

Eljazokad wich unwillkürlich zurück, bis er den Stamm eines Baumes in seinem Rücken spürte. *Waren das tatsächlich Affenmenschen? Aber das waren doch Menschen, keine affenähnlichen Ungeheuer mit Reißzähnen, wie auf den ersten Seiten der* Encyclica *abgebildet!* Aus seiner Position konnte er den Kampfverlauf gut überblicken. Bestar durchbohrte einem der beiden noch Behelmten Hornpanzer und Brust. Tjarka wurde von einem anderen beiseitegedroschen, mühte sich aber schneeverklebt wieder hoch und kämpfte weiter.

Dann starb Bestar. Es ging rasend schnell und war dadurch um so furchtbarer. Der verbliebene Behelmte packte Bestars Kopf von hinten mit beiden Händen und riß dem Klippenwälder mit einem Ruck den Kopf von den Schultern. Bestars Arm schien den geplanten Schlag mit Skergatlu noch auszuführen, dann stürzte sein Rumpf in den gleichmäßig gefärbten Schnee.

Eljazokad schrie, stoßartig und schrill. Er konnte nichts dagegen machen.

Der Affenmensch schleuderte Bestars Kopf von sich wie einen Spielball. Einem Kometen gleich spuckte Bestars Hals Blut hinter sich her.

Tjarka kämpfte wie entfesselt weiter, aber zwei mächtige Fausthiebe durchdrangen ihre Deckung, zerschmetterten ihre Knochen und schickten sie sterbend ins Rot.

Die Affenmenschen, einer mit, einer ohne Helm, schnupperten neu und kamen langsam, endgültig, auf Eljazokad zu. Der rutschte zitternd am Baum hinab, bis der Schnee ihn beinahe verbarg. Er hielt die Arme schützend über den Kopf und brabbelte etwas aus Bazuzaric und der Sprache des Kontinents, das keinen Sinn ergab.

Die Affen standen über ihm. Er konnte sie riechen, salzig und schwer. Sie sprachen miteinander, oder sangen sie ein trauriges Lied?

Eine silberne Lanze schob sich zwischen sie und den kauernden Eljazokad. Vier Pferdebeine im Schnee. Gyulthen aus dem Nichts. Der Spiegelritter sprach langsam und bedächtig mit den beiden in ihrer eigenen Sprache. Münzen wechselten den Besitzer. Gyulthen lachte, wie über einen besonders gelungenen Scherz. Sein Lachen klang ebenso nach Dunkelheit und Drohung wie seine Stimme. Dann ritt er durch den tiefen Schnee davon. Die Affenmenschen folgten ihm, gingen ihm voraus oder waren schon vorher verschwunden. Eljazokad bekam nicht alles mit.

Es begann zu schneien. Rote Flocken, sanft trudelnd und lautlos, jede anders als die anderen.

Eljazokad, am ganzen Leibe zitternd unter Schock, kroch durch das kalte Rot zu Tjarka hin. Sie lebte noch, zitterte ebenfalls. Eljazokad barg ihren Kopf in seinem Schoß, hielt ihre Hände.

»Das ... Schlimmste ... ist«, stieß sie ruckartig hervor, »daß ich nicht weiß ... ist das nun der Schmerz ... aus ... diesem Kampf ... oder ist das ... schon Siusan ... der gerade ... meinen Körper ... aufstemmt?«

Eljazokad wollte etwas Tröstendes sagen, aber er wußte nicht, in welcher Sprache. Was dabei herauskam, klang wie die Sprache der Affenmenschen.

Tjarka starb, während Eljazokad sie hielt. Schließlich verlor er seine Sinne und verwehte im stetiger fallenden Schnee.

## 15 Martelas Fünf

Als er wieder zu sich kam, lag er auf einem niedrigen Lager aus Daunenkissen und Fellen. Das Lager befand sich in einer Hütte mit zwei Fenstern und einem verschnürten Eingang. In der Mitte der Hütte verlief eine Stufe, darüber war der Wohnbereich mit seinem Lager und noch zwei anderen, mit einfachen Schränken und einem Schaukelstuhl. Unterhalb der Stufe waren eine Feuerstelle mit mehreren Töpfen, ein großer Waschbottich, ein Spinnrad, ein Regal voller Krüge und zwei Hocker. Durch die Fenster fiel Sonnenlicht.

*Durch die Fenster fiel Sonnenlicht.* Eljazokad brauchte eine Weile, um das Erstaunliche dieses Anblicks zu begreifen. Er war unbekleidet und unverwundet, wickelte sich eine Decke um die Hüfte und humpelte, weil seine Füße von den Strapazen der Schneewanderung immer noch halb erfroren waren, zu einem der Fenster. Draußen lag der inzwischen vertraut wirkende rote Schnee, aber das ewige Aschgrau des Himmels war einem matten, winterlichen Blau gewichen, und durch die unbelaubten Äste von Bäumen schien eine große gelbe Sonne, ohne zu wärmen. Eljazokad konnte sich kaum sattsehen an diesem Anblick. Ihm war, als könnte er, wie auf dem höchsten Turm Melronias, das Licht trinken, um reich zu werden.

Dem Eingang näherten sich Frauenstimmen. Der Lichtmagier hastete zum Lager zurück, während die Tierhautverschnürung des Eingangs aufgenestelt wurde. Zwei junge mandeläugige Frauen betraten den Raum und unterhielten sich in einer Sprache, die eine Mischung war aus dem Bazuzaric Melronias und dem Dialekt, den die Männer in der Käferhöhle gesprochen hatten. Eine der beiden Frauen hatte einen von Schwangerschaft gerundeten Bauch. Eljazokad machte deutlich, daß er erwacht war, und erfuhr, wo er sich befand und weshalb.

Dieses Dorf war das Geweihwasserdorf. Es war umgeben vom Summenden Wald und lag ziemlich genau auf der Grenze zwischen Bazuzary und Benitdouleur. Gestern abend war ein spiegelfarbener Ritter hier durchgekommen und hatte im Weiterreiten gesagt, im Wald lägen ein Verwundeter und drei Tote. Zehn Dorfbewohner waren daraufhin losgezogen und hatten an der bezeichneten Stelle den erfrierenden Eljazokad, ein totes Mädchen und zwei tote Krieger gefunden. Außerdem Kampfspuren. Den hilfsbereiten Geweihwassermenschen war nicht klar, was überhaupt geschehen war.

»Der eine tote Krieger war unser Gegner«, versuchte Eljazokad zu erklären. »Der … geköpfte Krieger und das Mädchen waren meine Gefährten. Ohne die Hilfe des Ritters wäre ich nun ebenfalls tot.«

Im Laufe des Gespräches füllte sich die Hütte, denn mehr und mehr Bewohner wollten mitbekommen, was der Fremde zu erzählen hatte. Es schien mehr Frauen als Männer zu geben und kein Dorfoberhaupt. Alle hatten Mandelaugen, schöne lange Haare und waren in einfache, aber geschmackvolle Kleider gehüllt.

»Wir haben die drei Toten in unserer *Coquille* bestattet«, erklärte die Schwangere. »Möchtest du sie sehen?«

Eljazokad war sich gar nicht sicher, ob er die Leichen betrachten wollte. Daß Bestar und Tjarka nun tot waren, bedeutete nur, daß sie zurück waren im Thostwald. In großer Gefahr.

»Ich habe keine Zeit, es tut mir leid«, sagte er heiser. »Ich danke euch sehr, ihr habt mir das Leben gerettet. Aber ich muß weiter. Ich habe … Verpflichtungen.«

Sie gaben ihm seine gesäuberte Kleidung, Proviant, festes, wintertaugliches Schuhwerk und Schneeschuhe zum Unterschnallen. Sie boten ihm sogar eine aus Hartholz gefertigte Stichwaffe an. Eljazokad dachte nach über Martelas Fünf und wie wehrlos er ohne Bestar und Tjarka nun wäre, entschied sich aber dennoch gegen die Waffe. Er ordnete seine Pergamente, stopfte sie in seine Tasche und schickte sich an zu gehen. Eine Frage jedoch brannte ihm noch auf dem Herzen.

»Habt ihr … ein verwundetes Kind hier? Zwei, drei Jahre alt? Von einem Tier angegriffen?«

Die Bewohner sahen ihn seltsam an, verneinten jedoch.

Er zuckte die Schultern. Offensichtlich war er immer noch nicht am richtigen Ort, obwohl die Mandelaugen mit seinem Traum, der ihn zum *Mammut* geführt hatte, übereinstimmten. Die Dorfbewohner verabschiedeten ihn und nannten ihn einen *Guérisseur*, und genau wie bei dem Wort *Coquille* fehlte ihm auch hier eine sinnstiftende Übersetzung. Sie beschrieben ihm den Weg, der am schnellsten aus dem Schnee herausführen würde, und wünschten ihm Gesundheit und ein gutes Leben zum Abschied. Dann war Eljazokad allein, wanderte durch Wald und weinfarbenen Schnee, tagsüber im fahlen Schein der Sonne, des Nachts im grünlichen Schimmer eines eiförmigen Mondes.

Als seine Vorräte aufgebraucht waren, erreichte er das Ende der roten Winterlandschaft und konnte sich mit Früchten und Beeren wieder selbst versorgen. Pferde mit dichtem, langen Fell galoppierten in Herden durch endlose, dornige Wiesen.

Es gelang dem Lichtmagier nicht, eines dieser Pferde zu fangen, aber er war froh um sein neues Schuhwerk, denn das Gras war scharfkantig und starr und zerschnitt einem bei der Beerensuche leicht die Finger.

Er traf blauhaarige Menschen in einem Dorf namens Berumbur, in dem alle sich von flachem, äußerst mürbe- und hartgebackenem Brot ernährten, das, mit Körnern bestreut, jedoch sehr schmackhaft und sättigend war. Einen Krieger namens Udin Ganija jedoch kannte dort niemand. Zuerst unterhielt Eljazokad die Berumburi nur mit ein paar einfachen Licht-Fingerfertigkeiten, aber dann erlernte er innerhalb weniger Tage das Handwerk des Schneidgrasflechtens und erhielt dadurch die Möglichkeit, die Berumburer Gastfreundschaft nicht nur mit echter Arbeit zu vergelten, sondern verdiente darüber hinaus auch noch ein paar Korkplättchen, die hier als Währung galten. Er blieb zwei Wochen in Berumbur, dann fuhr er auf einem Karren mit, weiter nach Norden.

Der Fahrer des Karrens erntete Kristalle, die in einer Ebene wucherten und dabei harfenartige, jedoch sehr dissonante Geräusche von sich gaben. Eljazokad ging ihm zur Hand, bis der Karren mit Kristallen gefüllt war. Dann fuhr der Ernter nach Berumbur zurück, und Eljazokad wanderte nordwärts weiter.

So kam er zur Ebene von Darigré. Am Rand dieser verbrannt und düster wirkenden Fläche lebten Bauern, die menschliche Schädel auf schwarzen Äckern pflanzten, düngten und gossen, um den Schädeln beim Denken zuhören zu können. Einige gaben den Schädeln sogar Küßchen. Die Schädelfelder waren bei aller Merkwürdigkeit ein Ort großer Zuneigung und

Pflege, und auch von diesen Bauern konnte Eljazokad einiges lernen und in seinem Tagebuch verzeichnen.

Die eigentliche Ebene von Darigré war vor einem halben Jahr ein großes Schlachtfeld zwischen den Armeen der Dreifarbenländer und Etridti Djuzul gewesen. So weit das Auge reichte, sah man Gebein von Menschen, Reit- und Flugtieren, Verwesung, Zerschmettertheit, Ölbrand, zerschlissene Provinzenflaggen, aufgeworfenes Erdreich, darin steckende Pfeile, Lanzen und andere Mordwaffen, Regenwasserpfützen, vertrocknetes und schimmliges Blut, geborstene, im Schlamm eingesunkene Transportwagen, zu Schlacke gewordene Zeltplanen, aufgeweichte Kleidung und Roststaub. Nur Schädel fehlten, die waren von den Bauern bereits auf die Felder gebracht worden. Der Geruch, der über dem Ganzen hing, war süßlich und stechend wie verzuckertes Kompott.

Eljazokad stand da und ließ sich vom schwülen Wind der Fäulnis umwehen. Es sah nicht so aus, als hätte diese Ebene jemals einen Sieger gesehen.

Mitten auf dem Schlachtfeld stand eine erst vor einem Mond errichtete Lehmhütte mit einer gelben Tür. In dieser Hütte, so erklärte es Eljazokad eine alte Gebrauchtklingensammlerin, konnten die Menschen beten und Abbitte leisten. Mehrere Stunden brauchte der Lichtmagier, um über das rutschige und von Widerhaken starrende Schlachtfeld die einsam stehende Hütte zu erreichen. Dann öffnete er die gelbe Tür und trat ein.

Innen herrschte Leere. Eine völlige Leere: kein Mensch, kein Möbelstück, keine Verzierung, kein Symbol, nicht einmal ein Fenster, nur ein paar Licht einlassende Löcher in der Dachbespannung.

Für einen Moment konnte Eljazokad den ganzen großen Betrug durchschauen, dann zerfaserten sich seine Gedanken wieder, wurden – wie immer – durch Zweifel zerstreut. Er hockte sich hin und notierte in sein melronianisches Pergamentheft.

Aus Eljazokads Tagebuch:

*Mein leiblicher Vater, Zarvuer, hat sich losgesagt von Magie und Religion. Religion wurde erfunden, die Götter sind nirgends, überall heißt es in treuer Schafsäugigkeit: Sie sind weitergezogen, aber sie denken noch an uns. Was den Göttern am nächsten kommt, sind Magier. Magier existieren, ich selbst bin ein Beweis dafür. Mein leiblicher Vater, Zarvuer, hat sich losgesagt von mir und meiner Mutter. Er hat das ganze System aus Lüge und Irrglauben durchdrungen und weit von sich gewiesen.*

*Udin Ganija, der von hier stammt, aus diesem Land der Schlachtfelder, jagte Mammuts, Werwölfe und Wale. Magische Tiere. Tiere am Abgrund des Aussterbens. Auch er bekämpfte also Magie, versuchte, einen Irrtum auszumerzen.*

*Aber worin liegt der Irrtum, wenn Magie tatsächlich existiert?*

*Sie kann keine Einbildung sein, sie kann nicht.*

*Es sei denn: Unser Kontinent ist auch nur ein Schmerzensfiebertraum, so wie die Provinzen.*

*Aber wenn alles ein Traum ist, spielt es keine Rolle mehr, oder?*

Er starrte auf seine Aufzeichnungen und verstand sie selbst nicht mehr. Dann verließ er die kleine Hütte und überquerte das Schlacht- und Scherbenfeld weiter nach Norden, bis er auf blutige Dünen stieß, hinter diesen Dünen eine zu Holzkohle verbrannte Flotte, und hinter dieser Flotte das schreiende Meer.

Zwei Tage wanderte er den Strand entlang, bis er die ausgedehnten Stätten des Kampfes nicht mehr sehen und im Gaumen schmecken konnte. Dann fand er einen Pfahl, an dem ein großes Muschelhorn hing. Er nahm das Muschelhorn und blies kräftig hinein. Ein tiefer Ton sang über die Wellen hin, kräuselte sich zum Horizont. Eljazokad blies noch einmal, dann ein drittes Mal. Schließlich erschien das gigantische Schiff, das Stadtschiff von Tengan. Eintausend Segel, zweitausend Galeerenruder. Wie eine Insel schob es sich über den Horizont näher, es dauerte Stunden, bis es den entferntesten Brandungsbereich erreichte, und noch näher an Land konnte es aufgrund seines Tiefgangs nicht fahren. Ein Beiboot wurde zu Wasser gelassen, bleiche, untote Gestalten legten sich in die Ruder. Der Mannschaftsmeister stand aufrecht im Bug und rief Eljazokad schon von weitem an: »Heda, Codas, Seelenkamerad. Bist du nun endlich zum Dienen bereit?«

Eljazokad hatte den Namen, den er dem Schiff bei ihrer ersten Begegnung vor Wandry genannt hatte, schon beinahe wieder vergessen. Nun erinnerte er sich daran, auch an die Furcht, die ihn damals beherrscht hatte. Diese Furcht war nun selbst unter den Erinnerungen keine starke mehr. Wie oft war er dem Stadtschiff seitdem wieder begegnet? Zweimal, in der *Höhle des Alten Königs*?

»Fahrt Ihr nach Etridti Djuzul? Nach Tengan?«

»Immer nach Tengan. Nur nach Tengan.«

»Und kommt Ihr auch jemals dort an?«

»Das kommen wir, binnen Mondesfrist.«

Ein Mond, das sind etwa anderthalb Stunden auf dem Kontinent, dachte Eljazokad. Aber es ist dennoch ein ganzer Mond Fron. Und mehr noch. Freiwillig würde man ihn nie mehr von Bord lassen, wenn er erst seinen Dienst angetreten hatte. Ihm blieb nur Martelas Fünf, um zu entkommen. *Unser Sohn ist für das Stadtschiff von Tengan bestimmt. Trage Sorge dafür, daß er seinen Träumen folgt, sonst wird er dem Schiff ins Netz gehen.* So hatte die Prophezeiung seines Vaters gelautet. Er war seinen Träumen gefolgt und konnte dem Schiff nun aus freiem Willen ins Netz gehen. Zarvuer war also – für einen jungen Vater, der seine Frau, seinen Sohn und die Magie im Stich ließ, um sich vor der Verantwortung zu drücken – ein erstaunlich hellsichtiger Mann gewesen.

So ging Eljazokad an Bord des Stadtschiffes und wurde zum Rudersklaven.

Vom Schiff sah er nie viel. Er wurde eingegliedert in eine endlose Reihe überwiegend nackter, schweißglänzender, striemenübersäter Männer- und Frauenrücken unter Deck und bekam eine Ruderstange, um mit ihr zu leben und zu sprechen. Der Gestank war bestialisch. In den wenigen Stunden, in denen die Sklaven losgekettet wurden, um entsalztes Wasser zu trinken und in Netzen hängend zu schlafen, fielen sie kreischend übereinander her, um sich entweder zu würgen oder zu bespringen. Oftmals war beides nicht voneinander zu trennen.

Eljazokad geriet während des Mondes nur einmal wirklich in Lebensgefahr. Ein Dutzend Sklaven hatten ihn nach einer nächtlichen Deckschrubbaktion umringt und in einen Lagerraum abgedrängt, um sich an seinen Tagebuchpergamenten zu vergreifen und sie zur Körperreinigung zweckzuentfremden, doch er ließ Tränen aus Licht über seine Wangen rinnen, ein Effekt, der ihn unter den Leichtgläubigeren in den Status eines Wundertäters und Propheten erhob. Davon abgesehen waren die Tage eintönig und finster. Alles verlor sich in Ölschmiere und Schweiß. Der Taktschlag einer hausgroßen Kesselpauke unterwarf das Leben seinem Rhythmus. Gepeitscht wurde Eljazokad nie, denn obwohl er vom Körperbau her nicht einer der Kräftigsten war, war er der einzige an Bord, der wußte, daß seine Fron bald ein Ende haben würde, und dieses Wissen gab ihm die Kraft zum Durchhalten. Zu essen gab es rohen Fisch und Grießbrei. An Deck kam man nur nachts, wenn von der Welt nichts zu sehen war außer den Masten, zum Schwabbern oder Segelflicken, und unter Deck im endlosen, von Rippenbögen segmentierten Hallenreich der Sklaverei, gab es nur rußige Funzeln und stinkenden Talg.

Am wenigen durch die Ruderluken einfallenden Licht konnte Eljazokad den Fortgang der Tage verfolgen und mitzählen. Und tatsächlich, nach 26 Tagen, ertönte oben an Deck der Ausruf: »Etridti Djuzuuuuuuul!«

Eljazokad geduldete sich noch, bis das Schiff vor Anker ging und draußen Beiboote zu Wasser platschten. Dann sagte er laut: »Martelas Fünf.«

Die Gegner, die nun kamen, waren ihm eigenartig vertraut, aus der *Höhle des Alten Königs*, obwohl er ihnen persönlich noch nie begegnet war.

Sie waren zu dritt, ein Mann, eine Frau, ein Knabe. Sie hatten silberne Augen, und wenn sie lächelten, zeigten sie die gebleckten, überlangen Gebisse von Pavianen. Sie waren sehr schön, alle drei, und ihre Bewegungen waren sanft und beherrscht, obwohl um sie her Chaos und Vernichtung losbrachen. Ein stechender Geruch nach Hagebuttenessenz mischte sich in den leiblichen Gestank der Sklaven.

Die Radikalität dieser Gegner war beispiellos. Während sie sich zu Eljazokad hinarbeiteten, bogen sich die Rippenspanten des Unterdecks nach innen, begleitet von roh einbrechendem Wasser und dem Bersten jahrtausendealten Materials. Das Stadtschiff von Tengan begann zu sinken.

Schließlich hatten die drei Eljazokads Ruderplatz erreicht.

»Erneut begegnen wir uns«, sagte die Frau, und Eljazokad spürte ein fast unmenschliches Begehren zu ihr in sich aufsteigen. »Und erneut verstehe ich es nicht. Eigentlich hätten wir uns nie begegnen dürfen. Wo sind wir hier?«

»In Eurem Traum. In meinem Traum. Ich habe Euch zu danken.« Mit ruhiger Geste wischte Eljazokad die drei Gestalten weg, mit leichtem Licht löschte er ihre Schattenhaftigkeit. Dann erst begann sein Überlebenskampf, denn die Sklaven kletterten in Aufruhr übereinander, versuchten zu fliehen und wurden von Wächtern in Muschelrüstungen, die sinnloserweise die Aufgänge unter Kontrolle zu halten versuchten, niedergehauen. Das Geschrei war ohrenbetäubend, stetig füllte sich die Halle mit schäumendem, gurgelnden Meer. Der Schiffskörper schrie wie ein Legendentier.

Niemand kam lebend die Aufgänge hoch. Niemand konnte dem Wasserdruck entgegen durch ein Leck nach draußen schwimmen. Eljazokad beschloß, die Zeit für sich arbeiten zu lassen. Das Unterdeck würde sich ganz mit Wasser füllen. Spätestens dann würde der Druck an den Lecks nachlassen, und auch die Aufgänge würden dann nicht mehr umkämpft sein. Die Herren des Schiffes mußten irgendwann begreifen, daß das Stadtschiff nicht mehr zu retten war. Eljazokad suchte sich eine Kammer, in der sich unter der Decke eine Luftblase bilden würde, und blieb dort, bis um ihn her alles stiller wurde. Dann tauchte er von Luftblase zu Luftblase, bis er einen Aufgang erreichte. Durch die Gliedmaßen von Ertrunkenen und Erschlagenen hindurch bahnte er sich einen Weg bis hin zur schimmernden Meeresoberfläche. Die ganze Zeit über hatte Eljazokad mehr Angst um seine Pergamente als um sein eigenes Leben. Es war seltsam. Die Ruderarbeit, obschon sie nur einen Mond dauerte, hatte ihn nüchterner gemacht, weniger schwärmerisch und zielgerichtet.

Das Meer war ruhig, bis auf das Geschrei der Überlebenden in ihren Booten und auf ihren Planken. Der Bug des Stadtschiffes versank in zwei Hälften aufgespalten und sah dabei aus wie das nach Luft schnappende Maul eines riesigen Fisches. Fliegende Fische mit Wespenstacheln schwirrten umher, stachen und lähmten ein paar unvorsichtige Schiffsbrüchige, um sich an ihnen zu laben.

Eljazokad wich den Wespenfischen und den überlebenden Schiffswächtern aus, indem er auf jegliche Hilfsmittel zum Schwimmen verzichtete und sich überwiegend tauchend Richtung Küste bewegte. Er war am Meer aufgewachsen und schon immer ein recht passabler Schwimmer und Taucher gewesen.

Er durchstieß die Brandung und erreichte vor allen anderen, die zu sehr damit beschäftigt waren, andere zu retten, den schwarzen Kiesstrand von Etridti Djuzul. Sofort überprüfte er sein Tagebuch, das er so fest wie nur möglich zusammengerollt am Leib getragen hatte. Mehrere äußere Seiten waren unlesbar und aufgeweicht, aber der überwiegende Teil war intakt geblieben. Kein Schaden also, der sich nicht rekonstruieren ließe.

Schnell huschte der Lichtmagier landeinwärts. Noch konnte er im Tageslicht sehen, wohin er trat, und er wollte weder mit zu Hilfe eilenden Tenganern noch geretteten Stadtschiffern in Berührung kommen. Zwar konnte wohl niemand auf die Idee kommen, ihm den Untergang des Schiffes anzulasten, aber er hatte als Sklave überlebt und würde wahrscheinlich auch weiterhin als Sklave gelten.

Er schlug sich durch wildes Gelände, schlief zwischen Dornen und ernährte sich von Beeren, die ihm allerdings Durchfall verursachten. Dann machte er sich auf die Suche nach Tengan, der Hauptstadt von Etritdi Djuzul, oder nach irgendeiner anderen Küsten-, Hafen- oder Kleinstadt.

Nichts. Er fand nichts. Etridti Djuzul war eine karge, dornige Insel, in fünf Tagen in ihrer Breite und in zehn Tagen in ihrer Länge zu durchwandern, und sie war vollkommen unbewohnt. Da Eljazokad, als er nach fünfzehn Tagen wieder am Strand anlangte, nicht einmal die Schiffbrüchigen wiederfand oder feststellen konnte, was aus ihnen geworden war, kam er auf die Idee, daß diese Insel womöglich unterirdisch bewohnt war, ähnlich wie die Behausungen der Untergrundmenschen. Er suchte nach einem Eingang und fand abermals nichts.

Seine andauernden Verdauungsbeschwerden hatten ihn körperlich und geistig ausgezehrt. Er schrieb wirres Zeug in seine Pergamente. Einmal sah er ein Pferd, das in Flammen stand. Aber es brannte nicht unter Schmerzen, sondern die Flammen waren sein Fell und der heiße Dampf, der in kühler Morgenluft von seinem Leib aufstieg. Eljazokad folgte dem Pferd, bis es in den Himmel hineintrabte. Er warf lachend einen Haufen gefundener Münzen in die Luft, und die Münzen fielen nicht mehr zum Boden herab.

Er wütete und schimpfte mit den Wolken. Spuckte auf den Boden und badete in den so entstandenen Pfützen.

Irgendwann stand der Ritter Gyulthen auf seinem Streitroß neben ihm, das unbewegte Meer widerspiegelnd.

»Ist das hier überhaupt Etridti Djuzul?« fragte Eljazokad matt. »Oder bin ich auf einer unbedeutenden Nebeninsel gestrandet?«

»Dies ist Etridti Djuzul. Der Kies, auf dem du sitzt, war Tengan. Vor hunderttausend Jahren blühte hier eine große, grausame Kultur. Das Stadtschiff war alles, was davon geblieben war.«

»Aber ich habe das Schlachtfeld von Darigré gesehen! Der Krieg ... er ist doch noch immer im Gange!«

»Gegen die Angst, mein Freund, kämpfen die Menschen. Gegen die Furcht, die auch nach Jahrtausenden noch lebendig ist. Aber laß uns nicht über die Menschen sprechen, denn wen kümmern die Menschen? Du hast versagt. Du hast alle fünf Glieder der Martelaskette durchlaufen, ohne das Tor von Bauscheld zu finden.«

»Du klingst enttäuscht.«

»Das bin ich. Nun bleibt mir nichts mehr, denn dich zu töten.«

»Ich verstehe.« Eljazokad nahm eine Handvoll Kies auf und ließ sie zwischen den Fingern zerrinnen. »Du bist Siusan, nicht wahr? Rugerion Siusan.«

Der spiegelnde Ritter antwortete nicht.

»Du hast mich benutzt und mir geholfen, weil du selbst auf der Suche nach dem Tor von Bauscheld bist«, fuhr Eljazokad fort. »Ich sollte es finden, von *dieser* Seite aus. Das ist der Sinn deiner Folterspiele. Und da ich versagt habe, wirst du mich nun töten und dir Bestar oder Tjarka vornehmen, um mit ihnen einen neuen Versuch zu beginnen.«

»Hast du denn eine bessere Idee?«

»Ja. Ich habe die Martelaskette verbraucht, aber ich bin noch nicht tot. Es wäre eine Vergeudung, mich jetzt einfach nur umzubringen.«

»Du meinst, du hast viel Wissen erworben und kannst dieses Wissen nun nutzen. Wo würdest du suchen nach dem Tor, falls ich dich ließe?«

»Dort, wo ich weiß, daß meine Geschichte noch nicht abgeschlossen ist. Im Geweihwasserdorf auf der Grenze zwischen Bazuzary und Benitdouleur muß ich zum Heiler eines Kindes werden. Gib mir dafür noch die Zeit. Zehn Jahre für mich sind weniger als eine Woche für dich. Ich ahne, daß nur so das Tor zu finden ist.«

Der Ritter dachte nach, während sein Pferd mit den Lippen im Kies stöberte. »Nicht durch Suche also, sondern durch Einkehr. Ein Weg, der hier noch nicht beschritten wurde. Womöglich hast du recht. Von allen meinen ... Versuchsobjekten warst du mir ohnehin bisher das liebste, das ergiebigste. Gut. Wollen wir es wagen. Alle Schiffbrüchigen außer dir wurden von der Insel zu sich genommen, um weitere Ängste zu nähren. Aber eines der Rettungsboote hat sich in der Brandungslinie verfangen. Mit ihm kannst du entkommen.«

»Ohne Segel? Allein? Auf einer Strecke, für die das Stadtschiff sechsundzwanzig Tage brauchte?«

»Du mußt das Boot nur aus der Brandung bringen, dann wird die Strömung dich erfassen und tragen. Nicht zurück nach Darigré, sondern auf viel kürzerem Weg zur nördlichsten Landzunge von Uesch. Von dort aus kannst du die Küste entlang in Etappen nach Darigré zurückfinden.«

»Warum kannst du mir nicht einfach noch mal eine Griballe schicken?«

»Tut mir leid. Die Martelaskette hast du aufgebraucht. Ich kann überhaupt nichts mehr für dich tun.«

Ächzend erhob sich der Lichtmagier und machte sich daran, noch mehr von den Beeren zu finden, die ihn gleichzeitig nährten und aushöhlten.

Er fand, daß es deutlich zu wenig Blumen gab auf dieser schwarzen, toten Insel namens Etridti Djuzul.

# 16 Oscodidan

Eljazokad fischte das Boot aus der Brandung. Wehrte die Wespenfische ab und überwand die Wellenkämme mit dem, was ihm an Kraft noch geblieben war. Dann ließ er sich treiben.

Fremde Sonnen und Monde betrachteten ihn von oben. Fremde Wellen. Fremde Fische und andere seltsame Wesen, die aussahen, als gingen sie kopfschüttelnd über das Wasser. Tage vergingen ohne Nahrung und Trinkwasser. Was ihn am Leben erhielt, war die unerklärliche Hoffnung, in den schneebedeckten Ebenen von Uesch womöglich ein lebendiges Mammut sehen zu können.

Ohne Bewußtsein erreichte er die Küste. Fischer mit Schwimmhäuten zwischen den Fingern fanden, pflegten und versorgten ihn, bis er weiterkonnte, die Küste hinunter. In Uesch lag überhaupt kein Schnee. Es schien eher Frühling zu sein, gelbe Blumen bevölkerten die Wiesen. Mammuts waren nirgendwo.

In Darigré hatte wieder eine Schlacht getobt. Vielleicht hatten die Gesunkenen des Stadtschiffes als Geister das Festland heimgesucht. Ein neuerliches Morden war vorüber, mehrere Tausend weitere Menschen der Dreifarbenländer waren ihm zum Opfer gefallen. Eljazokad legte sein Ohr auf den Schädel einer jungen Frau, die am Rande der Schlacht geboren hatte, während ihr Geliebter focht und fiel, und die daran gestorben war. Er hörte ein trauriges Lied, gab dem Schädel einen Kuß und zog weiter ins Landesinnere.

Er verfehlte Berumbur, fand das Geweihwasserdorf und wurde als *Guérisseur* willkommengeheißen. Zwischen den beiden fackelbeschienenen, schneegeschützten Grabhügeln von Bestar und Tjarka, in einer Höhle, die wie eine Muschel geformt war, ließ er seinen Tränen freien Lauf. Er trug dabei das dunkle Gewand der Trauer, das die Dörfler ihm gegeben hatten, und erkannte darin sich selbst wieder, wie er sich in der Vision bei den Dreimagiern in Warchaim gesehen hatte. Als er versuchte, darüber nachzudenken, ob er nur ein Schauspieler war, der seine Visionen nachspielte, oder ob sie ihm tatsächlich die Zukunft gezeigt hatten, fiel ihm auf, wie unwichtig diese Unterscheidung eigentlich war. *Letzten Endes*, notierte er, *spielt jeder im Leben nur die Rolle, die von ihm erwartet wird und die er von sich selbst erwartet. Wer ist denn schon wirklich WIRKLICH frei?*

So vergingen Jahre, und es war ihm egal. Er ließ sein Haar und seinen Bart lang wachsen, weil alle Männer im Geweihwasserdorf ihr Haar und ihren Bart lang trugen. Er kleidete sich dunkel, wie er es schon immer getan hatte und wie man es im Dorf von einem Weisen erwartete. Eine alte Kartenlegerin namens Zetaete, die tief im Summenden Wald in einer Hütte hauste, einer Hütte, die aus unbeschrifteten, in Destrisch gebundenen Büchern zusammengeleimt worden war, brachte ihm bei, daß seine Magie zu mehr dienen konnte als nur zum Erzeugen eines Leuchtens. Er erlernte die Wärme, und nachdem er die Wärme erlernt hatte, übte er sich in der aus der Wärme hervorgehenden Heilung. Er heilte Kinder, die an einem Fleckfieber erkrankt waren, Greise, die nicht abhusten konnten, und einen Holzfäller, der sich selbst ins Bein gehackt hatte. Eljazokad hatte nicht den Eindruck, es in der Heilkunst zu Zetaetes Meisterschaft gebracht zu haben, aber den Dörflern war das egal; sie waren froh, einen *Guérisseur* –

einen Heilkundigen – nicht nur im Wald, sondern sogar in ihrer Mitte zu haben.

Im zweiten seiner Jahre im Geweihwasserdorf begannen seine Schmerzen. Sie waren zuerst wie dieser Phantomschmerz im Thost, ein brutaler, reißender Hieb im rechten Bein, der Eljazokad schier zu Boden zwang. Später breiteten sich diese Schmerzen auch auf das andere Bein, die Arme und den Unterleib aus. Es mußten dies Echos von Siusans unermüdlicher Folterarbeit sein, und Eljazokad lernte, Heilenergie und Lichtwärme in sich selbst zu pumpen, um dadurch die Schmerzen zu lindern und möglicherweise auch die Verheerungen, die der verrückte Folterer in seiner Thostwaldgruft an seinem Leib anrichtete, abzumildern.

Da er oft und viel Schmerzen litt und große Anteile seiner Energie dadurch verbrauchte, sich selbst diese Schmerzen wie ein Drogensüchtiger zu lindern, wurden sein Haar und sein Bart früher grau, als es normalerweise der Fall gewesen wäre. Er wurde dadurch Rodraeg ähnlicher, sah manchmal sogar, wenn er sich in einem polierten Metallschild betrachtete, der ihm als Spiegel diente, Spuren von Hellas in der Helligkeit aufschimmern. Dennoch hielt er es aus im Geweihwasserdorf und genoß sogar den überwiegenden Teil seiner Zeit. *Guérisseur* war ein Ehrenwort, das nicht nur *Heilkundiger* bedeutete, sondern sogar so etwas wie *Heiliger.* Dementsprechend gut und zuvorkommend wurde Eljazokad auch behandelt, und er hatte das Gefühl, daß er seinen ungewollten Gott-Status hier in diesem Dorf in ein sinnstiftendes Dasein überführt hatte. Er erinnerte sich an das, was Tjarka gesagt hatte, kurz nachdem er sie in diese Welt geholt hatte: *Kann man nicht einfach hierbleiben?* Einen Lebenszyklus vollenden, ein Dasein bis zur

Neige auskosten, Greis werden wie auch Rodraeg es geworden war, bevor Siusans Folter den Lebensfaden ganz durchtrennte und den schönen, langen Traum eines viel zu früh Verstorbenen beendete?

Eljazokad erkannte, daß er durchaus auch ein Feigling war. Daß er im Verstreichen der Jahre in Kauf nahm, daß auch Bestar und Tjarka starben. Aber um sein schlechtes Gewissen zu beruhigen, sagte er sich immer wieder, daß anderthalb Jahre in den Provinzen nur einen einzigen Tag auf dem Kontinent bedeuteten und daß er zuerst sterben müsse, weil Siusan sich ja zuerst mit ihm befaßt hatte. Solange er noch lebte und träumte, müßten Bestar und Tjarka noch am Leben sein. Sagte er sich. Redete er sich ein. Er redete viel mit sich selbst, in der Sprache der Alten Insel und auf Bazuzaric. Vielleicht wurde er wunderlich mit den Jahren. Aber den Dorfbewohnern paßte dies gut in ihr Verständnis von einem heiligen Mann.

Wenn kein Schnee lag, was im Geweihwasserdorf nur an drei der zehn Monde vorkam, blühten auf den tiefgrünen Wiesen Mohnblumen, so rot, als ob sie in Flammen stünden. Der Mond war ein smaragdgrünes Ei. Wenn Schnee lag, deckte Rot den ganzen Wald, und rote Schneekaninchen waren emsig damit beschäftigt sich Fettreserven anzufuttern.

Im dritten Winter, den Eljazokad im Geweihwasserdorf verlebte, erkannte er in einem der kleinen Kinder, dem er einen Keuchhusten heilte, das verwundete Mädchen aus dem Traum, der ihn zum *Mammut* geführt hatte. Als Neugeborenes hatte er sie noch nicht erkennen können, aber jetzt war sie zwei Jahre alt und begann, seinem Traumbild ähnlich zu sehen. Das Mädchen hieß Saien und war die Tochter einer jungen, hübschen Frau namens Tiraato. Eljazokad wußte, daß Saien etwas Furchtbares zustoßen würde, daß sie bluten und leiden würde, aber er wußte nicht genau, wann und unter welchen Umständen. Vor ein paar Jahren auf dem Kontinent hatte irgendein kluger Mensch, mit dem Eljazokad in einer Hafenstadt ein paar Becher leerte, ihm erzählt, daß in alten Legenden Prophezeiungen immer genau deshalb wahr wurden, weil jemand versuchte, ihr Wahrwerden zu verhindern. Es hatte also keinen Sinn, sich dagegen zu stemmen. Das Ergebnis war unabänderlich. Eljazokad spielte eine Rolle, und dies war die Rolle des Heilers, nicht die des Behüters. Mit wachsender Besorgnis und für die Dorfbewohner wahrnehmbar wachsender Zerstreutheit beobachtete Eljazokad also Saien und Tiraato und unternahm nichts, um das kommende Unheil zu verhindern. In seinem Tagebuch notierte er in dieser Zeit zwischen vielen weiteren verschlungenen Fragen diese: *Ergibt die Tatsache, daß das* Mammut *alle meine Kreise schließt und somit die Quintessenz meines Lebens darstellt, nicht nur dann einen Sinn, wenn mein Leben im* Mammut *endet?*

Im vierten Winter, den Eljazokad im Geweihwasserdorf verlebte, streckte ihn eine schwere Schmerzattacke zu Boden, ließ ihn fiebern und in Ohnmachten hinein- und herausgleiten. Da Eljazokad unpäßlich war, mußten die Dorfbewohner, wenn es mit ihrer Gesundheit nicht zum Besten stand, den Weg durch den Summenden Wald zur Weisen Zetaete einschlagen. In diesen Tagen schlug der Wolf Oscodidan, der in den Legenden des Geweihwasserdorfes ein Todfeind des Mondes und der Mondesblutung war, mehrere Opfer. Er überfiel die Weise Zetaete und fraß ihren Leib mitsamt all ihrer Macht, er zerfleischte und tötete auch Tiraato, die ihr erkranktes dreijähriges Töchterlein Saien zur Weisen hatte bringen wollen, und er verwundete dabei das Kind schwer. Ein Jäger fand das besinnungslose Kind und brachte es zurück ins Dorf. Dort begann großes Wehklagen, denn man hatte auch die Hütte der weisen Kartenlegerin zerfetzt gefunden und alles besudelt von ihrem Blut. Nun kamen sie zum fiebernden Eljazokad und übergaben ihm flehentlich das Kind.

Eljazokad mühte sich, während die Welt sich um ihn drehte wie ein Windspiel, mit Zaubern, Tänzen und Spruchformeln. Er wandte auch die naheliegenderen Maßnahmen an, das Waschen und Verschließen der Wunden, das Zuführen von Kräutern und fiebersenkenden Feuchttüchern. Die kleine Saien jedoch glitt immer tiefer in die Schatten, ihr Gesicht ähnelte mehr und mehr dem einer Toten.

Schließlich ging Eljazokad unzulänglich bekleidet hinaus in den Schnee und den Summenden Wald. Ihm war warm genug von seinem Fieber. Zwei Nächte ohne Schlaf an Saiens Krankenlager hatten ihn zwar zusätzlich versehrt, doch die Dörfler ließen ihn gewähren, ahnten sie doch, daß es außer einem großen Wunder nun keine Hoffnung mehr gab für das Kind.

»Dasco?« rief Eljazokad, als das Rot des Tiefschnees und das Schwarz der Bäume ihn gegen alle anderen Farben des Lebens abschnitt. »Skandor Rigan! Ich weiß, daß du dich im Wald verbirgst! Ich biete dir ein neues Opfer an!«

»Dasco. Skandor Rigan«, wiederholte eine tiefe, grollende Stimme, die scheinbar aus dem Himmel kam. »So hat mich lange niemand mehr genannt. Wer bist du?«

»Ich bin einer von jenen, die in einer anderen Welt in einem Wald namens Larn mit dir rangen. Aber getötet haben dich wiederum andere, die kamen aus dieser Welt.«

»Ich erinnere mich. So kam ich hierher und wurde zu Oscodidan. Hast du eine Vorstellung, wie viele Welten es gibt, in denen man sterben und in denen man dann neu sich formen kann?«

»Nein. Mir sind nur zwei bekannt.«

»Es gibt auch nur zwei, obwohl es eigentlich vier sein müssen. Eine, die die Götter schufen und zerstörten. Eine, die die Götter schufen und verließen. Eine, die die Götter schufen, um in ihr zu spielen und andere zum Spiel einzuladen. Und eine, die die Götter planen und erbauen. Ein ewigwährender, niemals vollendeter Plan. In all diesen Welten war ich und werde ich sein: ein Gegenspieler. Ein Vertilger von Monden und Erzeuger von Kindern.«

»Du hast auch mich erzeugt, möglicherweise.«

»Ich erinnere mich nicht an dich. Deine Lebensspanne scheint so kurz.«

»Wie solltest du dich auch an alle erinnern? Wir sind alle wie Kaninchen unter deinem Wolfsblick.«

Die Stimme knurrte ungeduldig. »Du sprachst von einem Angebot.«

»Ja. Das Mädchen, das die Dörfler Saien nennen. Du hast einen Teil ihrer Seele behalten. Ich will diesen Teil haben. Anschließend habe ich mein Leben vollendet, und du kannst mich bekommen.«

»Ich kann dich jederzeit bekommen, ob mit oder ohne deine Zustimmung.«

»Das mag sein. Aber nur mit meiner Zustimmung wirst du

auch meine volle Zauberkraft schmecken können. Andernfalls würde ich sie verpulvern, bevor du mich bekommst.«

Der Wolf grollte wie ein fernes Erdbeben, während er nachdachte. »Also gut. Was soll's? Einen Teil eines Kindes gegen einen ganzen Magier, das scheint mir ein guter Tausch zu sein. Nimm.«

Der Wolf Oscodidan trat zwischen schneebehängten Tannen hervor. Zweibeinig, dunkel, zottelig und riesig wie ein Stier. Er hatte eine rote Azalee in der Hand, den fehlenden Teil von Saiens Seele. Eljazokad streckte sich dem Tier entgegen und nahm die Blume an sich.

»In vier Tagen werde ich dich holen kommen«, kündigte der Wolf an. »So lange kannst du dich noch als Heiler feiern lassen.«

»Ich danke dir, *Vater.*«

Der Wolf zog die Lefzen hoch und grinste. Dann trat er zwischen die Bäume zurück und war verschwunden wie eine Theaterfigur.

Mühsam kämpfte Eljazokad sich durch den Schnee nach Hause. Dort legte er die rote Blüte auf Saiens bleiche Lippen und hauchte dagegen. Das Rot kehrte in ihren Mund zurück. Sie schlug die Augen auf und sagte deutlich: *»Ich war ein Traum, verborgen in einem Irrgarten, verdunkelt durch ein Rätsel, entfernt durch einen Abgrund. Du hast den Irrgarten durchschritten, das Rätsel gelöst, den Abgrund mit einer Brücke überspannt. Du folgtest der Fährte des Mammuts und hast mich gefunden. Ich danke dir, Sohn zweier Väter und einer wunderschönen Frau.«* Dann entspannte sich ihr Gesicht, sie wurde wieder Kind und vermochte nur noch wenig und kindlich zu sprechen. Eljazokad holte die Dorfmütter. Sollten doch sie die schwere Aufgabe übernehmen, dem Mädchen den Tod ihrer Mutter beizubringen. Er war müde, nicht nur aufgrund seines Fiebers. Er hatte durch diese Tat das Drama seines Lebens zu Ende gespielt und alle seine Schulden beglichen.

Zwei Tage feierte man ihn. *Guérisseur! Guérisseur!* Sogar *Sorcier*, Zaubermeister, wurde er gerufen. Sein Fieber und seine Schmerzen vergingen, als hätte Saien *ihn* geheilt, und nicht umgekehrt.

Am Abend des dritten Tages nach seiner Wundertat klopfte es an die verschnürten Felle, mit denen seine Hütte verhängt war. Eljazokad ließ den Gast ein. Es war der Ritter Gyulthen. Hinter ihm dampfte sein Kriegsroß in der Winterluft.

»Ich habe dich erwartet, Siusan«, lächelte Eljazokad. »Du wirst nicht zulassen wollen, daß ein Wolf mich reißt, habe ich recht?«

»Du bist nicht ohne Geschick und setzt mich tatsächlich unter Zugzwang«, entgegnete der Ritter. »Aber auch ansonsten muß ich dich loben. Du hast dir und mir viel Zeit erübrigt. Du hast sogar Aufgaben erledigt, die dein Leben auf dem Kontinent dir stellte. Dein ganzer Lebenszyklus hat sich von einem nicht ganz geschlossenen zu einem vollendeten Kreis entwickelt. Ich bin zuversichtlich, mit deiner Hilfe das Tor von Bauscheld tatsächlich dauerhaft errichten und offen halten zu können. Ein allerletzter Baustein fehlt noch, und den habe ich heute mitgebracht. Folgst du mir in den Wald?«

Eljazokad seufzte. »Hier drinnen wäre es wärmer. Aber es hat wohl keinen Sinn, die guten Dorfbewohner ungebührlich aufzuregen. Ich komme sofort.« Er zog sich seinen mit Kräutersymbolen bestickten *Guérisseur*-Mantel über die dunkle, zeremonielle Kleidung. Ein letzter Blick auf die kleine, runde Hütte, die ihm mehrere Jahre lang ein ausreichendes Zuhause gewesen war. Dann schritt er hinaus in den Abend. Die mandeläugigen Menschen grüßten ihn ehrfürchtig, und er grüßte zurück. Den das rötliche Winterdunkel wie eine Glut widerspiegelnden Ritter nahmen sie nicht wahr. Nur die Martelasgegner, die Haarhändler und die Affenmenschen hatten den Ritter, ihren Auftraggeber, sehen können. Selbst Bestar und Tjarka hatten ihn nie zu Gesicht bekommen. Eljazokad dachte an die beiden Grabhügel in der schneegeschützten Höhlenmuschel. Wenn er sich jetzt von Gyulthen/Siusan töten ließ, würde er Bestar und Tjarka nicht nur niemals wiedersehen, sondern er würde die beiden auch dem sicheren Foltertod überantworten. Er wußte, daß er noch alle Energie in sich trug, die er nicht seinen eigenen Schmerzen und dem Mädchen Saien hatte opfern müssen. Er hoffte, daß das genügen würde, Gyulthen mitsamt seiner Rüstung zu einer erzenen Pfütze zu zerschmelzen. Dennoch war die Versuchung groß, alles hier enden zu lassen. Den einfachen Weg zu gehen, nach vier ruhigen Jahren. Den Weg ohne Schmerzen und ohne brennende Blumen. Ohne Furcht, ohne Winter, ohne Mammuts, ohne Jäger, ohne Bogenschützen, die ihre Freunde niederstreckten und ohne Königinnen, die einen Seekrieg an der Küste schwelen ließen, weil Krieg mehr Profit abwarf als ein stagnierender Frieden.

»Du brauchst dir übrigens nicht den Kopf zu zerbrechen, wie du deine Magie gegen mich ins Feld führen willst«, sagte der Ritter mit leicht Eljazokad zugewandtem Helm, während er voranritt. »Der Grund, weshalb ich diese Rüstung trage, ist, daß sie jede Form von Licht zurückwirft, selbst solche, die mit

Wärme verbunden ist. Du siehst also: Ein Spiegelritter bin ich ausschließlich deinetwegen.«

»Verstehe.« Natürlich hatte Siusan alles bedacht. Es wäre ja sonst auch beinahe zu einfach gewesen. Eljazokad brach klammer Schweiß aus.

»Allerdings: Eine letzte Verwendung mag es noch geben für deine Energie. Ich habe nämlich etwas sehr Ungewöhnliches mit dir vor. Ich habe von einem fehlenden Baustein gesprochen: Martelas Sechs, wenn man so sagen möchte. Du hast all deine Wege in dieser Welt so ausführlich und gründlich zu Ende beschritten, daß ich die Möglichkeit sehe, aus deinem Ringen mit dem auserwählten Streiter dieser Welt das Tor von Bauscheld konstruieren zu können. Aus den Schwüngen eurer tanzenden Klingen den Bogen des großartigen Tores. Du magst versuchen, deinen Gegner zu blenden oder zu brennen, wiewohl ich fürchte, er wird dir überlegen sein, denn noch nie zuvor hattest du es mit jemandem zu tun, der wirklich und wahrhaftig *von dieser Seite* stammt.«

Sie erreichten ein Feld, das im Sommer mit Gerste bestanden war. Jetzt war es wie ein düsterroter See, in den man bis zu den Knien einsank. Eljazokad sah im letzten Licht ein paar Schneekaninchen hoppeln. Ein großer, mit einer Winterkapuze vermummter Mann wartete an einem Lagerfeuer. Als der Reiter und der Lichtmagier sich näherten, erhob sich der Mann und wandte sich den beiden zu.

»Wir sind uns schon zweimal begegnet«, sagte er zu Eljazokad und streifte die Kapuze zurück.

Eljazokad nickte, als er die langen blauen Haare und die stolzen Gesichtszüge erkannte. »Udin Ganija. Daß du nicht tot bist, habe ich mir schon beinahe gedacht. Aber da es mehrere

Monde her ist, daß wir uns in meiner Welt trafen, hätte ich eigentlich vermutet, daß du in dieser Welt mindestens hundert, zweihundert Jahre alt sein müßtest.«

Ganija lächelte bitter. »Du weißt nichts von meiner Welt. All die Kriege und Kälte, Räderhaine, Regeln, verzerrten Zeiten und Sinnlosigkeiten, deren Zeuge du wurdest, hast du selbst hierher mitgebracht. Meine Welt ist romantisch und friedlich, die Zeit vergeht genauso wie in deiner, und sie wird bedroht von solchen wie dir.«

»Um so folgerichtiger also«, mischte Gyulthen sich ein, »daß ich euch beide endlich hier zusammenführe. Ihr seid Feinde in beiden Welten! Ich hoffe auf einen großartigen Kampf! Es gilt ein Tor zu errichten, das von Schönheit und Dauer sein wird.« Er schwang sich aus dem Sattel und stellte sich neben seinem Streitroß in abwartender Haltung auf.

Eljazokad hob beide Hände zum Zeichen des Innehaltens. »Ich verstehe das nicht. Warum arbeitest du mit diesem … Ungeheuer zusammen, Ganija? Dir geht es doch um die Provinzen, oder etwa nicht? Um ihren Erhalt und ihren Schutz. Weißt du denn nicht, daß der Ritter ein Tor errichten möchte, durch das die Menschen der Alten Insel dringen können, um den Provinzen alles zu rauben, was ihnen noch geblieben ist?«

»Ja, du verstehst tatsächlich nicht«, bestätigte der Mammut- und Werwolfjäger. »Ich arbeite nicht mit ihm zusammen. Ich habe ihn das nur denken lassen, damit er mich zu dir führt. Er glaubt – mußt du wissen – an seine Rüstung.« Ganija hob die Hand mit etwas Kleinem darin. Es knallte und rauchte. Gyulthens Rüstung platzte vorne auf wie eine überreife Frucht. Blut pulste in den Schnee. Rückwärts taumelte der Ritter gegen die Flanke seines scheuenden Pferds und fiel danach ungelenk ins kalte Rot.

»Das … ist … so … sinnlos«, keuchte Gyulthen. »Ihr könnt … mich … tausendmal töten, ich werde … doch immer … wiederkommen. Das Tor … das Tor … hätte euch alle retten können, … denn auch … ihr … hättet hindurch … können.«

Ganija steckte seine geheimnisvolle Waffe in seinen Mantel zurück und ging zu dem aufgesprengten Ritter hin. »Auch du verstehst immer noch nicht, Rugerion Siusan. Ich errichte das Tor. Denn *du bist das Tor.*«

Mit einer langsamen, schleifenden Bewegung zog Ganija zwei lange, eigentümlich geformte Klingen mit Widerhaken, Gabelungen und Sägekomponenten unter seinem Mantel hervor und machte sich damit an der Rüstung und dem Leib des kreischenden Ritters zu schaffen, so wie Siusan das mit Eljazokad auf dem Foltertisch auch getan hatte.

Eljazokad mußte sich abwenden und war dankbar, als die Schreie in ein Wimmern und Rasseln übergingen und schließlich völlig verstummten. Ganija hatte sich im Gegensatz zu Siusan keinerlei Mühe gegeben, sein Opfer am Leben zu erhalten. Ihm ging es lediglich darum, einen Durchgang zu schaffen, und er war immer noch nicht fertig damit.

Aus den Augenwinkeln erhaschte Eljazokad eine Bewegung im Wald. Groß, dunkel, geschmeidig. Der Wolf war gekommen, wütend, weil im Begriff, um seine Beute betrogen zu werden. Doch er wagte sich nicht aus der Deckung. Ganija hatte ihn schon einmal getötet. In dem blauhaarigen Krieger hatte Eljazokad einen mächtigen Begleiter gewonnen.

Die grollende Stimme des Wolfs leckte warm in Eljazokads

Ohrmuscheln. »Du schuldest mir etwas, Lichtmagier. Ich gab dir die Blume des Mädchens und erhielt nichts, nichts als Gegenleistung.«

»Du hast dein Vergnügen gehabt. Was willst du noch?«

»Du kannst mir helfen. Das Schmetterlingsmädchen. Es wurde niedergeworfen. Nicht von mir, aber ich war dort, weil ich immer dort bin, wenn dergleichen sich ereignet. Das Kind ist auch mein Kind. Durch dieses Kind könnte ich wiedergeboren werden in deiner kleinen, schönen Welt. Trage dafür Sorge, daß der Junge den Namen *Oscodidan* erhält, und er wird mächtiger werden, als ich es jemals zuvor war.«

Eljazokad hatte Mühe, ein Zittern zu unterdrücken. »Wer ... hat ... Naenn niedergeworfen?«

»Ich kenne seinen Namen nicht, aber er war von großer Kraft. Es war nicht der arme Junge, der das Kind mit ihr zeugte. Es war jemand Größeres, vorher schon. Alles fließt ineinander. Entflammte Liebe, Schönheit, Jungfräulichkeit, Zauber und Gewalt. Der vollständige Verlust von Beherrschung. Das ist mein Jagdgebiet. Gib mir das Versprechen, das Tor ist gleich vollendet.«

»Oscodidan, Dasco, Skandor Rigan«, zählte Eljazokad die Namen auf, unter denen er den Wolf bislang kennengelernt hatte. »Ich werde dir überhaupt nichts mehr geben. Nachdem Ganija dich getötet hatte, habe ich für dich gebetet. Gebetet, daß du deinen Frieden finden mögest. Aber du bist noch immer ein Frauenschänder und ein Kindsmörder. Es ist gut, daß du tot bist und in meiner Welt tot bleibst.«

Das Tier schien zu schrumpfen. Sah beinahe kläglich aus. »Ich bin der Wolf. Euch Menschen muß häßlich erscheinen, was ich verrichte. Doch der Vergewaltiger bin nicht ich. Skandor Rigan war einer, und andere vor ihm. Ich habe sie getötet und in mich aufgenommen, um ihren Fluch zu beenden, doch manchmal … ist dieser Fluch noch immer stärker als ich. Die Kinder trachte ich zu schützen. Vor ihren Eltern. Vor dem Leben. Vor der Wahrheit. Du müßtest älter sein, Jahrhunderte älter, um das alles zu verstehen.«

»Ich verstehe, daß du, als du starbst, uns prophezeitest, wir würden die Wale nicht schützen können. Aber du hast dich geirrt. Die Wale leben.«

»Ja, die Wale leben. Aber meine letzten Worte waren dennoch wahr. Ihr habt sie nur nicht richtig verstanden. Nicht *ihr* habt die Wale gerettet, sondern *jemand anders*, die Gezeitenfrau, die ihr erst finden mußtet, um eure Aufgabe erfüllen zu können. Ihr könnt nicht herumgehen und die Welt zum Besseren wenden. Das ist naiv und dumm und kann sogar gefährlich sein, für euch selbst, für eure Welt und auch die anderen Welten, die durch die Götter mit euch verbunden sind. Ihr müßt *andere* dazu bringen, die Welten umzuformen. Andere, die mehr Macht haben als ihr und mehr Wissen, die in ihrer Macht aber zu bequem sind, sich zu bewegen und zu kümmern. Nur so könnt ihr, die ihr schwach seid und sterblich, tatsächlich etwas bewirken. Nur so kann euer *Mammut*, das ein Tier ist, das zum Zertrampeln neigt, ein *Heiler* werden.«

Die beiden maßen sich über die Entfernung mit Blicken. Eljazokad reichte dem aufgerichteten Wolfsmenschen nur bis zur Brust, aber er fühlte sich seltsam ebenbürtig.

»Bist du eigentlich … ein Aufschneider oder ein Gott?« fragte der Lichtmagier.

Der Wolf zeigte wieder sein bleckendes Grinsen. »Als … die Götter noch an Tafeln saßen und zusammen zechten, alle zehn, lange ist das her, … da war ich ein Hund, der um die Stuhlbeine strich und dem sie die Knochen ihres Gelages zuwarfen. Als sie dann fortgingen und die Hallen leer standen und Ödnis herrschte, war der zurückgelassene Hund das Göttlichste, was dieser Welt noch geblieben war.«

»Das Tor ist offen«, rief Ganija, »wir müssen uns beeilen, es wird nicht lange stabil sein.«

»Ja«, nickte Eljazokad. »Und wir müssen Tellures davon abhalten, Tjarka und Bestar aus reiner Rachsucht noch zu töten, nachdem das Tor Siusan zerrissen hat. Lebwohl, Hund der Götter. Ich weiß nicht, ob ich etwas für dich tun kann. Ich schätze die Mutter des Kindes, um dessen Zukunft wir hier schachern, zu sehr, um zu befürworten, daß ihr Sohn ein frauen- und kinderreißendes Tier wird.«

»Ich schätze sie auch sehr, denn ich habe ihre Liebe geteilt.«

Darauf fiel Eljazokad nichts mehr ein. Er eilte zu Udin Ganija. Der Blauhaarige stand besudelt neben einer scheußlichen Öffnung im Schnee. Fleisch und nasse Innereien, gespannt über Rippenbögen, Scheiben und Bruchteile von spiegelndem Metall. Das wahre Tor von Bauscheld.

»Kannst du deine Ausrüstung mit hinüber nehmen?« fragte Eljazokad.

Ganija nickte.

Eljazokad kramte in seinen Mantelinnentaschen und förderte alles zutage, was er dort andauernd mit sich herumtrug. Die losen Pergamente von Destrisch, das Melronia-Heft und das in Baumrinde gebundene Buch, das die Geweihwasserdorfleute ihm vor zwei Jahren geschenkt hatten. »Meine Tagebücher. Sie sind wichtig, damit der Kontinent begreifen lernt, was die Provinzen sind. Es steht sogar darin, wie aus einem Lichtvortäuscher ein Heiler werden kann. Ich bitte dich.«

Ganija schüttelte mißbilligend den Kopf. »Deine Pergamente stellen meine Welt als Ort des Schreckens dar. Niemand wird sich für uns einsetzen, wenn er dies liest.«

»Doch. Es steht vieles Wichtige darin. Wohin die Götter gegangen sind, nachdem sie den Kontinent verlassen haben. Daß Etridti Djuzul gar nicht existiert, sondern nur eine Furcht darstellt, die man bekämpfen muß. Daß Krieg die Völker verblendet und in den Irrsinn führt. Daß es möglich ist, Schlösser zu errichten, die bis in die Wolken reichen. Daß die Menschen im Geweihwasserdorf ehrlich und rein sind wie Schmetterlingsmenschen. Daß es noch Mammuts gibt. *Daß es noch Mammuts gibt!*«

Ganija schaute zu Boden. Dann riß er Eljazokad die Papiere aus der Hand und stopfte sie zu seinen Waffen unter den Kapuzenumhang. »Komm jetzt. Sonst gehe ich allein.«

Mit dem Kopf voran schlüpfte der Blauhaarige durch den glitschigen Tunnel. Eljazokad folgte ihm und hielt wegen des Gestanks den Atem an.

Auf der anderen Seite befand sich die schummerige, von Wurzelgeflecht ausgefranste Folterkammer. Tellures lachte und lachte und wehrte sich gegen den blutverschmierten Ganija, der mit verrückten Klingen auf ihn eindrang. Eljazokad kroch aus Siusans Leichnam hervor, der als zerstörter Klumpen Fleisch und Knochen am Boden lag. Tjarka war glücklicherweise in gnädiger Ohnmacht auf ihrem verschmutzten Tisch zusammengesackt. Vielleicht war sie schon seit Stunden ohnmächtig, denn sie sah abgemagert und entkräftet aus wie Bestar. Bestar brüllte und rüttelte wie ein Tier an seinen Fesseln, als er den Blauhaarigen auftauchen sah. Eljazokad sah auf sich selbst herab, seinen gefesselten, zerstörten, sterbenden Leib. Wie in der *Höhle des Alten Königs*, in der er auch auf seinen eigenen Leichnam hinuntergeblickt hatte. Aber diesmal mußte er zurück. Er spürte schon, wie es ihn hinriß. Er zündete all die magische Energie, die er nicht für das Mädchen Saien verbraucht hatte, um seinen Leib zu heilen, während Tellures lachend starb, als würde er gekitzelt, und Bestar in seinen Fesseln rüttelte und brüllte, als hätte er vollkommen den Verstand verloren.

## 17 Das Tageslicht

Die ersten Augenblicke, die Eljazokad wieder in seinem Körper verbrachte, waren vollkommen schmerzfrei. Danach fraßen urplötzlich zwanzig Hyänen mit Säurespeichel sein rechtes Bein, das linke wurde von einer Herde durchgehender Rinder untergepflügt und mehrmals gebrochen, während Termiten mit winzigen Sägen in seinem Unterleib Kolonien errichteten. Eljazokads Wimmern klang beinahe wie das Lachen von Tellures. Dann riß er sich zusammen. Er war über vier Jahre von seinem Körper getrennt gewesen. Ein Körper, der noch dazu erst vor verhältnismäßig wenigen Wochen von der *Höhle des Alten Königs* als Doppelgänger angefertigt worden war. Er würde sich jetzt nicht von etwas dermaßen Unbeträchtlichem wie *diesem Körper* fertigmachen lassen.

Es half, daß die Heilmagie tatsächlich anschlug und Schmerzkanäle verschloß.

»Bestar! Bestar! Bestar!«

Erst Eljazokads dritter Ruf brachte den nackten Klippenwälder zum Innehalten.

»Eljaz? Eljaz, ihr Götter, du lebst! Ich dachte, du bist längst ...«

»Es geht mir gut«, log Eljazokad röchelnd. »Ich habe Heilmagie gelernt. Du brauchst keine Angst zu haben. Es ist ausgestanden. Ganija ist ... auf unserer Seite.«

»Wie kann der auf unserer Seite sein? Er war doch hinter den Walen her! Wir haben gegen ihn gekämpft!«

Ganija war inzwischen mit Tellures fertig und richtete sich auf. Er und Bestar maßen sich mit finsteren Blicken.

»Frag nicht. Ganija, hast du meine Pergamente? Sind sie hier?«

Der Blauhaarige wischte seine besudelten Klingen an einem herumliegenden Stoffknebel ab, steckte sie weg und zog die Tagebücher des Magiers unter seinem Gewand hervor. »Alles da. Das Tor von Bauscheld schließt sich wieder. Es gibt kein ewigwährendes Tor. Nicht, solange ich etwas dagegen tun kann.« Er zeigte Eljazokad die Tagebücher, dann legte er sie auf einen Schemel. Eljazokad nickte, soweit seine gelockerte Halsfessel das zuließ, während Bestar immer noch vergeblich versuchte, mit seiner ihm verbliebenen Körperkraft die Lederbänder zu sprengen.

»Mach ihn los, Ganija – dies soll meine letzte Bitte an dich sein«, flüsterte Eljazokad. »Bestar kann sich dann um alles Weitere kümmern.«

Der Krieger mit den langen blauen Haaren bewegte sich nicht. »Weshalb sollte ich euch das Leben retten? Ich könnte es später bereuen. Ihr seid mir schon einmal in die Quere gekommen und habt mich drei wertvolle Gefährten gekostet.«

»Hör mir zu«, sagte Eljazokad eindringlich. Seine Gedanken überschlugen sich wie ein zusammenbrechendes Bibliotheksregal. »Du hast das Mammut nicht getötet! Ich habe gesehen, wie du es verschont hast, in einer Vision. Aber Visionen und Träume sind Wahrheiten, die Wahrheiten eurer Welt.«

Ganija nickte langsam. »Ich … brauchte es nicht zu töten. Es ist allein. Es wird ohnehin sterben.«

»Das ist nicht der Grund. Du hättest es aus Mitleid töten können, um ihm das Verhungern zu ersparen. Nein, du *wolltest* es nicht töten. Du bist kein Mörder.«

Ganija lachte höhnisch auf, ohne groß das Gesicht zu verziehen. »Hast du vergessen, was ich vor deinen Augen mit dem Ritter getan habe? Mit dem lachenden Gehilfen? Mit dem Werwolf?«

»Das ist etwas anderes. Das waren *Gegner*, keine Opfer. Wir waren auch einmal Gegner. Aber sieh uns jetzt an. Wir sind jetzt Opfer. Wir sind wie im Räderhain von Destrisch. Und das Mädchen hat überhaupt nichts mit dir zu schaffen. Sie wenigstens kannst du retten ohne Reue.«

»Und sie rettet dann euch. Das ist doch lächerlich. Nein. Ich helfe euch nicht. Ihr seid mir zu ... eifrig und zu lästig.« Udin Ganija suchte und fand einen Ausgang, eine nach oben führende Falltür. Er legte eine Leiter an und öffnete die Falltür. Tageslicht stürzte ihm entgegen wie ein Wasserfall. Auf halbem Weg nach oben hielt er inne.

»Im Norden eures Landes wurde die Quelle des Feuers geöffnet. Dort sitzt der mächtigste Magier mit anderen mächtigen Schatten um diese Quelle versammelt und wärmt sich die schrecklichen Hände. Wißt ihr etwas darüber? Könnt ihr mir eine genauere Richtung geben?«

Eljazokad schüttelte den Kopf. Hatte die Gezeitenfrau so etwas nicht einmal erwähnt? *Die Quelle des Feuers?* Oder war es Rodraeg gewesen bei einer der Gruppenbesprechungen? Rodraeg wußte viel mehr über den Kontinent als Eljazokad. Eljazokad war lediglich eine Art Fachmann für die Provinzen geworden. »Ich kann dir sagen, daß der mächtigste Magier unserer Welt Galin von Asteria heißt, und daß er auch in deiner Welt kein Unbekannter ist. Aber mehr weiß ich leider nicht.«

»Dann breche ich eben so auf. Ich werde ihn schon finden. Ich wünsche euch ein möglichst angenehmes Sterben.«

»Laß wenigstens Tjarka nicht so verrecken, du Scheißkerl!« schrie Bestar aus Leibeskräften, von seiner Halsfessel regelrecht blaugewürgt. »Hast du denn gar keine Ehre im Leib? Du würdest es nie auf einen ehrlichen Zweikampf gegen mich ankommen lassen, weil du zu feige bist, ist es nicht so?« Schlagartig wurde der Klippenwälder ruhig. »Ach, scheiß drauf. Soll er doch abhauen. Ich werde ihm nicht hinterherwinseln wie ein ...« Ihm versagte die Stimme.

Ganija hatte das Erdloch bereits verlassen und schickte sich gerade an, von oben die Luke zu verschließen, als sein Blick auf etwas fiel, das unten im Lichtschein auf dem Boden sichtbar wurde. Er runzelte die Stirn. Dann huschte ein Lächeln über sein ansonsten stets ernstes Gesicht. Er kam wieder herabgeklettert. »Vielleicht«, sagte er, »sollte ich euch doch noch eine Chance einräumen. Vielleicht wollen die Provinzen entscheiden, ob ihr leben oder sterben sollt.«

»*Du* bist die Provinzen«, stellte Eljazokad fest. »Du bist der auserwählte Krieger der Magier von Bazuzary.«

»Das mag sein. Aber genau deshalb bin ich nicht die Provinzen. Ich bin ein Weltenwechsler und allein schon deshalb kein klassischer Vertreter meiner Heimat.« Ganija bückte sich zwischen den Foltertischen und ging in vorgebeugter Haltung umher. Weder Eljazokad noch Bestar konnten erkennen, was er da trieb. »Aber es sieht so aus, als wäre noch jemand durch das Tor von Bauscheld gekommen. Jemand, den wir beide in unserer vorgeblichen Bedeutsamkeit gar nicht bemerkt haben. Du weißt, daß ich ein Jäger bin? Also versuch nicht wegzulaufen. So ist es gut.« Als er sich in einer Nische wieder aufrichtete, hatte er ein Kaninchen auf dem Arm. Ein rotes Schneekaninchen aus dem winterlichen Summenden Wald.

Eljazokad und Bestar trauten ihren Augen nicht. Bestar vor allem hatte noch nie ein rotes Kaninchen gesehen.

Beinahe zärtlich setzte Ganija das Kaninchen auf dem Tisch des Klippenwälders ab.

»Es ist ein Weibchen«, erläuterte der Blauhaarige. »Trächtig, würde ich schätzen, so, wie sich ihr Bäuchlein anfühlt. Gebt gut acht. Vielleicht könnt ihr dann etwas lernen über meine Welt.«

Das Kaninchen hoppelte langsam, zwischendurch immer wieder mit hektischen Nasenbewegungen schnuppernd, an Bestars Seite entlang aufwärts. Bestar konnte den Kopf nicht drehen, aber Eljazokad beobachtete das kleine Tier wie eine wundervolle Erscheinung. Dies war ein Ort des Grauens. Alles war voller Kaninchenblut und -urin, es roch nach Kaninchensterben, die Schlaufen waren aus Kaninchenhaut. Aber der rote Nager schnupperte und forschte, hoppelte zwei Schritte, schnupperte und forschte weiter, bis er die Handgelenkschlaufen erreichte. Der Klippenwälder wagte nicht zu atmen, aber seine Gedanken waren ein Gebet zu Kjeer, weil er dunkel in Erinnerung hatte, daß dieser Gott außer für die Erde auch für Tiere zuständig war. Bestar spürte das Tasten der rötlichen Barthaare des Kaninchens als sengendes Kitzeln auf seiner wundgescheuerten Haut. Dann begann das Tier tatsächlich mit seinen kräftigen Vorderzähnen an der Lederfessel zu nagen. Nach einem Drittelsandstrich verlor es das Interesse und hoppelte wieder abwärts, um die Kante des Tisches zu untersuchen. Bestar spannte seine Armmuskeln an, hatte jedoch Angst, mit einer ruckartigen Bewegung das Kaninchen zu erschrecken.

»Den Rest schafft ihr auch alleine«, stellte Udin Ganija fest und nahm das Tier wieder auf den Arm. »Da ich von nun an nur noch Magier jagen muß, könnte ich gleich mit dir anfangen.« Er deutete auf Eljazokad. »Aber ich will dir noch eine Frist geben, weil du mir immerhin den Werkstoff zum Errichten eines Übergangs bereitgestellt hast. Möglicherweise gelingt es dir ja, der Magie abzuschwören, bevor es zu spät für dich ist.«

»Wie mein leiblicher Vater vor mir«, lächelte Eljazokad müde. »Ich will das nicht ausschließen.«

»Ich lasse euch das Kaninchen da.« Behutsam setzte Ganija das muntere Tier auf den Schemel zu Eljazokads Tagebüchern. »Kümmert euch gut darum, ihr verdankt ihm immerhin euer Weiterleben.« Er ging zur Leiter zurück und begann zum zweitenmal hochzusteigen.

»Ganija?« fragte Eljazokad zum Abschluß. »Du hättest uns nicht wirklich hier unten verenden lassen, oder?«

Der Blauhaarige lächelte beinahe. »Es war nicht *meine* Welt, die euch in diese Lage brachte. Dies ist ganz allein *eure* Welt.« Dann verschwand er ins Licht und ließ die Luke offenstehen.

Bestar rüttelte an der angenagten Fessel. Nach zwei schweißtreibenden Sandstrichen zerriß die Schlaufe. Mit der linken Hand konnte Bestar die Schnalle der rechten Hand aufnesteln. Danach seinen Hals, die Oberschenkel, die Fußgelenke, und endlich war er frei. Er atmete beinahe schluchzend, dann befreite er Eljazokad.

»Wie viele Tage, Bestar?« hauchte der Magier, der am Ende seiner Kräfte angekommen war. »Wie viele Tage?«

»Genau weiß ich es nicht. Ich bin mehrmals weggedämmert, weil Siusan dieses scharfe Zeug benutzt hat, um an deinem Bein …« Er stutzte. »Das haben wir dir schon mal erzählt, oder?«

»Du erinnerst dich an deine Zeit in den Provinzen? An Melronia? An Aube?«

»Ja. Aber … wie an einen Traum.«

»Erinnerst du dich … an deinen Tod?«

»Kaum. Wir haben gekämpft, aber ich weiß schon nicht mehr, gegen wen.« Bestar ging zu Tjarka hin. Er bedeckte ihren nackten, verschwitzten Leib mit einer Decke, bevor er sich an ihren Lederfesseln zu schaffen machte. »Vier Tage, würde ich schätzen. Wir haben fast nichts zu essen oder zu trinken bekommen. Tjarka hat Lieder gesungen, um nicht wahnsinnig zu werden, und sie ist eine verflucht schreckliche Sängerin. Einmal war ich *so* dicht davor, meine Fesseln durchzukriegen, aber der Lachende hat leider zu gut aufgepaßt.«

Bestar holte Wasser, trank durstig, gab Eljazokad zu trinken, versuchte auch Tjarka etwas einzuflößen. Sie rührte sich nicht. Vorsichtig begann der Klippenwälder, Eljazokads verstümmeltes Bein zu reinigen und Siusans lebens- und schmerzverlängernde Abbindungen zu bewegen. Der Magier wand sich vor Pein. »Such uns unsere Kleidung«, schnaufte er. »Wir müssen weg von hier. Die Luft riecht nur nach Leichengas.«

Bestar kehrte aus dem stinkenden, linkerhand liegenden Nebenraum zurück. Er hatte alle Kleidung, Ausrüstung und auch Skergatlu über den Armen, aber er war aschfahl und mußte sich abstützen, um überhaupt noch atmen zu können, ohne sich übergeben zu müssen.

»Was ist dort?« wollte Eljazokad wissen, der die Antwort schon lange ahnte und fürchtete.

»Frag nicht«, gab Bestar knapp zurück, eine Formulierung, die Eljazokad vorhin ebenfalls benutzt hatte. Dann schaffte Bestar sie alle hinaus.

Tjarka kam im Schatten eines Laubbaumes zu sich. Zum erstenmal seit Tagen faßten ihre Nasenlöcher wieder frische Luft, einen herbstlich duftenden Wind. Für einige Momente, als ihr Bewußtsein noch nicht ganz die Kontrolle über ihren Leib gewonnen hatte, überantwortete sie sich diesem Wind wie ein welkes Blatt, dem Atemhauch eines gesunden Thost. Dann schreckte sie auf und glaubte schlagartig zu wissen, wo sie war und in welcher Lage. Als sie merkte, daß sie sich irrte, entkrampfte sie sich und atmete weiter.

»Siusan und Tellures sind tot«, erklärte ihr Eljazokad, der selbst bleich aussah wie ein Gestorbener. »Wir sind außer Gefahr.«

»Aber wir müssen Eljazokad irgendwo hinbringen, wo es Leute gibt und Heilkundige«, vervollständigte Bestar, während er dem Mädchen Wasser reichte. »Uns beiden ist, soweit ich das beurteilen kann, körperlich nichts geschehen, Tjarka. Wir sind nur durstig, hungrig, dreckig und erschöpft. Aber Eljazokad braucht Hilfe. Er hat alle Schmerzen auf sich genommen.«

»Wie … konnten wir entkommen?«

»Mit Hilfe von zwei Wesen, einem Menschen und einem Kaninchen, die ich mehr oder weniger unbewußt aus den Provinzen herübergeholt habe«, erläuterte der Magier. »Erinnerst du dich an Melronia?«

»Ja«, sagte Tjarka beinahe tonlos. »Ich war ich selbst und konnte steuern, was ich tat. Anders als in einem Traum, wo ich oft nicht beeinflussen kann, was ich mache. Aber dann … gab es diesen Kampf gegen die Affenmenschen, und es ging furchtbar zu Ende.«

»Es war kein Traum«, nickte Eljazokad. »Ich habe meine Tagebücher von dort. Mit gefesselten Händen habe ich wohl kaum träumend während Siusans Folter Tagebücher verfassen können. Wir waren tatsächlich dort. Für mich waren es mehr als vier Jahre.«

»Und ich habe in Melronia lesen gelernt«, grinste Bestar. »Zumindest das, was ich von Eljaz' Sauklaue entziffern kann, kann ich in seinen Tagebüchern wirklich lesen. Langsam zwar, aber immerhin.«

»Dein Kopf wurde weggeworfen«, erinnerte Tjarka sich. »Wie ein trudelnder, kleiner Kürbis. In den roten Schnee.«

Der Klippenwälder sah Eljazokad ratlos an. »Davon weiß ich nichts. Jetzt sitzt er jedenfalls wieder fest auf den Schultern. Hoffe ich.«

»Wer von euch hat mich angezogen?«

»Das war ich«, beeilte sich Bestar zu erklären. »Eljaz kann sich nicht richtig auf den Beinen halten. Ich mußte schnell machen. Kann sein, daß ich dir dein Hemd linksherum angezogen habe. Tut mir leid.«

»Nein. Ich danke dir.« Tjarkas Gesicht war umwölkt und ernst, als blinzelte sie gegen die Sonne. »Ihr habt mir das Leben gerettet.«

»Tjarka«, sagte Eljazokad matt, »laß uns nicht um den heißen Brei herumreden. Wir haben beide ein sehr schlechtes Gewissen dir gegenüber. Wir sind das *Mammut*. Wir wußten, was wir taten, als wir uns in den Thost begaben und in sämtliche Gefahren. Aber wir haben dich mit hineingezogen, unserethalben wurdest du gefangen, gefesselt und beinahe gefoltert und Schlimmeres. Wir wissen, daß …«

Das Mädchen hob eine Hand. »Hör einfach auf, Eljaz. Wenn ihr beide nicht gewesen wärt, hätte ich mich alleine auf die Fährte der Männer gemacht, die Fork auf dem Gewissen haben. Dann wäre ich genauso auf Siusans Foltertisch gelandet, und niemand hätte mich dort rausgeholt. Ihr schuldet mir gar nichts. Im Gegenteil. Jetzt bringen wir dich nach Anfest, das ist nicht weit von hier. Dort können sie dich gesund kriegen. Aber vorher will ich mich noch kurz mit eigenen Augen davon überzeugen, daß die beiden Dreckschweine wirklich tot sind.«

»Das ist kein schöner Anblick«, warnte Bestar.

»Ich scheiß auf schöne Anblicke«, entgegnete sie trotzig. »Ich will die beiden tot sehen.«

Sie ging zu der Falltür. Eljazokad konnte nicht anders; er machte sich wieder Notizen in seinen Pergamentheften.

Aus Eljazokads Tagebuch:

*Ist nicht ein Händler namens Fenchel vor Hunderten von Jahren genau an diesem Ort von einer riesigen Falltürspinne vor Räubern gerettet worden? War Siusans Erdloch genau jenes sagenhafte Spinnennest? Aber wer hat wen hier gerettet? Hat Siusan Rodraeg gerettet, indem er mir ermöglichte, die Brücke der brennenden Blumen zu betreten? Wird das Schicksal des Mammuts, vielleicht sogar des ganzen Kontinents, davon beeinflußt werden, daß es mir gelungen ist, Informationen über die Provinzen nach draußen zu schmuggeln?*

Er schrieb fast nur noch Fragen. Je mehr er in seinen Jahren in den Provinzen gelernt und erfahren hatte, desto mehr Fragen hatten sich vor ihn gestellt, um sein Blickfeld zu verstellen.

Bestar unterbrach seine Gedanken. »Was machen wir mit dem Kaninchen?« Der Klippenwälder hatte das Tier, das er in einem improvisierten, mit Atemlöchern und einem Brett als Boden versehenen Tragebeutel aus der Erdgrube getragen hatte, am Nackenfell aus dem Beutel gezogen und hielt es sanft im Arm. »Sollen wir es mitnehmen nach Warchaim? Cajin und Naenn könnten es gut pflegen.«

»Ich weiß nicht. Es ist trächtig, hat Ganija gesagt. Bietet sich uns da nicht eine großartige Möglichkeit, den Thost wieder mit Kaninchen zu bevölkern?«

»Aber die sind doch dann knallrot! Die können sich doch gar nicht verstecken und werden von jeder Eule sofort erwischt.«

»Vielleicht nicht. Rot ist vielleicht besser als ... Gelb zum Beispiel. Rot steht in der Natur doch häufig für *Vorsicht giftig!*, oder nicht?«

Beide waren ratlos und einigten sich darauf, das Waldmädchen Tjarka zu fragen. Die kam nach nur einem Sandstrich in der Falltürgruft schon wieder zurück. »Was habt ihr mit ihnen gemacht? Siusan ist ja nur noch ein geborstener Fleischklumpen.«

»Das waren wir nicht«, stellte Eljazokad richtig. »Ein Krieger aus Bazuzary hat das getan.«

»Ich hätte es gern selbst getan«, brummte Tjarka. »Aber ich weiß nicht, ob ich es so gründlich hinbekommen hätte. Ich habe noch ein paar Wertsachen gefunden. Hier. Siebzehn Rinwetaler.«

»Behalt sie«, sagte Eljazokad. »Wir schulden dir ohnehin noch Geld, ich weiß schon gar nicht mehr, wieviel. Außerdem wird die Reise nach Warchaim einiges kosten.«

»Bist du in dem Raum hinter dem Vorhang gewesen?« fragte Bestar besorgt.

»Nein. Da kommt der Gestank her.«

»Ja. Da lebt auch nichts mehr. Es ist sinnlos, dort zu suchen.«

Bestar und Eljazokad zeigten Tjarka das Kaninchen. Tjarka schlug vor, es nach Anfest mitzunehmen. Dort würde es möglicherweise noch in Ställen gehaltene Hauskaninchen geben, mit denen das rote Weibchen und seine Jungen sich dann kreuzen könnten. Diese Aussicht erfüllte besonders Bestar mit Zuversicht.

Als Tjarka sich dann anschicken wollte, eine Schlepptrage für den verletzten Eljazokad zu basteln, nahm Bestar den Magier einfach Huckepack und sagte, wenn Tjarka einen guten, schnellen Weg finde, würde er durchhalten, ihn zu tragen.

»Was ist eigentlich aus deiner Pfeilwunde geworden?« fragte sie ihn.

Bestar schaute sie fragend an.

»Dein Arm. Der falsche Schmetterlingsmann. Schon vergessen?«

Bestar betrachtete seinen linken Unterarm. Die Wunde war kaum noch zu sehen. Sie sah gesalbt und behandelt aus. »Siusan muß sie versorgt haben«, stellte der Klippenwälder leise fest.

Eljazokad nickte. »Er konnte keine Wunden und Schmerzen dulden, die nicht von ihm selbst stammten. Das hätte seine Pläne, seine verrückte Art von Magie gestört.«

Bestar nahm ihn auf den Rücken. So eilten sie schließlich los nach Anfest.

»Tjarka? Ist der Thost eigentlich wieder da?« fragte Eljazokad, dem jeder von Bestars Schritten Schmerzen verursachte; aber auf einer Trage wäre das kaum anders gewesen.

»Noch nicht«, sagte sie finster. »Aber vielleicht kommt er zurück. Wie die Kaninchen.«

Eljazokad wandte sein Gesicht der Sonne zu, der echten, angestammten Sonne. Er fragte sich, ob er lernen könne, ihr Licht genauso zu trinken und sich somit wieder mit Energie zu füllen, wie ihm das in Melronia mit einem in eine Sonne verwandelten Traummond auch gelungen war.

Anfest war genauso überschaubar wie Clellach, nur daß es mitten im Thost lag und deshalb auf allen Seiten von herbstlichem Gelbgrün umschlossen war. Am späten Nachmittag des folgenden Tages kamen sie dort an, und dort erfuhren sie, daß man inzwischen den 12. Blättermond schrieb. Seit ihrer Verschleppung in die Erdgrube waren also fünf Tage vergangen.

Eljazokad wurde von einer Heilerin namens Maeredi aufgenommen. Mit großer Besorgnis betrachtete sie sein rechtes Bein sowie die Verwundungen im Bauchraum und am linken Oberschenkel. Aber sie äußerte sich zuversichtlich, daß beide Beine zu retten waren und nicht abgenommen werden mußten.

Bestar verdrückte erst mal einen ganzen Laib Brot mit Hartwurst und Kopfsalat und kümmerte sich anschließend um das Kaninchen. Wie sich herausstellte, war der rothaarige Glauber Gudvin bereits vor Wochen in Anfest gewesen und hatte alle

Hauskaninchen aufgekauft. Lediglich ein zwölfjähriges Mädchen namens Ikli Oyberg hatte sich unter dermaßen herzzerreißenden Tränen geweigert, sein Kaninchen herzugeben, daß ihre Eltern schließlich Gudvins mehr als fürstliches Angebot zurückwiesen. Iklis Kaninchen war ein Männchen namens Korengan. Viele Haustiere im Thost trugen diesen traditionsbehafteten Namen. Da sein rotes Kaninchen schwanger war, nannte Bestar es *Naenn* und schenkte es dem begeisterten Mädchen »in gute Hände«. Ikli Oyberg war erfahren genug in der Nachkommenschaft von Haustieren, um dem staunenden Bestar erläutern zu können, daß die rote Naenn und der schwarze Korengan, wenn sie zueinanderfinden würden – was bei Kaninchen ziemlich wahrscheinlich war – sowohl rote als auch schwarze, als auch sehr, sehr dunkelrote Kinder haben würden. Diese Kinder könnten Ikli und ihre Eltern dann auswildern, und der Thost hätte dadurch die Möglichkeit, selbst darüber zu entscheiden, ob rote Kaninchen besser oder schlechter überlebten als andersfarbene. Mit großer Genugtuung im Herzen kehrte Bestar zur Heilerin Maeredi zurück.

Eljazokad hatte unterdessen Entscheidungen gefällt und hastige Notizen gemacht. »Hört zu«, sagte er, als auch Tjarka mit vollen Backen und einem Brotkanten in der Hand zur Heilerin zurückkehrte. »Maeredi rechnet damit, daß ich ein bis zwei Monde liegen muß, bis meine Beine wiederhergestellt sind. Ich denke, daß ich mit meiner Heilmagie den Prozeß ein wenig beschleunigen kann, aber schneller als zwei bis drei Wochen wird es wohl nicht gehen. Es hat überhaupt keinen Sinn, daß ihr so lange auf mich wartet. Naenn bekommt in elf Tagen ihr Kind, plusminus zehn Tage. Gehen wir von dem normalen Geburtszeitpunkt aus, könnt ihr beide es dank

Tjarkas Wegkundigkeit durch den Thost gerade noch schaffen, rechtzeitig in Warchaim anzukommen und Naenn zur Seite zu stehen.«

»Aber wir können doch …«, begann Bestar, »jetzt wirklich eine gute Trage bauen und dich mitnehmen. Vielleicht können wir die Heilerin dazu bringen, uns zu begleiten.«

Entschieden schüttelte Eljazokad den Kopf. »Das verlangsamt die Reise nur unnötig. Jeder Tag zählt. Vergiß nicht, daß *DMDNGW* ebenfalls noch vor dem Nebelmond zuschlagen will. Jeder Tag, den das *Haus des Mammuts* ohne deinen Schutz ist, ist ein Wagnis, denn Naenn ist durch ihre Schwangerschaft geschwächt, und Rodraeg ist zwar sicherlich schon auf den Beinen, aber bestimmt noch nicht wieder bei Kräften. Und es gibt noch einen Grund. Du mußt Rodraeg so schnell wie möglich das hier bringen. So schnell wie möglich!« Er drückte Bestar die Notizen, die er in der letzten halben Stunde zusammengestellt hatte, in die Hand.

»Kann ich sie auch lesen, oder sind sie nur für Rodraeg?«

»Nur zu. Du kannst überprüfen, ob man sie entziffern kann. Meine Hände zittern wie die eines alten Mannes.«

Mit gerunzelter Stirn überflog Bestar das Pergament.

*Naenn wurde womöglich Gewalt angetan, als das Kind gezeugt wurde*
*Carmaron Siusan ist in Warchaim und arbeitet mit drei Männern zusammen*
*Udin Ganija lebt und ist in unserer Welt nach Norden aufgebrochen und will nun auch Magier töten (Galin von Asteria?)*
*achtet auf: Cruath Airoc Arevaun, Affenmenschen, drei silberäugige Tsekoh*

*(ein Knabe, ein Mann, eine sehr schöne Frau) – dies sind die Feinde der Zukunft*

*ich habe einen Verrat begangen: ich gab den Schlüssel zur Höhle des Alten Königs an die Dreimagier, aber ich erkaufte damit das Wissen um die brennende Brücke*

*DMDNGW könnte folgendes bedeuten:*

*Dämmerung Mondlicht Dasco Naenn Geburt Wolfsschmetterling*

Als Bestar lange keine Reaktion zeigte, fragte Eljazokad: »Kann man es lesen?«

»Ich denke schon«, sagte Bestar. »Aber ich verstehe dennoch nichts.«

»Das macht nichts. Sag Rodraeg, daß ich mir nicht sicher bin, aber es könnten wichtige Informationen sein. Außerdem möchte ich, daß du meine gesammelten Tagebücher mitnimmst. Bei dir sind sie sicherer als bei mir, und ich kann ohnehin nicht soviel schleppen wie du.«

»Ich weiß nicht, ob es eine gute Idee ist, daß wir uns trennen.«

»Schön finde ich es auch nicht, aber es geht nicht anders.«

Bestar ließ immer noch nicht locker. »Tjarka könnte bei dir bleiben und dich nach Warchaim begleiten. Ich gehe allein.«

»Aber dann findest du nicht schnell genug nach Miura. Womöglich verläufst du dich im Thost. Das wäre schlimm für uns alle. Geht jetzt. Brecht sofort auf. Rasten könnt ihr, wenn jemand euch nach Brissen kutschiert, und auf dem Schiff. Beeilt euch, Bestar. Ich bitte dich!«

»Wir sparen Zeit, wenn wir von hier aus gleich zur Nordküste aufbrechen und dann Richtung Brissen. Miura wäre nur ein Umweg«, sagte Tjarka ungerührt. »Einer der Dorfbewohner kann uns bis nach Brissen fahren. Ich kann ihn mit Siusans Geld bezahlen.«

»Sehr gut!« Der Magier nickte.

»Aber dann können wir dich doch genausogut mitnehmen!« protestierte Bestar. »Wenn wir einen Wagen haben!«

»Die Ruckelei würde mich umbringen.« Eljazokad starrte zum offenen Fenster hinaus, denn er ertrug es nicht mehr, in Bestars ehrliche Augen zu sehen. Wie hätte er sich dem Klippenwälder jemals begreiflich machen können? Eljazokad glaubte zu wissen, daß sein Leben nun vollendet sei und daß es bald enden würde, und er wollte niemanden mit hineinziehen in die Umstände, unter denen dieses Ende ihn ereilte. Was er Bestar überreichte, war sein Testament, und er hoffte inständig, der Klippenwälder würde dies nicht bemerken.

Am Fenster kreiste ein eigenartiges, schwerfälliges Insekt. Es sah aus, als wäre es aus einer Fliege und einer Wespe zusammengeschmolzen. Eljazokad sah dem Insekt hinterher, wie es ein paar Runden drehte und dann abzustürzen schien. Dann holte ihn Bestar wieder in das Zimmer zurück.

»Hast du denn auch genügend Geld für die Rückreise?«

»Ja. Ich habe noch 29 Taler oder so. Einige davon gehören Tjarka, aber das können wir ja in Warchaim alles nachrechnen.«

»Und du bist dir sicher, daß diese Heilerin sich gut um dich kümmern wird? Sie ist noch ziemlich jung. Nicht, daß du nur wieder eine deiner … Geschichten im Sinn hast und hinterher kaputter bist als vorher.«

»Keine Geschichten, Bestar. Ich fühle mich, als hätte ich vier Jahre Schlaf nachzuholen.«

Endlich nahm Bestar alle Aufzeichnungen, Hefte und Bundpergamente, die Eljazokad seit dem Betreten des Thosts eng vollgekritzelt hatte, an sich und verstaute sie in seinem geräumigen Rucksack.

Dann drückte er Eljazokad zum Abschied und versetzte ihm einen angedeuteten Faustschlag an die Kinnspitze. Tjarka gab dem Liegenden lediglich die Hand.

Der Klippenwälder und das Waldmädchen traten hinaus in die Abenddämmerung.

Die Heilerin Maeredi kam mit ein paar angewärmten, kräutergetränkten Umschlagtüchern in Eljazokads Raum.

Mit den geübten Bewegungen einer Frau, die hier zu Hause war, schloß sie das Fenster und zog einen Vorhang vor. Das Abendrot wurde durch den Vorhang zum dunklen Schimmern. Maeredi entzündete mehrere Kerzen, gab dem Zimmer dadurch einen goldenen Glanz und begann damit, Eljazokads Heilumschläge zu wechseln.

Der Lichtmagier und *Guérisseur*, der seine Energie nun wieder vollends aufgebraucht hatte, schloß die Augen. Er konnte nun ausruhen. Sein Wissen war in guten Händen.

Endlich brauchte er nicht mehr zu schreiben.

# Epilog

Die Nacht hatte Warchaim wie in Tinte getaucht. Gestern war in der Weststadt unweit der Straße nach Aldava ein Haus abgebrannt und hatte die Stadt mit Qualm und Düsternis überzogen. Noch immer konnte man den Brand überall riechen.

Auf dem Friedhof, der dem Tempelbezirk außerhalb der östlichen Stadtmauerreste vorgelagert war, standen zwei Männer. Der eine von ihnen war Cruath Airoc Arevaun. Der andere – klein, dünn und eher unauffällig – hörte auf den Namen Grigol.

Wolken umspielten und neckten den Mond. Sie waren fein und staubig wie Rauch. Licht war ein Versprechen, das durchaus auch uneingelöst bleiben konnte. Aus den Schatten des südlichen Umlandes näherte sich ein dritter Mann den beiden Wartenden. Ihn umwehte ein schmutziger Umhang. Sein Haar war lang und schwarz, seine Augen grünlich, sein Gesicht markant und länglich.

»Es tut gut, dich zu sehen, Phardemim«, begrüßte Arevaun den Neuankömmling. »Ich schlage schon seit Wochen in diesem biederen Kaff die Zeit tot. Wann geht es endlich los?« Arevaun und Phardemim umarmten sich kurz. Zwischen Phardemim und Grigol genügte ein Nicken. »Wie steht es um Hads Follewehr aus Brissen?« fragte Phardemim mit leiser Stimme.

»Ich habe mich um ihn gekümmert«, sagte Grigol nicht ohne Stolz. »So ziemlich in derselben Nacht, in der du dir Hegiel Schimmens in Endailon vorgenommen hast.«

»Und Zaivy Kinterr aus Aldava?«

»Der ging auf meine Kappe«, grinste Arevaun. »Von den vier Scheißkerlen, die an Chlayst und dem Feldzug verdient haben, ist jetzt nur noch Mirilo von Heyden übrig, und der schmort schon tüchtig im eigenen Saft. Wir können sofort ein Ende machen, noch in dieser Nacht.«

Phardemim legte ihnen beiden eine Hand auf die Schulter, sah sie jedoch nicht an, sondern betrachtete vielmehr die ineinander verschränkten Mondlichtschatten der Tempel. »Ja. Heute nacht noch. Und danach verschwindet von hier. Warchaim wird eine tiefgreifende Veränderung erfahren. Ich möchte Teil dieser Veränderung werden und mich den Fragen stellen, deshalb müßt ihr mir einen letzten Gefallen erweisen.«

»Das verstehe ich nicht«, sagte Grigol stirnrunzelnd. »Ich dachte, als nächstes ist die Königin an der Reihe.«

»Die Königin verfügt über genügend Muße, um auf deinen Dolch noch warten zu können, Grigol.«

»Wir tun, was du willst«, sagte Arevaun, »aber warum klingst du so endgültig?«

Phardemim lächelte. »Es gibt keine Endgültigkeit, alter Freund. Alles ist möglich. Deshalb möchte ich, daß ihr mich tötet und hier zur Ruhe legt. Nur so kann ich … übersehen werden.«

»Übersehen? Von wem?« hauchte Grigol.

»Von der Vergangenheit.«

»Wie meistens verstehe ich kein Wort von dem, was du so redest«, lächelte Cruath Airoc Arevaun. »Aber das Zweifeln habe ich mir schon in Galliko abgewöhnt und in den Blutbädern der Felsenwüste. Wenn du tot sein willst und begraben, werden wir dich töten und begraben. Ich hoffe nur, daß wir uns wiedersehen.«

»Das verspreche ich dir.« Wieder umarmten sich Arevaun und Phardemim. Grigol nahm etwas Abstand von dieser Vertraulichkeit.

Phardemim wählte sich eine Grabstelle. »Hier, zwischen diesen beiden Frauen. Dann kann ich vielleicht dort unten ein Schwätzchen halten und Wissenswertes über Warchaim erfahren.«

Arevaun holte einen Spaten vom Werkzeughaufen der Totengräber. Dann hob er im Alleingang ein Grab aus. Allzu tief brauchte es nicht zu sein.

»Willst du keinen Sarg?« fragte Grigol unbehaglich.

Phardemim betrachtete die jagenden Wolken. »In Endailon begegnete mir einer, der einst den Mördern seiner Frau bis in ihre Särge folgte. Er *wohnte* dort unten, während er die Mörderleichen langsam in Stücke schnitt und schändete. Seither kann er keine engen Räume mehr ertragen. Doch es war ein äußerst enger Raum, in dem ich ihm begegnete.«

»Also wohl kein Sarg«, murmelte Grigol achselzuckend.

»Tief genug«, grinste Arevaun schließlich. »Wer soll es tun?«

»Nimm es mir nicht übel, alter Freund, aber Grigol ist der Präzisere von euch beiden. Tu es, wie du es mit den anderen auch tust, Grigol.«

»Bisher ist aber noch keiner von denen wieder aufgestanden«, brummte Grigol.

»Alles ist möglich«, lächelte Phardemim.

Phardemim stellte sich mit dem Rücken zu seinem Mörder vor das Grab. Grigol zog seinen Dolch und schnitt, ohne zu zögern, die Klinge Phardemim von hinten quer durch den Kehlkopf. Blut sprühte nach vorn und nach unten. Der Getötete stürzte vornüber in das Grab. Arevaun schaufelte Erde über den Leib und trat sie anschließend noch fest.

»Das ist das Verrückteste, was ich je gehört habe«, wisperte Grigol.

Arevaun war bester Laune. »Für mich ist das noch gar nichts. Ich kenne ihn schon seit Jahren.«

»Wie ist er so geworden?«

»Durch Willenskraft, Grigol. Ausschließlich durch Willenskraft. Also, wir machen es wie besprochen. Du kümmerst dich heute nacht noch um diese Laus von Heyden und verschwindest dann aus Warchaim. Seit diesem Brand wimmelt es überall von Gardisten.«

»Und du?«

»Ich bleibe noch ein wenig. Ich habe ein Auge auf ein sehr, sehr außergewöhnliches Schwert geworfen. Der Träger dieses Schwertes ist zur Zeit nicht in der Stadt. Aber er wird wohl bald zurückkehren, weil er hier einen äußerst gemütlichen Wohnsitz hat.«

»Wie treffen wir uns dann wieder? Und wann?«

»Phardemim wird uns zusammenführen. Noch vor Ende dieses Jahres, würde ich schätzen. Und dann gehen wir nach Aldava und stellen richtig, was so nie hätte sein dürfen.«

Sie gaben sich die Hand und trennten sich.

Am frischen Grabe seines besten Freundes sprach Cruath Airoc Arevaun dann ein Gebet zu den drei Göttern, die er für wahrhaftig hielt, weil er ihnen auf den Schlachtfeldern vor Galliko einmal flüchtig begegnet war.

Dann entrann auch er in die rauchigen Schatten der Stadt.

# Anhang

# Glossar

## Zeitrechnung

Man schreibt das Jahr 682 n. K. (= nach der Königskrone, also dem Jahr, in dem König Rinwe die Provinzen und Herzogtümer des Kontinents unter einer Krone einte und eine neue Zeitrechnung einführte, die die bisherigen »provinziellen« Kalender ablöste).

Die jetzige Königin Thada wurde im Jahre 678 inthronisiert, ist also erst seit vier Jahren an der Macht.

## Götter

Der Pantheon des Kontinents ist unterteilt in die vier Oberen Götter und die sechs Unteren Götter, welche den Oberen Göttern als Unterstützung entweder einzeln oder paarweise zugeordnet sind.

Die vier Oberen Götter repräsentieren die vier Elemente:

- Afr = Feuer, aber auch: Männlichkeit, Schmiedekunst, Leidenschaft, Kraft
- Tinsalt = Luft, aber auch: Wind, Sturm, Ideen, Geister, Vögel
- Delphior = Wasser, also Flüsse, Seen, Meer und Regen, aber auch: Weiblichkeit, Fische, Wandelbarkeit, Seefahrt
- Kjeer = Erde, aber auch: Ackerbau, Pflanzen, Landtiere, Familie, Heilkunde.

Afr zugeordnet sind zwei Untergötter: Lun = Sommer, Senchak = Krieg; Tinsalt zugeordnet ist ein Untergott: Arisp = Frühling, Kinder; Delphior zugeordnet ist ein Untergott: Hendelor = Winter, Eis, Schnee; Kjeer zugeordnet sind zwei Untergötter: Bachmu = Herbst und Gold, Helele = Silber und das Alter.

Seit alters her gibt es einen Streit unter Priestern, Gelehrten und auch Gläubigen, ob diejenigen Oberen Götter, die zwei Hilfsgötter haben, mächtiger sind als die mit nur einem Hilfsgott oder weniger mächtig, da sie schließlich zwei Helfer benötigen statt nur einen.

Jedenfalls ist das Pantheon asymmetrisch, was für Bewegung sorgt und Energie.

## Kalender

Das Jahr der Zeitrechnung n. K. ist in zwölf Monde und vier Jahreszeiten unterteilt. Jede Jahreszeit ist einer (unteren) Gottheit zugeordnet, so daß sich folgendes Schema ergibt:

| | |
|---|---|
| 1. Taumond | |
| 2. Regenmond | Gottheit: Arisp |
| 3. Blütenmond | |
| | |
| 4. Wiesenmond | |
| 5. Sonnenmond | Gottheit: Lun |
| 6. Feuermond | |
| | |
| 7. Rauchmond | |
| 8. Blättermond | Gottheit: Bachmu |
| 9. Nebelmond | |
| | |
| 10. Frostmond | |
| 11. Schneemond | Gottheit: Hendelor |
| 12. Eismond | |

Um den Kalender auf unseren umzurechnen, nimmt man einfach den Taumond als März, den Regenmond als April und so weiter bis hin zum Eismond Februar. Auf dem Kontinent beginnt jedes Jahr mit dem Frühlingsanfang und endet mit dem Ende des Winters, womit ein kompletter Lebenszyklus symbolisiert wird.

Jeder der zwölf Monate hat dreißig Tage. Zusätzlich gibt es einmal im Jahr eine fünf- oder viertägige Zeit, die *Sternentage* genannt und mit Fasten und Feiern verbracht wird. Die *Sternentage* wandern von Jahr zu Jahr nach hinten, d. h., wenn sie im letzten Jahr noch zwischen Wiesenmond und Sonnenmond lagen, so werden sie dieses Jahr zwischen Sonnenmond und Feuermond liegen und nächstes Jahr zwischen Feuermond und Rauchmond.

Da jeder Monat genau dreißig Tage hat, dauert eine Woche zehn Tage, was den Monat somit in drei Drittel unterteilt. Man spricht dann z. B. im Schneemond auch von *Anfangsschnee*, *Mittelschnee* und *Endschnee.*

So etwas wie ein gesetzlich festgelegtes Wochenende gibt es nicht. Man kann davon ausgehen, daß jedes Geschäft an sieben Tagen der zehntägigen Woche geöffnet hat und daß sich z. B. zwei Bäcker, die in derselben Gegend wohnen, aufeinander einspielen, so daß Bäcker B an den Tagen geöffnet haben wird, an denen Bäcker A Ruhetag hat. Der Vorteil dieses sehr freien und individuellen Systems liegt darin, daß man an jedem Tag einkaufen kann.

Die einzigen gesetzlich – oder besser: religiös – wirklich festgelegten Feiertage im Jahr sind die vier Göttertage jeweils in der Mitte ihrer Jahreszeiten: das *Arispfest* am 15. Regenmond, das *Lunfest* am 15. Sonnenmond, das *Bachmufest* am 15. Blättermond und das *Hendelorfest* am 15. Schneemond.

Darüber hinaus gibt es noch regional begrenzte Feiertage. So wird in Aldava der Geburtstag des derzeitigen Throninhabers gefeiert (momentan: 24. Feuermond), in den Sonnenfeldern der *Tag der Befreiung* (2. Nebelmond), in der Festungsstadt Galliko der *Tag der blutenden Stufen* (29. Eismond) und in der Provinz Hessely der Jahresanfang (1. Taumond).

## Zeitmessung

Ein Tag hat vierundzwanzig Stunden, gemessen nach Sonnenuhren oder – in größeren Städten – auch nach kunstvollen Sand- oder Wasseruhren.

Der Begriff »Minute« ist unbekannt, man spricht von den Sandstrichen einer haushaltsüblichen Sanduhr. Fünf Sandstriche (ungefähr fünf Minuten) werden als *Zwölftelstunde* bezeichnet. Zehn

Sandstriche sind eine *Sechstelstunde.* Fünfzehn Sandstriche eine *Viertelstunde.* Zwanzig Sandstriche eine *Drittelstunde.* Dreißig Sandstriche eine *Halbe Stunde.* Fünfundvierzig Sandstriche eine *Dreiviertelstunde.* Für Sekunden gibt es keine Messung. Für sehr kurze Zeiteinheiten sagt man Moment, Augenblick oder Sandstrichbruchteil.

## Andere Maßeinheiten

Statt »ein Meter« sagt man ein *Schritt*; tausend Schritt sind eine Meile.

Kleinere Maßeinheiten als ein Schritt sind: ein *Fuß* (etwa 30 Zentimeter, also etwa ein Drittelschritt), eine *Handbreit* (etwa zehn Zentimeter), ein *Fingerbreit* (entspricht zwei Zentimetern) und ein *Haarbreit* (Millimeterbereich).

Flüssigkeiten werden wie bei uns in Litern gemessen. Die Bezeichnung »Kilogramm« dagegen ist unbekannt, statt dessen sagt man *Festliter.* 70 Festliter sind ein *Mannsliter*, zehn Mannsliter (also etwa 700 Kilogramm) ergeben einen *Ochsliter.*

## Die Meere

Der Kontinent ist die einzige bekannte Landmasse im endlosen Ozean der Götter. Entsprechend den vier Himmelsrichtungen tragen die den Kontinent umgebenden Meere Namen, die den vier Elementen zugeordnet sind:

- im Westen, wo die Sonne untergeht und das Wasser feurig leuchten läßt, die *Glutsee*, in der die Piraten aus Skerb und Wandry einen seit etwa fünfzehn Jahren immer heftiger werdenden Krieg gegeneinander führen
- im Norden die von Eisschollen überwucherte *Eissee*
- im Osten die schwer befahrbare *Sturmsee*
- im Süden die *Sandsee* mit ihrem klaren blaugrünen Wasser und den herrlichen Stränden

## Währung

Das gebräuchliche Zahlmittel auf dem Kontinent ist der *Taler*, eine versilberte Münze mit dem aufgeprägten Profil von König Rinwe. Wertvoller als der Taler ist der *Goldtaler*, der zehn Talern entspricht. Als Unterwährung benutzt man *Kupferstücke*, deren Wert ein Zehntel eines Talers ist.

## Post

Zu den größten Errungenschaften von König Rinwes Regierungszeit gehört die Einführung eines Postsystems, das Kontakte innerhalb des gesamten Kontinents ermöglicht. Vorher konnte man höchstens private Boten anheuern oder Brieftauben züchten, seit König Rinwe gibt es jedoch in jeder nennenswerten Ortschaft eine königliche Postreiterstelle, in der regelmäßig Post aus allen Richtungen eintrifft und von der aus man Post in jede Richtung verschicken kann. Die Postreiter sind deutlich schneller als ein herkömmlicher Reisender und bewältigen 70 bis 100 Kilometer pro Tag. Oft wird nicht so dringliche Post auch Kutschen mitgegeben, die zwischen Städten verkehren.

Der Nachteil des Systems besteht in seiner Kostenintensität, weshalb sich nur betuchtere Bürger den königlichen Postreiterdienst regelmäßig leisten können.

Magier besitzen noch andere, zeitverlustfreie Möglichkeiten der Kommunikation, behalten diese aber in der Regel für sich.

## Gruppierungsregister

Folgende Gruppierungen finden im Laufe der *Mammutlegende* immer wieder Erwähnung:

*Axt Gottes, die* – aus dieser Kriegerhorde rekrutierten sich vor eintausend Jahren die Schemenreiter

*Dämmerung, die* – von Zarvuer gegründeter magiefeindlicher Geheimorden

*Dreimagier, die* – Ernur, Ering und Ettis Dulf aus Warchaim

*Erdbeben* – eine gewaltbereite Naturschützergruppe, geleitet von Ijugis

*Geblendeten, die* – eine Musikantentruppe, die von der Klangzauberin Ronith magisch verstärkt wird

*Haarhändler, die* – Glücksritter, die auf der Jagd nach Riesenskalps und -bärten den Wildbart durchstreifen

*Haie, die* – eine Jugendbande in Wandry, angeführt von Queckten

*Heugabelmänner, die* – anfangs nur eine Zusammenrottung rebellischer Knechte, inzwischen eine kleine Armee, die plündernd die Ostküste unsicher macht

*Kreis, der* – die vier Gründer und Vorgesetzten des *Mammuts*: der Magier Riban Leribin, die Bäuerin Ilde Hagelfels, der Schmetterlingsmann Estéron und der Untergrundmensch Gerimmir

*Kruhnskrieger, die* – eine Söldnergruppe, die in den Kämpfen um die Terreker Schwarzwachsquelle aufgerieben wurde

*Mammut, das* – ein vom *Kreis* gegründeter Geheimbund, der die speziellen Aufträge bearbeitet, die der *Kreis* vorgibt. Kopf des *Mammuts* ist Rodraeg Delbane, Sitz ist das *Haus des Mammuts* in Warchaim

*Ritterin, die* – die Bande der Ritterin besteht aus ihr selbst, der jugendlichen Bogenschützin Bhanu Hedji, dem Schwertkämpfer Seraikella und dem Doppeldegenfechter Jeron MeLeil Gabria

*Schemenreiter, die* – die inzwischen aufgelösten Leibwächter der Riesen

*Schule der Vier Gründe, die* – ein nur noch aus sieben Personen bestehender Orden, der in den vier Elementen die Schlüssel zur Zukunft und Vollendung des Kontinents sieht; herausragendster Schüler ist der für die Königin als Sonderermittler arbeitende Magier Akamas

*Tsekoh* – so nennen die Riesen ihre Erzfeinde: den Geisterfürsten und seine Leibgarde

*Unsteten, die* – eine Gruppe nichtseßhafter Familien, die in zweistökkigen Wagen durch das Land ziehen

*Wilden Jäger, die* – vier fremdartige Krieger auf der Jagd nach Traummammuts, Werwölfen und Walen; angeführt wurde diese in Wandry vom *Mammut* niedergerungene Gruppe von dem blauhaarigen Udin Ganija

*Zehn, die (auch: die Großen Zehn)* – ein Bund mächtiger Magier, der vor fünfzig Jahren die Götter beerben sollte, sich nach Streitigkeiten aber auflöste. Bekannte Mitglieder: Riban Leribin, die Gezeitenfrau und Zarvuer.

# Namensregister

*Arevaun, Cruath Airoc* – ein klippenwälder Kriegshandwerker
*Attanturik* – Sprecher der Riesen
*Aube* – eine junge Dreifarbenländerin, die im Ewigen Turnier kämpft
*Bohod* – der Dorfhüter/Schulze von Clellach
*Borgondi, Hellas* – der Bogenschütze hat auf Rodraeg geschossen und das *Mammut* so verlassen
*Breklaris, Samistien* – Kräuter- und Drogenhändler in Warchaim
*Brendo, Vetz* – ein Landspurenführer und Ermittler, arbeitet in Warchaim
*Cajumery, Cajin* – der jugendliche Verwalter des *Mammut*hauses
*Calmant* – Maitr' Calmant, ein Gelehrter am Hofe Melronia
*Carhard & Bernsten* – ein privater Kurierdienst
*Codas* – der Name, den Eljazokad dem Stadtschiff von Tengan nannte
*Dasco* – ein Werwolf und Wolfsrudelführer, im Larnwald getötet
*Delbane, Rodraeg Talavessa* – er wartet auf einer Brücke
*Dulf* – Familienname der Dreimagier Ernur, Ering und Ettis
*Durssa* – Clellacherin, bei der Forker Munsen zur Untermiete wohnte
*Eljazokad* – der Lichtmagier, der sein Licht verlor
*Enschen* – Tjarkas Diener in Melronia
*Figelius, Ortric* – Baron und Stadtrat von Warchaim
*Fojolom* – Waldschrat, Figur aus Korengans Roman *Das Schwert im Baum*
*Fremmender, Selt* – alter Abenteurer und Holzschnitzer aus Bestars Heimatdorf Taggaran
*Galin* – Galin von Asteria, gilt als mächtigster Magier des Kontinents
*Ganija, Udin* – blauhaariger Mammutjäger aus der Provinz Bazuzary
*Grigol* – ein Auftragsmörder, mit Phardemim im Bunde
*Gudvin, Glauber* – ein rothaariger Handlanger

*Gyulthen* – der spiegelnde Ritter
*Haldemuel, Alins* – ein mit dem *Mammut* befreundeter Kutschenlenker
*Hagelfels, Ilde* – eine betagte Bäuerin, Mitglied des *Kreises*
*Hebezie* – eine junge Schwester der Helele
*Hinnis* – ein Tonkrughändler, der Rodraeg und Naenn von Kuellen aus mitnahm
*Immergrün, Bep* – Besitzer von Warchaims größtem Ausrüstungsgeschäft
*Jeree* – Bestars Dienerin in Melronia
*Korengan* – legendärer Abenteurer und Buchautor aus dem Thostwald
*Leifreg* – ein Gribaillenreiter
*Leribin, Riban* – der Gründer des *Kreises*, ein von einem in den Tod führenden Verjüngungszauber betroffener Großmagier
*Ljus* – ein alter Clellacher
*Maeredi* – eine Heilerin im Thostwalddorf Anfest
*Meckin, Bestar* – Klippenwälder, Bruder der Riesen, *Mammut*streiter
*Meldrid* – Bestars großer Schwarm, Dienerin im Haus Figelius
*Melron, Ryot* – der Vater von Naenns noch ungeborenem Sohn
*Melron, Terzel* – Ryot Melrons Vater, Landbaron von der Roten Wand
*Mied* – eine Grünbauchgribaille
*Munsen, Forker* – ein Thostwaldläufer aus Clellach
*Naenn* – das Schmetterlingsmädchen ist hochschwanger
*Oscodidan* – ein Legendenwolf
*Oyberg, Ikli* – ein Mädchen aus Anfest, das ein Kaninchen besitzt
*Parn, Migal Tyg* – Bestars Jugendfreund und ehemaliger *Mammut*krieger
*Phardemim* – ein mysteriöser Krieger aus Galliko
*Rigan, Skandor* – ein Mörder und einer der Namen des Werwolfs Dasco
*Rigurd* – Besitzer von *Rigurds Stall* in Warchaim
*Ritterin, die* – sie hat ihre dreiköpfige Bande vorübergehend in den Dienst der Riesen gestellt

*Ruschenner* – Familie, die am Rande Clellachs einen Hof bewirtschaftet
*Sabhe* – eine Vogeljägerin aus Destrisch
*Saien* – ein kleines Mädchen aus dem Geweihwasserdorf
*Schimmens, Hegiel* – ein in Endailon ermordeter Stoffhändler
*Scord, Penob* – ein schmetterlingsmenschenähnlicher Handlanger
*Siusan, Carmaron* – befehligt womöglich in Warchaim drei Mann
*Siusan, Rugerion* – befehligt im Thostwald drei Mann
*Slanja* – Eljazokads Dienerin in Melronia
*Spaziergänger* – ein maskierter, rückwärtsgehender Geschichtenerzähler
*Tellures, Bakany* – ein lachender, womöglich wahnsinniger Handlanger
*Terda, Coni* – ein Imker aus Clellach
*Tiraato* – eine junge Frau aus dem Geweihwasserdorf, Mutter von Saien
*von Heyden, Mirilo* – Oberhaupt der Stoffhändlerfamilie von Heyden
*Winnfess, Tjarka* – eine junge Waldführerin aus Clellach
*Zarvuer* – Eljazokads Vater, Gründer der nichtmagischen *Dämmerung*
*Zetaete* – eine Weise Frau aus dem Geweihten Wald

# Danksagung

Wie immer gebührt umfassender Dank den Hauptfiguren, verkörpert durch Frank Herrgoß, Carsten Belz, Thorsten Nalazek, Matthias Hagen und Jörg-Uwe Zuchold, aus dessen siebenundzwanzigseitigem Tagebuch der Figur, die bei mir Eljazokad heißt, ich zwölf Sätze beinahe wortwörtlich zitiert habe. Uwes letzter vollendeter Eintrag – am Tag, an dem der Wald betreten wurde – geriet zur Urform des ersten Tagebucheintrages der Romanfassung. Somit habe ich das Tagebuch nach über zehn Jahren endlich fortgesetzt.

Außerdem den unermüdlichen Mammutpflegern im fackelleuchtenden Hintergrund: Sara für das mitfühlende Korrekturlesen, Hannes für die behutsame Übersetzung ins Deutsche, Carsten Polzin und Wolfgang Ferchl für Futter und Winterlager.

Außerdem außerordentlicherweise Rachel Pollack für ihre Erläuterungen zum *Vertigo*-Tarot und Dave McKean für das dazugehörige einzigartige Design.

Dies hier ist – wen wundert's noch? – für Melanie.

## Tobias O. Meißner

### *Die dunkle Quelle*

*Im Zeichen des Mammuts 1.*
*384 Seiten. Serie Piper*

In einer phantastischen Welt zieht ein Geheimbund die Fäden: Im Zeichen des Mammuts haben sich der Rathausschreiber Rodraeg, eine Schmetterlingsfrau und andere illustre Gestalten zusammengefunden, um gegen die Umweltzerstörung in ihrer Welt zu kämpfen. Doch schon beim ersten Einsatz in den berüchtigten Schwarzwachsminen werden die Gefährten in die dunkle Hölle der endlosen Stollen und Gänge verschleppt und müssen sich ihren Widersachern in einem tödlichen Duell stellen … Fantasy, wie sie moderner und spannender nicht sein kann

»Fast überflüssig zu sagen, dass Meißners schriftstellerisches Können überragend ist …«
Frankfurter Allgemeine Zeitung

05/1904/02/L

## Tobias O. Meißner

### *Die letzten Worte des Wolfs*

*Im Zeichen des Mammuts 2.*
*352 Seiten. Serie Piper*

Der Bund des Mammuts, unter Führung von Rodraeg Delbane und frisch verstärkt durch den jungen charismatischen Magier Eljazokad, erhält einen neuen Auftrag: In Wandry droht ein massenhaftes Abschlachten von Walen. Die Gruppe bricht zu der Küstenstadt auf, doch schon bald wird sie von einem unheimlichen Werwolf angegriffen. Und seine letzten Worte klingen alles andere als beruhigend: »Ihr werdet die Wale nicht retten können!« Als die Gefährten nach Wandry gelangen, entpuppt sich die Stadt als Labyrinth aus Machtintrigen, Auftragsmördern, verrückten Sehern, magischen Fallstricken und dem organisierten Verbrechen des Rotleuchtenviertels. Können die verführerische Schauzauberin Ronith und eine uralte, geheimnisumwobene Gezeitenfrau dem Mammut bei seiner bislang schwierigsten Aufgabe beistehen? Oder werden hunderte von Walen die auf morschem Holz gebaute Stadt in den Untergang reißen?

05/2051/01/R

SERIE PIPER

## Tobias O. Meißner

### *Das vergessene Zepter*

*Im Zeichen des Mammuts 3. 400 Seiten. Serie Piper*

Während Rodraeg, Anführer des Geheimbunds des »Mammuts«, immer stärker an den Folgen seiner Schwarzwachsvergiftung leidet, ereilt die Verschwörer ein neuer Hilferuf: Im Gebirge machen Menschen Jagd auf Riesen. Nur die Magie eines vergessenen Artefakts, des Fliegenstabs, vermag die Geschöpfe noch vor dem Untergang zu retten. Das »Mammut« erklärt sich bereit zu helfen. Doch die Gefährten ahnen nicht, auf welch gefährlichen Einsatz sie sich eingelassen haben. Denn die Höhle, in der das Zepter verborgen sein soll, erweist sich als zermürbendes Geflecht aus Fallen, Visionen und Hindernissen. Und auch andere Schatzräuber sind dem »Mammut« dicht auf den Fersen ...

Mit meisterhafter Sprache führt Kultautor Tobias O. Meißner seinen »Mammut«-Zyklus fort.

05/2157/01/L

## Tobias O. Meißner

### *Das Paradies der Schwerter*

*Roman. 368 Seiten. Serie Piper*

Sechzehn Männer reisen durch eine bizarre, apokalyptische Landschaft, einem Turnier entgegen: In verschiedenen Paarungen sollen sie mit eigens gewählten Waffen gegeneinander antreten. Doch auch wenn ein Preisgeld winkt, geht es in Wahrheit nur um Leben und Tod – und darum, die Sensationsgier des Publikums zu befriedigen. Und je weiter das brutale Schauspiel voranschreitet, je mehr Männer unter der sengenden Sonne fallen, desto deutlicher begreifen die Teilnehmer, daß es am Ende vielleicht gar keinen Sieger geben wird ...

Mit meisterhafter Sprache webt Shooting-Star Tobias O. Meißner eine fesselnde Mischung aus Thriller und Fantasy.

05/1935/01/R

## Richard Schwartz

### *Das Erste Horn*

*Das Geheimnis von Askir 1.
400 Seiten. Serie Piper*

Ein verschneiter Gasthof im hohen Norden: Havald, ein Krieger aus dem Reich Letasan, kehrt in dem abgeschiedenen Wirtshaus »Zum Hammerkopf« ein. Auch die undurchsichtige Magierin Leandra verschlägt es hierher. Die beiden ahnen nicht, dass sich unter dem Gasthof uralte Kraftlinien kreuzen. Als der eisige Winter das Gebäude vollständig von der Außenwelt abschneidet, bricht Entsetzen aus: Ein blutiger Mord deutet darauf hin, dass im Verborgenen eine Bestie lauert. Doch wem können Havald und Leandra trauen? Die Spuren führen in das sagenhafte, untergegangene Reich Askir …
Ein sensationelles Debüt mit einer intensiven, beklemmenden Atmosphäre, die in der Fantasy ihresgleichen sucht.

05/2032/02/L

## Richard Schwartz

### *Die Zweite Legion*

*Das Geheimnis von Askir 2.
432 Seiten. Serie Piper*

Ein mysteriöser Wanderer aus dem legendären Reich Askir trifft im Gasthof »Zum Hammerkopf« ein. Er unterrichtet den Krieger Havald und die Halbelfe Leandra über die Zersplitterung des Reiches. Leandra, Havald und einige Gefährten machen sich auf zum magischen Portal, um die Bewohner Askirs davor zu warnen, dass der brutale Herrscher Thalak auch sie zu unterjochen droht. Das Portal soll die Gefährten unmittelbar nach Askir führen; doch stattdessen landen sie im gefährlichen Wüstenreich Bessarein …

Der zweite Band des Fantasy-Zyklus »Das Geheimnis von Askir« verblüfft erneut mit hochgradiger Spannung und intensiver Atmosphäre. High Fantasy der Superlative!

05/2132/01/R

SERIE PIPER

SERIE PIPER

## Richard Schwartz

### *Das Auge der Wüste*

*Das Geheimnis von Askir 3.*
*368 Seiten. Serie Piper*

Auf der Suche nach Verbündeten im Kampf gegen den zerstörerischen Thalak hat es den Krieger Havald, die Halbelfe Leandra und ihre Gefährten in den Wüstenstaat Bessarein verschlagen. In der sengenden Hitze des exotischen Landes müssen sie Havalds Geliebte Leandra aus den Fängen skrupelloser Sklavenhändler befreien – und geraten dabei mitten in die Wirren des Thronfolgestreits. Eine entscheidende Rolle spielt dabei ein magisches Artefakt – das Auge von Gasalabad. Wird es den Gefährten gelingen, endlich den Weg ins Reich Askir zu finden?

»Atmosphärisch dicht erzählt und fesselnde Figuren.«
phantastik-couch

05/2158/01/L

## Markus Heitz

### *Trügerischer Friede*

*Ulldart – Zeit des Neuen 1.*
*448 Seiten. Serie Piper*

Nach der großen, verheerenden Schlacht ist auf dem Kontinent Ulldart wieder Frieden eingekehrt. Doch die Ruhe trügt: Während Lodrik sich immer weiter zurückzieht, plant seine erste Frau Aljascha, die Herrschaft über Tarpol zu erlangen. Und im fernen Norden ist jemand erschienen, den alle für tot gehalten haben. Die ehemaligen Kampfgefährten müssen erneut zusammentreffen, um die Katastrophe zu verhindern …

Mit dem Zyklus »Zeit des Neuen« kehrt der Bestsellerautor auf den Kontinent Ulldart zurück – ein idealer Einstieg für Neuleser und zugleich ein Wiedersehen mit den beliebtesten Helden und größten Schurken.

05/1869/01/R

**Markus Heitz**

***Brennende Kontinente***

*Ulldart – Zeit des Neuen 2.*
*464 Seiten. Serie Piper*

Die Ereignisse auf Ulldart spitzen sich zu: Die einstige Herrscherin von Tersion kehrt aus dem Exil zurück und will die Macht an sich reißen. An der Westküste des Kontinents taucht eine Flotte mysteriöser Kriegsschiffe auf und zieht in die Schlacht gegen das kensustrianische Heer. Doch wer sind die Fremden, und welche Ziele verfolgen sie? Norina, die Herrscherin Tarpols, entgeht nur knapp einem Anschlag auf ihr Leben. Endlich begreift Lodrik, wie viel ihm Norina bedeutet. Doch es scheint, als komme diese Erkenntnis zu spät, denn Norina gerät in eine Falle … Der große Zyklus des erfolgreichsten deutschen Fantasy-Autors geht in die nächste Runde!

»Markus Heitz versteht es meisterhaft, den Leser zu fesseln.«
Phantastik.de

05/2023/01/L

**Markus Heitz**

***Fatales Vermächtnis***

*Ulldart – Zeit des Neuen 3.*
*464 Seiten. Serie Piper*

Die Ereignisse auf dem Kontinent spitzen sich zu: Lodriks Tochter Zvatochna übt sich in der Magie der Nekromanten und versammelt ein Heer aus Seelen um sich. Doch nicht nur Lodrik, sondern auch Vahidin stellt sich ihr entgegen. Und die Qwor setzen ihren vernichtenden Feldzug fort. Es gibt nur eine Hoffnung: Ritter Tokaro und seine Gefährten begeben sich in Kalisstron auf die Suche nach der aldoreelischen Klinge und dem Amulett, dessen Macht allein Ulldart noch retten kann …

Bestsellerautor Markus Heitz schickt die Helden seines »Ulldart«-Zyklus in die entscheidende Schlacht.

05/2133/01/R

SERIE PIPER